BEATE MAXIAN
Die Tote im Kaffeehaus

Beate Maxian

Die Tote im Kaffeehaus

Der elfte Fall für Sarah Pauli

Ein Wien-Krimi

GOLDMANN

Sollte diese Publikation Links auf Webseiten Dritter enthalten, so übernehmen wir für deren Inhalte keine Haftung, da wir uns diese nicht zu eigen machen, sondern lediglich auf deren Stand zum Zeitpunkt der Erstveröffentlichung verweisen.

Dieses Buch ist auch als E-Book erhältlich.

Penguin Random House Verlagsgruppe FSC® N001967

2. Auflage
Originalausgabe April 2021
Copyright © 2021 by Beate Maxian
Copyright © dieser Ausgabe 2021
by Wilhelm Goldmann Verlag, München,
in der Penguin Random House Verlagsgruppe GmbH,
Neumarkter Str. 28, 81673 München
Umschlaggestaltung: UNO Werbeagentur, München
Umschlagmotive: INSADCO Photography/Alamy Stock Photo; FinePic®, München
Redaktion: Susanne Bartel
KS · Herstellung: kw
Satz: Buch-Werkstatt GmbH, Bad Aibling
Druck und Bindung: GGP Media GmbH, Pößneck
Printed in Germany
ISBN: 978-3-442-49016-5
www.goldmann-verlag.de

Besuchen Sie den Goldmann Verlag im Netz

Lebe so, als müsstest du sofort Abschied vom
Leben nehmen, als sei die Zeit, die dir geblieben ist,
ein unerwartetes Geschenk.

Marc Aurel

Prolog

Das Messer.

Die Entdeckung an diesem Morgen hatte Marianne Böhms Puls schlagartig in die Höhe getrieben. Seitdem raste ihr Herz. Ein gefährlicher Zustand, wenn man an Herzinsuffizienz litt. Aufgewühlt tigerte sie durch ihre hundertfünfzig Quadratmeter große Altbauwohnung. Von Raum zu Raum durch die doppelflügeligen Türen, die sie jeden Tag aufs Neue an ausgebreitete Arme erinnerten. Im Gegensatz zu den rotbraunen antiken Mahagonimöbeln im Kolonialstil, die ihr wie dunkle Wächter erschienen. Dennoch konnte sie sich von keinem einzigen Stück trennen. Ihr Großvater hatte sie von einem Wiener Möbelhändler gekauft, der Stammgast im Café Böhm in der Wollzeile gewesen war, das er gegründet hatte und das sie seit über vier Jahrzehnten führte. Angeblich kamen sie direkt aus Indien und gehörten jetzt zur Wohnung wie sie selbst. Die schweren dunkelgrünen Vorhänge vor den Fenstern waren noch immer zugezogen. Das große quadratische Wohnzimmer wurde von Hängeleuchten aus Altmessing mit Opalglas erhellt, die in nahezu vier Metern Höhe an der stuckverzierten Decke hingen.

Marianne Böhm legte den Kugelschreiber auf das Kreuzworträtsel, mit dem sie sich seit zwanzig Minuten abmühte. Normalerweise löste sie allmorgendlich Rätsel, um wach zu werden, aber das gelang ihr schon seit Tagen nicht mehr. Seufzend stützte sie sich auf die Kante des Esstischs und erhob sich. Das in die Jahre gekommene Sternparkett unter ihren Füßen knarzte. Das Geräusch erinnerte sie an ihre betagten Knochen, die manchmal ganz ähnlich knackten. Das hohe Alter war wie eine schmerzbringende Entzündung. Es tauchte plötzlich auf, traf einen aus dem Hinterhalt wie ein todbringender Pfeil.

Der Pfeil. Mit seiner Entdeckung hatte im Grunde genommen alles angefangen. Als sie heute das Messer auf dem Boden sah, steigerte das ihren Verdacht unmittelbar, dass ihr jemand Schaden zufügen wollte. Die Klinge hatte nach oben gezeigt, kein gutes Zeichen. Sie durfte jetzt auf keinen Fall in Panik geraten. Wachsam, aber gelassen bleiben, lautete die Devise. Aufregung tat ihr nicht gut. Keinem Menschen mit achtzig Jahren tat innerer Aufruhr gut. Seit mittlerweile fünfzehn Jahren notierte sie das, was sie erblickte. Mal waren die Entdeckungen positiv, mal negativ. Jetzt war der Moment gekommen, den nächsten Schritt zu gehen. Gut möglich, dass sich dadurch etwas änderte. Es wird gut gehen, beruhigte sie sich, während sie mit kurzen Schritten in die Küche schlurfte, um nicht über eine etwaige Falte im moosgrünen Flurteppich zu stürzen. Zumindest diesen Läufer wollte sie bald entsorgen.

In der rustikalen Küche mit dunklen Kassettenfronten ließ sie Leitungswasser in ein Glas laufen und schluckte rasch Vitaminkapseln und danach ihre Arzneien.. Letztere hatte sie wie üblich am Abend zuvor in ihre Pillendose sortiert. So behielt sie den Überblick darüber, welche der vielen Tabletten sie bereits eingenommen hatte. Morgens startete sie mit zwei Entwässerungstabletten, einer Pille vom ACE-Hemmer und einer halben eines Betablockers. Das Alter verzieh keine Fehler, was die Dosierung betraf.

Sie setzte sich auf den Stuhl vor dem Kastenfenster, das in den Innenhof zeigte, und wartete, dass die Tabletten ihre Wirkung taten. Währenddessen starrte sie auf die hellgrauen Bodenfliesen und dachte angestrengt nach. Sie hatte versucht, die ersten beiden Hinweise als Zufall abzutun. Als Hysterie und Fehleinschätzung. Auch weil sie danach tagelang nichts mehr entdeckt hatte, das ihre Befürchtung bestätigt hatte. Doch das Messer hatte die Bemühungen, das Problem auszuradieren, zunichtegemacht. Sie war keiner Einbildung aufgesessen. Das Messer verstärkte das Misstrauen, das sie seit zwei Wochen mit sich herumschleppte. Der Pfeil hatte alles in Gang gesetzt, und elf Tage später hatte sich die Schlange dazugesellt. Seitdem hatte sich Skepsis wie ein viel zu schwerer Rucksack auf ihre Schultern gelegt. Dabei glaubte sie, in Menschen lesen zu können. Normalerweise erkannte sie deren Absichten, selbst die Lüge hinter wohlwollenden Worten enttarnte sie wie ein Drogenhund den Drogenkurier. Eine Gabe, die ihr in die Wiege gelegt worden war. Sie konnte Unwahrheiten förmlich riechen und las in Gesichtern wie andere in einem Buch. Ein ungewolltes Zucken mit der Augenbraue, ein unkontrolliertes Zwinkern oder ein Griff an die Nase: alles

Gesten, die ihre Gegenüber überführten. Dass sie momentan jedoch im Dunkeln tappte, verunsicherte sie. Außerdem hatte sie gestern Abend nach der Bridgerunde mit ihren Freundinnen ihr Amulett verlegt. Um sechs Uhr morgens hatte sie die Augen geöffnet und mit der Hand danach getastet. Als sie begriff, dass es nicht an seinem angestammten Platz auf dem Nachtkästchen lag, hatte ein Gefühl der Unwirklichkeit von ihr Besitz ergriffen. Seither suchte sie es, weil sie die Wohnung nicht verlassen konnte, ohne es anzulegen. Was war nur los mit ihr? Schlich sich die Altersdemenz an wie ein hungriger Wolf? Bedächtig atmete sie ein und aus.

»Bleib ruhig und halte die Augen offen«, ermahnte sie sich und sprach sich sogleich Hoffnung zu. »Der nächste Hinweis, den ich entdecke, wird mich bestimmt weiterbringen.«

Sie holte ihr schwarzes Notizbuch aus der Tischlade und schlug es auf. Überflog den Eintrag auf der letzten Seite, und das ungute Gefühl wurde allmählich zu einem großen, festen Klumpen in ihrem Magen. Ihre Angst nahm zu. Obwohl sie doch eigentlich alles im Griff zu haben schien, widersprachen ihr die Signale deutlich. Sie überlegte, wo sie mit ihren Nachforschungen anfangen sollte. Bei niemandem in ihrem Umfeld hatte sie Anzeichen der Illoyalität entdeckt. In dem Moment streifte ihr Blick die Uhr. Zehn Minuten vor neun.

»O Gott, der Sedlacek!«, rief sie erschrocken. »Der sitzt sicher schon an seinem Platz.«

Sie stemmte sich vom Stuhl hoch und ging eilig ins

Schlafzimmer. So rasch es ihre Aufgeregtheit zuließ, kleidete sie sich an. Der Gedanke an das verlegte Amulett begleitete sie wie eine dunkle Vorahnung. Sie versuchte, sich daran zu erinnern, wo sie es zuletzt gesehen hatte, als sie ein Gedankenblitz traf. Sie hastete zurück ins Wohnzimmer und schlug die Zeitschrift mit dem Kreuzworträtsel zu. Tatsächlich lag darunter das gesuchte Schmuckstück: die goldene Blume des Lebens mit einer Kaffeebohne aus einem Swarovski-Kristall in deren Mitte. Ihr fiel ein Stein vom Herzen. Wie hatte sie nur vergessen können, dass sie es am Vorabend auf den Tisch gelegt und dann die Zeitung darauf ausgebreitet hatte? Sie legte sich die Kette um, drückte den Rücken durch und machte sich auf den Weg ins Erdgeschoss. Der Tag konnte beginnen.

Kaum eine Minute später zog sie die Verbindungstür vom Treppenhaus zum Café auf und knipste ihr strahlendes Lächeln an. Der feine Duft nach Mehlspeisen und frisch gemahlenem Kaffee, das typische Stimmengewirr, das Klimpern von Geschirr und Besteck und das Zischen der Espressomaschine empfingen sie. Wie in ihrer Wohnung schien die Zeit hier stehen geblieben zu sein. Luster und Wandleuchten im Jugendstil erhellten den Raum. Eine elegante Holzvertäfelung schützte die Wände. Spiegel mit barocken Rahmen ließen den Raum größer wirken und gaben den Gästen die Möglichkeit, unauffällig andere Gäste zu beobachten. Dunkelhölzerne Thonet-Stühle, gemütliche Polstersitzecken in hellem Rot mit goldenen Stickornamenten und Tische mit Marmorplatten rundeten das typische Wiener Kaffeehausflair ab. Die dunkle Theke mit Intarsien in der Form der Blume des Lebens war das Markenzeichen vom Café Böhm, die Inneneinrichtung der Zweigstellen am Rennweg und in der Operngasse in den jeweiligen Jahrhundertwendehäusern unterschied sich nur geringfügig von der des Stammhauses. Dieses befand sich wie ihre Wohnung in einem Gründerzeithaus in der Wollzeile, dessen Fassade mit aufwendigem Stuck versehen war. Wie vermutet saß Georg Sedlacek, einer ihrer treuesten Stammgäste, bereits an seinem üblichen Tisch beim Fenster.

»Und, wie wird der Tag? Gut, oder ziehen dunkle Wolken auf?«, wurde sie von Antonia begrüßt. Die Kellnerin arbeitete seit einer gefühlten Ewigkeit für sie.

Marianne Böhm zwinkerte ihr vergnügt zu. »Angeblich habe ich heute Glück im Spiel und in der Liebe.« Sie hatte nicht vor, ihrer Angestellten gegenüber das Messer zu erwähnen und somit ihre Bedenken mit ihr zu teilen. Mochte sie auch noch so ein freundschaftliches Verhältnis verbinden. Sollte die Bedienung ruhig denken, sie hätte einen Glücksbringer, vielleicht ein Kleeblatt, entdeckt.

Antonia lachte. »So ein Pech, dass S' net spielen.«

»Vielleicht fang ich ja heute damit an.«

Die Kellnerin legte skeptisch die Stirn in Falten. »Gehn S'! Halten S' mich net am Schmäh. Sie und um Geld spielen? Vorher trinkt der Teufel Weihwasser.«

»Zumindest mit Lotto könnt ich's doch mal versuchen, was meinen S', Toni? Das mit der Liebe wird schließlich nicht mehr hinhauen. Dafür bin ich zu alt.«

»Das stimmt doch nicht«, behauptete Antonia und nickte dann Richtung Sedlacek. »Am Verehrer scheitert es jedenfalls nicht.«

»Glauben S' mir, liebe Toni, ich hol mir keinen Mann mehr ins Haus. Viel zu anstrengend. Eher leg ich mir ein Haustier zu.« Lachend eilte sie zum Tisch ihres Stammgastes.

»Sedlacek! Tut mir leid, dass ich mich verspätet hab.« Seit der Arzt nicht mehr praktizierte, verging kein Tag, an dem er nicht im Café Böhm auftauchte.

»Gnädigste.« Er erhob sich und deutete einen Handkuss an, ganz alte Schule. »Hauptsache, Sie sind da.«

Marianne Böhms Augen wanderten zu dem Karton, der auf dem Stuhl neben Sedlacek stand.

»Heute ist es mal wieder so weit. Ich hab Ihnen etwas mitgebracht.« Er überreichte ihr die braune Schuhschachtel wie ein Geburtstagsgeschenk.

»Vielen Dank.« Sie schenkte ihm ein dankbares Lächeln und winkte der Kellnerin. »Geh, Toni! Tragen S' das bitte hinauf in meine Wohnung.« Sie wandte sich wieder an Sedlacek. »Ich pack's dann später aus. Ich weiß ja, was drin ist. Sie haben es mir oft genug angekündigt. Aber erst mal muss ich noch die anderen aufbrauchen.« Sie legte den Wohnungsschlüssel auf die Kiste und gab alles Antonia. »Aber vorher bringen S' uns noch zwei Mokka und einen Apfelstrudel mit einer Extraportion Schlagobers für den Herrn Medizinalrat.«

Der Alte grinste glücklich. Als Antonia das Paket so vorsichtig nahm, als enthielte es rohe Eier, folgte Georg Sedlaceks Blick dem Karton. Nachdem die Servierin ihn auf die Theke gestellt hatte, bereitete sie den Kaffee zu, nahm ein Stück der Mehlspeise aus der Kuchenvitrine, und Sedlacek setzte an, über sein Lieblingsthema zu reden: Gesundheit im Rentenalter.

Als Marianne Böhms Schwiegertochter Michaela auftauchte und einen Blick auf die Pappschachtel warf, kam Marianne ein erhellender Gedanke: Die Schlange zierte doch auch den Äskulapstab.

Zwei Wochen zuvor
Donnerstag, 9. Jänner

1

Achtzig war nur eine Zahl.

Clemens' Mutter wirkte wesentlich jünger. Marianne Böhm sprühte vor Energie, strahlte Lebensfreude aus wie Audrey Hepburn in *Frühstück bei Tiffany*. Ja, er befürchtete seit Langem, dass sie vorhatte, hundert zu werden, und sie dieses Alter auch mühelos erreichen würde. Sie war gesund, geistig fit und umtriebig. Was ihm das eigene Leben gehörig erschwerte, weil das Ende ihrer Alleinherrschaft damit für ihn in schier unerreichbare Ferne rückte. Dabei war es in seinen Augen längst an der Zeit, das Familienunternehmen Café Böhm der nächsten Generation zu übertragen, nämlich ihm. Sein Urgroßvater hatte das erste Kaffeehaus in der Wollzeile im Jahr 1900 eröffnet, damit den Grundstein der Familiendynastie gelegt und zeitgerecht an seinen Sohn übergeben. Dieser trat die zwischenzeitlich drei Cafés ebenfalls beizeiten an seine Tochter Marianne ab. Doch diese dachte nicht mal im Traum an eine Übergabe. Die Arbeit schien sie jung zu halten. Der Einkauf, die Erstellung von Dienstplänen, die Buchführung und die vielen kleinen und großen anderen Dinge. Kaum eine der vielen geschäftlichen Aufgaben der drei Kaffeehäuser gab sie an ihn ab.

Wahrscheinlich weil seine Mutter akribisch auf

ihr Wohlbefinden achtete. Stets nahm sie auf die Minute genau zur gleichen Zeit ihre Medikamente gegen ihre Herzschwäche. Manchmal war sie derart energiegeladen, dass er sich im Ernst fragte, ob sie nicht noch andere Substanzen schluckte oder sogar Kokain schnupfte. Auch heute Abend war sie ganz in ihrem Element, gab die charmante Gastgeberin, schwebte förmlich durch das bis auf den letzten Platz gefüllte Café.

Clemens hatte sich hinter der Bar positioniert, da er von hier aus den besten Überblick über das Geschehen hatte. Nur die fünf Tische im rückwärtigen Bereich lagen außerhalb seines Sichtfelds. An der Einrichtung hatte sich seit der Eröffnung vor hundertundzwanzig Jahren nicht viel geändert. Um die Kaffeehaustische mit Marmorplatten standen original Thonet-Bugholzstühle. An der Garderobe beim Eingang hingen Zeitungshalter aus Buchenholz mit der aktuellen Presse zum kostenlosen Lesen. Auf der Speisekarte fanden sich typische Wiener Kaffeehausspeisen: faschierte Laibchen mit Erdäpfelpüree, Würstel in Saft, Kalbsbeuschel mit Serviettenknödel, Gulasch, Krautfleckerl und Milchrahmstrudel mit traditionell warmer Vanillesoße. In der Glasvitrine verführten feinste Patisseriekunstwerke wie essbare Schmuckstücke die Gäste zu einer kleinen Sünde. Hergestellt wurden sie von einem überschaubaren Team unter Clemens' Anleitung im Stammhaus in der Wollzeile, von wo aus er sie an die anderen beiden Kaffeehäuser in der Operngasse und am Rennweg lieferte. Einzige Neuerung in den letzten Jahrzehnten war das inzwischen allgemein geltende

Rauchverbot, das ihm persönlich entgegenkam. Wie oft hatte er früher den Gestank nach kaltem Rauch verflucht, wenn er morgens das Café betrat. Nun dominierte der Duft nach frischem Kaffee. Den mochte er, obwohl er selbst keinen Kaffee trank.

Für die Buchpräsentation am heutigen Abend hatten die Köche ein süßes Büfett mit Amaretto-Kaffee-Creme, Kaffee-Buttercreme-Torte und Mokkamousse vorbereitet, das das Thema der Veranstaltung widerspiegelte. Der Günstling seiner Mutter, Linus Oberhuber, las aus dem von ihm verfassten Sachbuch: *Der gute Geschmack des Kaffees.*

Der Gastraum lag seit wenigen Minuten im Halbdunkel, um den Fokus der Anwesenden auf einen Stehtisch zu lenken, auf dem eine Leselampe leuchtete.

»Ich freu mich, dass Sie unserer Einladung gefolgt sind«, flötete Clemens' Mutter jetzt ins Mikrofon und breitete dabei die Arme aus, als wollte sie alle Anwesenden umarmen. Das zarte Gelb des wadenlangen Kleids, die hochgesteckten grauen Locken und die Brille mit Goldrahmen brachten die Diva in ihr zur Geltung.

»Die Schlange verzaubert wieder mal die Beute, bevor sie ihre Giftzähne in ihrem Fleisch versenkt«, knurrte Michaela, Clemens' Frau, die lässig mit verschränkten Armen an der Kaffeemaschine lehnte. Sie trug einen weinroten Rock, der bis zu ihren Knien reichte, und eine schwarze Bluse. Die weizenblonden Haare hatte sie zu einem strengen Knoten zusammengefasst. Schwiegertochter und Schwiegermutter verband so gut wie nichts, nicht mal ein schlechtes Verhältnis. Seine Mutter behauptete, in Michaelas

Augen das Böse sehen zu können. Seine Frau nannte Marianne wiederum eine machthungrige Matriarchin, die alle um sich herum manipulierte. Er selbst fühlte sich meist wie ein Knecht. Seit Jahren wartete er vergebens darauf, endlich den Thron zu besteigen wie der englische Prinz. Inzwischen war er fünfzig und grauhaarig.

»Hast du nicht auch das Gefühl, dass sie uns in letzter Zeit noch genauer als bisher beobachtet?«, fragte Michaela und setzte eine verschwörerische Miene auf. »Fast so, als hätte sie Angst, wir könnten hinter ein dunkles Geheimnis von ihr kommen.«

»Sie hat uns doch schon immer auf die Finger geschaut.«

»Eh, aber irgendwie fühlt es sich seit Kurzem so an, als arbeitete sie für den Geheimdienst. Überall taucht sie wie aus dem Nichts auf und sieht ganz genau hin, was man gerade tut.«

Clemens wusste, was Michaela meinte, denn auch ihm war das seltsame Verhalten seiner Mutter aufgefallen. Seit eh und je war sie ein Kontrollfreak, doch in den vergangenen Wochen hatte sie wahrhaftig verhaltensauffällige Methoden entwickelt. Etwa kontrollierte sie jeden Zettel, den man abheftete, oder ließ sich Gespräche, die man mit Angestellten oder Gästen geführt hatte, detailliert nacherzählen. »Vielleicht testet sie, ob wir endlich fähig sind, die Cafés ohne sie zu leiten?«

»Das glaubst du doch selbst nicht«, fauchte Michaela verächtlich.

Nein, das tat er tatsächlich nicht. Seine Mutter war fest davon überzeugt, dass zu hundert Prozent sie für den Erfolg der Kaffeehäuser verantwortlich war. Und niemand auf dieser Welt ihr in dieser Aufgabe das Wasser reichen konnte. Einzige mögliche Ausnahme: Linus Oberhuber.

»Möglicherweise ist sie auch einfach nur nervös, weil sie mir erstmals die Buchhaltungsbelege anvertraut hat.« Er versuchte, locker zu klingen, während seine Mutter mit ausladender Gestik und gesalbten Worten Linus vorstellte.

»Er ist, wie Sie sicher alle wissen, ein leidenschaftlicher Kaffee-Sommelier und der beste Barista in der Operngasse.«

Jene Anwesenden, die wussten, dass er dort im Café Böhm arbeitete, lachten. Clemens fand den Scherz nicht lustig.

»Nun hat er sein erstes literarisches Werk veröffentlicht.«

Clemens atmete tief ein. Literarisches Werk. Die übertriebene Lobhudelei seiner Mutter brachte ihn an die Grenze seiner Belastbarkeit. Ihm kam gleich das Kotzen.

»Sie sollte erwähnen, dass er zudem ihr aufgeblasenes fünfunddreißigjähriges Protektionskind ist.« In Michaelas Blick lag abgrundtiefer Hass. Ihr war der blonde Hüne ebenso ein Dorn im Auge wie ihm. Und doch machten beide gute Miene zum bösen Spiel, weil sich daran nichts ändern ließ.

»Das Buch von Linus Oberhuber«, seine Mutter hielt ein Exemplar in die Höhe, damit auch die Gäste an den hinteren Tischen es sehen konnten, »heißt *Der gute Geschmack des Kaffees* und wird Sie begeistern, glauben Sie mir.«

Applaus setzte ein, Linus deutete eine Verbeugung an und küsste ihr galant die Hand. Kurz wanderte sein Blick zu Vanessa Hartan. Mit ihren langen cognacfarbenen Haaren war sie äußerst attraktiv und noch dazu Tochter eines vermögenden Kaffeehaus- und Restaurantbesitzers. Der Plan von Clemens' Mutter, Linus und die sechsundzwanzigjährige Schönheit zu verkuppeln, war von Erfolg gekrönt gewesen. Endlich war ihr etwas gelungen, was ihr bei ihm, Clemens, misslungen war: ihn mit einer Frau aus der Kaffeehauszunft zusammenzubringen. Michaela entstammte keiner derartigen Dynastie. Sie hatte als Grafikerin in einer Werbeagentur gearbeitet, als sie sich kennenlernten. Seine Mutter hatte sie von Anfang an abgelehnt, weil sie für ihn eine Verbindung innerhalb ihrer Kreise vorgesehen hatte.

»*Tu felix Austria nube.* Du, glückliches Österreich, heirate«, hatte Clemens ihre geplante Verkuppelung spöttisch mit der Heiratspolitik der Habsburger verglichen und sich erfolgreich dagegen zur Wehr gesetzt. Zu ihrer Hochzeit vor zwanzig Jahren war seine Mutter dann einfach nicht erschienen. Nachfolgend hatte sie Michaela wie eine Dienstbotin behandelt. Später war sie dazu übergegangen, die Verbindung zu dulden, als wäre sie eine lästige Angelegenheit, die irgendwann ein Ende hatte und die sie lediglich aussitzen musste.

Linus eröffnete die Buchvorstellung mit einem Witz. »Sagt der Gast: ›Herr Ober, mein Kaffee ist kalt.‹ Erwidert dieser: ›Gut, dass Sie mir das sagen, mein Herr. Der Eiskaffee kostet nämlich einen Euro mehr.‹«

Die Gäste lachten. Unüberhörbar laut die drei alten Grazien, die an einem Tisch saßen. Alberta, Josephine und Leopoldine, die besten Freundinnen seiner Mutter. Allesamt Witwen mit großem Vermögen und schlechtem Geschmack. Nach Clemens' Empfinden waren sie zu grell, zu laut, zu überladen mit Schmuck und zu vollgekleistert mit Make-up. Er schaute wieder zu Michaela, die zumindest schmunzelte und deren Blick einen Tick zu lange an Linus hängen blieb.

Dieser begann währenddessen, von der Recherche für sein Buch zu erzählen. »In den letzten fünf Jahren habe ich unzählige Kaffeefarmen besucht.«

Auf Kosten meiner Mutter, dachte Clemens bitter.

»Auch jene, wo der Kaffee biologisch angebaut wird, der in den Kaffeehäusern unserer hochverehrten Marianne Böhm ausgeschenkt wird.«

Clemens' Mutter und Linus tauschten ein vertrautes Lächeln.

»Den man ansprechend verpackt hier käuflich erwerben kann für die aromatische Tasse Kaffee daheim.« Er hob eine glänzend schwarze Verpackung hoch, auf der das Böhm-Logo und am oberen rechten Rand ein goldenes Biosiegel prangten.

Was für eine jämmerliche Schmierenkomödie, dachte Clemens. Doch die Augen seiner Mutter und die der Gäste glänzten begeistert. Linus war der Sohn, der er niemals sein würde.

Der Barista schwadronierte weiter über Kaffeesorten, Anbaugebiete und die verschiedenen Arten der Kaffeezubereitung, während er sich immer wieder mit der Hand durch die Haare fuhr. Seine blaugrünen Augen blitzten spitzbübisch, sobald er das Publikum ansah. Er begeisterte die Zuhörer, das musste Clemens ihm lassen. Aber alles andere hasste er an ihm. Ein Stechen in den Schläfen kündigte Kopfschmerzen an. Wahrscheinlich waren sie der Buchführung geschuldet, mit der er sich bis vor einer Stunde herumgeschlagen hatte. Und der E-Mail, die kurz vor Veranstaltungsbeginn ein Inferno der Gefühle in ihm ausgelöst hatte. Er hörte nicht mehr zu, Linus' Worte plätscherten nur noch an ihm vorbei.

Irgendwann klappte Linus das Buch zu und bedankte sich für die Aufmerksamkeit. Das Zeichen, dass der offizielle Teil des Abends zu Ende war. »Ich hoffe, ich konnte Sie für das Thema Kaffee begeistern. Sollten Sie Fragen haben, kommen Sie einfach zu mir nach vorne, und ich beantworte sie. Und natürlich signiere ich dabei gerne mein Buch für Sie.« Wieder blitzten seine Augen schelmisch, und er zeigte nach links, wo eine Buchhändlerin an einem Tisch hinter Bücherstapeln saß und dem Publikum unsicher zuwinkte.

Die Gäste applaudierten, und die Kellner setzten sich abermals in Bewegung, deckten das Büfett ab und nahmen Getränkebestellungen entgegen. Michaela half Clemens beim Ausschenken. Wein, Bier, Wasser, Kaffee. Die Bestellungen kamen im Sekundentakt. Linus plauderte mit den Leuten und malte seine Unterschrift in unzählige Bücher. Clemens' Mutter flatterte währenddessen zwischen den Gästen hin und her, schüttelte Hände, küsste Wangen, machte Small Talk. Wie ein verdammter Filmstar nach der Oscar-Verleihung.

Irgendwann hatte sie es an die Bar geschafft. »Wo ist Marcel?«, erkundigte sie sich nach ihrem Enkel.

»Zu Hause«, antwortete Michaela knapp. »Er muss morgen früh raus.«

Clemens wusste, dass seine Mutter sich nicht aus Interesse erkundigte, sondern weil sie die Anwesenheit sämtlicher Familienmitglieder voraussetzte, sobald im Café Böhm eine Veranstaltung stattfand. Sie seufzte enttäuscht. »Na ja, während wir hier schuften, macht der feine Herr sich einen Lenz. Aber wie wir wissen, hat er eh nichts übrig für das Unternehmen, das ihn ernährt.«

Clemens zapfte kommentarlos ein Glas Bier. Er hatte sich schon lange abgewöhnt, auf die spitzen Bemerkungen seiner Mutter zu reagieren. Sie konnte einfach nicht akzeptieren, dass Marcel ein anderes Lebensziel verfolgte als jenes, das sie für ihn vorgesehen hatte. Wenn er seinen Zivildienst beim Roten Kreuz im Herbst beendet hätte, wollte er ein Informatikstudium beginnen.

Abrupt wandte sich seine Mutter an Antonia, die soeben vier Krügel Bier aufs Tablett stellte. »Toni, bringen S' dem Sedlacek und mir zwei Achtel Grünen Veltliner. Aber den DAC vom Biohof Holzschuh, der schmeckt fantastisch. Ich hab den armen Kerl heute ein bisserl vernachlässigt.« Indem sie ihr perfektes falsches Gebiss zeigte, trippelte sie zum Tisch ihres treuen Stammgastes.

Clemens schenkte den Wein in die Gläser und schob diese Antonia auf der Theke zu. Eine halbe Stunde später war der erste Ansturm bewältigt, und er gab Michaela ein Zeichen, ihm ins Büro zu folgen. Der Weg führte durch die Küche, wo der Koch gerade Palatschinken zubereitete. Clemens massierte sich die Schläfen und den verspannten Nacken.

»Der Schlag soll den alten Drachen treffen«, fluchte er durch zusammengebissene Zähne, nachdem er die Tür zum Büro hinter ihnen geschlossen hatte. Die in ihm aufgestaute Wut entlud sich wie ein Tornado. Eigentlich hatte er seine Eifersucht auf Linus im Zaum halten wollen, schließlich war er ein erwachsener Mann, der nicht mehr um die Gunst der Mutter buhlen sollte wie ein Zweitgeborener. Doch heute war zu viel auf einmal zusammengekommen. Auf dem Schreitisch stapelten sich die Belege. Die Buchführung würde ihn noch die nächsten Tage in Beschlag nehmen, aber er würde den Teufel tun, sich darüber zu beschweren. Jahrelang hatte er darum gebettelt, Verantwortung übernehmen zu dürfen. Jetzt war es endlich so weit.

»Redest du von deiner Mutter?«

»Wie sie diesen Oberhuber anhimmelt, das ist doch peinlich.«

»Trotzdem musst du zugeben, dass er verdammt gut ist in dem, was er tut. Er brennt für seinen Job. Daran könntest du dir ein Beispiel nehmen, statt immer nur die Befehle des alten Drachen auszuführen.«

»Seit wann gehörst du denn zu seinem Fanclub?«, knurrte er.

Michaela verdrehte die Augen und schwieg.

Genervt fuhr er sich mit der Hand durch die Haare, bevor er ihr mit einer wütenden Geste die ausgedruckte E-Mail gab, die vor der Buchpräsentation eingegangen war. »Außerdem haben sich mal wieder die Seemauers beschwert.«

Das Rentnerehepaar war um die sechzig und wohnte seit vierzig Jahren in der Wohnung über dem Café am Rennweg im dritten Bezirk. Seit drei Jahren machten die beiden ihnen das Leben zur Hölle.

»Was ist es diesmal?«

Ein lautes Seufzen entwich ihm. »Stinkbomben. Angeblich legt die jemand von uns vor ihre Haustür.«

Seine Frau lachte kurz auf. »Das hatten wir bis jetzt noch nicht.« Sie gab ihm den Ausdruck zurück.

»Wir haben schon die Öffnungszeiten geändert, sperren seit Monaten erst um acht Uhr auf und schließen bereits um neun Uhr abends. Obwohl wir das nicht hätten tun müssen, aus reiner Kulanz. Und alles nur, damit diese verfluchten Grantler endlich Ruhe geben. Doch was hat es genutzt? Nichts! Nahezu täglich hagelt es Beschwerden. Mal ist es der Lärm, mal eine Gruppe Gäste, die beim Verlassen des Cafés zu laut lacht, mal der Rauch, der in ihre Wohnung weht, weil sich jemand vor dem Lokal eine Zigarette anzündet. Und jetzt sind's eben verfluchte Stinkbomben. Im schlimmsten Fall zeigen sie uns an, und wir müssen uns wieder mit Dingen beschäftigen, die uns nur die Zeit stehlen.« Er hob einen Abrechnungsbeleg mit spitzen Fingern hoch, als handelte es sich dabei um etwas Ekliges. »Allein im letzten Jahr waren es fünfzig Anzeigen. Fünfzig!«, wiederholte er nachdrücklich. Es war reine Schikane und Zeitverschwendung, weil alle davon bisher im Sand verlaufen waren. Weder war es zu einer Gerichtsverhandlung noch zu der Verhängung einer Strafe gekommen, weil es kein Vergehen gab, das man strafrechtlich verfolgen konnte. Sie hielten sich an die Gesetze. »Das geht mir inzwischen so was von am Oasch. Verstehst?« Er ließ das Papier fallen.

»Das Problem hätten wir schon lange nicht mehr, wenn deine Mutter endlich zustimmen würde, das Café am Rennweg zu verkaufen.«

»Das wird sie nie tun. Allein um die Seemauers zu ärgern. Die kann genauso bösartig sein wie die zwei Raunzer«, entgegnete Clemens, obwohl Michaela das ebenso wusste wie er. Seine Mutter ignorierte schlichtweg den ständigen Streit mit dem Ehepaar. Niemand durfte sie damit behelligen. Nicht mal jener Anwalt, den sie in der Sache beauftragt hatte. Aussitzen, so lautete mal wieder ihre Devise.

»Ich werde noch mal mit ihr darüber reden. So wie's momentan ausschaut, passt der Umsatz eh nicht mehr.« Clemens schlug mit der Handfläche auf den Tisch mit den Belegen.

»Ja, setz dich endlich mal gegen sie durch.« Michaela erhob sich. »Und jetzt muss ich wieder nach vorne, damit der Drache später nicht Feuer in unsere Richtung speit, weil wir uns verdrückt haben.« Sie wandte sich zum Gehen, drehte sich in der Tür jedoch noch mal um. »Der Drachentöter in der Nibelungensage hieß Siegfried … der heutige könnte Clemens heißen.«

Er blickte von den Unterlagen auf und in ihre Augen. Manchmal lag tatsächlich etwas Böses darin.

Montag, 10. Februar

2

Der Regen trommelte heftig gegen die Fenster. Windböen von hundert Kilometer pro Stunde fegten durch die nahezu menschenleere Mariahilfer Straße. Sturmtief Sabine tobte seit dreißig Minuten über der Stadt. Am Vortag hatte es bereits in Deutschland Landstriche verwüstet und zugleich die Diskussion um den Klimawandel neu angefacht. Auch im *Wiener Boten* war die Klimaveränderung Thema. So war in Wien ein Sonderbudget von acht Millionen Euro für die Neupflanzung Schatten spendender Bäume veranschlagt worden. Einer der ausgewählten Standorte war der Yppenplatz im Bezirk Ottakring, Sarah Paulis Zuhause, bevor sie vor wenigen Monaten zu ihrem Freund David, dem Herausgeber des *Wiener Boten*, nach Währing gezogen war.

Um halb zwölf war die alle Abteilungen umfassende Redaktionssitzung zu Ende. Die Journalisten kritzelten rasch die letzten Notizen auf ihre Blöcke, bevor sie ihre Unterlagen zusammenschoben. Dann löste sich die Runde auf, die Ressortleiter und Redakteure des *Wiener Boten* verließen das Konferenzzimmer und kehrten wieder an ihre Schreibtische zurück. Nur ein ausgewählter Kollegenkreis blieb sitzen. Mit ihm wollte Sarah noch die Wochenendbeilage *Lesezeit* erörtern, die nach dem

Kaffeesiederball erscheinen sollte. Auch David hatte sich hastig verabschiedet. Er hatte einen dringenden Termin außer Haus, auch zu sehen daran, dass er Anzug mit Krawatte trug. An einem normalen Arbeitstag bevorzugte er legere Kleidung. Sarah musste später noch ein wichtiges Interview führen, weshalb sie heute auch den Businesslook gewählt hatte, allerdings der femininen Art. Ein Langarmshirt mit Wasserfallausschnitt und dazu eine Bundfaltenhose. Alles in Dunkelblau. So wie die Stiefeletten. Ihre dunkelbraunen halblangen Haare hatte sie mit einem blauen Band zum Pferdeschwanz zusammengefasst. Sie sah nach dem aus, was sie seit September letzten Jahres war: Chefredakteurin. Conny Soe, Gesellschaftsreporterin und unangefochtene Modeikone des *Wiener Boten* hatte am Morgen anerkennend die Augenbrauen gehoben und gemeint, dass Sarah die neue Position gut zu Gesicht stand.

»Wie ihr alle wisst, ist die Wiener Kaffeehauskultur seit 2011 immaterielles Kulturerbe der UNESCO«, eröffnete Sarah die Besprechung mit den verbliebenen Redakteuren. »Der Kaffeesiederball am kommenden Valentinstag hat mich auf die Idee gebracht, unsere darauffolgende Ausgabe am zweiundzwanzigsten Februar komplett dem Kaffee zu widmen.« Anlässlich des Balls verwandelte der Klub der Wiener Kaffeehausbesitzer alljährlich die Hofburg in das größte Kaffeehaus der Welt. Die Damen erschienen in edler Ballrobe, die Herren in Frack, Smoking oder Galauniform. »Auf Radio Wien werden seit heute Morgen VIP-Karten verlost. Wer sie haben will, muss seinem Partner eine Liebeserklärung machen.«

»In unserer morgigen Ausgabe kann man auch vier Eintrittskarten gewinnen«, merkte Herbert Kunz an. »Allerdings muss man uns nur eine E-Mail schicken und kommt dann in einen Lostopf.«

»Wie unromantisch«, sagte Sarah und zog übertrieben die Nase kraus.

»Das diesjährige Motto des Balls lautet: ›Kaffee – Symphonie der Liebe‹. Ich finde, das ist genug der Romantik.« Kunz war Chef vom Dienst und die Schnittstelle zwischen der Chefredaktion und den einzelnen Ressorts. Auf ihn konnte man sich verlassen. Die Stelle des Chefredakteurs hätte auch ihm zugestanden.

»Was hältst du von zwei Seiten vollgestopft mit Ballgeschehen?«, wollte Sarah von Conny wissen.

Die Gesellschaftsreporterin verzog ihre perfekt geschminkten Lippen zu einem Lächeln und hob ihre Kaffeetasse, als wollte sie darauf anstoßen. Sie war komplett in Lila gekleidet und hatte als Schmuck dazu goldene Kreolen gewählt. Die Locken trug die Society-Löwin, wie sie aufgrund ihrer kupferroten Lockenmähne genannt wurde, lässig hochgesteckt. »Was glaubst? Ich halt sehr viel davon. Das gibt der Ball mit Leichtigkeit her. Allein die Atmosphäre in der Hofburg ist der Wahnsinn.« Sie stellte die Kaffeetasse wieder ab. »Zudem trifft sich dort das Who is Who der Branche, und mit etwas Glück macht einer seiner Angebeteten sogar einen Heiratsantrag. Nur weil Valentinstag ist und das so romantisch wäre.« Sie zwinkerte Kunz belustigt zu.

In dem Moment kam Sissi, Connys schwarzer Mops, unter dem Tisch hervor, wo sie bis jetzt nahezu unbemerkt geschlafen hatte. Nur ab und zu hatte lautes Schnarchen die Anwesenheit der Hündin verraten. Nun forderte sie reihum Streicheleinheiten ein.

»Passt.« Sarah wandte sich an Patricia Franz, die vor wenigen Monaten von der Chronik- in die Lifestyle-Redaktion gewechselt war. »Und ihr könntet über stylishe Kaffeemaschinen und die verschiedenen Kaffeezubereitungsarten berichten, was meinst?«

»Eine gute Gelegenheit, um die Glaubensfrage der perfekten Zubereitung zu diskutieren. Ob mit Filter, in der French Press oder in einer Espressokanne«, nahm Patricia Sarahs Vorschlag auf. Sie hatte bei ihrem Abteilungswechsel ihre eigene Stempelkanne in der Chronik-Abteilung stehen gelassen. Maja, ihre Nachfolgerin, brühte seither mehrmals am Tag frischen Kaffee auf. Der betörende Duft lockte regelmäßig Kollegen an, vor allem Conny.

»Apropos Zubereitung«, warf die Gesellschaftsreporterin ein, »Linus Oberhuber, seines Zeichens Kaffee-Sommelier, hat vor wenigen Wochen genau zu dem Thema ein Buch herausgebracht. *Der gute Geschmack des Kaffees*. Der Verlag hat mir ein Exemplar zugeschickt, das noch in meinem Büro liegt. Ich hole es, wenn's euch interessiert.«

»Bitte«, forderte Sarah sie auf.

Conny verschwand, ließ die Tür zum Konferenzzimmer aber offen stehen. Sissi watschelte ihr hinterher, während Maja Wasser in Gläser goss.

»*By the way*«, hob Herbert Kunz an, der sich noch schnell etwas notiert hatte, »der Marketingabteilung ist es gelungen, etliche Inserate für die Wochenendbeilage zu akquirieren. Die übernächste Ausgabe der *Lesezeit* ist voll durchfinanziert.«

»Wunderbar«, jubelte Sarah. »Aber hoffentlich sind auch ein paar Anzeigen darunter, die zum Thema passen.« Sie hasste es, wenn dem nicht so war. Wenn etwa die Annonce eines Abrissunternehmens neben dem Artikel über eine Wiener Sehenswürdigkeit stand.

Conny kam zurück und legte das Buch auf den Tisch. Das ockerfarbene Cover zeigte eine gefüllte Espressotasse umgeben von Kaffeebohnen. »Oberhuber beschäftigt sich darin unter anderem mit dem biologischen Anbau von Kaffee. Ich konnte leider nicht zur Buchpräsentation gehen, die am neunten Jänner war, deshalb das Buch.« Sie zog eine Einladung mit dem gleichen Motiv wie das auf dem Cover aus dem Buch hervor und überreichte Sarah beides. »Der Autor arbeitet übrigens als Barista im Café Böhm in der Operngasse und ist«, sie rollte gespielt ehrfürchtig mit den Augen, »das Protektionskind von Marianne Böhm.«

Jeder in der Stadt kannte den Namen der über allem thronenden Matriarchin. Sie führte die Kaffeehäuser in der Operngasse, dem Rennweg und in der Wollzeile bereits in dritter Generation. Trotz ihres hohen Alters von achtzig Jahren hatte sie sie noch nicht an ihren Sohn übergeben. Glaubte man den Gerüchten, war dieser bislang ein gewöhnlicher Angestellter in dem Familienunternehmen.

»Sie schleppt den Kerl überallhin mit«, fuhr Conny fort. »Manchmal könnte man meinen, Linus Oberhuber wäre ihr Kind und nicht ihr Sohn Clemens.«

»Kann mir mal wer den Unterschied zwischen Barista und Kaffee-Sommelier erklären?«, fragte Herbert Kunz.

»Der Sommelier bewertet die Qualität und den Geschmack des Kaffees. Der Barista ist Spezialist in der Zubereitung«, erläuterte Conny.

»Aha.« Kunz hob die Augenbrauen. »Das solltest du auf jeden Fall auch in deinem Artikel erwähnen. Ich glaube nämlich, es gibt mehr Leute wie mich, die den Unterschied nicht genau kennen.«

Conny nickte und machte sich eine Notiz.

»Ich treffe die Böhm heute um halb zwei im Hawelka«, kam Sarah wieder auf die Kaffeehausbesitzerin zurück.

Conny warf ihr einen überraschten Blick zu. »Welch Zufall. Ich interviewe morgen früh Linus Oberhuber im Café in der Operngasse. So kann ich gleich ein paar Fotos von ihm bei der Arbeit schießen. Eigentlich hatte ich einen Bericht über das Buch für die Gesellschaftsseite geplant. Aber weil's thematisch passt, können wir ihn auch in die Wochenendbeilage packen. Da hätte ich faktisch mehr Platz und könnte zugleich auf die Themen Qualitätsmerkmale, Sorten und Aufbewahrung eingehen. Steht nämlich alles hier drin.« Die Society-Löwin strich mit der Hand fast zärtlich über den Bucheinband. »Ein umfangreicher Artikel über das Werk ihres Günstlings lässt den *Wiener Boten* in ihrer Gunst mit Sicherheit steigen.« Conny machte keinen Hehl daraus, dass sie die Cafetiere schätzte. Ihre Charity-Veranstaltungen waren legendär und gern besucht von der Wiener Prominenz. Für Conny war jedes Event im Café Böhm ein Fest. In diesem Moment blitzte in ihren Augen eine Art Erkenntnis auf.»Deshalb also das seriöse Outfit. Und ich dachte schon, du wärst beim Bundespräsidenten zum Mittagessen eingeladen.«

Sarah grinste. »Das Stammhaus der Böhms feiert Anfang März sein hundertzwanzigjähriges Bestehen. Das ist doch eine Geschichte und ein adäquates Outfit wert.«

»Schon, aber wieso trefft ihr euch im Hawelka?«, hakte Conny verwundert nach. »Sozusagen bei der Konkurrenz. Zudem ist das Hawelka ein Künstlercafé mit einer unaufgeräumten Atmosphäre, wohingegen die Kaffeehäuser der Böhms aufgrund der klassischen Einrichtung die Strahlkraft von Ringstraßencafés haben.«

Sarah zuckte mit den Achseln. »Keine Ahnung. War ihr Vorschlag. Vielleicht hat sie vorher oder nachher etwas in der Nähe zu tun.«

Sie gab Conny das Buch zurück.

»Das wäre kein Grund«, erwiderte die. »Ihr Café in der Wollzeile liegt unweit vom Hawelka. Dich dort zu treffen entbehrt jeder Logik. Da müsste sie schon direkt im Hawelka zu tun haben, und das kann ich mir nun beim besten Willen nicht vorstellen. Die Matriarchin des Café Böhm im Hawelka sitzend, das Bild entzieht sich absolut meiner Vorstellungskraft. Das ist, als würde die Queen zum Tee in den Dienstbotentrakt einladen.«

»Ich werde sie fragen, warum sie diesen Treffpunkt gewählt hat. Versprochen.«

»Was haltet ihr von einer Story über die Historie der Wiener Kaffeehaustradition?«, brachte Herbert Kunz einen weiteren Vorschlag auf den Tisch.

»Gute Idee.« Sarah nickte. Sie musste sich zwar noch daran gewöhnen, als Chefredakteurin Entscheidungsträgerin zu sein, jedoch gefiel es ihr, die Themen mitzubestimmen und damit das Bild des *Wiener Boten* zu prägen.

»Das wäre doch ein Thema für dich, Maja. Immerhin studierst du neben Publizistik auch Geschichte«, regte Kunz weiter an.

»Gern.« Die Jungredakteurin nickte euphorisch. Ihr langes kastanienbraunes Haar hatte sie zusammengedreht und am Hinterkopf mit einer Spange befestigt. Das Studium würde sie noch etwa ein Jahr in Beschlag nehmen, danach konnte sie ihre gesamte Energie der Arbeit beim *Wiener Boten* widmen.

Auch nach ihrer Beförderung zur Chefredakteurin war Sarah nicht in ein anderes Büro gewechselt. Ein Wasserrohrbruch hatte das verhindert. Zwischenzeitlich war der Schaden behoben, und die Wände waren vor Ewigkeiten trockengelegt worden, und nun waren die Maler am Werk. Bis sie in wenigen Wochen ihr neues Reich beziehen könnte, arbeitete sie einfachheitshalber an ihrem bisherigen Schreibtisch hinter der Glaswand in der Chronik-Redaktion weiter, in Sichtweite von Maja.

»Spann den Bogen ruhig bis ins siebzehnte Jahrhundert zurück. Und erwähne dabei gerne auch die Legende über die Anfänge der Wiener Kaffeehauskultur«, fuhr Kunz fort.

»Mit Legende meinst du bestimmt jene des aus Ostgalizien stammenden Georg Franz Koltschitzky, oder?«, präzisierte Maja. »Nach der zweiten Türkenbelagerung 1683 soll er angeblich ein paar Säcke mit Kaffeebohnen irgendwo gefunden haben. Die Wiener hielten den Inhalt für Kamelfutter, doch Koltschitzky wusste, dass es sich um Kaffee handelte, und wurde so Wiens vermeintlicher erster Kaffeesieder. Was jedoch inzwischen wissenschaftlich widerlegt wurde. In Wahrheit erhielt Johannes Deodat, ein armenischer Handelsmann und eine strahlende Persönlichkeit, 1685 von Kaiser Leopold I. die Hoffreiheit, Kaffee auszuschenken. Als Gegenleistung für seine Spionagetätigkeit in Zusammenhang mit der Belagerung Belgrads. Damit begründete er das erste Wiener Kaffeehaus.«

Kunz zeigte sich beeindruckt von Majas ausführlicher Antwort.

Conny beugte sich leicht nach vorne. »Außer Acht lassen sollten wir auch nicht die zahllosen Künstler und Intellektuellen, die man einst nahezu täglich in ihren Stammcafés antraf. Etwa saßen im Landtmann Paul und Attila Hörbiger, Max Reinhardt, Hans Moser und Oskar Kokoschka. Nicht zu vergessen die sogenannten Kaffeehausliteraten Friedrich Torberg, Egon Friedell, Alfred Polgar und Stefan Zweig, um nur einige zu nennen. Letztere traf man bekanntlich im Café Central im Palais Ferstel, ebenso wie Sigmund Freud und den Architekten Adolf Loos.«

»Perfekt. Ich seh schon, das wird eine sensationelle Ausgabe.« Sarah war begeistert von der Energie, mit der das Team das Thema anging. Sie klatschte in die Hände, um die Besprechung zu beenden. »Dann lasst uns loslegen.« Es war bereits Viertel nach zwölf, und sie wollte sich vor dem Treffen mit Marianne Böhm noch ein paar Notizen machen.

3

Pünktlich um halb zwei zog Sarah die äußere Eingangstür des Café Hawelka auf. Ihr Magen knurrte. Nach dem Interview müsste sie dringend eine Kleinigkeit essen. Kaum war sie durch die zweite doppelflügelige Tür hindurchgegangen, umfing sie die typische Kaffeehausstimmung. Der Dielenboden knarrte. Geschirrgeklapper mischte sich mit dem Klirren von Kaffeelöffeln, die gegen Tassen schlugen. Stimmengewirr und Kaffeeduft. Das Interieur stammte noch aus dem Jahr 1913 und war seitdem nicht verändert worden. Entworfen hatte die Inneneinrichtung Rudolph Michael Schindler, ein Schüler der berühmten Architekten Otto Wagner und Adolf Loos, der in den USA Karriere gemacht hatte und heute als wichtiger Vertreter der klassischen Moderne in der Architektur galt. Und doch machte den Charme des Hawelka nicht nur seine Einrichtung, sondern vielmehr die Atmosphäre eines alteingesessenen Wiener Cafés aus. Dazu gehörte, dass man bei einem kleinen Braunen so lange sitzen bleiben durfte, wie man mochte. Niemand vertrieb einen vom Tisch, wenn die Tasse leer war. Abends, wusste Sarah, wehte hier nach wie vor der Duft der legendären Buchteln durch den Gastraum. Wie zu Zeiten von Josefine und Leopold Hawelka, den Begründern des

Cafés. Zubereitet nach einem Rezept von Leopold Hawelkas böhmischer Großmutter. Ein Muss für Liebhaber von Mehlspeisen.

Sarahs Blick glitt nach rechts. Sie hatte den hintersten Tisch in den Fensternischen reserviert, der am besten abgeschirmt war, zu dieser Jahreszeit auch aufgrund der behängten Kleiderständer davor.

Als sich die Eingangstür hinter ihr öffnete, wandte Sarah sich um.

Marianne Böhm war eingetreten. Oder besser gesagt, sie war erschienen, denn die alte Dame überstrahlte mit Leichtigkeit alle anderen Gäste im Lokal. Sie trug einen flaschengrünen Wintermantel und einen cremefarbenen Schal, ihre grauen Locken waren hochgesteckt. Erhaben, aber mit gütigem Blick musterte sie durch ihre goldumrandete Brille die Umgebung. Ein Hauch von teurem Parfum umwehte sie wie eine geheimnisvolle Aura. Sarahs italienische Großmutter hätte Marianne Böhm sicher als »una donna dignitosa«, eine würdevolle Frau, bezeichnet. Lächelnd machte Sarah ein paar Schritte auf die Kaffeehausbesitzerin zu und stellte sich ihr vor. »Ich freu mich, Sie persönlich kennenzulernen.«

Marianne Böhm erwiderte das Lächeln. »Die Freude liegt ganz bei mir. Ich lese täglich den *Wiener Boten*, und Ihre Kolumnen sind sehr erfrischend.«

»Danke.« Sarah unterdrückte ein belustigtes Schmunzeln. Noch nie zuvor hatte jemand ihre Rubrik über Aberglauben als erfrischend bezeichnet. Normalerweise fielen in dem Zusammenhang Wörter wie: lehrreich, mystisch, unnötig und verrückt.

Als ein Kellner neben ihnen erschien, nannte Sarah ihren Namen, und er deutete auf den reservierten Tisch am hinteren Ende der Fensterfront, den sie schon im Auge gehabt hatte. Sie zwängten sich an vier Personen vorbei, die darauf warteten, dass ein Platz für sie frei wurde, dann hängte Sarah ihren Mantel an den Kleiderständer, der direkt neben ihrem Sitzplatz stand. Marianne Böhm setzte sich auf die gepolsterte Kaffeehausbank und legte ihren Mantel neben sich ab. Darunter trug sie ein auberginefarbenes Wollkleid und eine Halskette mit einem Amulett. Unauffällig sah Sarah genauer hin. Es zeigte das Logo vom Café Böhm: eine einzelne Kaffeebohne im Zentrum der Blume des Lebens, der man eine schützende und harmonisierende Wirkung nachsagte. Sarah setzte sich auf die Bank gegenüber Marianne Böhm und warf einen Blick auf ihre Unterlagen. Sie hatte einige Fakten über die drei Kaffeehäuser in Stichworten zusammengefasst, die sie als Einleitung für den Artikel verwenden wollte. Jetzt musste sie aus Marianne Böhm noch Persönliches zur Unterfütterung des Artikels herauskitzeln. Als sie wieder aufsah, blickte die alte Dame sie erwartungsvoll an.

»Frau Kommerzialrätin«, begann Sarah, indem sie Marianne Böhm mit dem Titel ansprach, der ihr vor fünfundzwanzig Jahren verliehen worden war.

»Bitt schön, lassen S' den Titel doch weg. Der gibt mir nur das Gefühl, uralt zu sein.«

Das schrille Läuten eines Telefons ließ Sarah hochschrecken.

Marianne Böhm schmunzelte. »Das ist nur das alte Münztelefon. Es hängt seit unzähligen Jahren in dem

Kabäuschen neben dem Eingang.« Sie beugte sich ein wenig zur Seite, um an Sarah vorbeizublicken. »Großartig, dass das noch in Betrieb ist.«

Als Sarah sich umsah, öffnete ein Kellner gerade die Tür zu der unscheinbaren Kabine und hob den Hörer ab. Fasziniert beobachtete sie, was geschah, als sähe sie zum ersten Mal in ihrem Leben ein Münztelefon. Die kleine Kammer war ihr beim Betreten des Lokals gar nicht aufgefallen. Sie drehte sich wieder zu ihrer Gesprächspartnerin. »Genial. Das wusste ich tatsächlich nicht.«

»Als junges Mädchen war ich öfter im Hawelka, wenn ich meine Ruhe haben wollte. In unseren eigenen Cafés stand ich ja ständig unter Beobachtung.« Sie deutete auf die Bronzebüsten von Josefine und Leopold Hawelka, die auf der schmalen Anrichte nahe ihrem Tisch standen. »Damals lebten die beiden noch.« Ihr Blick verschwamm, als suchte sie irgendwo in weiter Ferne nach einer Erinnerung. »Das können Sie gerne schreiben. Ja, schreiben Sie, dass die Böhm als junges Ding gerne ins Hawelka ging.« Sie tippte mit dem Zeigefinger auf Sarahs Block. »Ich hab hier viele berühmte Leute Kaffee trinken gesehen. Den Friedensreich Hundertwasser, den Ernst Fuchs und einmal sogar den H. C. Artmann. Danach hab ich mir in der Buchhandlung am Graben gleich einen Lyrikband von ihm gekauft. Er steht seitdem zu Hause in meinem Regal.«

Sarah machte sich Notizen. Genau darauf hatte sie gehofft, auf eine kleine Anekdote. Ein Kellner kam, und sie bestellte eine Melange und Marianne Böhm einen großen Braunen und ein Stück Apfelstrudel.

»Mal schauen, ob der so gut schmeckt wie in meiner Erinnerung«, flüsterte sie verschmitzt lächelnd.

Sarah war beeindruckt. Vor ihr saß keine achtzigjährige Seniorin, sondern eine elegante Frau voller Leben. »Weshalb wollten Sie mich ausgerechnet hier treffen?«, stellte sie die Frage, die sie Conny versprochen hatte zu stellen.

Wieder schrillte das Telefon durch das Lokal.

»Mein Sohn hat mich überredet, in unseren Cafés eine moderne Telefonanlage installieren zu lassen«, ging Marianne Böhm nicht darauf ein. »Dabei wär es leicht gewesen, die Apparate aus den 1950er-Jahren umzurüsten. Das käme heutzutage mit Sicherheit gut an, wo doch alles so – wie sagt man? – vintage oder retro ist.« Wieder lächelte sie sanft. »Mein Gott, im Laufe meines Lebens habe ich Dinge weggeschmissen, die man mittlerweile im Museum ausstellt. Die Einrichtung in meinen Kaffeehäusern stammt zum Großteil noch aus der Zeit der vorletzten Jahrhundertwende, und es ist mir wichtig, dass das so bleibt. Muss ein Möbelstück ausgetauscht werden, achte ich darauf, dass, wenn ich kein Original mehr bekomme, es sich zumindest um einen Nachbau handelt. Mein Sohn hat vor Jahren den Vorschlag gemacht, das Stammcafé komplett zu modernisieren.« Sie schüttelte verständnislos den Kopf. »Damit wäre ihm jedweder Charme genommen worden. Das echte Wiener Kaffeehaus ist doch ein Stück Lebensgefühl, Tradition, Kultur. Aber das können mein Sohn und meine Schwiegertochter leider nicht nachvollziehen.« Ein dunkler Schatten legte sich für den Bruchteil einer Sekunde auf ihr Gesicht, doch im nächsten Moment strahlte sie wieder die bereits bekannte Contenance aus.

Plötzlich übermannte Sarah jenes Gefühl von Unsicherheit, das sie zuletzt bei ihren allerersten Interviews für den *Wiener Boten* verspürt hatte. In Gegenwart dieser Frau kam sie sich naiv vor, obwohl sie für ihren Beruf mindestens so brannte wie Marianne Böhm für ihre Kaffeehäuser.

Als der Kellner die Bestellung brachte, versenkte Sarah den Löffel in ihrer Melange und rührte um. »Conny Soe, unsere Gesellschaftsreporterin …«

»Ich kenne sie«, warf Marianne Böhm ein. »Eine tüchtige Frau.«

»Sie interviewt morgen Linus Oberhuber zu seinem Buch, in dem er unter anderem über Biokaffee schreibt. Wir werden ausführlich darüber berichten. Er hat es doch bei Ihnen im Café in der Wollzeile präsentiert und …«

»Wir schenken schon seit einem Jahr ausschließlich Biokaffee aus«, unterbrach die Geschäftsführerin Sarah. »Nachhaltigkeit, fairer Handel und Bioqualität sind die Merkmale, auf die ich beim Einkauf aller Produkte achte. In den Küchen und der Patisserie verwenden wir ausschließlich Lebensmittel höchster Qualität.«

Sarah entspannte sich. Offenbar hatte sie das richtige Thema angerissen.

Marianne Böhm probierte ein Stück vom Apfelstrudel, ehe sie weitersprach. »Wir beziehen unseren Kaffee aus Äthiopien. Das, nur nebenbei bemerkt, als das Geburtsland des Arabica-Kaffees gilt. Haben Sie gewusst, dass dort über neunzig Prozent der Bauern den

Kaffee auf biologische Weise herstellen, sich der Großteil davon jedoch groteskerweise das Biozertifikat nicht leisten kann? Eine derartige Zertifizierung kostet in den Erzeugerländern rund dreitausend Euro, für die meisten Kaffeebauern unerschwinglich.« Sie hörte sich anklagend an, zugleich gelang es ihr, dabei auszusehen, als sprächen sie über die schönste Sache der Welt. Nicht ein einziges Mal verlor Marianne Böhm ihr sanftes Lächeln oder ihre Strahlkraft. Sarah kam diese Frau wie die ungetrübte Lebensfreude in Person vor.

»Ehrlich gesagt habe ich mir bis heute den Kopf noch nie darüber zerbrochen«, gestand sie.

»Sollten Sie aber! Der Anbau in Mischkulturen spielt bei Biokaffee eine große Rolle«, fuhr Marianne Böhm fort. »Weil diese Anbauart weniger Dünger als eine Monokultur benötigt, und wenn gedüngt wird, kann man auf Naturdünger zurückgreifen. In Mischkulturen werden neben Kaffee Avocados, Bananen, Grapefruits oder Ananas angebaut. Das lockert den Boden und vermindert die Erosionsgefahr. Zudem nutzt man den Effekt, dass die Bäume den Boden beschatten und damit die Verdunstung reduzieren, was in wasserarmen Gebieten, wie Sie sich vorstellen können, von großem Wert ist. Abgesehen davon steigert man auf diese Weise den Ertrag.« Sie hielt kurz inne. »Nebenbei bemerkt, zum Glück begreift man inzwischen auch bei uns, dass Bäume fürs Klima äußerst wertvoll sind, und pflanzt selbst in Städten wieder welche an. Ich kann mich noch gut an die großartigen Alleen in meiner Kindheit erinnern. Eine Schande, dass die irgendwann dem Straßenbau zum Opfer fielen!«

Die Kaffeehausbesitzerin redete so rasch und voller Begeisterung, dass Sarah mit dem Schreiben kaum hinterherkam. Kurz überlegte sie, das Gespräch mit dem Handy aufzunehmen, befürchtete jedoch, dass der Umgebungslärm im Kaffeehaus stören und die Aufnahme ruinieren würde. Also verzichtete sie darauf. »Mir hat mal jemand erzählt, dass es bei Kaffee unter anderem auf die Röstung ankommt.«

»Das stimmt. Der Röstprozess ist genauso maßgeblich wie die Qualität der Bohnen. Für unseren Biokaffee werden sie bei maximal zweihundert Grad und nicht länger als zwanzig Minuten geröstet. Bei herkömmlichem Kaffee durchlaufen sie eine schnelle Schockröstung bei bis zu achthundert Grad, weshalb der Kaffee manchmal bitter schmeckt.«

Sarah machte sich eine geistige Notiz, in Zukunft ausschließlich Biokaffee zu kaufen. Bei den meisten Lebensmitteln achtete sie inzwischen auf Bioqualität und entschied sich zudem vorwiegend für regionale Produkte. Interessanterweise hatte sie sich über Herkunft und Anbauweise von Kaffee bisher kaum Gedanken gemacht. Und das, obwohl sie täglich mehrere Tassen trank.

Während Marianne Böhm weitersprach, wanderte Sarahs Blick immer wieder zu deren Amulett. Als die Cafetiere das bemerkte, griff sie nach dem Schmuckstück. »Die Kette hat mir mein Vater geschenkt, als er mir Anfang der 1970er-Jahre die Geschäftsleitung übertrug. Ich trage sie seither täglich, weil ich davon überzeugt bin, dass sie mir Glück bringt. Sie müssen wissen, dass das Firmenlogo noch mein Großvater kreiert hat. Zwei Jahre nach der Eröffnung des ersten Kaffeehauses in der Wollzeile, folglich ist es fast so alt wie unser Stammhaus.« Die alte Dame zeigte auf den Anhänger, der an einer Kette an Sarahs Hals baumelte. »Wie ich sehe, haben Sie ebenfalls eine Art Talisman.«

Instinktiv berührte Sarah das rote Korallenhörnchen. »Das ist ein Corno, das vor dem bösen Blick schützt«, erklärte sie. »Meine Großmutter stammte aus Neapel, dort fürchtet man diesen seit ewigen Zeiten. Man muss das *curniciello*, wie es auf Neapolitanisch heißt, jedoch geschenkt bekommen, damit es wirkt.«

Marianne Böhm fixierte Sarah, als würde sie angestrengt darüber nachdenken, inwieweit sie ihrem Gegenüber vertrauen konnte. Dann gab sie sich sichtbar einen Ruck. »Kann ich Ihnen eine Frage stellen, die unter uns bleibt?«

Demonstrativ legte Sarah den Stift auf ihren Block. »Selbstverständlich.«

Marianne Böhm blickte kurz auf ihre Kaffeetasse, atmete tief durch. Den Bruchteil einer Sekunde lang fiel sie aus der Rolle der selbstbewussten Matriarchin, und Sarah glaubte, Besorgnis hinter der Fassade zu erkennen.

»Was fällt Ihnen spontan zum Pfeilsymbol ein?«

Der plötzliche Themenwechsel irritierte Sarah kurz. Doch dann erinnerte sie sich, dass die Kaffeehausbesitzerin ja ihre Kolumnen las und somit an Aberglauben und Sinnbildern zumindest interessiert war. »Der Pfeil steht für Schicksalsereignisse und seelische Vorgänge, die blitzartig über uns hereinbrechen, weil er geräuschlos und unvermittelt aus dem Hintergrund schnellt. Als Pfeil Amors bringt er die Liebe, als Kriegs- und Jagdwaffe den Tod.«

»Angefangen hat es mit dem Pfeil, dann folgten die Schlange und das Messer«, murmelte Marianne Böhm gut hörbar.

»Wovon sprechen Sie?«

Die alte Dame beugte sich über den Tisch, griff nach Sarahs Hand und hielt sie fest, als ginge es um Leben und Tod. »Und vorgestern das Grab. Ich hatte auf etwas anderes gehofft. Einen Arm zum Beispiel.«

»Ist das ein Rätsel, das ich lösen soll?« Sarah begriff noch immer nicht, was genau Marianne Böhm von ihr wollte.

»Nein. Ich möchte Ihre Expertise hören.«

»Zu Pfeil, Schlange, Messer und Grab?«, hakte Sarah verwundert nach. »Nun, zu der Schlange fällt mir spontan der Äskulapstab ein, der in und an Apotheken und manchmal auch Arztpraxen zu finden ist. Ihm wird unter anderem eine magische Kraft zugesprochen, weil er die Verbindung zwischen Himmel und Erde symbolisiert.«

»An den Äskulapstab habe ich auch gedacht, doch es fehlte der Stab zu der Schlange.« Die alte Dame hielt inne, fixierte einen Punkt hinter Sarah.

»Ich verstehe noch immer nicht, worauf Sie hinauswollen.«

Aber Marianne Böhm antwortete nicht, starrte nach wie vor an ihr vorbei. Sarah wandte sich um, konnte jedoch nichts Ungewöhnliches erkennen. Die Leute an den Tischen um sie herum unterhielten sich, niemand beachtete sie. Als sie sich wieder umdrehte, lag der Kopf der Grande Dame auf der Marmortischplatte. Erschrocken sprang Sarah auf, und auch das Paar am Nebentisch setzte sich alarmiert gerade hin.

»Frau Böhm!« Sarah legte ihre Hände auf die Schultern der Frau und schüttelte sie sanft. Doch die Kaffeehausbesitzerin reagierte nicht.

4

Alles geriet in Bewegung. Stühle kippten um. Silbertabletts mit Kaffeetassen darauf fielen scheppernd zu Boden. Gäste und Angestellte eilten herbei. Das Münztelefon in dem winzigen Kabinett neben dem Eingang klingelte.

»Arzt! Wir brauchen einen Arzt!«, brüllte Sarah in eine unbestimmte Richtung. »Ruft bitte jemand den Notarzt!«

Eine schätzungsweise Zwanzigjährige in Jeans und grauem Pullover drückte augenblicklich auf ihrem Handy herum, das sie in der Hand gehalten hatte.

»Passen Sie auf, dass ab sofort niemand mehr die Situation fotografiert oder filmt«, wies Sarah den Kellner an, der ebenfalls herbeigeeilt war. Sie wusste, dass Bilder derartiger oder ähnlicher Unglücksfälle viel zu oft und schneller, als man schauen konnte, in den sogenannten sozialen Medien auftauchten. Etwas, das sie zutiefst verabscheute und exorbitant bestraft gehörte, hätte sie diesbezüglich etwas zu sagen.

Noch immer war Marianne Böhm bewusstlos. Tausend Gedanken fuhren in Sarahs Kopf Karussell. Was war geschehen? Hatte sie etwas übersehen? Hatte die alte Dame einen Schlaganfall erlitten? Wie verhielt man sich in so einem Fall, und warum nur lag ihr letzter

Erste-Hilfe-Kurs so lange zurück? Endlich verstummte das verfluchte Münztelefon im Kabinett.

»Die Frau ist zusammengebrochen!«, rief die Zwanzigjährige aufgeregt ins Handy, bevor sie Sarah das Mobiltelefon ans Ohr presste. Sie nahm es ihr ab.

»Wo genau sind Sie?«, fragte der Disponent am anderen Ende der Leitung.

»In Wien«, antwortete Sarah und schalt sich im nächsten Moment dafür. Aber es gelang ihr einfach nicht, logisch zu denken.

»Konkreter.«

Gib ihnen Details!, brüllte eine Stimme in ihrem Kopf.

»Im Hawelka.« Sie warf dem Kellner einen verzweifelten Blick zu.

Der verstand sofort. »Dorotheergasse 6.«

Sie wiederholte die Adresse, obwohl doch jeder in Wien wissen musste, wo das berühmte Kaffeehaus lag.

»Sind Sie bei der Dame?«

»Ja.«

»Wie alt ist sie?«

»Ähm ... ich glaub ... achtzig. Ja, achtzig.«

»Ist sie ansprechbar?«

»Nein.«

»Atmet sie?«

»O Gott, o Gott. Sie atmet nicht. Oder doch? Ich habe keine Ahnung. Bitte! Kommen Sie schnell!« Sarahs Stimme überschlug sich vor Panik. Auch die Mienen und die Körpersprache der Umstehenden zeugten von beklemmender Hilflosigkeit.

»Bleiben Sie ruhig. Ein Rettungswagen und ein Notarztfahrzeug sind bereits unterwegs. Sind weitere

Personen in der Nähe?« Der unaufgeregte Tonfall des Einsatzplaners in der Leitstelle glich einem rettenden Anker.

Sarah wurde ruhiger. Ihr Gehirn schien wieder zu funktionieren. »Ja. Das Café ist voller Menschen.«

»Schicken Sie jemanden zur U-Bahn-Station Stephansplatz. Dort befindet sich ein Defibrillator. Derjenige soll ihn holen.«

Sarah zwang sich, tief durchzuatmen und den Mann mittleren Alters, der neben ihr noch immer auf seinem Stuhl saß, in kurzen, einfachen Sätzen darum zu bitten, den Apparat herzubringen.

Tatsächlich sprang er unvermittelt auf, drängte mit ausgefahrenen Ellenbogen die Menschenmenge, die sich um sie herum geschart hatte, zur Seite und verschwand wenige Augenblicke später durch die Eingangstür.

»Bitte hören Sie mir jetzt genau zu«, drang die Stimme des Mannes aus der Leitstelle ernst an ihr Ohr, während das Telefon in dem Kabäuschen erneut klingelte. »Ich werde Ihnen nun erklären, wie eine Herzdruckmassage funktioniert.« Dann gab er Sarah die Anweisungen in einem ruhigen und sachlichen Tonfall: »Legen Sie die Patientin mit dem Rücken flach direkt auf den Boden. Es sollte sich keine Jacke oder Tasche unter ihr befinden.«

»Einen Moment bitte. – Halten Sie!« Sarah drückte der Handybesitzerin ihr Telefon wieder in die Hand und bedeutete zwei jungen Männern, ihr zu helfen. »Wir müssen sie auf den Fußboden legen.«

Mithilfe einiger Gäste räumten die Kellner so rasch

wie möglich Tische und Stühle zur Seite, dann fassten die Burschen die Arme von Marianne Böhm.

Sarah bückte sich mit weichen Knien, griff nach den Beinen, und gemeinsam zerrten sie die Cafetière von der Sitzbank. Sorgsam achteten sie darauf, dass sie ihnen nicht aus den Händen glitt, dann betteten sie sie auf den freigeräumten Parkettfußboden. Mit zitternden Fingern gab sie der jungen Frau Bescheid, ihr das Handy wieder ans Ohr zu halten.

Die Zwanzigjährige kniete sich neben sie und tat wie geheißen.

»Sie liegt jetzt auf dem Holzfußboden!«, rief Sarah ins Telefon.

Irgendjemand im Raum hustete. Ein Stuhl wurde gerückt. Sie konzentrierte sich auf die nächsten Anweisungen und positionierte ihren linken Handballen in der Mitte von Marianne Böhms Brustkasten. Dann presste sie den Ballen ihrer rechten Hand auf den linken Handrücken.

»Drücken Sie fest und schnell auf die Brust. Mindestens zweimal pro Sekunde, fünf Zentimeter tief. Dazwischen lassen Sie den Brustkorb bitte wieder vollständig hochkommen.«

Jetzt erinnerte sich Sarah daran, dass der Leiter ihres letzten Erste-Hilfe-Kurses erklärt hatte, man müsse eine Herzdruckmassage im Rhythmus des *Radetzkymarsches* oder *Stayin' Alive* von den Bee Gees machen. Verdammt. Weder die eine noch die andere Melodie wollte ihr einfallen.

»Zählen Sie laut mit, wenn Sie auf den Brustkasten pressen. So kann ich das Tempo kontrollieren.«

Sie zählte aus voller Kehle. »Eins, zwei.«

»Gut so. Das machen wir jetzt gemeinsam, bis die Rettungskräfte der Berufsrettung und die Polizei bei Ihnen eintreffen.«

Wie in Trance presste Sarah immer wieder ihre Hände auf Marianne Böhms Brustkorb, führte mechanisch die Befehle aus.

Atme! Bitte atme, keuchte sie stumm, während sie weiterhin lauthals mitzählte. Angstschweiß stand ihr auf der Stirn. Sie war voller Adrenalin. Eine Strähne, die sich aus dem Pferdeschwanz gelöst hatte, fiel ihr ins Auge. Sie blinzelte und war froh, als die Handybesitzerin ihr sie nach hinten strich.

Endlich stürzten drei Sanitäter und ein Notarzt ins Café, nahezu zeitgleich mit dem Mann mit dem Defibrillator, der das Gerät auf einen Tisch legte und sich erschöpft auf einen Stuhl fallen ließ. Er hatte sich umsonst beeilt, die Rettungskräfte hatten ihren eigenen Defibrillator dabei.

Sarah bemerkte, dass sich jemand neben sie hinkniete.

»Ich heiße Rene und bin von der Rettung. Wie ist Ihr Name?«

»… zwei, drei …« Sie reagierte verzögert. »Sarah.«

»Gut, Sarah. Wir übernehmen jetzt. Sie haben das großartig gemacht.«

Die junge Frau nahm ihr das Handy vom Ohr und rappelte sich hoch. »Die Rettungskräfte sind da«, informierte sie den Mann von der Leitstelle.

Sarah nickte abwesend, ließ ihre Hände jedoch am Brustkorb der alten Dame liegen. Weshalb sollte sie jetzt aufhören? Mittlerweile harmonisierten die Melodien von *Stayin' Alive* und dem *Radetzkymarsch* perfekt in ihrem Kopf. Als sie kurz aufsah, entdeckte sie drei Polizisten in Uniform, die die Leute im Café anwiesen, Ruhe zu bewahren und sich wieder hinzusetzen. Waren die zeitgleich mit der Rettung aufgetaucht?

Rene schob sie sanft zur Seite und übernahm die Herzdruckmassage. Als sie ihn fragend anblickte, sah sie in zwei dunkle Augen, registrierte ein freundliches Lächeln und die orangerote Jacke der Berufsrettung. Ihr gegenüber kniete der Notarzt, bei dessen Anblick sie stutzte. Den lockigen Blondschopf kannte sie doch.

»Markus«, murmelte sie überrascht. Ihr Bruder Chris und er waren beste Freunde, hatten gemeinsam Medizin studiert und jahrelang unzählige Nächte zum Tag gemacht. Wann hatte sie ihn zuletzt gesehen?

Er nickte ihr nur kurz zu, bevor er sich wieder auf Marianne Böhm konzentrierte. Ein weiterer Sanitäter half Sarah auf die Beine und führte sie an einen der hinteren Tische. Aus den Augenwinkeln sah sie, dass ein Polizist den Eingang bewachte, während die anderen mit den Gästen sprachen. Sie blickte auf ihre Hände, deren Zittern nicht nachlassen wollte. Tränen traten ihr in die Augen. Sie kämpfte gegen sie an, wollte jetzt nicht zu heulen anfangen, weil sie befürchtete, dann nicht mehr aufhören zu können.

Der Kellner brachte ihr eine Tasse Kräutertee. Sie bedankte sich emotionslos, aber allein der Geruch des Tees tat ihr gut. Wie durch Nebel hindurch nahm sie das Treiben um sich herum wahr. Rene riss Marianne Böhms Bluse auf, klebte Defi-Pads auf ihre Brust.

Markus legte der alten Frau einen Venenzugang und sagte etwas zu den Sanitätern, das Sarah nicht verstand. Jeder Handgriff saß und war mit Sicherheit schon tausendmal durchgeführt worden. Die Übungen, in denen die Ärzte und Sanitäter derartige Situationen simulierten, nicht mitgerechnet. Sarah ertappte sich dabei, bereits über einen neuen Interviewtermin mit der Kaffeehausbesitzerin nachzudenken.

Wo ist mein Mantel hin?, überlegte Sarah und blickte sich um. Sie entdeckte ihn am Kleiderständer, den jemand mitten in den Raum gestellt hatte, dann konzentrierte sie sich wieder auf das Rettungsteam. Wenn sie das, was sie sah, richtig interpretierte, war das EKG-Gerät kaputt, denn es zeigte nicht die geringste Herzaktivität an.

Einer der Polizisten setzte sich zu ihr und legte einen Notizblock auf den Tisch. »Wie geht es Ihnen?«

»Wird sie durchkommen?«

Er lächelte unverbindlich, durfte sie nicht über Marianne Böhms Zustand informieren. Sie war kein Familienmitglied, nur eine Fremde, die versucht hatte, alles richtig zu machen, um ihr das Leben zu retten. »Sagen Sie mir erst mal bitte Ihren Namen.«

»Sarah ... Sarah Pauli.«

»Kennen Sie die Patientin?«

Sarahs Blick wanderte kurz zur Kaffeehausbesitzerin, die von Markus und den drei Sanitätern soeben auf die Trage gehoben wurde, bevor sie wieder den Polizisten ansah. »Kennen ist zu viel gesagt. Ich hatte mich mit ihr für ein Interview verabredet. Ich bin Journalistin beim *Wiener Boten*.« In müdem Tonfall berichtete sie von dem geplanten Beitrag für die Wochenendbeilage, bis sie sich mittendrin selbst unterbrach. »Was passiert denn jetzt mit ihr?«

»Sie wird vermutlich ins Krankenhaus gebracht.«

»Gott sei Dank, dann lebt sie also.« Einen Moment lang schöpfte Sarah Hoffnung. »Aber warum vermutlich? Ist sie etwa doch tot?«

Wieder lächelte er sein unverbindliches Lächeln. »Erklären Sie mir jetzt bitte genau, was geschehen ist.«

Nein, dachte Sarah. Sie lebt. Sie muss leben. Rettungskräfte transportierten keine Toten, da war sie sich ganz sicher. Sie schob ihre Bedenken beiseite und begann, den Vorfall so detailliert wie möglich zu schildern. Die Worte kamen nur stockend. Aufsteigende Tränen mischten sich dazwischen. Sie schluckte sie hinunter. Eine nach der anderen. Am Ende des Gesprächs legte sie leise stöhnend den Kopf in den Nacken und schloss einen Moment lang die Augen. Das konnte nur ein Albtraum sein.

Ein verflucht realer Albtraum.

5

Sturmtief Sabine war zwischenzeitlich abgeflaut. Als Sarah um halb vier Uhr nachmittags das Hawelka verließ, stieß die Sonne bereits einige ihrer Strahlen durch die Wolken. In den Händen hielt sie den flaschengrünen Mantel von Marianne Böhm. Das Rettungsteam hatte zwar deren Handtasche mitgenommen, aber den Mantel vergessen. Sarah wollte ihn gleich morgen ins nächstgelegene von Böhms Cafés bringen.

Auf dem Weg zur U-Bahn fand sie sich in einer Normalität wieder, die ihr unwirklich erschien. Kein Mensch beachtete sie. Touristen schlenderten. Einheimische hetzten. Sarah wollte auf direktem Weg ins AKH. Ihres Wissens arbeitete Markus in demselben Krankenhaus wie ihr Bruder, sie war sich sicher, dass man Marianne Böhm dorthin gebracht hatte. Sollte sie vorher vielleicht Chris Bescheid geben, dass sie vorbeikommen würde? Sie verwarf den Gedanken, und sofort tauchte das Bild der leblos wirkenden Marianne Böhm wieder vor ihrem geistigen Auge auf. Ob sie es jemals wieder loswerden würde? Sie hoffte so sehr, dass es der Achtzigjährigen inzwischen besser ging.

Vor der Treppe zur U-Bahn-Station zogen zwei Tauben, die sich umtänzelten, ihre Aufmerksamkeit auf sich. Die Vögel zählten zu den Krafttieren, standen für

Harmonie und Einigkeit. Ein positives Zeichen, dass sie ihr ausgerechnet jetzt auffielen? Von einem Moment auf den anderen flatterten sie davon, als hätte sie etwas Unsichtbares erschreckt. Sarah atmete tief durch und setzte ihren Weg fort.

Am Westbahnhof stieg sie von der U3 in die U6 um und kurz darauf beim AKH aus. Auf der Fußgängerbrücke über die innere Gürtelhauptfahrbahn knöpfte sie ihren Mantel auf, weil sie plötzlich das Gefühl hatte, keine Luft mehr zu bekommen.

»Das ist nur der Schock, das wird schon wieder«, murmelte sie sich selbst Mut zu.

In der Eingangshalle steuerte sie direkt auf die etwas erhöhte Portiersloge zu und erkundigte sich, ob sich Marianne Böhm bereits auf einem Zimmer befand. »Ich bin eine gute Bekannte von ihr und hab soeben erfahren, dass sie einen Herzinfarkt hatte. Ich hab alles stehen und liegen gelassen und bin auf direktem Weg hergekommen.« Sie hoffte, dass die Notlüge den Mann hinter der Glasscheibe dazu bringen würde, ihr rasch eine Auskunft zu geben.

Tatsächlich tippte er etwas in den Computer.

Sarah wartete geduldig.

Kurz darauf schüttelte er den Kopf. »Tut mir leid, aber die Dame wurde nicht bei uns eingeliefert.«

»Wie? Das verstehe ich nicht. Der Notarzt hat doch ...«

»Vielleicht wurde sie in ein anderes Krankenhaus gebracht, oder die Aufnahme bei uns ist noch nicht abgeschlossen. Jedenfalls kann ich sie in meinem Computer nicht finden.«

»Danke.« Sarah entfernte sich einige Schritte vom

Empfang und blieb nachdenklich stehen. Es war durchaus vorstellbar, dass Marianne Böhm in der Notaufnahme lag und noch niemand dazu gekommen war, ihre Daten ins System einzugeben. Dann überlegte sie, welches Spital außer dem AKH noch infrage käme, und gelangte zu dem Schluss, dass Markus ihr am schnellsten eine Antwort auf die Frage geben könnte. Sie hatte sich wieder zur Loge gewandt, um den Pförtner zu bitten, Markus für sie holen zu lassen, da sah sie ihn. Er stand von einer kleinen Gruppe Menschen halb verdeckt rechts von der Portiersloge und sprach mit einem Kollegen.

Sie näherte sich unauffällig, um Markus direkt nach Ende des Gesprächs aufzuhalten. Als sie in Hörweite war, schnappte sie auf, wie der ihr unbekannte Arzt sagte: »Wenn es stimmt, was Sie annehmen, müssen wir die Polizei benachrichtigen. Am besten treffen wir uns in zehn Minuten in der Notaufnahme und sehen uns das EKG noch mal gemeinsam an.« Damit drehte sich der Mediziner zum Gehen um.

Sarah war alarmiert. Welches EKG? »Markus.«

Der Freund ihres Bruders wirbelte herum. »Sarah! Was machst du denn hier?«

»Ich wollte mich nach Marianne Böhm erkundigen. Aber wie es scheint, habt ihr sie woanders hingebracht. Kannst du mir sagen, wohin?«

»Ich bin nicht …«

»Ich weiß, dass du mir keine Auskunft geben darfst«, unterbrach Sarah ihn. »Und ginge es nach der Datenschutzverordnung, dürfte ich nicht mal wissen, dass die Frau zusammengebrochen ist. Obwohl ich dabei war und vor eurem Eintreffen Erste Hilfe geleistet habe.«

Markus schürzte unentschlossen die Lippen.

»Bitte!«

Schließlich griff er nach ihrem Arm und zog sie mit sich, bis sie von etwaigen Zuhörern weit genug entfernt standen.

»Sie ist auf dem Transport hierher verstorben«, flüsterte er.

Sarah stockte der Atem. »O Gott, nein.« Sie fühlte, wie ihre Knie wieder zu Pudding wurden. Am liebsten hätte sie sich irgendwo hingesetzt. Ihr Herz raste, gleichzeitig schaltete ihr Hirn in den Journalistenmodus. »Das Gespräch mit deinem Kollegen gerade …«

»Das war mein Vorgesetzter, Oberarzt Doktor …«

»Der hat was von einem EKG gesagt«, fiel ihm Sarah erneut ungeduldig ins Wort. »Hat das etwas mit Marianne Böhm zu tun?«

»Du hast uns belauscht?«

»Natürlich nicht! Ich hab nur ein verdammt gutes Gehör.«

Markus bedachte sie mit einem Blick, der klarmachte, dass sie auf ihre Frage keine Antwort erwarten durfte.

»Chris und Gabi essen heute zu Abend mit uns. Magst nicht auch vorbeikommen?«

Markus verdrehte über Sarahs Durchschaubarkeit die Augen. »Ich überleg's mir. Aber jetzt muss ich wirklich. Mein Chef wartet. Servus, Sarah.« Und dann ließ er sie einfach stehen.

Marianne Böhm lebt nicht mehr, und irgendetwas an ihrem Tod stimmt nicht, hämmerte es in Sarahs Kopf.

»Ich werde schon noch erfahren, was los ist«, murmelte sie in die Richtung, in die Markus verschwunden war.

Schließlich blickte sie auf die Armbanduhr. Zwanzig nach vier. Chris und Gabi würden erst um halb acht bei ihr und David auftauchen, sie hatte also genügend Zeit, um in die Redaktion zurückzufahren und einen Bericht über das Ableben der Kaffeehausbesitzerin für die morgige Ausgabe zu verfassen. Eilig machte sie sich mit Marianne Böhms Mantel über dem Arm auf den Weg.

Im Büro lud sie die Geschichte erst mal bei Maja ab. Die Geste, mit der ihre junge Kollegin ihre langen kastanienbraunen Haare währenddessen zu einem Knoten zusammendrehte, war Ausdruck höchster Angespanntheit.

»Wie schrecklich«, sagte sie, als Sarah geendet hatte. »Was bedeutet ihr Tod für das Interview in der Wochenendbeilage?«

»Den machen wir zum Aufhänger des Artikels: *Marianne Böhms letztes Interview.*« Sarah atmete tief durch. »Außerdem hoffe ich, dass ihr Sohn diese Woche noch Zeit für mich hat, dann könnten wir das Gespräch mit ihm in derselben Ausgabe bringen. Gibst du bitte Kunz Bescheid, Maja? Und sag Conny, dass ich gerne ein Statement von Linus Oberhuber zum Tod der alten Dame hätte. Nicht für die Wochenendbeilage, sondern schon für die Mittwochsausgabe. Sie soll's mir gleich nach ihrem Treffen mit ihm morgen schicken.«

»Geht klar.«

»Ach ja, und sie soll ihn auch fragen, ob ihm etwas

zu den Symbolen Pfeil, Schlange, Messer und Grab einfällt«, zählte sie auf. »Und ob Marianne Böhm seiner Einschätzung nach abergläubisch war.«

»Wäre es nicht einfacher, du interviewst ihn gleich selbst?«, merkte Maja an, griff aber bereits zum Telefon neben ihrem Computer.

»Vielleicht, aber er ›gehört‹ nun mal Conny.« Sarah ging in das von einer Glasfront abgeschirmte Büro. Die Tür ließ sie wie üblich offen stehen, um sich nicht eingesperrt zu fühlen. Ihren Mantel warf sie achtlos über den Kleiderständer, jenen von Marianne Böhm hängte sie sorgsam auf einen Kleiderbügel. Nachdem sie ihre Umhängetasche auf den Schreibtisch fallen gelassen hatte, ließ sie sich erschöpft auf den Bürostuhl sinken.

»Das ist doch alles ein Wahnsinn.« Instinktiv nahm sie das kleine Plüschschwein zur Hand, das so wie der Amethyst seinen festen Platz neben ihrem PC hatte. Beides waren Glücksbringer, die ihr Bruder ihr vor langer Zeit geschenkt hatte. Sie drückte das Schwein an ihre Brust, wie Kinder ihr Lieblingsstofftier an sich pressen, wenn sie Trost brauchen. Aus welchem Grund hatte Marianne Böhm sie nach der Symbolik des Pfeils gefragt? Was bedeuteten die anderen Bildzeichen, was ihre Bemerkung über den Äskulapstab? Sarah fand keine logische Antwort darauf. Denn eines war klar: Die Kaffeehausbesitzerin hatte die sinnbildliche Bedeutung des Pfeiles ebenso wie sie gekannt. War vielleicht etwas geschehen, das ihr in dem Zusammenhang Angst machte? Sarah hörte, wie sich die Redaktionstür öffnete, und sah gleich Maja und Herbert Kunz ihr Büro betreten.

»Das ist ja eine schreckliche Geschichte. Wie geht es

dir?« Kunz setzte sich auf den Besucherstuhl vor ihrem Schreibtisch, Maja blieb stehen.

»Conny ist nicht in der Redaktion, und auf dem Handy geht sie nicht ran. Ich hab ihr auf die Mailbox gesprochen«, sagte Maja, da Sarah nicht reagierte.

»Danke.« Sarah riss sich zusammen und schilderte nun auch Kunz die Ereignisse. Irgendwie erschien ihr alles surreal. Hatte sie das tatsächlich erlebt?

Der Chef vom Dienst starrte sie mit offenem Mund an. »Wahnsinn«, stieß er endlich atemlos hervor. »Da fährst du zu einem gewöhnlichen Interviewtermin, und dann passiert so etwas. Waren sonst noch …« Er brach den Satz ab und schüttelte den Kopf, als verstieße er mit der Frage, die ihm auf der Zunge lag, gegen ethische Grundsätze.

Sarah wusste dennoch, wie sie gelautet hätte. »Ich habe keine Ahnung, ob die Konkurrenz schon Bescheid weiß«, beantwortete sie sie. »Jedenfalls hab ich keine Kollegen im oder vor dem Hawelka gesehen.«

»Ich hab nachgesehen, eine offizielle Pressemeldung von der Polizei gibt's auch noch nicht«, informierte Maja sie.

»Ich schreib gleich einen Bericht für die morgige Ausgabe, ohne zu sehr ins Detail zu gehen. – Effekthascherei ist nicht unser Stil«, fügte Sarah unnötigerweise hinzu. Sie alle wussten, dass der *Wiener Bote* niemals boulevardmäßig verfasste Artikel veröffentlichte. Fakten, auf Fakten basierende Analysen und professionell recherchierte Storys waren ihr Metier. »Das Konzept der Wochenendbeilage bleibt trotz Frau Böhms Tod bestehen«, fuhr Sarah fort.

»Maja hat mich informiert, dass du zusätzlich ein Interview mit dem Sohn bringen möchtest«, warf Kunz ein. »Ich hoffe, er ist bereit dazu.«

»Ich werde ihn morgen anrufen. Heute hat er zweifellos keinen Nerv für solche Anfragen.« Zugleich war klar, dass die Nachricht von Marianne Böhms Tod bald die Runde machen würde. Dann würden sich Medien jedweder Art auf die Geschichte stürzen, würden Statements von Verwandten und Freunden einholen. Dazu fehlte ihr, Sarah, im Moment die Kraft, und Maja losschicken wollte sie nicht. Der erste Bericht im *Wiener Boten* darüber musste also ohne Kommentare von Angehörigen auskommen. Sie schluckte schwer. Eine Frau hatte vor noch nicht einmal einer Stunde den Kampf gegen den Tod verloren, und sie dachte an die nächste Ausgabe ihrer Zeitung. Auf einmal kam sie sich herzlos vor. Weshalb drehte sich die Erde in solchen Momenten überhaupt weiter? Sollten sie alle, die noch lebten, nicht zumindest einen Atemzug lang über die Endlichkeit ihres Daseins nachdenken?

»Gut. Bringen wir die Meldung über ihren Tod im Chronik-Teil?«, fragte Kunz.

Sarah nickte. »Und jetzt gleich online. Morgen verfasse ich dann einen längeren Bericht mit Statements für die Mittwochausgabe.«

»Wie lang brauchst du für die Kurzmeldung?«

»Gib mir fünfzehn Minuten.«

»Okay. Schick's mir und geh dann nach Hause. Ich lass Simon zwei Fotos aus dem Bildarchiv auswählen und mach dann die Blattabnahme um sechs Uhr ohne dich.«

Sarah öffnete den Mund für Widerworte.

»Es ist nicht das erste Mal, dass ich in Abwesenheit des Chefredakteurs entscheide, welches Thema auf welcher Seite platziert wird. Ich kann das«, fügte er rasch hinzu, noch bevor sie ein Wort sagen konnte.

Sie schenkte ihm ein dankbares Lächeln dafür, die Abnahmekonferenz schwänzen zu dürfen.

Kunz erhob sich. »David hast du sicher schon informiert?«

Sarah schüttelte den Kopf.

»Okay, dann sag ich's auch ihm«, versprach der Chef vom Dienst, auch diese Aufgabe zu übernehmen, ohne nachzuhaken, weshalb sie zuerst zu ihm und Maja gekommen war. Er verabschiedete sich und verließ ihr gläsernes Büro.

Maja blieb sitzen.

»Geh nach Hause«, sagte Sarah. »Ich bin hier gleich fertig und dann ebenfalls weg.«

Maja zögerte kurz. »Bist du dir sicher? Ich kann auch ...«

»Ja. Verschwinde!« Sie lächelte ihrer Kollegin kurz zu, bevor sie ein leeres Dokument auf dem PC öffnete.

»Na gut«, grummelte Maja unsicher. »Dann bis morgen. Baba.«

»Ja, baba, bis morgen.« Sarah kramte die Aufzeichnungen aus ihrer Handtasche hervor und begann zu tippen. Nur zehn Minuten später lehnte sie sich erschöpft im Stuhl zurück. Der Artikel verlangte ihr mehr Energie ab als gedacht. Ob sie diesen schrecklichen Tag jemals vergessen würde? Sie fühlte sich wie eine Versagerin, weil sie vergebens um Marianne Böhms Leben gekämpft hatte. Hatte sie vielleicht einen Fehler bei der Herzdruckmassage gemacht? Wenn sie die Wortfetzen, die sie im AKH aufgeschnappt hatte, richtig interpretierte, war die Todesursache Herzversagen gewesen.

Sarah rief eine Internetseite zu dem Thema auf. Sie wollte wissen, was bei dieser Todesart geschah. In den meisten Fällen, las sie, führte eine koronare Herzkrankheit zum sogenannten Sekundentod. Die chronische Erkrankung, die im Laufe von Jahren bis Jahrzehnten fortschritt, war in westlichen Industrieländern die häufigste Todesursache. Allerdings hatte sie keine Ahnung, ob Marianne Böhm an einer Herzerkrankung gelitten hatte. Da typisch für diese Todesart war, dass es unvermittelt zum Bewusstseinsverlust kam und weder Schmerzen noch Luftnot auftraten, könne man durchaus von einem friedlichen Tod sprechen, hieß es. Dieser Satz versöhnte Sarah ein kleines bisschen. Wenn das stimmte, hatte die Kaffeehausbesitzerin zumindest nicht gelitten. Metaphorisch gesprochen war der Todespfeil aus dem dunklen Hinterhalt abgeschossen worden und hatte ihr Herz durchbohrt. Doch nichts davon erklärte das Problem mit dem EKG, von dem Markus und der Oberarzt gesprochen hatten.

Sie seufzte, als David mit besorgtem Gesicht in der Tür erschien. »Weshalb musste ich die Info von Herbert bekommen? Warum hast du mich nicht sofort angerufen? Noch vom Hawelka aus?«

»Weil ich ein großes Mädchen bin und solche Situationen auch alleine meistern kann.«

»Klar kannst du das, weil du eine erwachsene und selbstständig agierende Frau bist«, brummte er. »Aber ab und zu darf ich schon noch an deinem Leben teilhaben, oder?«

Prompt bekam Sarah auch noch David gegenüber ein schlechtes Gewissen. Natürlich hätte sie ihm gleich Bescheid geben sollen, noch vor Herbert Kunz, weil David nun mal Herausgeber des *Wiener Boten* war und wissen musste, was für Artikel erscheinen würden. Aber sie kannte auch seine große Sorge um sie und hätte unmittelbar nach dem Erlebten seine Fürsorglichkeit nicht ertragen. »Ich wollte dir heute Abend alles genau erzählen.« In Ruhe, mit Abstand und einer einigermaßen geordneten Gefühlswelt, fügte sie in Gedanken hinzu.

David setzte sich. »Erzähl's mir jetzt.«

»Erst muss ich noch die Meldung für die morgige Ausgabe fertigschreiben.«

David machte eine »Nur zu, ich störe dich nicht«-Geste, und Sarah tippte weiter. Er sah ihr schweigend dabei zu.

Nachdem sie fertig war und den Bericht an den Chef vom Dienst geschickt und zum Druck freigegeben hatte, berichtete sie ihrem Freund in allen Einzelheiten, was passiert war, und erwähnte auch die Sache mit dem EKG, und dass sie Markus spontan zum Abendessen eingeladen hatte.

»Dann sollten wir langsam in die Redaktionsgarage gehen, ins Auto steigen und nach Hause fahren«, meinte David daraufhin nur. »Nicht dass unsere Gäste am Ende noch vor verschlossener Tür warten müssen.«

»Nehmen wir Gabi mit?«, erkundigte sich Sarah nach Davids Sekretärin, die zugleich ihre beste Freundin und die Freundin ihres Bruders war. Die beiden wohnten in der Wohnung über ihrem Apartment.

»Nein, die ist schon um halb vier heim. Überstunden abbauen.«

Um sechs Uhr standen sie vor der Villa mit der roten Backsteinfassade, die im beschaulichen Cottageviertel lag. Vor der Haustür erstreckte sich der rund hundertfünfzigtausend Quadratmeter große Türkenschanzpark, in dem David morgens gerne seine Joggingrunden drehte.

Sarah schloss die Tür zu ihrer Wohnung im Erdgeschoss auf, die David vor ihrem Einzug hatte renovieren lassen, sodass die Wohnräume jetzt hell und großzügig waren. Nicht nur Sarah, auch Marie, ihre schwarze Halbangora-Katze, hatte sich nach dem Umzug vom Yppenplatz rasch im neuen Zuhause eingelebt. Jetzt kam sie sofort herbeigelaufen und strich ihnen um die Beine.

Sarah hängte ihren Mantel an die Garderobe, dachte daran, dass der von Marianne Böhm noch in ihrem Büro hing, und nahm Marie hoch.

David war in die Küche gegangen, aus der jetzt Geräusche erklangen, die verrieten, dass er Futter in den Napf gab.

Marie wand sich in ihren Armen, sodass Sarah sie auf den Boden setzte, und die Katze lief geradewegs zur Futterquelle, während Sarah selbst ins Schlafzimmer abbog. Als sie die Businesskleidung gegen den Jogginganzug tauschte, kam David herein und schnappte sich ebenfalls Freizeitkleidung. »Ich geh noch schnell duschen.«

Im Wohnzimmer legte Sarah eine CD von Diana Krall in den Player. Marie, jetzt satt und zufrieden, gesellte sich zu ihr. Wieder hob Sarah sie hoch und schlenderte mit ihr zu den Klängen der kanadischen Musikerin durch den Raum. Sie schnurrte laut, mochte es, herumgetragen zu werden. Auf Sarah hatte das vibrierende Geräusch den gleichen Effekt wie autogenes Training. Während sie Maries Wärme spürte und der emotionalen Musik lauschte, verstärkte sich das traurige Gefühl wieder, das sie seit dem Hawelka in den Griff bekommen wollte. Jetzt gab sie den bisher zurückgehaltenen Tränen nach und ließ ihnen freien Lauf. Mit Marie setzte sie sich aufs Sofa und putzte sich die Nase.

Als David das Zimmer betrat, ließ er sich vorsichtig neben sie nieder und zog sie tröstend in seine Arme. Er fühlte sich wie ihr Heimathafen an, roch nach Duschgel und Entspannung. Minutenlang wiegte er sie stumm, als wäre sie ein kleines Kind.

»Weißt du, worum ich euch Frauen beneide?«, sagte er schließlich leise. »Ums Weinen.«

»Auch Buben dürfen weinen«, schniefte Sarah. »Also wein.«

»Nicht jetzt.«

»Wann dann?« Sie wischte sich mit dem Handrücken die Tränen vom Gesicht.

»Wenn ich das nächste Mal sehe, was wir dem Finanzamt überweisen müssen.«

Seine Worte wirkten wie ein Zauber. Sarah lachte lauthals auf.

6

Schon seit einer Stunde stand Clemens an einem Fenster der Wohnung seiner Mutter, die direkt über dem Café lag. Hier war er aufgewachsen. Er sah auf die Wollzeile hinunter. Menschen drängten sich auf den Gehsteigen. Autos parkten wie üblich Stoßstange an Stoßstange. Männer von der MA 48, der Müllabfuhr und Straßenreinigung, machten sauber. Die Stadt putzte sich für den kommenden Frühling heraus, obwohl der Winter nicht wirklich stattgefunden hatte. Die Tatsache, dass seine Mutter gestorben war, hatte er verstanden, konnte sie aber immer noch nicht glauben. Als er davon erfuhr, fühlte es sich unwirklich an, wie ein grausamer Scherz. Oder ein heimlicher Wunsch, der endlich und doch unerwartet in Erfüllung gegangen war.

Zwei Polizisten waren vor zwei Stunden im Café aufgetaucht. Beide Mitte vierzig, selbstbewusst und gut erzogen hatten sie sich ihm mit ihrem vollständigen Namen und Dienstgrad vorgestellt. Beides hatte Clemens im gleichen Moment wieder vergessen. Der Nachsatz, schlechte Nachrichten übermitteln zu müssen, hatte alles andere verdrängt. Den Bruchteil einer Sekunde hatten er und Michaela in Panik an Marcel gedacht, hatten befürchtet, es habe einen Unfall gegeben. Doch diesbezüglich konnten die Polizisten ihn und seine Frau sofort beruhigen, sagten dann leise, dass ihre Anwesenheit etwas mit Marianne Böhm, seiner Mutter, zu tun habe, und erkundigten sich im selben Atemzug nach einer stillen Ecke zum Reden. Clemens bemerkte, dass der Blick des einen Beamten durch das Lokal schweifte, als müsste er sich sämtliche Einzelheiten einprägen. Er und Michaela führten die zwei Männer nach hinten ins Büro, wo der andere der Polizisten ihnen erklärte, dass seine Mutter gestorben sei. In einem Rettungswagen. Nach einem Zusammenbruch im Hawelka.

»Oh«, entfuhr es ihm nur. »Im Hawelka.« Ungläubig wanderten seine Augen zwischen den zwei Beamten hin und her. Er bemerkte, dass sie einen raschen Blick wechselten, der deutlich machte, dass sie mit dieser Reaktion nicht gerechnet hatten. »Ich wusste nicht, dass sie dort hingehen wollte«, schob er deshalb eilig nach. »War sie allein?«

Sie berichteten von einer anwesenden Journalistin, die versucht habe, sie im Café zu reanimieren. Anschließend erkundigten sie sich nach einer möglichen Herzerkrankung seiner Mutter, fragten, welche Medikamente sie genommen habe, und baten um Arztbriefe und etwaige Ergebnisse von EKGs, Laboruntersuchungen und um Röntgenbilder. Sie erklärten, dass seine Mutter im AKH liege und man sie obduzieren werde. Das sei Routine, wenn Menschen an öffentlichen Plätzen starben, und kein Grund zur Besorgnis, behaupteten die Polizisten.

Clemens bat sie, ihm in die Wohnung im ersten Stock zu folgen.

Während er die gewünschten Papiere aus der Masse an Ordnern heraussuchte, sagten die Uniformierten, dass sie vermutlich an einem Herzstillstand verstorben sei. »Der Bericht der Obduktion sollte bald vorliegen. Aber davor möchte der Arzt noch allfällige ärztliche Dokumente einsehen, deshalb unsere Bitte.«

Bei der Übergabe der Unterlagen rieten sie ihm, sich sogleich mit einem Beerdigungsinstitut in Verbindung zu setzen. Dessen Mitarbeiter würden der Familie alle weiteren Schritte abnehmen, sich auch um den notwendigen Totenschein kümmern.

»Der Vorfall muss ein Schock für Sie sein«, zeigten sie sich verständnisvoll, »da sollten Sie jede Hilfe annehmen.«

Am Ende sprachen sie ihm und Michaela noch einmal ihr Beileid aus und wurden von seiner Frau hinausbegleitet. Sie kam nicht zurück. Wahrscheinlich war sie im Café. Er war allein in der Wohnung geblieben.

Wann immer er sich ausgemalt hatte, seine Mutter wäre tot, hatte ihn ein Gefühl der absoluten Freiheit überkommen. Aber jetzt, wo ihn die Wirklichkeit unvermutet und mit voller Wucht getroffen hatte, spürte er völlig unerwartet einen zarten Hauch von Betroffenheit. Oder verwechselte er das mit Überforderung? Von einem Moment auf den anderen war er der Chef, derjenige, der uneingeschränkt entschied. Über die Einkäufe, die Verkäufe, die Angestellten, den Führungsstil. Selbst der von seiner Mutter vehement abgelehnten Modernisierung der Cafés stand nichts mehr im Weg, nun, da die Leiche der bisher alles bestimmenden Matriarchin in einem Metallsarg in der Pathologie lag. Clemens unterdrückte den Impuls, fröhlich durch die Wohnung zu tanzen.

»Ich will unbedingt auf dem Zentralfriedhof begraben werden, weil ich dort so viele Leute kenne«, erinnerte er sich an das Gespräch mit ihr, das sie vor sechs Jahren geführt hatten, nachdem ihre Herzschwäche diagnostiziert worden war. Dabei hatte sie herzhaft gelacht, doch unmittelbar danach ihre zukünftige Grabstätte ausgesucht, reserviert, sämtliche Details für ihre Beerdigung geplant und alles im Voraus bezahlt. Anschließend hatte sie tagelang im Bett gelegen und auf den Tod gewartet. Nach einer Woche war selbst ihr klar gewesen, dass eine Herzinsuffizienz kein Todesurteil war, das sofort vollstreckt wurde.

Doch nun war der vermeintlich unbesiegbare Drache wahrhaftig in die Knie gezwungen worden. Seine, Clemens', Chance, endlich aus dem Schatten der übermächtigen Diva zu treten, war gekommen. Er würde mit den Mitarbeitern reden, den Firmenanwalt anrufen und mit dem Notar einen Termin wegen der Testamentseröffnung vereinbaren müssen. Ob sie ihre Drohung, ihren letzten Willen zum Vorteil von Linus ändern zu lassen, wahr gemacht hatte? Würde er am Ende lediglich den Pflichtteil bekommen, ein Almosen? Oder war ihr Tod dem zuvorgekommen? Am liebsten hätte er sich sofort danach erkundigt. Er sah auf die Uhr. Es war halb sieben, natürlich wäre in der Kanzlei niemand mehr zu erreichen. Wahrscheinlich hatte auch noch niemand den Notar informiert. Gleich morgen früh würde er sich um beides kümmern, beschloss er, ermahnte sich aber dann, nicht in Hektik zu verfallen. Auf einen Tag früher oder später kam es jetzt auch nicht mehr an. Clemens atmete tief ein und blies die Luft in kurzen Stößen wieder aus, um sich zu beruhigen. Sinnlos! Überall roch es nach ihrem Parfum, als hätte sie damit vor ihrem Abgang die Möbel markiert wie ein Hund Straßenlaternen.

»Der Geruch nach Schwefel hängt noch im Raum«, knurrte er bissig, bevor er sich von dem Wimmelbild der Wollzeile losriss und sich umwandte. Er hasste ihren Einrichtungsstil, seit Jahrzehnten war nichts erneuert worden. Geschnitzte dunkle Massivholzmöbel, zum Teil mit Metallbeschlägen, große Tische, schwere Sessel. Als Kind hatte ihn das Mobiliar erdrückt. Zu dunkel, zu wuchtig, zu gewaltig. Erbstücke, die er nie hatte haben wollen. Hier oben hatte sich ebenso wenig geändert wie im darunterliegenden Café. Er würde das Zeug so schnell wie möglich verkaufen, sollte die Wohnung samt Innenausstattung zukünftig ihm gehören. Die Tageszeitung von heute lag noch auf dem Esstisch. Vermutlich hatte sie das Kreuzworträtsel darin gelöst. Das hatte sie üblicherweise jeden Morgen getan und dazu ihren ersten Mokka getrunken. Den zweiten hatte sie sich stets mit Sedlacek im Kaffeehaus genehmigt.

Kurz darauf stand er in seinem ehemaligen Kinderzimmer, das seine Mutter direkt nach seinem Auszug in ein Arbeitszimmer umfunktioniert hatte. Sein Blick wanderte augenblicklich zu dem Regal aus massivem Akazienholz neben dem Sekretär, in dem sich unzählige Aktenordner aneinanderreihten. Dort, wo jener mit ihren Krankenunterlagen gestanden hatte, klaffte jetzt eine Lücke. Er hatte ihn den Polizisten gegeben, die ihn wiederbringen wollten. Ihm graute davor, den ganzen Papierkram durchsehen zu müssen. Eine stundenlange, nervtötende Beschäftigung. Und dann musste er Versicherungen kündigen, das Handy abmelden, die Geburtsurkunde, den Staatsbürgerschaftsnachweis, den Meldezettel und die Bestattungsvorsorge für das Beerdigungsinstitut zusammensuchen und wer weiß, was noch. Direkt neben dem Regal auf dem Boden stand eine weiße Kartonbox. Einem Impuls folgend hob er den Deckel ab, fischte das oberste Notizbuch im DIN-A4-Format heraus und öffnete es. Die Einträge, offenbar seiner Mutter, bestanden aus Bildzeichen. Versehen mit einem Datum. Sie waren ihm ein Rätsel. Heute Morgen hatte sie eine Laterne gezeichnet. Was immer das bedeuten mochte. Er nahm das nächste Buch zur Hand und stieß auch darin auf kleine Bildchen und Datumsangaben. Eigenartig.

Wieder kam ihm das Testament in den Sinn. Ob seine Mutter eine Kopie aufbewahrt hatte? Er sah zum Safe, der im hinteren Eck des Raumes am Boden stand. Darauf eine mit Symbolen verzierte Vase. Er wusste, dass sich im Tresor eine Dokumentenmappe mit den notwendigen Urkunden und anderen wichtigen Dokumenten seiner Mutter befand. Kurz entschlossen legte er die Notizbücher mit dem seltsamen Inhalt zurück, schloss die weiße Kartonbox, ging vor dem Safe in die Knie und tippte die ihm bekannte Zahlenkombination ein. Kein Klicken ertönte. Die Tür blieb verschlossen. Er versuchte es erneut, weil er dachte, sich vertippt zu haben. Wieder geschah nichts.

»Wirklich, Mutter!«, rief er Richtung Zimmerdecke. »Verflucht noch mal! Warum hast du die Ziffernfolge geändert? Was versteckst du darin? Etwa Gold? Oder ein Geheimnis?« Vor Ewigkeiten hatte sie ihm mal stolz erzählt, dass sich das alte Stück ausschließlich über die Mechanik öffnen ließ, einen Notschlüssel gab es nicht. Er überlegte, wo sie den neuen Code notiert haben könnte. Denn dass sie ihn irgendwo aufgeschrieben hatte, war klar. Seine Mutter hatte sich zeit ihres Lebens weder Pass- noch Kennwörter merken können, sodass sie sich die meisten davon in einem dünnen Büchlein notiert hatte. Das sinnigerweise ebenfalls im Tresor lag, soweit er wusste.

Er richtete sich auf, durchwühlte den Schreibtisch nach einem Zettel mit der Tresorkombination. Ohne Erfolg. Eine halbe Stunde später gab er auf, verschob die Suche auf den folgenden Tag. Niemand konnte von ihm verlangen, sofort alles parat zu haben. Plötzlich fiel sein Blick auf ein Blatt Papier, das auf den Boden gefallen war. Er hob es auf. Seine Mutter hatte etwas darauf notiert beziehungsweise gezeichnet. Einen Pfeil. Eine Schlange. Ein Messer. Ein Grab. Mit jeweils einem Datum dahinter. Er überlegte, welchen Ziffern die Anfangsbuchstaben der Wörter im Alphabet entsprachen, und kniete sich noch mal vor den Safe. »Sechzehn. Neunzehn. Dreizehn. Sieben«, murmelte er, während er die Zahlen hintereinander in die Tastatur tippte. Doch wieder passierte nichts. Er versuchte es ein weiteres Mal, indem er sie und die dazugehörigen Tagesdaten eingab. Nichts. Er kombinierte alles miteinander, probierte unterschiedliche Möglichkeiten. Schweiß stand ihm auf der Stirn. Nichts. Nichts. Nichts.

»Verfluchte Scheiße!« Mit der flachen Hand schlug er auf den Tresor, rappelte sich auf, knallte das Blatt mit einer wütenden Geste zurück auf den Schreibtisch.

Auf dem Weg nach unten ins Café grübelte er weiter darüber, wo er nach der Tresorkombination suchen sollte.

Im Gastraum saß Michaela mit zwei ihm unbekannten Männern an einem Tisch.

»Presse«, flüsterte Antonia, die neben ihm aufgetaucht war. »Sind vor einer Viertelstunde gekommen. Aber die Michi hat denen gleich Bescheid gegeben, dass du heute nicht mit ihnen sprechen wirst. Ich meine, was denken sich diese Leute denn?« Auf ihrer Stirn erschienen zornige Falten.

Einen Augenblick lang betrachtete er das Szenario, stand ein wenig verloren hinter dem Tresen. Dann blendete er die üblichen Kaffeehausgeräusche aus. Das Geschirrgeklapper, das Zeitungsrascheln, das Gemurmel der Gäste. Vielmehr konzentrierte er sich auf das Gespräch der Zeitungsfritzen mit seiner Frau. Er hörte deren Fragen.

»Was empfinden Sie?«

»Werden Sie die Kaffeehäuser im Sinne Ihrer Schwiegermutter weiterführen?«

»Deine Mutter hat sich angeblich mit einer Journalistin im Hawelka getroffen, hat die Michi gesagt. Sie hat noch versucht, ihr das Leben zu retten«, sagte Antonia neben ihm.

Clemens nickte und hörte auf, die Journalisten und seine Frau zu belauschen. Stattdessen schlich er so unauffällig wie möglich zu dem Stammtisch, an dem Georg Sedlacek saß und ein Glas Weißwein trank. Der Alte blickte missbilligend zu den Reportern hinüber. »Was für Aasgeier«, knurrte er. »Die Familie hat eben erst von dem tragischen Unglück erfahren, und diese gierigen Parasiten gönnen Ihnen schon keine Ruhe. Das ist ja genauso schlimm wie bei Prominenten.«

Clemens nickte. Natürlich hatte Antonia den pensionierten Arzt längst in Kenntnis darüber gesetzt, was vorgefallen war. Er war zu einem Häufchen Elend zusammengeschrumpft. Verständlicherweise. Wem sollte er ab sofort Angst vor sämtlichen Viren machen, die in der Stadt grassierten? Seine Mutter war ein williges Opfer gewesen. Mit ihr hatte er sich stundenlang über Krankheiten unterhalten können, weil sie das Thema ebenso faszinierte wie ihn.

»Sie tun nur ihren Job«, beschwichtigte Clemens halbherzig, denn in Wahrheit ging auch ihm das Benehmen der Reporter gegen den Strich. Hätten die nicht bis morgen warten können?

Überraschend ergriff Sedlacek Clemens' Hand und tätschelte sie väterlich. »Es tut mir so leid. Sie war eine wunderbare Frau. Hilfsbereit. Fürsorglich, immer gut gelaunt. Hatte für ihre Gäste stets ein freundliches Wort parat.«

Clemens presste die Lippen aufeinander, als müsste er Tränen zurückhalten. Ihm war seine Mutter zeitlebens zu laut erschienen. Alles an ihr war das Gegenteil von leise und beherrscht gewesen. Die Gesten, das

Unternehmen, die Veranstaltungen, ihre Reden, Ansprüche und Erwartungen.

Antonia trat an den Tisch und stellte ihm einen Kosakenkaffee im Einspännerglas hin. »Der wird dir guttun.«

»Danke, Toni.« Ein heißer Mokka mit Rotwein und Wodka war in diesem Moment genauso falsch wie jeder andere Kaffee. Sie alle wussten doch eigentlich, dass er keinen Kaffee trank. Etwas, das ihm seine Mutter gerne wie eine schlechte Angewohnheit vorgehalten hatte. Er schob das Henkelglas zur Seite.

»Bringen S' mir noch ein Achterl Grünen Veltliner – oder besser gleich zwei.« Sedlacek reichte Antonia das leere Weinglas und stieß einen tiefen Seufzer aus. »Ich hoffe, Sie stoßen mit mir auf Ihre Mutter an.«

Clemens nickte. Warum auch nicht? Die familiären Streitereien hatten sie immer gut vor anderen Menschen verborgen. Warum jetzt damit aufhören? Zudem ahnte er, wie es in dem betagten Kavalier aussah. Vermutlich verging er vor Schmerz, weil er in Wahrheit mehr als nur Verehrung für Clemens' Mutter empfunden hatte. Weil der alte Narr schon länger in sie verliebt gewesen war.

Er sah, wie Michaela ihm einen raschen Blick zuwarf. Sollte er zu ihr rübergehen? Lust dazu hatte er keine, wenn er ehrlich war. Er überlegte noch, als sie sich schon wieder den Journalisten zuwandte. Kam es ihm nur so vor, oder genoss sie die Aufmerksamkeit?

Als Antonia die zwei Weingläser brachte, gab Clemens ihr den Kosakenkaffee zurück. »Bring den der Michi.«

Sedlacek hielt ein Glas in die Höhe. »Auf Ihre werte

Frau Mama. Möge man ihr dort, wo sie jetzt ist, nur den besten Mokka servieren.«

Clemens stieß sein Glas leicht dagegen und nahm im Gegensatz zum pensionierten Arzt, der seins in einem Zug leerte, nur einen winzigen Schluck. Seine Gedanken wanderten zu Linus. Wie würde er auf den Tod seiner Mutter reagieren? Ob er ebenfalls schon Besuch von Journalisten bekommen hatte? Auf jeden Fall würde sich der Schönling in Zukunft ausschließlich auf sein Können verlassen und sich einen neuen Mutterersatz suchen müssen. Der Gedanke erheiterte ihn, und er hatte alle Mühe, ein breites Lächeln zu unterdrücken.

Nachdem Michaela die Männer von der Presse verabschiedet hatte, kam sie an ihren Tisch. Sie sah erschöpft aus. »Lass uns nach Hause fahren, Clemens«, sagte sie, und er erhob sich.

Zum Abschied schüttelten sie Sedlacek die Hand. Die Vermutung, dass dieser seinen Schmerz heute Abend im Wein ertränken würde, lag nahe.

»Die Zeche vom Sedlacek geht heut aufs Haus«, wies Clemens Antonia an. Der Alte tat ihm leid.

»Wie fühlst du dich?«, fragte Michaela mit besorgter Miene.

»Ein bisschen verloren«, gab er zu.

Sie lächelte verständnisvoll.

Sie saßen schon im Auto, als sich ihr sanfter Gesichtsausdruck in eine verärgerte Grimasse verwandelte. »Was zum Teufel hatte deine Mutter im Hawelka zu suchen?«

»Ich hab keine Ahnung.«

»Noch dazu mit einer Journalistin. Was sie der wohl alles erzählt hat?« Sie schnaubte verächtlich, löste das Haarband und schüttelte wütend ihre weizenblonden Locken. Dabei verströmte sie eine Duftmischung aus Kaffee, Kuchen und Deo.

»Vermutlich nichts Schlimmes. Schließlich musste die Fassade stets gewahrt bleiben.« Er startete den VW Tiguan.

»Das glaube ich nicht. Deine Mutter hat sicher etwas ausgeheckt.«

»Ausgeheckt?«, wiederholte Clemens, als verstünde er das Wort nicht. Aber der Gedanke an die geänderte Tresorkombination ließ ihn Schlimmes ahnen.

7

Zehn Minuten vor halb acht ertönte die Klingel an der Eingangstür. Als Sarah ging, um zu öffnen, folgte ihr Marie auf dem Fuß wie ein Wachhund.

»Chris!« Sie hatte ihren Bruder drei Wochen lang nicht gesehen. Die Arbeit als Anästhesist im Krankenhaus fraß seine Zeit wie ein hungriges Monster. Ihr Blick wanderte zu dem Blondschopf daneben. »Markus! Schön, dass du's einrichten konntest.«

»Wenn du mich schon so selbstlos zu dir nach Hause einlädst, kann ich wohl nicht Nein sagen.« Er zwinkerte ihr zu.

Sie ließ die beiden eintreten, die Marie begrüßten, indem sie ihr einige Male über den Kopf streichelten.

»Ist Gabi nicht mitgekommen?« Sarah warf noch einen Blick ins Treppenhaus, bevor sie die Tür wieder schloss.

»Ich war noch gar nicht oben in der Wohnung, komm geradewegs aus dem Spital. Aber ich hab ihr eine SMS geschrieben, dass ich direkt zu euch bin. Sie wird sicher gleich runterkommen.« Chris' dunkle Augen wirkten wach. Er sah gut aus, wie der typische Südländer, der in vielen Frauen verführerische Fantasien weckt. Sarah war froh, dass ihr Bruder offenbar trotz anstrengender Dienste genug Schlaf bekam.

»Markus hat mir gesagt, dass du im Hawelka warst und versucht hast, die Böhm zu reanimieren.«

»Ja. Ich hatte einen Interviewtermin mit ihr.« Sarah schluckte hart. »Ich hab nach wie vor weiche Knie und fühle mich total müde und gleichzeitig so, als würde ich innerlich zittern.«

»Das ist normal, wenn der Schock nachlässt.« Chris zupfte an Sarahs Pferdeschwanz. Eine vertraute Geste, die sie an ihre Kindertage erinnerte.

Sie ging voraus in das geräumige Esszimmer und betrat durch den breiten Durchgang die Küche im Landhausstil. Auf der Fensterbank wuchsen duftende Kräuter im Topf. Sarah freute sich schon darauf, im Frühjahr wieder Salbei, Rosmarin und Oregano in großen Tontöpfen auf der Terrasse zu ziehen. Sie holte fünf Weingläser aus dem Schrank und nahm die Dekantierkaraffe mit dem Cabernet Sauvignon vom Weingut Leberl von der Anrichte. Ein vollmundiger Wein war genau das, was sie jetzt brauchte. Er würde ihren aufgeregten Geist beruhigen.

Chris und Markus nahmen ihr alles aus der Hand und trugen es zum Esstisch.

»Es gibt Spaghetti Carbonara. Das mögt ihr eh.«

»Wo ist David?« Ihr Bruder sah sich um, während er sich setzte.

»Hinten im Büro. Er wollte noch rasch ein paar Mails beantworten.« Sie hatten ein Zimmer als Büro eingerichtet, um nicht jedes Mal am Esstisch sitzen zu müssen, wenn sie zu Hause arbeiteten.

Markus ließ sich auf einen Stuhl fallen. »Schön habt ihr's hier.«

»Stimmt. Du warst ja noch nicht in der neuen Wohnung«, bemerkte Sarah, während ihr Bruder allen einschenkte.

»Chris' und Gabis Wohnung kenne ich schon, die ist ja gleich groß. Hat sich viel verändert im letzten Jahr«, sagte Markus und prostete ihnen zu.

Noch vor einigen Monaten hatten Chris und Sarah sich geschwisterlich ein Refugium am Yppenplatz geteilt. Inzwischen hatte sie sich daran gewöhnt, dass er ein Stockwerk über ihr wohnte. Hauptsache, er war in ihrer Nähe. Seit dem Unfalltod ihrer Eltern waren die beiden unzertrennlich, obwohl das Unglück bereits eine gefühlte Ewigkeit zurücklag. Chris war damals noch zur Schule gegangen, hatte nur noch ein Jahr bis zur Matura gehabt. Nun war er Arzt.

David tauchte gerade im offenen Durchgang zur Küche auf, da läutete es erneut. »Ich mach auf.« Er verschwand wieder.

»Kannst du mir jetzt sagen, was du mit deinem Chef besprochen hast, Markus?« Sarah konnte ihre Neugier nicht mehr länger zügeln.

»Gib dem armen Kerl erst mal etwas zu essen, ehe du ihm Löcher in den Bauch fragst«, beschwor Chris sie.

»Vor der Vernehmung durch dich etwas zwischen die Kiemen zu bekommen klingt nach einem verdammt guten Plan. Immerhin liegt eine Vierundzwanzig-Stunden-Schicht hinter mir.« Markus gähnte herzhaft.

»Von wegen Vernehmung«, empörte sich Sarah gespielt, gab sich jedoch geschlagen. »Aber meinetwegen. Auf die paar Minuten kommt es jetzt auch nicht mehr an.«

David kam mit Gabi im Schlepptau zurück. Sorgenfalten zerfurchten ihre Stirn. Unglaublich, wie sehr sie dennoch der jungen Meg Ryan aus dem Film *Schlaflos in Seattle* ähnelte. Sie zog Sarah in ihre Arme. »Was für eine Tragödie.«

Gabi war ein herzensguter Mensch, stets darauf bedacht, dass es den Personen in ihrem Umfeld gut ging. Sie konnte es kaum ertragen, wenn sich einer ihrer Freunde schlecht fühlte. Nachdem sie Sarah wieder freigegeben hatte, begrüßte sie Markus mit zwei Wangenküssen.

Chris erhob sich, schlang seinen Arm um Gabis Hüfte, küsste sie auf den Mund und half danach David beim Tischdecken, der anschließend alle mit Wasser und noch mehr Wein versorgte. Zu guter Letzt schnitt Sarah frisches Weißbrot auf und wuchtete die riesige Schüssel Spaghetti, die bereits mit der Soße vermischt waren, in die Mitte des Esstisches. Einen Moment später stellte sie überrascht fest, dass sie trotz der enormen Aufregung Appetit hatte.

»So, und jetzt erzähl mir endlich, worüber du mit deinem Chef gesprochen hast«, forderte sie Markus nach der dritten Gabel Nudeln auf.

»Okay, aber vorher möchte ich etwas festhalten, nur fürs Protokoll. Alles, was ich in dieser Runde darüber sage, bleibt unter uns. Kein Wort davon im *Wiener Boten* oder zu sonst jemandem.«

Sarah verzog ihre wohlgeformten Lippen zu einem Schmollmund. »Hallo, geht's noch? Wir sind's doch, Gabi, David und die Lieblingsschwester deines besten Freundes.« Sie tippte sich mit dem Zeigefinger fest auf die Brust. »Wir alle halten den Mund. Tun wir doch immer.«

»Ich wollt's ja auch nur gesagt haben. Mein Name in dem Zusammenhang in der Zeitung würde meine Karriere ruinieren. Wäre ich nicht so eng mit euch befreundet, säße ich definitiv nicht hier, obwohl du die weltbesten Spaghetti Carbonara kochst.« Er schob sich eine weitere Gabel Nudeln in den Mund, kaute, schluckte, nahm einen Schluck Wein und fuhr fort. »Bevor ich verrate, was ich mit meinem Oberarzt besprochen hab, müsst ihr wissen, dass Marianne Böhm seit Jahren an einer Herzerkrankung litt. Das geht eindeutig aus den ärztlichen Unterlagen hervor, die die Polizei aus ihrer Wohnung abgeholt und ins AKH gebracht hat. Mein Oberarzt hat kurz bevor ich hergekommen bin, noch direkt mit ihrem behandelnden Arzt telefoniert. Aus medizinischer Sicht war sie jedoch gut eingestellt, nahm regelmäßig ihre Medikamente. Auf dem Weg ins Spital haben wir wirklich alles gegeben, genauso wie du, Sarah, vorher im Hawelka.«

Was für ein verzweifelter Satz angesichts dessen, dass sie tot ist, dachte Sarah.

»Und trotzdem ist sie leider nicht mehr aufgewacht.« Markus schürzte missmutig die Lippen, als würde er es der alten Dame übel nehmen, ausgerechnet während seines Diensts verstorben zu sein.

»Wo ist sie jetzt?«, fragte Sarah.

»Wir haben sie in Absprache mit der Polizei, die vor Ort war, direkt zu uns ins AKH in die Pathologie zur Leichenbeschau gebracht. Das ist die übliche Vorgehensweise bei allen Personen, die an einem öffentlichen

Ort versterben. Der Kollege, der die Beschau vornahm, hat naturgemäß, nachdem er die medizinischen Unterlagen ebenfalls erhalten hatte, die gesamte Krankengeschichte gecheckt und noch mal abgeglichen.«

Obwohl Sarah Marianne Böhm im Grunde genommen nicht gekannt hatte, fühlte es sich doch so an, als hätte sie mit ihr eine gute Freundin verloren.

»De facto war die Herzinsuffizienz nicht der Grund für ihren Tod«, fuhr Markus fort. »Er hängt zwar damit zusammen …«

»Wie jetzt?«, unterbrach Sarah ihn ungeduldig.

Auch Gabi und David horchten auf, nur Chris aß seelenruhig weiter. Vermutlich wusste er bereits, was jetzt kam.

Markus atmete tief ein, und Sarah hoffte, dass er zu einer detaillierten Stellungnahme ausholte. »Klinisch verursacht sowohl ein chronisch niedriger als auch ein chronisch erhöhter Kaliumspiegel charakteristische Veränderungen im EKG. Ein zu hoher Spiegel etwa kann einen zu langsamen Herzschlag, Herzrhythmusstörungen oder sogar einen Herzstillstand verursachen. So weit alles klar?«

Sie nickten so einheitlich, wie Synchronschwimmer im Becken ihre Pirouetten drehen. Marie sprang auf Sarahs Schoß, rieb ihren Kopf an ihr und trat mit den Pfoten, bevor sie es sich bequem machte. »Im Hawelka kam es mir so vor, als würde das EKG kein Lebenszeichen anzeigen«, warf Sarah ein.

»Doch, minimale Lebenszeichen gab es«, entgegnete Markus, »allerdings nahm die Dauer des Aktionspotenzials ab. Das heißt, die frequenzorientierte

QT-Zeit mit hohen T-Wellen war verkürzt. So etwas deutet auf eine Hyperkaliämie hin. Mit überaus hoher Wahrscheinlichkeit kann als Todesursache also eine letale Kaliumintoxikation verifiziert werden.«

»Im Klartext, Marianne Böhm ist an einer Überdosis Kalium gestorben?«

»*Alle Dinge sind Gift und nichts ohn' Gift; allein die Dosis macht, dass ein Ding kein Gift ist*«, zitierte ihr Bruder den Arzt Paracelsus.

Sarah erinnerte sich an Berichte über Krankenpfleger, die auf diese Weise Patienten getötet hatten. »Dann sprechen wir hier von Mord? Habt ihr schon der Kriminalpolizei gegenüber den Verdacht geäußert?« Ihr Herzschlag beschleunigte sich. Wenn dem so war, wollte sie sofort ihren Freund Martin Stein anrufen. Bestimmt würde der Chefinspektor sie wie üblich anknurren, weil sie versuchte, ihm Ermittlungsergebnisse zu entlocken, aber das Granteln gehörte dazu. Schlussendlich würde er sie trotzdem in Kenntnis setzen. So lief das immer zwischen ihnen. Sie ließ ihm Rechercheergebnisse zukommen, er gab unter der Hand Infos an sie weiter.

»Nein, noch nicht. Das wäre noch zu früh«, erstickte Markus ihren Gedankengang im Keim.

»Bevor wir uns hier in wilden Spekulationen ergehen, will ich noch eins zur allgemeinen Erklärung sagen.« Nun war es ihr Bruder, der sichtbar zu einem Vortrag ausholte. »Ein erhöhter Kaliumspiegel in Kombination mit einer Herzschwäche kann ... ich betone, KANN ... fatale Auswirkungen haben. Denn Kalium ist prinzipiell in all unseren Körperzellen enthalten, demnach auch in allen Körperflüssigkeiten nachweisbar und lebensnotwendig. Anders gesagt: Kalium ist wichtig für die Energieproduktion, für unser Herz, unsere Muskeln und den Kreislauf. Dies nur, damit ihr versteht, was Kalium in unserem Körper bewirkt«, beendete er seinen Monolog und schob sich eine weitere Gabel Nudeln in den Mund.

Sarah lächelte. Ihr Bruder schien ausgehungert zu sein. »Und was hat das jetzt mit dem Tod von Marianne Böhm zu tun?«, fragte sie.

»Wenn jemand stirbt, egal auf welche Art, laufen nach dem Tod die Körperzellen aus«, übernahm Markus wieder. »Bildlich gesprochen kann man sich das vorstellen wie einen mit Wasser gefüllten Luftballon, der Löcher hat. Dann steigt der Kaliumspiegel in der Flüssigkeit, die die Zelle umgibt, innerhalb von ein bis zwei Stunden beträchtlich an.«

Sarah hob die Hand. »Stopp! Habe ich das richtig verstanden? Es ist ganz normal, dass der Kaliumspiegel steigt, egal, auf welche Weise jemand zu Tode kommt?«

»Exakt«, bestätigten Markus und Chris wie aus einem Mund.

»Und worüber reden wir dann jetzt? Über einen natürlichen Tod oder über Mord?« Sarah war verwirrt, und wenn sie den Gesichtsausdruck von Gabi und David richtig deutete, war sie nicht die Einzige am Tisch.

Markus wiegte unentschlossen den Kopf. »Ich bin Arzt, kein Kriminalbeamter. Jedenfalls hat das EKG bei Marianne Böhm die für eine Kaliumüberdosis charakteristischen Veränderungen angezeigt. Darüber habe ich mit meinem Oberarzt gesprochen. Über nicht mehr und nicht weniger.« Er straffte sich wie ein Oberlehrer, der versucht, seinen anstehenden Vortrag auf das niedrige intellektuelle Niveau seiner Schüler herunterzubrechen. Dementsprechend langsam formulierte er den folgenden einleitenden Satz. »Wenn man Arzneimittel, die den Kaliumspiegel verändern, falsch dosiert, kann es bei einem Patienten mit Herzinsuffizienz zu einem Herzstillstand kommen.«

Sarah blähte entnervt die Wangen. Der Tag dauerte schon viel zu lange, und es fiel ihr immer schwerer, Markus zu folgen. »Und das spürt man nicht? Durch Atemnot oder so etwas in der Art? Marianne Böhm hat nämlich, kurz bevor sie das Bewusstsein verlor, einen Moment an mir vorbeigeschaut und dabei gewirkt, als sähe sie ihren eigenen Tod zur Tür hereinkommen.«

»Nein, mit hoher Wahrscheinlichkeit sollte sie nichts gefühlt oder bemerkt haben«, erklärte Chris. »Meistens verläuft eine Hyperkaliämie asymptomatisch. Wenn überhaupt, treten Symptome wie Übelkeit und Durchfall auf, jedoch nicht unmittelbar vor dem Tod. Und hätte Marianne Böhm zum Beispiel eine zu schnell fließende Infusion Kalium bekommen, wären brennende Schmerzen entlang der Infusionsvene bis hin zum Herzen aufgetreten. Aber so ...«

»Im Hawelka hat sie definitiv keine Infusion bekommen«, betonte Sarah, obwohl das klar war. »Wie sonst kann es zu so einer Kaliumüberdosis kommen?«

»Falsche Einnahme von bestimmten Medikamenten wie etwa ACE-Hemmern«, sagte Markus. »Das sind gefäßerweiternde Arzneimittel, die man bei Bluthochdruck oder, wie in Frau Böhms Fall, bei einer chronischen Herzinsuffizienz verschreibt. Allerdings hätte die Gute dafür mindestens acht Tabletten zu viel schlucken müssen. Auf einmal.«

»Das klingt sehr unwahrscheinlich«, merkte David an. »Es sei denn, sie hätte vorgehabt, auf diese Weise Selbstmord zu begehen.«

Je länger das Gespräch dauerte, umso überzeugter war Sarah, dass es beim Tod von Marianne Böhm nicht mit rechten Dingen zugegangen war. »Oder es war doch Mord.«

David nahm gedankenversunken einen Schluck Wein. »Eine Kaliumvergiftung als das perfekte Verbrechen.«

»Nur solange kein Arzt mit einem EKG in der Nähe ist«, schränkte Markus ein.

»Ordnet der Staatsanwalt bei Verdacht auf Fremdeinwirkung nicht eine Obduktion an?«, hakte Sarah nach.

Chris nickte erneut. »Hat er schon getan, weil im Fall der Böhm Mord nicht definitiv ausgeschlossen werden kann. Wird in dem Fall aber leider nicht mehr viel bringen.«

»Was soll denn das jetzt schon wieder heißen?« Allmählich hatte Sarah das Gefühl, sich im Kreis zu drehen.

»Selbst wenn die Überdosis mittels einer Injektion verabreicht worden wäre, hätte die Tote unmittelbar danach auf dem Obduktionstisch liegen müssen, um die Kaliumvergiftung eindeutig nachzuweisen. Bereits eine Stunde nach Todeseintritt wird der veränderte Kaliumwert nämlich dem normalen Todesfall zugeschrieben. Und in unserem Fall ist zwischen dem

Tod Marianne Böhms und der Obduktionsanordnung einfach zu viel Zeit vergangen«, brachte es Markus schließlich auf den Punkt. »Deshalb habe ich Sekunden nach dem Todeseintritt von ihr eine Harn- und Blutprobe genommen.« Er grinste. »Noch bevor ich sie dem zuständigen Kollegen für die Leichenbeschau übergeben habe. Beide Proben werden bereits ausgewertet. Kurzum: Wenn sich der Verdacht der Kaliumvergiftung erhärtet, ergeht eine diesbezügliche Meldung an die Kriminalpolizei.«

Plötzlich war Sarah wieder hellwach.

Dienstag, 11. Februar

8

Was Sarah an ihrem neuen Zuhause besonders mochte, war, dass sie morgens aufgrund des weitläufigen Parks vor der Haustür die Vögel aus voller Kehle singen hörte. An diesem Morgen kam es ihr so vor, als zwitscherten sie besonders aufgeregt. Eigentlich die perfekte Klangkulisse für einen perfekten Start in den Tag. Allerdings fühlte sie sich wie durch die Mangel gedreht und anschließend ausgespuckt. Sie war stündlich aufgewacht, weil dunkle Geister sie im Traum aufgesucht hatten. Einer davon war Marianne Böhm in einem weißen Nachthemd mit den Gesichtszügen einer verärgerten Greisin gewesen. Erst wollte sie Sarah mit Pfeil und Bogen umbringen, dann wieder mit einer Flüssigkeit vergiften, die sie aus frei umherschwebenden Körperzellen gewann. Jedoch verschwand die Cafetiere jedes Mal, bevor sie ihre Pläne in die Tat umsetzen konnte, in dichtem Nebel. Sarah war mit der düsteren Überzeugung aufgestanden, dass Marianne Böhm einem Mordanschlag zum Opfer gefallen war.

Beim Frühstück klickte und wischte sie sich auf dem iPad durch die aktuellen Onlineausgaben der Tageszeitungen. Wie erwartet ähnelten sich an diesem Tag die Schlagzeilen: *Die Königin der Wiener Kaffeehäuser ist tot!,*

Wien trauert um beliebte Kaffeehausbesitzerin!, *Die Grande Dame des Kaffees ist achtzigjährig verstorben!*.

Mit jeder Headline, die Sarah las, nahmen die Bilder aus dem Hawelka in ihrem Kopf an Deutlichkeit zu. Sie verscheuchte sie, indem sie das iPad entschieden zur Seite schob, während sich David mit der Espressotasse in der Hand durch die Printversionen der abonnierten Konkurrenz blätterte. »Oskar Kretschmer von *Neues der Woche* scheint bereits mit Böhms Schwiegertochter gesprochen zu haben.« Er schob Sarah die aufgeschlagene Zeitung hin.

Ganz Wien trauert um Marianne Böhm, las sie stumm die Schlagzeile, bevor sie den fett gedruckten Teaser überflog.

Die Grande Dame des Café Böhm ist plötzlich und unerwartet im Café Hawelka verstorben. Sie führte die drei Kaffeehäuser der Familiendynastie unermüdlich seit Anfang der 1970er-Jahre. Die Trauer der Familie ist groß, wie uns Michaela Böhm, die Schwiegertochter der Toten, in einem Exklusivinterview versichert.

Der Artikel endete mit der Information, dass die Kaffeehausbesitzerin vor zehn Jahren mit dem Goldenen Kaffeekännchen ausgezeichnet worden war, worauf sie laut ihren Angehörigen sehr stolz gewesen sei. Mittlerweile hatte Sarah recherchiert, dass der Klub der Wiener Kaffeehausbesitzer die Auszeichnung für Verdienste um die Wiener Kaffeehauskultur verlieh.

Natürlich war ihr klar gewesen, dass, sobald sie die Kurzmeldung online stellten, die Konkurrenz schnell reagieren und noch vor ihr mit den Angehörigen sprechen würde. Marianne Böhm war schließlich nicht irgendwer gewesen, sondern eine Wiener Institution. Nichtsdestotrotz hatte ihr gestern die Kraft gefehlt, die Familie zu kontaktieren. Obendrein hätte sie sich geschämt, sich unmittelbar nach dem überraschenden Tod wie ein Aasgeier auf die Hinterbliebenen zu stürzen. Sarah schob die Zeitung zurück zu David. »Zumindest stimmen die Fakten.« Sie mochte den Journalisten von *Neues der Woche* nicht besonders. Für sie verkörperte er jenen reißerischen und zumeist oberflächlichen Journalismus, den sie kategorisch ablehnte.

Das Handy am Tisch vibrierte. Sarah wischte es ins Leben. Conny hatte eine Nachricht geschickt: *Tut mir leid, was gestern passiert ist. Kaffeetratscherl nach Termin Oberhuber bei dir im Büro?*

Sarah seufzte erleichtert. Zum Glück schien der Kaffee-Sommelier den Interviewtermin nicht abgesagt zu haben.

Sehr gern, schrieb Sarah mit einem Smiley zurück und überlegte dann, ob sie Clemens Böhm anrufen oder einfach im Stammhaus seiner Kaffeehauskette auftauchen sollte. Würde sie ihn heute überhaupt dort antreffen? Sie dachte an den Mantel seiner Mutter, der noch am Garderobenständer in ihrem Büro hing, und begann, das Frühstücksgeschirr abzuräumen. Ein deutliches Zeichen, dass es Zeit war, in den *Wiener Boten* zu fahren.

Die Chronik-Redaktion war verwaist, als Sarah eintrat. Sie ging zu ihrem Schreibtisch hinter der Glasfront, hängte ihren Mantel neben den der toten

Kaffeehausbesitzerin und griff zum Telefon. Falls der Test des Krankenhauses Markus' Verdacht bestätigt hatte, wüsste Martin Stein vielleicht schon Bescheid.

Der Chefermittler hob sofort ab. »Sarah.« Er klang nicht sonderlich überrascht.

Nach einer kurzen Begrüßung kam sie sofort auf den Grund ihres Anrufs zu sprechen, erzählte von Marianne Böhms Tod und erkundigte sich nach den Testergebnissen aus dem AKH.

Stein lachte. »Sag, warum wundert es mich nicht, dass du weißt, dass es eine eingehende Untersuchung gegeben hat?«

»Weil ich eine verdammt gute Journalistin bin. Also, wie schaut's aus?«

»Die Kaliumüberdosis ist bestätigt, allerdings gibt es derzeit nicht genügend Hinweise, um gleich Mordermittlungen aufzunehmen. Zuerst müssen wir abklären, ob nicht ein Unglücksfall hinter der Überdosis steckt. Möglicherweise hat die Verstorbene aus purer Unachtsamkeit zu viele Tabletten eingenommen.«

»Geh, Martin! Das glaubst jetzt aber selbst nicht«, widersprach Sarah energisch. »Sie müsste acht Pillen zu viel geschluckt haben! Auf einmal!«

»Du bist ja wieder mal bestens informiert. Und ja, ich versteh deinen Einwand, aber lass uns bitte einfach unsere Arbeit machen. Okay? Wir können das.«

»Du würdest es mir sagen, wenn's anders wäre?«

»Natürlich. Ich ruf dich sofort an, sobald ich nicht mehr weiterweiß.«

»Ich kann deinen Zynismus durch die Leitung hören, Martin.«

»Schön, ich hatte schon Angst, mich zu subtil auszudrücken. Aber im Ernst, Sarah, du hörst von mir, falls sich in der Sache etwas ergibt.«

»Danke dir.« Sie legte auf. Einen kurzen Moment lang blieb sie mit dem Telefon in der Hand sitzen, dann erhob sie sich und brühte mit der French Press Kaffee auf. Als der verführerische Duft durchs Büro zog, war sie mit ihren Gedanken wieder beim gestrigen Nachmittag im Hawelka.

Die Tür flog auf. Maja betrat in Winterjacke und mit dickem Schal den Redaktionsraum. »Guten Morgen«, sagte sie mit sehnsüchtigem Blick auf das Kaffeehäferl in Sarahs Hand.

Sofort schenkte sie ihrer Kollegin ebenfalls eine große Tasse ein.

»Wie geht's dir?«, fragte Maja an dem heißen Gebräu nippend.

»Ich stell mir grad die Frage, ob ich jemals wieder Kaffee trinken kann, ohne an Marianne Böhm zu denken.«

»Eines Tages sicher.« Maja stellte die Tasse ab.

»Lass uns in Zukunft nur noch Biokaffee kaufen.« Sarah deutete auf die Packung neben dem Wasserkocher.

Ihre Kollegin nickte, setzte sich an ihren Schreibtisch, schaltete den PC ein und begann, ihre Arbeitsunterlagen zu sortieren.

Sarah sah ihr dabei zu, während ihr Gehirn auf Hochtouren lief. Sie nahm sich vor herauszufinden, ob die Kaffeehausbesitzerin ermordet worden war. Egal, ob die Kriminalpolizei diesbezügliche Ermittlungen aufnahm oder nicht. Die erste Frage, die sie sich daher in dem Zusammenhang stellte, war: Wer profitierte von Marianne Böhms Tod? Sie zerbrach sich den Kopf, aber außer demjenigen, der die Kaffeehäuser erbte, wollte ihr niemand einfallen.

Um elf Uhr tauchte wie angekündigt Conny in ihrem Büro auf. Die Gesellschaftsreporterin bot den üblichen eleganten Anblick. Sie trug einen marineblauen Zweiteiler mit perfekt sitzendem Blazer, Hose aus fließendem Stoff und weißem Shirt. Die Locken hatte sie hochgesteckt, das Make-up war tadellos. Die Diskrepanz zu Sarah, die heute in ihrem Lieblingslook, Jeans, Pulli, ihre Haare zu einem lässigen Knoten zusammengefasst, zur Arbeit erschienen war, hätte nicht größer sein können. Sissi wackelte ihrem Frauchen hinterher.

»Die Stimmung im Café war schrecklich«, stöhnte die Society-Löwin, während sie sich auf den Stuhl vor Sarahs Schreibtisch fallen ließ. In der Hand hielt sie eine Tasse Kaffee, die sie sich zuvor bei Maja erbettelt hatte. Sie sog den Duft ein, als brächte der allein ihr die verbrauchte Energie zurück. »Sämtliche Mitarbeiter versuchen, gegenüber den Gästen eine fröhliche Miene aufzusetzen. Aber wenn du ihre Körpersprache und die traurigen Blicke gesehen hättest ... Die trauern wirklich um die Seniorchefin.« Sie verzog mitfühlend das Gesicht und seufzte betrübt. »Das Interview mit Linus Oberhuber war auch mehr als bedrückend. Er hat zwar alle meine Fragen beantwortet, aber stand noch immer unter Schock. Noch nicht mal das Frühstück, das ich bestellt hatte, hat mir geschmeckt. Hier hast du

Linus' Statement für die morgige Ausgabe.« Sie schob einen Zettel über den Tisch.

Sarah las:

Ich habe meine wundervolle Förderin Marianne Böhm verloren. Den Schmerz, den ich empfinde, kann man nur schwer in Worte fassen. Sie war mir zugleich Vorbild und Vertraute. Ihre Weisheit und ihre Güte werden mir ewig in Erinnerung bleiben, sie selbst wird in meinem Herzen weiterleben.

»Wow, das geht ja richtig unter die Haut«, sagte Sarah, als Sissi ihre Inspektionsrunde durchs Büro beendet hatte und es sich in einer Ecke bequem machte.

»Linus hat nur einen Mokka getrunken und nichts gegessen. Der Mann schaut aus wie ein Häufchen Elend.«

»Was verständlich ist. Er hat gestern einen Menschen verloren, der ihm sehr nahestand.«

»Ich glaube, ihr Tod hat ihm regelrecht den Boden unter den Füßen weggezogen. Und das meine ich im wahrsten Sinne des Wortes. Aber jetzt erst mal zu den Fragen, die ich für dich stellen sollte.« Sie zog einen Block aus ihrer Handtasche. »Linus meint, dass Marianne Böhm tatsächlich ein wenig abergläubisch war. Sie glaubte zwar nicht, dass sie sieben Jahre Pech hätte, wenn ein Spiegel zerbrach, oder fürchtete sich vor Freitag, dem Dreizehnten, jedoch mochte sie es zum Beispiel nicht, wenn dreizehn Leute an einem Tisch saßen. In ihren Kaffeehäusern konnte sie das natürlich schlecht verhindern, aber privat achtete sie darauf.

Und sie hatte bestimmte Rituale, die ihr nahezu heilig waren. Etwa ging sie so gut wie nie ohne ihren Talisman aus dem Haus – der übrigens das Logo vom Café Böhm darstellt. Die Blume des Lebens mit einer Kaffeebohne in der Mitte«, erläuterte die Society-Lady und zeigte breit lächelnd auf Sarahs rotes Corno an deren Halskette. »Kommt dir das bekannt vor?«

Sarah nickte. »Sie trug den Anhänger bei unserem Treffen.«

»Manchmal deutete sie wohl alltägliche Dinge oder Begebenheiten.« Connys Blick wanderte kurz zum Block in ihrer Hand, dann wieder zu Sarah. »Etwa wenn sie einen krächzenden Raben entdeckte, der mit dem Schnabel auf ein Hausdach einhackte. Dann war sie davon überzeugt, dass es in dem Haus bald einen Toten geben würde.«

»Das erinnert mich an meine neapolitanische Großmutter«, sagte Sarah. »Die hat ebenfalls derartige Vorgänge gedeutet.«

Conny lächelte. »Die Großmutter, der wir im Grunde genommen deine Kolumne zu verdanken haben. Hätte sie dich nicht mit diesem Aberglaubenzeug«, sie malte Anführungszeichen in die Luft, »verzaubert, würdest du heute sicher nicht darüber schreiben.«

»Wahrscheinlich.«

»Jedenfalls verbat sich Marianne Böhm auch, über ihr Glück und ihre Zufriedenheit zu sprechen. Du weißt bestimmt, weshalb man das nicht tun sollte?«, forderte Conny Sarah heraus.

»Natürlich. Weil sonst die bösen Geister auf einen aufmerksam werden, die in der Folge versuchen, dem angenehmen Zustand ein Ende zu bereiten. Dieser Aberglaube ist schon uralt.«

Conny verzog anerkennend das Gesicht. »Bravo. Nicht umsonst nennt man dich die Hexe des *Wiener Boten*. Leider hatte Linus absolut keine Idee, was die von dir genannten Symbole bedeuten, und er hat weiß Gott lange darüber nachgedacht.«

»Schade«, zeigte sich Sarah enttäuscht. »Trotzdem danke, dass du ihn gefragt hast.«

Connys Augenbrauen wanderten nach oben. »Immerhin hat er mir verraten, was die Böhm für die nahe Zukunft plante. Ganz ohne Hokuspokus und Aberglauben.«

»Was denn?«

»Sie wollte ihn adoptieren.«

»Nein.«

»Doch!« Conny zuckte kaum sichtbar mit den Schultern. »Was sich mit ihrem Ableben natürlich erledigt hat.«

»Aber weshalb wollte sie das tun? Sie hat doch eine Familie.«

»Weil die Gute einen Nachfolger brauchte, so Linus. Also nicht für sofort … eher für später. Ihr Enkel hat nämlich nicht vor, die Familientradition hochzuhalten und Kaffeesieder zu spielen. Aus diesem Grund hatte sie große Sorge, dass die drei Kaffeehäuser nach der vierten Generation verkauft werden könnten, sobald ihr Sohn Clemens in Pension geht. Ein No-Go für die alte Dame. Niemals verkaufen, so lautete ihr Credo. Möge kommen, was da wolle. Deshalb kümmerte sie sich noch zu Lebzeiten darum, dass die

Familiendynastie selbst nach ihrem Tod in ihrem Sinn weitergeführt wird. Wenn auch – ihrem Plan entsprechend – durch einen Adoptivsohn, der über fünfzehn Jahre jünger als ihr leiblicher ist.«

»Dann hat sie ihren Günstling nicht nur aus reiner Nächstenliebe unterstützt?«

»Schaut so aus.«

Maja stürzte in den Raum. »Ruf mal unsere Internetseite auf!«

Erschrocken tauschten Conny und Sarah verblüffte Blicke.

Maja baute sich vor dem Schreibtisch auf und stützte sich mit den Händen darauf ab. »Einige Leser haben deinen Artikel zu Marianne Böhms Tod kommentiert. Zumeist mit den üblichen Floskeln. *Es tut mir leid um so eine tolle Frau. Möge sie in Frieden ruhen. Ich trauere mit der Familie.* Eben solche Sachen. Aber einen Kommentar solltest du dir genauer ansehen.«

Sarah hatte inzwischen ihren Artikel am PC aufgerufen.

Maja kam um den Tisch herum, stellte sich neben sie und tippte auf besagten Post. »Der hier ist es.«

»*Schreibe dem Teufel auf ein Horn: guter Engel; und manche glauben's*«, las Sarah laut vor. »Der Kommentator heißt Schöner_leben_in_Landstraße. Was soll das?«

Maja zuckte mit den Achseln. »Mit Landstraße ist fraglos der dritte Bezirk gemeint.«

»Liest sich wie ein Zitat oder so«, merkte Conny an.

Sarah tippte den Text in eine Suchmaschine ein. »Bingo! Das ist tatsächlich ein deutsches Sprichwort.«

»Und was will uns der Post sagen?«, fragte Conny.

»Dass Marianne Böhm ein Teufel in Engelsgestalt war?«

»Vielleicht?« Sarah kannte den Sinnspruch ebenso wenig wie ihre Kolleginnen.

»Können wir nicht herausfinden, wer hinter dem Nick steckt?«, fragte Maja.

»Simon bestimmt.« Sarah griff zum Telefon, um den Fotografen und Computerexperten des *Wiener Boten* anzurufen. Eine IP-Adresse herauszufinden sollte für ihn eine Kleinigkeit sein. Zudem verfügte er über dubiose Quellen und hatte Zugriff auf zum Teil illegale Kanäle. Sarah hinterfragte nichts davon, solange er ihr schnelle Antworten auf verzwickte Fragen lieferte.

9

»Soll ich das gleich ausräumen, Papa? Braucht doch niemand mehr.«

Sein Sohn Marcel stand vor einem geöffneten Küchenkasten. Wenn Clemens ihn von der Seite betrachtete, sah er deutlich die Ähnlichkeit zwischen ihnen. Die gerade Nase und die schmalen Lippen hatte eindeutig er an ihn vererbt. Genauso wie die dunkelbraunen Haare, wenngleich seine zwischenzeitlich ergraut waren. Die dünne Statur hatte er hingegen von Michaela. Woher jedoch der introvertierte Charakter seines Sohnes kam, konnte er sich nicht erklären.

Clemens blickte ihm über die Schulter. Neben den vom Arzt verschriebenen Medikamenten standen mehrere weiße Plastikdosen mit grüner Aufschrift. Magnesium, Zink, Selen, Vitamin B, Vitamin D und vieles mehr. Im Regalfach darüber stapelten sich Fachzeitschriften und Magazine über Gesundheit, Ernährung und Lebensqualität. Schon immer hatte Clemens' Mutter Medikamente und diesbezügliche Zeitschriften im Überfluss gehortet, weil sie sich und auch ihn in jungen Jahren permanent todkrank geredet hatte. Hinter jedem neuen Fleck auf der Haut vermutete sie aggressiven Krebs, eine harmlose Verkühlung kam einer Katastrophe gleich. Ihre Bibel war die Apothekerzeitung gewesen. Es glich einem Wunder, dass er nicht so geworden war wie sie und unter sämtlichen eingebildeten Krankheiten dieser Welt litt.

»Räum alles in eine Schachtel, dann bring ich's später in die Apotheke zum Entsorgen. Oder ich stell's dem Sedlacek vor die Tür«, fügte er bissig hinzu. »Immerhin hat der alte Quacksalber sie mit dem Zeug versorgt. Schau, ob die Kombination für den Safe vielleicht auf irgendeiner Dose oder Medikamentenschachtel draufsteht.« Während sie gestern Abend noch alle zusammengesessen und beratschlagt hatten, was nun zu tun sei, hatte er Michaela und Marcel von dem geänderten Code erzählt.

»Echt jetzt? Du glaubst doch bitte nicht wirklich, dass die Oma die Kombination für den Tresor auf eine Verpackung draufgekritzelt hat?« Marcel streckte ihm eine Schachtel entgegen, wie um zu überprüfen, ob Clemens es mit dem absurden Gedankengang ernst meinte.

»Wahrscheinlich eh nicht«, seufzte er zustimmend. »Halt trotzdem die Augen offen und schmeiß die Zeitschriften ins Altpapier.«

Obwohl er der Theorie seines Vaters ganz offensichtlich nicht glaubte, nahm Marcel jede Dose einzeln heraus und besah sie, bevor er sie in einen Karton stellte.

Michaela räumte währenddessen die Lebensmittel aus dem Kühlschrank in eine Plastikbox. Sie wollten sie später in ihre eigene Wohnung mitnehmen. Noch genießbare Nahrungsmittel wegzuschmeißen brachten sie nicht übers Herz. »Ich denke, die Milchpackung können wir als Versteck der Safe-Kombination ebenfalls ausschließen«, merkte sie spitz an, während sie einen halben Liter Milch zur Seite stellte, und scheuchte ihn dann mit einer ungeduldigen Handbewegung aus der Küche. »Such du lieber die Unterlagen für den Notar, den Firmenanwalt und das Beerdigungsinstitut heraus. Hast du überhaupt schon die Bestattung verständigt?«

Clemens schüttelte den Kopf. »Mach ich gleich.« Seit sie die Wohnung betreten hatten, stand er mehr oder minder unschlüssig seiner Frau und seinem Sohn im Weg. Er konnte sich nicht entscheiden, welche Aufgabe er zuerst erledigen sollte. Nur den Notar hatte er um acht Uhr morgens angerufen und um einen raschen Termin gebeten. Dieser hatte sich verständnisvoll gezeigt und Freitag um zehn Uhr vorgeschlagen. Dann hatte er sich den Anwalt vorgenommen, ihn aber nicht erreicht. Er sei bis nächste Woche in Urlaub, hatte seine Sekretärin gesagt. Aber das störte Clemens nicht sonderlich, denn bis dahin sollten sie Gewissheit haben.

In den nächsten Tagen wollten sie eine Bestandsaufnahme der Dinge machen, die sich in der Wohnung befanden. Entscheiden, was weggeschmissen oder verkauft werden sollte und was sie behalten wollten – natürlich dann unter der Berücksichtigung der neuen Eigentumsverhältnisse.

Es war Michaelas Idee gewesen, sofort mit der Auflistung des Inventars zu beginnen. »Wir sollten wissen, was das ganze Zeug mitsamt der Eigentumswohnung wert ist, um das wir vielleicht betrogen werden.« Und sie hatte ja recht. Die Möglichkeit, dass seine Mutter Linus nicht nur die Cafés, sondern auch die Eigentumswohnung vermacht hatte, war nicht von der Hand zu weisen.

»Außerdem musst du dich rasch um das Begräbnis kümmern, ob du willst oder nicht. Du bist ihr einziger Sohn.«

»Bin ich das?«, hakte er spitzzüngig nach. »Sie hatte vor, Linus zu adoptieren.« Diesen wahnwitzigen Einfall hatte ihm seine Mutter vor einigen Monaten präsentiert.

Auf Michaelas Lippen erschien ein böses Lächeln, das seltsam zufrieden wirkte. »Nun, der Sensenmann hat ihr wohl einen gewaltigen Strich durch die Rechnung gemacht.«

Er hatte Michaelas feierliche Stimmung nicht geteilt, sondern stattdessen gedacht, dass der Moment der Klarheit kommen würde, sobald der Safe geöffnet war. Er fürchtete, die unterschriebenen Adoptionspapiere hinter der dicken Stahltür zu finden. Dass ihr der grausame Clou doch gelungen war und sie ihn zu gegebener Zeit vor vollendete Tatsachen hatte stellen wollen. Eine solche Hinterhältigkeit traute er seiner Mutter durchaus zu. Selbst wenn sie von den Toten wiederauferstehen würde, würde ihn das nicht wundern.

Clemens trat an die Kommode mit dem Telefon darauf, griff zum Hörer und wählte die Nummer der Bestattung Wien. Derweil er darauf wartete, dass jemand abhob, zog er die obere Schublade auf. Darin lagen wie üblich Kugelschreiber und ordentlich aufeinandergestapelte Zettel für den Fall parat, dass man sich während eines Telefonats rasch Notizen machen musste. Die gesamte Welt seiner Mutter war geordnet gewesen. Als er einen Stift aus der kleinen Schale nahm, entdeckte er auf der Innenseite der Schütte eine

Zahlenreihe. Augenblicklich stieg seine Pulsfrequenz. Er legte auf, notierte sich die Ziffernfolge und ging ins Büro, wo er die Zahlen mit pochendem Herzen auf der Tastatur des Safes eingab. Ein leiser Klick signalisierte ihm Erfolg. Im nächsten Moment sprang die Tresortür auf.

»Dann schauen wir mal, was du da drinnen alles vor mir versteckt hast«, murmelte er und scannte den Inhalt. Auf den ersten Blick fiel ihm nichts Ungewöhnliches auf. Er nahm die Dokumentenmappe mit den für das Beerdigungsinstitut notwenigen Urkunden heraus, blätterte sie durch. Adoptionspapiere fand er darin keine. An der rechten Wand lehnte ein schwarzes Notizbuch im DIN-A4-Format. Es sah aus wie jene in der weißen Kartonbox. Clemens nahm es zur Hand und schlug es auf. Auch darin hatte seine Mutter kleine Bilder mit einem Datum notiert. Er überflog die Seiten. Die Daten stammten alle aus diesem Jahr, manche Einträge hatte seine Mutter farbig markiert. Es handelte sich um die gleichen Zeichen wie auf dem Papier. Pfeil. Schlange. Messer. Grab. Sie blieben ihm ein Rätsel. Zugleich fragte er sich, weshalb sie dieses Notizbuch im Safe aufbewahrt hatte, die anderen jedoch in der Box. Er stellte es zurück und zog dann eine der oberen Schubladen auf, die seine Mutter für teure Schmuckstücke verwendet hatte. Über zwei Perlenketten lag quer ein unbeschriftetes Kuvert. Er nahm es heraus und hielt kurz darauf ein undatiertes Schreiben in Händen, das nur aus ein paar computergetippten Zeilen bestand.

Sehr geehrte Frau Kommerzialrätin Böhm,

Offenbar hatte der Absender nicht gewusst, dass sie auf den Titel nie Wert gelegt hatte.

Ein guter Kaffee muss schwarz wie die Nacht, heiß wie die Liebe und so süß oder bitter wie das Leben sein.

Die arabische Redewendung war ihm geläufig.

Betrug ist gemein, aber es heißt ja per nefas, und aufs per nefas versteh'n sich die anständigen Leut.

Per nefas war Lateinisch und bedeutete »mit Unrecht«, das wusste Clemens, genauso, dass es sich bei dem Satz um ein Zitat des österreichischen Schauspielers und Bühnenautors Nestroy handelte. Das Buch, in dem es sich befand – »Das ist klassisch! Nestroy-Worte«, 1922 herausgegeben von Egon Friedell –, stand in seinem Bücherregal. Aber welches Unrecht genau meinte der Absender, und weshalb zitierte er Nestroy?

€ 40 000 sind genug, damit ich vorerst den Mund halte. Stecken Sie das Geld in eine Tasche. Stellen Sie diese am 20. Jänner um 15:00 Uhr unter die Bank im Wartehäuschen der Straßenbahnstation Rennweg. Fahrtrichtung Börse. Anschließend steigen Sie in die nächste Straßenbahn und fahren weiter.
Ich danke im Voraus.

Statt einer Unterschrift klebte eine Kaffeebohne unten auf dem Papier. War das etwa ein Erpresserbrief? Aber was warf der Absender seiner Mutter vor? Oder sollte das lediglich ein dummer Scherz sein? Weshalb die förmliche Ausdrucksweise wie in einem Geschäftsbrief, und weswegen sollte die Übergabe am Rennweg stattfinden, nur eine Haltestelle von ihrem Café entfernt?

»Du hast ihn aufbekommen«, riss Marcels überraschte Stimme Clemens aus seinen Gedanken. Sein Sohn war im Türrahmen aufgetaucht.

»Ja. Die Nummer war in der Schütte in der Kommode notiert. Hab sie entdeckt, als ich das Beerdigungsinstitut anrufen wollte. Was hast du da?« Er zeigte auf einen Zettel im DIN-A5-Format, den Marcel in der Hand hielt.

»Die Eintrittskarte von der Oma für den Kaffeesiederball am Freitag. Soll ich sie wegwerfen?«

»Stimmt, der Ball!« Er und Michaela hatten eigentlich ebenfalls hingehen wollen. Seine Nerven vibrierten leicht vor Aufregung über die Entdeckung des Schreibens.

»Ist was?«, fragte Marcel. »Du wirkst nervös.«

»Nix«, beeilte er sich zu antworten. »Mir ist nur grad eine alte Geschichte eingefallen. Magst nicht zum Ball mitkommen?«

Marcel hob unwillig die Achseln. »Und was mach ich dort? Die Tochter von einem Kaffeehausbesitzer kennenlernen, wie die Oma sich das immer gewünscht hat?« Er schüttelte energisch den Kopf. »Sie hat eh schon den Linus verkuppelt, das reicht, wenn du mich fragst.«

»Hm«, brummte Clemens voller Verständnis. »Vermutlich gehen die Mama und ich auch nicht hin. Es gehört sich nicht zu feiern, wenn grad die eigene Mutter gestorben ist.« Dabei hätte er eigentlich Lust auf Party gehabt. Fünfzig lange Jahre war er vernachlässigt worden. Eine arme Kreatur, die sich an drakonische Verhaltensregeln und strenge Sparauflagen hatte halten müssen. Dennoch. Ihr Tisch am Ball würde erstmals seit zwanzig Jahren leer bleiben, weil er den trauernden Sohn spielen musste.

»Hast was Spannendes entdeckt?« Sein Sohn zeigte mit der Eintrittskarte auf das Stück Papier in seiner Hand.

»Nein.« Rasch legte er den Brief in den Safe zurück, als wäre es ein unwichtiges Schriftstück, und schnappte sich die Mappe mit den Dokumenten, bevor er die Tür wieder verschloss. Sollte er die Sache der Polizei melden? Aber Verfasser von Drohschreiben zu ermitteln war gewiss keine leichte Aufgabe. Zudem war die Empfängerin tot. Auch ging aus dem Brief nicht hervor, ob tatsächlich Geld geflossen war. Er beschloss, zunächst den Mund zu halten, um in Ruhe darüber nachzudenken, und musste ein Schmunzeln unterdrücken. Seine über jeden Verdacht erhabene Mutter hatte offenbar etwas zu verbergen gehabt. Vielleicht offenbarte sich ja endlich ein Fleck auf der weißen Weste der Alten, um deren Anerkennung er so viele Jahre gekämpft hatte. Die Vorstellung knipste ein Lächeln in Clemens' Gesicht an. Er konnte die Befreiung, sollte dieser Brief die übermächtige Matriarchin auf eine normale Größe zurechtstutzen, schon regelrecht spüren.

»Ihr kommt eh allein zurecht, oder? Dann geh ich wieder runter ins Café«, hörte er Michaela vom Flur aus rufen. Kurz darauf schlug die Wohnungstür zu.

»Was soll ich als Nächstes tun?«, fragte Marcel. »In der Küche hab ich eine Messingkanne für Mokka gefunden, die würde ich gern mitnehmen. Das Teil ist nice.«

Clemens lächelte erneut. Er kannte die Kanne. In ihr hatte seine Mutter sich seit Jahren frühmorgens ihren ersten starken Mokka zubereitet. »Mach das, aber dann lass uns für heute Schluss machen. Ich ruf jetzt gleich das Beerdigungsinstitut an, aber diesmal wirklich.«

Er ging zum Telefon und wählte erneut die Nummer des Bestattungsunternehmens. Diesmal hob sofort jemand ab. Das Telefonat dauerte kürzer als gedacht. Auch weil die Details aufgrund der akribischen Vorarbeit seiner Mutter bereits feststanden. Lediglich die Überführung des Leichnams zum Zentralfriedhof war noch zu organisieren. Die Frau vom Institut versprach, sich bald mit dem Datum der Beerdigung zurückzumelden. Seltsam, dass er sich selbst jetzt noch wie ihr Dienstbote fühlte. Nicht mal ihren Sarg, das Blumenarrangement oder das Bild auf dem Partezettel durfte er bestimmen. Als er auflegte, kündigten sich Kopfschmerzen an, so hatte ihn das kurze Gespräch angestrengt.

»Clemens.«

Eine Berührung riss ihn aus seinen Gedanken. Michaela stand neben ihm. Er hatte nicht bemerkt, dass sie zurückgekommen war.

»Unten sitzt die Journalistin, die deine Mutter im Hawelka getroffen hat.«

10

Das Café war mäßig besucht. Sarah hatte an dem Tisch beim Fenster mit Blick auf die Wollzeile Platz genommen, den ihr eine Kellnerin zugewiesen hatte, nachdem sie sich vorgestellt und nach Clemens Böhm gefragt hatte. Da sie misstrauisch nachgehakt hatte, hatte Sarah den Grund ihres Besuchs erwähnt, ihm Marianne Böhms Mantel geben zu wollen. Der steckte jetzt in einer Papiertragetasche auf der Sitzbank neben ihr. Doch statt nach draußen zu sehen, starrte Sarah fasziniert die Theke aus dunklem Holz an. Die darin eingelassenen helleren Intarsien zeigten das Firmenlogo: die Blume des Lebens.

Sie wartete darauf, dass jemand Marianne Böhms Sohn holte, der, wie die Bedienung ihr erklärt hatte, noch in der Wohnung seiner Mutter sei, die über dem Café lag.

Die Gäste unterhielten sich in gedämpfter Lautstärke. Sarah hatte erwartet, ein Foto der Verstorbenen mit Trauerflor oder Ähnliches im Café vorzufinden, konnte jedoch nichts dergleichen entdecken. Ihr Blick fiel auf einen Tisch in ihrer Nähe, an dem ein alter Herr vor einem leeren Weinglas saß. Er machte einen traurigen Eindruck.

»Bringen S' mir noch ein Achtel Veltliner vom Holzschuh, Frau Toni!«, rief er der Bedienung zu, die ihr den Tisch zugewiesen hatte und nun hinter der Theke stand.

Sarah schlussfolgerte aus der persönlichen Anrede, dass die Frau Antonia hieß und der Mann Stammgast war. Der Blick des alten Herrn streifte Sarah, während die Servierkraft ihm den Weißwein brachte und er ihr eine Frage stellte. Bestimmt wollte er wissen, wer sie, die Fremde, war. Die Antwort gefiel ihm anscheinend nicht, wenn Sarah seinen Gesichtsausdruck richtig deutete. Misstrauisch kniff er die Augen zusammen.

Alles klar, dachte Sarah, sie hat ihm verraten, dass ich Journalistin bin, und er mag keine von meiner Sorte.

Doch als Antonia weitersprach, hellte sich das faltige Gesicht auf, und der Mann sagte etwas zu ihr, was diese veranlasste, an Sarahs Tisch zu wechseln.

»Ich hab dem Herrn Medizinalrat erzählt, wer Sie sind«, begann sie zaghaft.

Ein Arzt! Sofort tauchte vor Sarahs geistigem Auge ein Äskulapstab auf.

»Dass Sie versucht haben, meiner Seniorchefin das Leben zu retten.«

Sarah runzelte überrascht die Stirn. Woher wusste die Kellnerin das?

»Die Frau Böhm hat mir davon erzählt, und da Sie den Mantel zurückbringen, gehe ich davon aus, dass Sie die Journalistin sind, mit der sich unsere Seniorchefin getroffen hat. Stimmt das etwa nicht?«

»Doch, doch«, antwortete Sarah rasch.

»Deshalb möchte er Sie gerne auf ein Getränk einladen.«

Sarah lächelte in die Richtung des alten Mannes und

nickte zur Begrüßung. »Sehr freundlich, aber sagen Sie ihm, dass das nicht notwendig ist. Für mich ist es selbstverständlich, jemandem zu helfen, der in Not ist.«

»Nehmen S' die Einladung doch an. Bitte.« Antonias Blick war flehend. »Es ist ihm ein großes Anliegen. Die Seniorchefin und er haben jeden Tag um neun einen Mokka miteinander getrunken und ein bisserl geplaudert. Zudem hatte er stets ein Auge auf ihre Gesundheit. Alte Gewohnheit, verstehen S'? Einmal Doktor, immer Doktor. Ihr Tod geht ihm sehr nahe.« Sie setzte eine verschwörerische Miene auf. »Im Vertrauen, er trauert um sie, als wär sie seine Frau g'wesen. Ich glaube, dass er sehr einsam ist. Er hat keine eigene Familie, das hat er mir mal erzählt. Und Freunde scheint er auch keine zu haben. Immer sitzt er allein an dem Tisch. Außer morgens, wenn sich bis jetzt die Seniorchefin zu ihm gesellt hat.«

»Wie gut kannten Sie sie, Antonia?«

»So gut, wie man seine Chefin halt kennt.«

Die Bedienung wich Sarahs Blick aus, und im nächsten Moment tauchten eine Frau und ein Mann auf. Beide steuerten direkt auf ihren Tisch zu.

»Ah, da sind s' ja schon, die Chefleute.«

Sarah erhob sich, streckte ihnen die Hand entgegen und stellte sich vor. »Sarah Pauli. Ich war mit Ihrer ...«

»Ich weiß. Sie sind die Journalistin, mit der sich meine Mutter getroffen hat.« Clemens Böhm schüttelte ihr herzlich die Hand und stellte ihr seine Frau Michaela vor. »Danke, dass Sie versucht haben, sie zu retten. Bitte nehmen Sie doch wieder Platz. Haben S' schon bestellt?«

»Ich wollte gerade«, erwiderte sie. »Eine Melange bitte.«

»Etwas Süßes dazu? Unser Milchrahmstrudel ist ein Gedicht. Oder ein Mittagessen? Ist immerhin schon eins.«

»Vielen Dank. Nur einen Kaffee.«

Sichtlich erleichtert, den Tisch verlassen zu können, zog Antonia ab, um das Bestellte zu bringen.

Sarah sprach den Böhms ihr Beileid aus, das diese dankend annahmen.

»Tut mir leid, dass ich Sie ohne Ankündigung überfalle.« Sarah nahm die Tragetasche von der Sitzbank und überreichte sie Clemens Böhm. »Der Mantel darin gehörte Ihrer Mutter, und ich wollte ihn Ihnen schnellstmöglich zurückgeben.«

Er nickte, gab die Papiertasche mit dem Mantel an seine Frau weiter und setzte sich Sarah gegenüber. »Worüber haben Sie denn gestern mit meiner Mutter gesprochen? Wir können uns nämlich alle keinen Reim auf Ihr Treffen im Hawelka machen«, kam er sofort auf den Punkt.

Die Frage verblüffte Sarah. »Sie wussten nicht, dass sie sich mit mir trifft?«

Clemens Böhm schüttelte den Kopf, während seine Frau mit dem Mantel durch die Schiebetür hinter der Theke verschwand.

Sarah erzählte dem Sohn der Toten von dem geplanten Artikel in der Wochenendbeilage des *Wiener Boten*, davon, dass sie anlässlich des hundertzwanzigjährigen Bestehens des Kaffeehauses eine Art Porträt schreiben wollte.

»Dafür hätten Sie sich doch nicht im Hawelka treffen müssen. Das hätten Sie auch hier besprechen können«, warf Clemens Böhm ein.

»Der Vorschlag des Treffpunkts kam von Ihrer Mutter.«

Seine Frau kam zurück und setzte sich zu ihnen.

»Würden Sie mir für den *Wiener Boten* vielleicht ein kurzes Statement geben?«, bat Sarah.

»Wir haben heute wortreiche Traueranzeigen für die morgigen Ausgaben aller Tageszeitungen in Auftrag gegeben.« Michaela Böhms Tonfall war überraschend kühl. »Sie können gerne daraus zitieren.«

Antonia brachte die Melange, einen Espresso für ihre Chefin und ein Glas Mineralwasser für ihren Chef.

»Danke, aber ein Zitat aus einer Traueranzeige ist keine persönliche Stellungnahme.« Sarah versuchte erst gar nicht, ihre Verwunderung über den Vorschlag zu verbergen. Sie fand es schlichtweg unangebracht, sich selbst eine Textstelle herauszusuchen und diese als Aussage auszugeben.

»Wir sind tieftraurig«, sagte Clemens Böhm ein wenig unbeholfen und drehte das Glas zwischen den Fingern. »Meine Mutter war jahrzehntelang das Rückgrat des Unternehmens. Eine außergewöhnliche Ikone der Wiener Kaffeehauskultur. Ihren Platz wird so schnell niemand einnehmen.«

Sarah schrieb sofort mit. Zwar war das Statement nicht so emotional wie jenes von Linus Oberhuber, aber immerhin besser, als von einer Todesanzeige abzuschreiben. »Ihre Mutter hat die drei Kaffeehäuser aus eigener Kraft geführt und war in einer Zeit

alleinerziehend, als das alles andere als üblich war.«
Sie nahm einen Schluck vom Kaffee, der ausgezeichnet schmeckte.

In Clemens Böhms Augen erschien ein Ausdruck von Geringschätzung. »Für gewöhnlich hat mein Großvater auf mich aufgepasst, der bei uns wohnte. Später, als er krank wurde und in ein Altersheim zog, gaben sich die Kindermädchen die Klinke in die Hand.«

»Was war mit Ihrem Vater?«

Einen winzigen Moment lang schien Clemens Böhm sich in ein Geschöpf zu verwandeln, das nicht in der Lage war, etwas zu fühlen. Vor allem nicht jene Emotionen, die er mit seinem Erzeuger verband. »Den gab es im Grunde genommen nicht. Zumindest hab ich ihn nie kennengelernt. Aber das sind persönliche Dinge, die ich nicht in einer Zeitung lesen will.«

Sarahs Blick fiel auf einen jungen Mann mit dunkelbraunen Haaren und schmalen Lippen, der hinter der Theke aufgetaucht war und jetzt eine Mineralwasserflasche öffnete. Der Ausdruck in seinen Augen war so distanziert, als wollte er die Welt nicht an sich heranlassen.

»Unser Sohn Marcel«, sagte Clemens Böhm und deutete Richtung Raumdecke. »Die Wohnung meiner Mutter liegt im ersten Stock. Wir waren gerade dabei, die notwendigsten Dinge für die Beerdigung zusammenzusuchen.«

»Dieser junge Mann ist also der Grund, weshalb Ihre Mutter Linus Oberhuber adoptieren wollte?«, sagte Sarah frei heraus.

Die Augen der Böhms weiteten sich erstaunt.

»Was wollen Sie damit …? Woher wissen Sie überhaupt …?« Clemens Böhms Stimme klang plötzlich eine Spur rauer. Das Thema war ihm offenbar unangenehm.

»Eine Kollegin hat es mir heute Vormittag erzählt. Scheint kein Geheimnis zu sein.« Sarah setzte ein mitfühlendes Lächeln auf.

»Sie hat darüber nachgedacht. Mehr nicht.« Clemens Böhms Tonfall duldete keinen Widerspruch, er ging sofort in Abwehrhaltung. »Ein Hirngespinst meiner Mutter. Nichts weiter.«

»Warum hat sie es dann jemals in Erwägung gezogen?«

»Sie hatte gehofft, Marcels Entscheidung, nicht ins Familienunternehmen einzusteigen, auf diese Weise – wie soll ich sagen? – beeinflussen zu können. Interpretieren Sie in die Sache nicht mehr hinein als nötig.«

»Es liegt mir fern, etwas hineinzuinterpretieren«, stellte Sarah schnell klar, weil sie befürchtete, dass andernfalls das Gespräch zu Ende wäre, bevor es überhaupt richtig begonnen hätte. »Ich wollte lediglich den Mantel zurückbringen und Sie fragen, ob Sie mir ein kurzes Interview geben.« Sie erläuterte ihre Idee, dieses neben dem Beitrag über seine Mutter respektive ihre Schwiegermutter abdrucken zu wollen.

Michaela Böhm fixierte Sarah schweigend. Weil in ihrem Blick eine unbestimmte Warnung lag, nur ja keine unangenehmen Behauptungen mehr aufzustellen, lenkte Sarah das Gespräch erst mal in weniger riskantes Fahrwasser. Eine Weile redete sie über die Wiener Kaffeehaustradition, die Stellung, die dabei die Cafés der Böhms einnahmen, und andere harmlose Themen, die ihren Bericht in der Wochenendbeilage bereichern könnten. Als sie diese Anliegen erörtert hatten, kam sie endlich auf den Punkt zu sprechen, der sie seit dem Vorfall gestern im Hawelka brennend interessierte.

»Ihre Mutter hat vor ihrem Zusammenbruch von einem Pfeil gesprochen. Können Sie damit etwas anfangen?«

»Nein«, antwortete Clemens Böhm einen Tick zu schnell.

»Einen Pfeil?« Michaela Böhm verzog das Gesicht, als hätte sie in eine Zitrone gebissen. »In welchem Zusammenhang?«

Nur den Bruchteil einer Sekunde wanderte Clemens Böhms Blick nach oben zur Zimmerdecke. Dennoch lange genug, um Sarah zu verraten, dass er wusste, wovon sie sprach, und sich die Lösung des Geheimnisses sehr wahrscheinlich in der Wohnung über ihnen befand. Wie gerne hätte sie sich dort umgesehen.

»Sie hat mich gefragt, ob ich weiß, welche Symbolik sich dahinter verbirgt«, fuhr sie fort und beobachtete, während sie die Bedeutung des Pfeils als Sinnbild erläuterte, die Mimik des Ehepaars. Erst jetzt bemerkte sie, dass die zwei keine Anzeichen von Trauer oder Schock zeigten. Fast erschien es Sarah, als käme den beiden der Tod der alten Dame gerade recht.

»Weshalb hat meine Mutter ausgerechnet Ihnen so eine komische Frage gestellt?«, erkundigte sich schließlich Clemens Böhm.

»Ich nehme an, weil sie wusste, dass ich mich seit vielen Jahren mit Aberglauben und Symbolik beschäftige.«

»Wozu denn das?« Michaela Böhm rümpfte die Nase.

»Weil ich beides für wichtig halte. Sinnbilder begleiten uns seit Jahrtausenden, sind Tradition der Menschheit. Sehen Sie sich doch nur mal in Wien um! Die ganze Stadt ist voller faszinierender Zeichen. An Denkmälern finden sich Codezahlen, im Kaiserpavillon das Pentagramm, das übrigens auch unsichtbar über dem Schönbrunner Park liegt, um nur zwei konkrete Beispiele zu nennen. Oder nehmen Sie Ihr eigenes Logo: die Blume des Lebens. Ein aus neunzehn Kreisen bestehendes Sinnbild, das in zig Kulturkreisen weltweit seit Tausenden von Jahren als Energiesymbol gilt.«

Über Michaela Böhms Gesicht huschte ein Ausdruck der Erkenntnis. »Jetzt verstehe ich den Zusammenhang. Sie schreiben im *Wiener Boten* diese Kolumnen über Aberglauben und die mystischen Seiten Wiens.«

Sarah nickte. »Linus Oberhuber meinte, Ihre Schwiegermutter sei ein bisschen abergläubisch gewesen. Sie habe zwar keine Angst gehabt, am Freitag, den Dreizehnten, das Haus zu verlassen, dennoch habe es sie gestört, wenn dreizehn Leute an einem Tisch saßen.«

»Blödsinn«, brauste Michaela Böhm sogleich auf. »Im Café sitzen öfter mal dreizehn Leute an einem oder zwei zusammengerückten Tischen.«

»Zudem legte sie manchmal alltägliche Dinge aus«, ließ sich Sarah nicht beirren. »Meine Großmutter war Neapolitanerin. Auch sie hat ganz gewöhnliche Vorkommnisse als Hinweise auf bevorstehende Ereignisse interpretiert. Von ihr habe ich viel über Aberglauben und Symbolik gelernt. Das Wissen hilft mir heute beim Schreiben meiner Kolumnen.«

»Wie kommt Linus nur dazu, so etwas zu behaupten?«, knurrte Clemens Böhm. »Bis auf den Talisman, den ihr mein Urgroßvater geschenkt hat, der nebenbei bemerkt das Logo selbst kreiert hat, hatte sie keine derartigen Marotten.«

»Marotten?«, wiederholte Sarah verwundert.

»Eigenarten, ja, vielleicht. Aber die hat doch jeder von uns. Sie verließ zum Beispiel nie die Wohnung, ohne morgens zum ersten Kaffee ein Kreuzworträtsel gelöst zu haben. Aber das hat doch nicht das Geringste mit dem Glauben an Übersinnliches zu tun. Vielmehr diente es ihr zur Entspannung, bevor sie in einen stressigen Tag startete. Und dazu, sich geistig fit zu halten.«

»Vielleicht kam der Pfeil ja in einem ihrer Rätsel vor«, schlug Michaela Böhm vor, »und sie hat sich deshalb mit Ihnen einen Scherz erlaubt. Ich mein, es ist doch schon ein bisserl eigentümlich, sich mit solchen Dingen zu beschäftigen, gell?«

Sarah kniff skeptisch die Augen zusammen. »Meines Erachtens war das mit dem Pfeil und den anderen Symbolen kein Scherz und hatte sicher auch nichts mit einem Kreuzworträtsel zu tun. Ich kann Ihnen zwar noch nicht genau sagen, was …«

»Mit welchen anderen Symbolen?«, unterbrach Clemens Böhm sie.

»Eine Schlange, ein Messer und ein Grab.«

Michaela Böhm blickte Sarah prüfend an. »Sie machen Witze. Oder wollen Sie tatsächlich andeuten, sie hätte Ihnen auf diese Weise eine Art Botschaft zukommen lassen?«, fragte sie argwöhnisch. Es war nicht zu überhören, dass sie die Symbole als ausgemachten Blödsinn abtat.

»Nein, keine Botschaft. Aber irgendetwas hat sie beunruhigt.«

»So ein Schwachsinn«, blaffte sie erneut. »Was hätte das denn sein sollen? Wir sind Kaffeesieder in Wien, nicht Mitglieder eines gefährlichen Clans auf Sizilien.« Sie lachte, als hätte sie einen guten Witz gemacht. »Mit Verlaub, Frau Pauli, der Gedanke, dass meiner Schwiegermutter etwas Sorgen bereitete, das mit einem Pfeil zusammenhängt, hört sich völlig meschugge an.«

Aber Sarah blieb bei ihrer These. Etwas hatte Marianne Böhm in Unruhe versetzt, und zumindest ihr Sohn hatte dazu eine Idee. »Für mich klang es wirklich so, als machte sie sich ernsthaft Gedanken darüber.« Sie sah zu dem ehemaligen Arzt hinüber, der ihr Gespräch interessiert verfolgte.

»Da hat Linus Ihnen aber einen schönen Floh ins Ohr gesetzt. Ich hoffe nur, Sie schreiben das nicht in Ihrem Artikel.« Michaela Böhms Miene verhärtete sich. »Sonst glauben die Leute noch, meine Schwiegermutter wär net ganz richtig im Kopf gewesen.«

»Nein, natürlich nicht«, versprach Sarah rasch. »Vielleicht hatte es ja nur etwas mit ihren zahlreichen Wohltätigkeitsveranstaltungen zu tun«, warf sie Clemens Böhm ein Stöckchen hin.

Doch vergeblich. Er schüttelte den Kopf. »Ich habe wirklich keine Ahnung, was sie damit gemeint haben könnte.«

Plötzlich drückte Michaela Böhm ihren Rücken durch. »Jetzt sagen S' halt endlich, warum S' das alles fragen. Ich dachte, Sie wollen über Kaffeehäuser und die Kaffeehaustradition berichten, aber jetzt geht's schon eine ganze Weile nur um den depperten Pfeil.« Sie wurde ungeduldig, die Stimmung spürbar feindseliger.

Sarah hatte nicht vor, sich darauf einzulassen. Sie lächelte entschuldigend, um der Schwiegertochter der Toten den Wind aus den Segeln zu nehmen. »Ich bin Journalistin und naturgemäß neugierig. Auch wenn ich nicht darüber schreibe, interessiert mich nichtsdestotrotz der Hintergrund der Frage nach dem Pfeil.«

»Meine Mutter ist an einem Herzinfarkt verstorben«, sagte Clemens Böhm deutlich, um sogleich im spöttischen Tonfall fortzufahren, »nicht an der Angst vor einem Pfeil.«

»Ist sie nicht«, widersprach Sarah so leise wie möglich. »Todesursache war eine Überdosis Kalium.«

»Hä?« Er sah sie irritiert an, bevor er einen kurzen Blick mit seiner Frau wechselte, die weniger überrascht wirkte.

»Hat Ihnen das noch niemand mitgeteilt?«

Die beiden schüttelten zeitgleich die Köpfe.

»Dann tut es mir leid, dass Sie es von mir erfahren. Ich dachte, die Polizei hätte …«

»Wie kann so etwas sein?«, unterbrach Clemens Böhm. »Hat sie zu viel von ihren Medikamenten genommen?«

»Möglich«, sagte Sarah und ließ damit Raum für Spekulationen. Etwa jene, dass jemand ihr Ableben beschleunigt hatte, um die Adoption zu verhindern. »Jedoch müsste sie dann gestern zumindest acht Tabletten zu viel eingenommen haben, und das passiert einem nicht mal aus Versehen.«

Clemens Böhm fixierte sie einen Moment. »Wir werden uns sofort bei der Polizei erkundigen. Ich hoffe, Sie haben jetzt genug Material für Ihre Geschichte.« Er erhob sich prompt. Das Gespräch war beendet. »Auf Wiedersehen, Frau Pauli. Der Kaffee geht natürlich aufs Haus.«

»Wir verlassen uns darauf, dass kein einziges Märchen in dem Artikel steht. Ansonsten müssten wir unseren Anwalt einschalten.« Michaela Böhm knipste ein drohendes Lächeln an.

»Keine Sorge«, erwiderte Sarah betont professionell. »Es wird ein positiver Bericht über eine Kaffeehausdynastie, die seit mehr als einem Jahrhundert die berühmte Wiener Kaffeehaustradition hochhält. Auf Wiedersehen.«

Sie gab dem Ehepaar die Hand, das anschließend eilig hinter der Theke verschwand. Als Sarah bemerkte, dass der alte Mann immer noch zu ihr herübersah, lächelte sie ihn freundlich an. Er blickte unsicher zurück. Nachdem sie ihre Tasse leer getrunken hatte, trat sie an seinen Tisch und stellte sich ihm vor, obwohl er von der Kellnerin bereits wusste, wer sie war. »Darf ich mich kurz zu Ihnen setzen?«

»Küss die Hand, Medizinalrat Georg Sedlacek«, nannte er seinen Titel und Namen und machte eine einladende Handbewegung. »Bitte schön, gnädige Frau, nehmen S' doch Platz.«

»Mir scheint, Sie kennen hier jeden.«

»Gut beobachtet. Ich bin seit vielen Jahren Stammgast

und täglich im Café. Das hier ist mein zweites Wohnzimmer, wenn S' so wollen.«

Sarah hatte den Eindruck, als schwoll seine Brust ein klein wenig vor Stolz. »Dann gehören Sie ja sozusagen zur Familie«, schmeichelte sie ihm.

»Na! Wo denken S' hin. Ich kenn s' halt alle, sonst nichts. Und Sie sind die Journalistin, mit der sich Marianne kurz vor ihrem Tod getroffen hat, gell?«

»Die bin ich«, bestätigte Sarah und wechselte rasch das Thema, bevor er sie womöglich noch nach Einzelheiten fragte. »Bestimmt bekommen Sie viel mit. Mehr als die anderen.«

»Na no na ned! Viel mehr, als die meisten glauben. Manche denken ja, da sitzt ein alter Mann am Fenster und weiß nichts mit seiner Zeit anzufangen. Aber die irren sich. Ich studiere die Leute um mich herum genau. Haben Sie das Paar vier Tische von Ihrem entfernt bemerkt?«

»Nur oberflächlich.«

»Das ist die Krux an der schnelllebigen Zeit. Wir sehen unsere Mitmenschen kaum mehr. Und wenn doch, nehmen wir sie nicht mehr bewusst wahr. Ich erzähle Ihnen jetzt mal etwas über die zwei: Das Pärchen hat sich wenig zu sagen. Seit einer halben Stunde schauen sie beide nur auf ihre Handys. Ich denke, sie sind schon eine Weile liiert, aber wenn die so weitermachen, werden s' nimmer lang zusammenbleiben.« Er schüttelte den Kopf und winkte zeitgleich der Kellnerin. »Toni! Bringen S' der Frau Redakteurin noch einen Kaffee. Oder wollen S' auch ein Glaserl Wein? Ist ein hervorragender Grüner Veltliner. Den haben die Frau Böhm und ich allerweil miteinander getrunken.« Ganz kurz schien er in einer Erinnerung zu versinken, tauchte dann aber wieder daraus auf. »Ist ja schon zwei Uhr nachmittags.«

»Lieber ein stilles Mineralwasser«, sagte Sarah an die Kellnerin gerichtet, und keine zwei Minuten später brachte Antonia ihr eine Halbliterflasche und ein Glas.

»Ich denke, es ist schnell gegangen«, murmelte Sedlacek.

Sarah blinzelte irritiert.

»Mit der Marianne«, präzisierte er.

»Sehr schnell«, bestätigte sie.

Der alte Mann nickte. Dass sie kaum gelitten hatte, schien ihn zu trösten.

»Schauen S', Frau Pauli.« Er beugte sich leicht nach vorne und deutete aus dem Fenster. »In dem Juwel mit der schönen Stuckfassade da drüben wohne ich. Quasi zweimal umfallen und ich bin zu Haus. Da befand sich auch meine Ordination.«

»Sie wussten bestimmt von Frau Böhms Herzleiden.«

»Selbstverständlich.«

»Waren Sie ihr Hausarzt oder Internist?«

»Weder noch«, antwortete er. »Mein Fachgebiet waren Hals, Nase, Ohren. Nach meiner Pensionierung bürgerte es sich schnell ein, dass wir jeden Tag einen Mokka zusammen tranken und plauderten. Ihr Gesundheitszustand war natürlich regelmäßig Thema unserer Gespräche.« Dem folgte ein kurzer Vortrag über gesunde und ausgewogene Ernährung, den Sarah geduldig über sich ergehen ließ.

»Haben Sie auch mal über die Symbolik des Äskulapstabes gesprochen?«, hakte sie nach, als er geendet hatte.

Er blickte sie ein wenig überrascht an. »Wie kommen S' jetzt darauf?«

»Ich dachte nur, weil Sie doch Arzt sind und mit ihr über medizinische Themen gesprochen haben«, log sie.

»Hm«, brummte er. »Nein. Ist ja eigentlich auch kein medizinisches Thema, junge Frau.« Ein entschuldigendes Lächeln erschien auf seinem Gesicht. »Oder ich kann mich nur nicht mehr daran erinnern. Was mir jedoch gut im Gedächtnis geblieben ist, sind ihre Sorgen, die sie mir manchmal anvertraut hat.«

»Sorgen?«, horchte Sarah auf, erfuhr aber in den nächsten Minuten nichts Neues. Da Marcel nicht Kaffeehaussieder werden wollte, hatte sich Marianne Böhm Gedanken um den Fortbestand der Kaffeehäuser gemacht.

»Deshalb wollte sie Linus Oberhuber adoptieren«, unterbrach Sarah, bevor Sedlacek erneut zu einem Monolog ansetzen konnte.

»Das hatte sie in der Tat vor.«

»Ihr Sohn hat die Adoption als Hirngespinst abgetan.«

Der Blick des Arztes flog Richtung Theke, wo niemand von den Böhms zu sehen war. »Ich kann Ihnen versichern, dass es das nicht war. Clemens hat in Linus schon seit Langem einen erbitterten Konkurrenten gesehen. Wenn Sie meine Meinung wissen wollen: Linus wäre der perfekte Nachfolger von Clemens gewesen. Der Bursch hat einen guten Schmäh, und den brauchst auf jeden Fall in dem Beruf. Und er mag Menschen. Marcel, Mariannes Enkel, ist schon von seinem Charakter her kein Kaffeesieder. Er geht den Leuten eher aus dem Weg, was in der Branche nicht gerade hilfreich ist.«

»Aber warum Konkurrenz?«, hakte Sarah nach. »Sie haben ja selbst gesagt, dass Linus Oberhuber erst übernommen hätte, wenn Clemens Böhm in den Ruhestand getreten wäre.«

Sedlacek schenkte ihr ein wissendes, großväterliches Lächeln. »Darum allein geht's doch nicht, Mädchen. Marianne hat immer entschieden, und Clemens hatte zu akzeptieren. Sie hat ihm keine Wahl gelassen. Die Übergabe an Linus war beschlossene Sache. Marianne wollte Clemens in der Causa der Nachfolge keine Sekunde lang mitreden lassen. Absolut nichts überließ sie dem Zufall, wollte es notariell so regeln, dass Clemens gar nicht anders konnte, als ihren Willen zu befolgen. Er hätte die Kaffeehäuser niemals verkaufen oder verpachten können. Da beißt die Maus keinen Faden ab.«

»Warum sollte er nicht mitreden?«, warf Sarah ein.

»Marianne war davon überzeugt, dass eine strenge Hierarchie in einem Familienunternehmen ebenso wichtig wie in jeder anderen Firma ist. Es konnte nur einen Chef oder, wie in dem Fall, Chefin geben. So hielt sie es auch, wenn es mal wieder Ärger mit dem Café am Rennweg gab.«

Ärger am Rennweg? Sarah bemühte sich, nicht zu überrascht dreinzuschauen, um Sedlaceks Redefluss nicht zu unterbrechen. Offenbar ging er davon aus, dass sie die Hintergründe kannte. Also nickte sie, als wüsste sie Bescheid, woraufhin er von einem Ehepaar berichtete, das über dem Café am Rennweg wohnte und der Familie das Leben schwer machte, weil es sich ständig beschwerte und Anzeige erstattete. Während er erzählte, drehten seine Finger unentwegt das Weinglas. Die ganze Sache schien ihn aufzuregen, als hätte sie etwas mit ihm persönlich zu tun.

»Fällt Ihnen zufällig der Name des Ehepaars ein?«, fragte Sarah.

Sedlacek dachte gründlich nach, bevor er antwortete. »Seemauer, wenn mich mein seniles Gehirn nicht täuscht. Manchmal drängen sich die Namen ehemaliger Patienten in mein Gedächtnis, müssen S' wissen.« Dann begriff er die Absicht hinter Sarahs Frage. »Das haben S' aber nicht von mir.«

»Natürlich nicht«, versicherte sie ihm.

»Ich verlasse mich darauf.«

»Heiliges Ehrenwort.« Sie hob die Hand zum Schwur.

Der Alte seufzte ergeben. »Kommenden Freitag werde ich wohl Mariannes Platz einnehmen müssen«, wechselte er das Thema.

»Wo denn?«

»Jeden Freitag hat sie mit ihren Freundinnen Bridge gespielt. Dafür braucht es vier Personen. Die Damen treffen sich abwechselnd in der Wollzeile und der Operngasse. Schon seit Jahren. Aber nicht dass Sie jetzt denken, Marianne sei dem Spielteufel verfallen gewesen.«

»Auf keinen Fall«, bekräftigte Sarah.

»Ganz im Gegenteil, sie verabscheute Spieler. Das seien Menschen, die sich nicht unter Kontrolle hätten, hat sie stets gesagt. Die Damen spielen alle nur zum Spaß, niemals ums Geld, vor allem die Marianne war da ziemlich strikt.« Er zwinkerte ihr zu. »Die Pepi, also die Josephine, die Frau Schmekal, die trägt ihre Euro jedoch gerne mal ins Casino auf der Kärntner Straße. Das hat die Marianne an ihrer Freundin mehrmals kritisiert. Aber der Pepi scheint das egal gewesen zu sein. Die ist so ein Mensch, der eh immer macht, was er will.« Redefreudig berichtete er von der launigen Damenrunde, bei der es sich um schwerreiche Witwen handelte, die das Leben in vollen Zügen genossen und auch mit Vergnügen Marianne Böhms Wohltätigkeitsveranstaltungen unterstützten. Und sich manchmal am Ende ihres Bridgeabends auf ein oder zwei Gläser Wein zu Sedlacek an den Tisch gesellten.

Sarahs Handy unterbrach seinen Wortschwall. Als sie es hervorzog, leuchtete Simons Name am Display auf. »Tut mir leid«, entschuldigte sie sich. »Die Redaktion. Wahrscheinlich fragen die sich schon, wo ich bleibe.«

Georg Sedlacek entließ sie mit einem wohlwollenden Nicken und einer angedeuteten Verbeugung. »Wiederschauen, gnädige Frau. Hat mich gefreut, Sie kennenzulernen.«

»Mich auch, Herr Sedlacek«, erwiderte sie aufrichtig. Der alte Herr war ihr sympathisch. »Auf Wiedersehen.«

»Vielleicht schauen S' ja mal wieder auf ein Plauscherl vorbei. Ich bin eh immer da, hab in nächster Zeit nichts vor.« Traurigkeit schimmerte in seinem Blick. Möglicherweise dachte er daran, dass er von nun an seinen Neun-Uhr-Mokka ohne Marianne Böhm trinken musste.

»Das mach ich«, versprach Sarah.

Auf dem Weg nach draußen ging sie ans Telefon.

»Kannst reden?«

»Wart noch kurz.« Sie verließ das Café und entfernte sich einige Schritte. »Jetzt.«

»War nicht schwer herauszufinden, wer den Kommentar gepostet hat. Mit der IP-Adresse und ein bisserl Recherche …«

»Keine Details, Simon. Nur das Ergebnis.«

»Keine Angst. War alles legal. Hättest mit ein bisserl Mühe vielleicht selbst herausfinden können.«

»Dein Vertrauen in meine diesbezüglichen Fähigkeiten ehrt mich.« Sie grinste.

»Also, der Schreiber und seine Frau betreiben einen Seniorenblog«, begann Simon. »Darauf geben sie Ausflugstipps für ältere Menschen und posten zum Beispiel Anleitungen, wie man die eigenen vier Wände oder auch die Hausfassade schöner gestalten kann. Solche Dinge halt. Sie heißen Gisela und Harald Seemauer. Ich hab schon im Telefonregister nachgesehen, es gibt einen Eintrag zu dem Namen im …«

»Dritten Bezirk am Rennweg«, unterbrach ihn Sarah. Adrenalin pulste durch ihre Adern. Das konnte einfach kein Zufall sein, dass ihr der Arzt erst vor wenigen Minuten von dem Ehepaar erzählt hatte. Zumindest hätte ihre italienische Großmutter die Begegnung so gedeutet und sie aufgefordert, der Sache nachzugehen. »Ich glaub, ich werde denen einen Besuch abstatten. Und zwar sofort.« So knapp wie möglich fasste sie das Gespräch mit Sedlacek für Simon zusammen. »Kannst du Maja bitten zu versuchen, mir Hintergrundinfos über ihn zu beschaffen? Er hatte in der Wollzeile eine Ordination, ist aber sicher schon eine Weile her. Vielleicht findet sie ja etwas.«

»Wird gemacht. *By the way*, auch ich hab vorhin im Archiv gekramt und bin dabei auf einen vier Jahre alten Artikel über eine Benefizveranstaltung im Café Böhm am Rennweg gestoßen.« Simon klang stolz. »Gesammelt wurde für den Rollstuhl einer sechzigjährigen Schlaganfallpatientin. Etwa fünfzig Leute waren laut unserem Bericht dort.«

»Hat Conny ihn geschrieben?«

»Yep. Und auf einem Foto ist die Böhm senior sogar gemeinsam mit dem Seemauer abgebildet. Er hat Bilder ausgestellt, die zugunsten der Aktion verkauft wurden.«

»Harald Seemauer ist Maler?«

»Hobbymaler. So steht es in Connys Artikel.«

»Dann werde ich ihn mal fragen, weshalb er nicht gut auf die Böhms zu sprechen ist. Danke, Simon.«

»Immer wieder gerne«, verabschiedete er sich. »Baba.«

11

»Marcel liefert die frische Ware in der Operngasse und dem Rennweg aus und fährt danach nach Hause«, hatte ihnen Antonia nach ihrem Gespräch mit der Journalistin mitgeteilt. Clemens war froh, dass die Patisserielieferung kurzfristig sein Sohn für ihn übernommen hatte und dieser anschließend nicht vorhatte zurückzukommen. Auch er hatte keine Lust mehr, eine Liste des Wohnungsinventars zu erstellen.

»Kannst du dir einen Reim auf das schwachsinnige Gefasel über einen Pfeil machen?«, fragte Michaela leise, als sie im Büro standen. »Welchen Mist hat deine Mutter da verzapft? Oder ist sie am Ende endgültig durchgedreht? Exzentrisch genug war sie ja, um diese leichtgläubige Journalistin zu rollen ... sogar noch kurz vor ihrem Tod.«

»Aber woher hätte sie denn wissen sollen, dass sie in den nächsten Minuten stirbt?«, wandte Clemens ein, dann läutete sein Handy. Er glaubte, die Nummer des Beerdigungsinstitutes zu erkennen, hob ab und legte nach nur wenigen Sekunden wieder auf. »Die Staatsanwaltschaft hat ihre Leiche noch nicht freigegeben. Das dauert manchmal etwas, meinte die Dame vom Institut. Trotzdem hat sie mir jetzt mal den Donnerstag, zwanzigsten Februar, genannt. Fünfzehn Uhr. Bis dahin sollte alles geregelt sein«, gab er den Begräbnistermin an Michaela weiter.

»Das wird zweifellos das letzte Mal sein, dass sie bestimmt, wann wir wo zu erscheinen haben«, knurrte sie und trug den Termin gleichgültig in den großen Wandkalender ein.

Clemens hielt einen kurzen Moment inne, dann rief er bei der Polizei an und wurde dreimal verbunden. Doch niemand konnte oder wollte ihm am Telefon bestätigen, dass seine Mutter an einer Kaliumvergiftung gestorben war.

»Die melden sich eh, falls sie etwas herausgefunden haben«, meinte Michaela schulterzuckend, nachdem er aufgelegt hatte.

»Wahrscheinlich hast du recht. Trotzdem möchte ich die Wahrheit wissen.«

»Apropos ... Vielleicht hat diese Sarah Pauli ja gar nicht die Wahrheit gesagt. Du weißt doch, wie Journalisten sind. Für eine gute Story lügen die schnell mal.«

»Das glaube ich nicht. Aber jetzt lass uns nach oben gehen. Ich will dir etwas zeigen.« Er fasste seine Frau an der Hand und zog sie mit sich hinauf in die Wohnung. Dort führte er sie direkt ins Arbeitszimmer seiner Mutter und reichte ihr kommentarlos den Zettel, der noch immer auf dem Schreibtisch lag.

»Pfeil, Schlange, Messer, Grab«, sagte Michaela, während sie die Bilder betrachtete. Sie ließ das Schreiben wieder sinken. »Das sind doch die ... Was zum Teufel hat das zu bedeuten, Clemens?«

»Zuerst dachte ich an einen verschlüsselten Code der Safe-Kombination. Aber das war's nicht. Und jetzt, wo uns Sarah Pauli darauf angesprochen hat ... Ich weiß es nicht, Michi, aber es muss eine Bedeutung haben. Mutter hat mit einer Wildfremden darüber gesprochen, sich extra deshalb mit ihr getroffen.« Er schüttelte den Kopf. »Und du weißt genauso gut wie ich, dass sie abergläubisch war. Wie hysterisch sie reagierte, wenn sie mal ihren Talisman nicht finden konnte.«

»Natürlich weiß ich das«, sagte Michaela. »Nur geht das diese Journalistin einen Scheißdreck an. Und als Schlagzeile möchte ich das auch nicht lesen. In dem Punkt sind wir uns ja Gott sei Dank einig, nicht wahr?«

Er nickte. »Als ich ein Kind war, hat sie mir manchmal Marienkäfer aus Schokolade und ähnliche Glücksbringer in die Schultasche gesteckt, wenn eine Schularbeit oder ein Test anstand.« Eine der wenigen Gesten von Zuneigung. Darin ein Zeichen fürsorglicher Mutterliebe zu sehen war übertrieben. Zumeist hatte er zu funktionieren, damit ihre strahlende Fassade erhalten blieb. Zuneigung hatte er von seinem Großvater bekommen. Clemens verscheuchte den Gedanken und ging in die Knie. »Aber es kommt noch besser.«

Er tippte die richtige Zahlenkombination in die Safe-Tastatur und reichte seiner Frau einen Moment später das schwarze Notizbuch. »Es ist voller Bilder und Daten.« Er deutete auf die weiße Box neben dem Regal. »Darin liegen noch mehr davon.«

Michaela blätterte von vorne nach hinten und wieder zurück. »Das ergibt doch alles keinen Sinn.« Sie gab ihm das Buch wieder. »Leg es zurück in den Tresor oder wirf das Klumpert weg, bevor es noch wer anders sieht.«

Clemens stellte das Buch wieder an seinen Platz im

Safe. »Da ist noch etwas«, sagte er und nahm jetzt das Erpresserschreiben.

Als er sich wieder aufrichtete, begann Michaela, an seinem Hemdkragen zu zupfen, der sich unter den Pullover geschoben hatte. Er konnte das nicht ausstehen, weil es ihn an seine Mutter erinnerte. Selbst als er schon erwachsen war, hatte sie immer noch in aller Öffentlichkeit an seinem Kragen rumgefummelt, einen Fussel weggewischt, ihn gebeten, ein anderes Hemd anzuziehen, oder ermahnt, sich gerade zu halten.

»Du bist ein Böhm, also benimm dich auch wie einer«, hatte sie in einem Tonfall gesagt, als entstammten sie dem Hochadel. Und ein Blick in ihre Augen hatte ihm deutlich gemacht, dass sie absoluten Gehorsam erwartete. Seine Mutter, die Hypochonderin, hatte sich stets selbst perfekt inszeniert. Würde das Kartenhaus ihrer Fassade jetzt in sich zusammenstürzen?

»Ist es das, was ich vermute?«, fragte Michaela.

»Wenn du an eine Erpressung denkst, befürchte ich, ja.«

»Aber weshalb? Ich meine, was zum Teufel hat sie vor uns geheim gehalten? Was verdammt noch mal hat deine Mutter hinter unserem Rücken getrieben?« Sie glich einem Vulkan kurz vor seinem Ausbruch.

»Es scheint, als wärst du fest davon überzeugt, dass sie Dreck am Stecken hat. Vielleicht ist es ja doch nur …«

»Es muss etwas geben«, unterbrach ihn Michaela Feuer speiend. »Sonst stünden wir doch nicht mit dem Wisch hier.« Sie wedelte mit dem Brief. »Außerdem war deine Mutter keine Heilige, sondern eher die Schwester des Teufels. Wenn es darum ging, ihren Kopf durchzusetzen, war ihr doch jedes Mittel recht. Nur hat das kaum jemand gemerkt, weil sie in der Öffentlichkeit immer schön den Schein des Engels gewahrt hat.« Sie legte das Schreiben vor sich auf den Tisch. »Was hast du jetzt vor?«

»Ich weiß es ehrlich gesagt nicht, Michi. Wahrscheinlich gehe ich damit zur Polizei.«

»Du denkst, die interessiert das? Jetzt, wo deine Mutter tot ist?«

»Du hast die Journalistin doch gehört. Meine Mutter ist an einer Überdosis Kalium gestorben.«

»Wir haben doch überhaupt keinen Beweis dafür, dass diese verfluchte Reporterin die Wahrheit sagt.«

»Vielleicht gibt es da ja sogar einen Zusammenhang zwischen ihrem Tod und dem Erpresserbrief«, hielt er unbeirrt dagegen.

»Blödsinn! Ein Erpresser bringt doch nicht die Kuh um, die er melken will.« Michaelas Hand durchschnitt in einer verärgerten Geste die Luft. »Angenommen, die Polizei beginnt zu ermitteln. Weißt du, was dann passiert? Sie fangen an herumzuschnüffeln, drehen alles von unten nach oben. Womöglich müssen wir sogar den Beerdigungstermin verschieben. Die Zeitungen werden seitenweise darüber berichten.«

»Und? Wir haben doch nichts zu verbergen.«

»Bist du dir da so sicher?« Michaelas Zeigefinger schnellte anklagend zum Schreibtisch.

In dem Moment schoss Clemens ein Gedanke durch den Kopf. »Was, wenn sich der Erpresser jetzt an uns wendet?«

»Dann wissen wir wenigstens, worum es geht, und

können die Polizei benachrichtigen. Oder bezahlen. Je nachdem.« Michaela zuckte mit den Achseln, als wäre es ihr gleichgültig, in welche Richtung sich die Erpressung entwickelte.

Clemens sah sie seufzend an. Sie war schon immer die Widerstandsfähigere von ihnen beiden gewesen. Doch ihre Mischung aus Wut und Teilnahmslosigkeit irritierte ihn auch.

Ein paar Sekunden sahen sie einander schweigend an, dann zeigte Michaela auf den Tresor. »Hast du eigentlich schon nachgesehen, ob eine Kopie des Testaments im Safe liegt? Wäre angenehm, vor der Eröffnung zu wissen, ob sie's geändert hat.«

»Nein«, gab er kleinlaut zu. Angesichts des Erpresserschreibens hatte er das vollkommen vergessen.

Seine Frau machte ein genervtes Gesicht. Ihm war klar, was sie ihm damit sagen wollte: Kaum ist deine Mutter nicht mehr da, um dir Befehle zu erteilen, weißt du nicht mehr, was du tun sollst. Und leider schien sie recht mit dem stummen Vorwurf zu haben.

Sie kniete nieder und durchsuchte den Inhalt. Wenige Minuten später hatten sie Gewissheit, dass sich keine Kopie im Tresor befand.

»Dann müssen wir auf den Termin beim Notar warten«, gab Michaela sich sichtbar enttäuscht geschlagen. »Und bis dahin hoffen, dass sie nicht alles, wofür wir die letzten Jahre geschuftet haben, Linus in den Rachen wirft. Nur weil er ihr ergeben war wie ein Hund.«

»Adoptionspapiere sind jedenfalls auch keine im Safe«, sagte Clemens, froh darüber, doch an etwas Wichtiges gedacht zu haben.

»Hat er sich schon bei dir gemeldet?«

Er schüttelte den Kopf.

»Sollen wir ihn anrufen?«

»Wozu? Er ist seit gestern nicht mehr Teil dieser Familie.«

Michaela kniff die Augen zusammen. »War er das denn je?«

»Keine Ahnung. Aber sobald er sich meldet, werde ich ihm sagen, dass er es jetzt nicht mehr ist.« Allein der Gedanke, Linus diesen Schlag zu versetzen, zauberte ein zufriedenes Lächeln auf seine Lippen. Endlich hatte diese ganze Heuchelei ein Ende.

»Das wirst du nicht tun«, entgegnete Michaela streng, »sondern weiterhin gute Miene machen.«

»Weshalb sollte ich?«

»Weil ich nicht will, dass sich die Leute über uns das Maul zerreißen. Zumindest so lange nicht, bis klar ist, ob beziehungsweise was deine Mutter Linus hinterlassen hat. Und sollte er etwas abbekommen, fechten wir das an, aber still und heimlich. Oder bist du scharf auf negative Schlagzeilen?«

Clemens hob an, ihr zu widersprechen, doch das Läuten seines Handys kam ihm zuvor. Auf dem Display war die Nummer vom Café am Rennweg. Eine dunkle Vorahnung ließ ihn lautstark seufzen, bevor er abhob. »O Gott«, stöhnte er wenige Momente später. »Ich komme.«

12

Sie war unruhig, die Bemerkung Marianne Böhms über diese verflixten Symbole ließ sie einfach nicht los. Es war aber auch unverantwortlich, einer Sarah Pauli so etwas an den Kopf zu knallen und sich danach aus dem Staub zu machen. Äußerungen wie diese arbeiteten in ihr unbarmherzig weiter, verbreiteten sich wie ein Virus und setzten sich in jedem Winkel ihres Gehirns fest. Bis es für sie unmöglich war, nicht darüber nachzudenken, und ihr mehr Fragen durch den Kopf gingen, als dass sie Antworten darauf hatte. Nun war sie auch noch auf dem Weg, um ein Ehepaar zu fragen, was der unergründliche Kommentar unter ihrem Artikel bedeuten sollte.

Sie verließ die Straßenbahn an der Haltestelle Rennweg. Ein paar Meter vor ihrem eigentlichen Ziel begann ihr Herz, aufgeregt zu schlagen. Blaulichter zuckten. Dunkler Qualm stieg auf, beißender Dunst ihr in die Nase. Eine Menschentraube mit entsetzten Mienen. Was zum Teufel war hier los? Das Café befand sich in einem Haus der Jahrhundertwende. Aus der weit offen stehenden Tür drang Rauch. Polizisten waren dabei, offenbar das gesamte Gebäude zu evakuieren, sie wiesen Kaffeehausgäste und Mitarbeiter an, hinter die bereits gespannten Absperrbänder zu treten. Aus der

Eingangstür, die zum Wohntrakt des Hauses zu führen schien, quollen aufgebrachte Menschen in Winterjacken mit Schals und Mützen ins Freie. Vermutlich die Bewohner der Wohnungen über dem Café. Manche sprachen gestenreich miteinander. In ihren Gesichtern spiegelten sich Erschrockenheit und Nervosität, aber auch Ratlosigkeit. Gewiss dachten sie daran, was ein Übergreifen der Flammen auf ihre Wohnungen bedeuten würde, und hatten Angst, Hab und Gut und persönliche Erinnerungen für immer zu verlieren.

Sarah ließ ihren Blick durch die Menschenmenge schweifen, unter der sie das Ehepaar Seemauer vermutete. Aber wie sollte sie die beiden erkennen? Ein Team des ORF Wien war bereits vor Ort und filmte für die Abendnachrichten, Kollegen eines privaten Senders bauten sich gerade auf, und zwei Pressefotografen schossen Bilder. In dem Moment entdeckte Sarah auf der anderen Straßenseite Clemens Böhm, der soeben aus seinem VW Tiguan stieg. Er steuerte direkt auf den Feuerwehrmann vor dem abgesperrten Bereich zu, schäumte unübersehbar vor Wut und redete gleich darauf mit ungeduldigen Handbewegungen auf den Florianijünger ein. Sarah bahnte sich durch die Menge den Weg zu ihnen.

»Was ist passiert?«, fragte sie, als sie die Männer erreichte.

Clemens Böhm wirbelte herum, sah sie überrascht an, während der Feuerwehrmann sich wieder an die Arbeit machte und ein junger Polizist die Sicherung der Absperrung übernahm. »Genau weiß ich es noch nicht, aber die Damentoilette des Cafés soll brennen.«

Sein Kopf war rot vor Zorn, und seine Augen blitzten bedrohlich. »Dass sie so weit gehen, hätte ich nicht gedacht«, knurrte er wie ein tollwütiger Hund.

»Sie meinen, die Seemauers haben den Brand gelegt?«, kombinierte Sarah sofort.

»Was tun Sie hier eigentlich?«, fragte er, statt ihr zu antworten.

»Ich wollte mit dem Ehepaar reden.«

»Weshalb?«

Sarah erzählte ihm von dem seltsamen Kommentar unter ihrem Artikel zum Tod seiner Mutter.

»Woher wollen Sie wissen, dass der von denen stammt?«

Sarah kratzte sich an der Stirn. »Unser Computerexperte hat das für mich rausgefunden. Auch dass die beiden einen Blog für Senioren haben.«

Clemens Böhms Augenbrauen wanderten nach oben. »Interessant, aber im Moment hab ich wirklich andere Sorgen. Wobei ein so bescheuerter Post zu den zweien passen würde. Die sind völlig durchgedreht, wenn S' mich fragen.« Er tippte sich an die Stirn. »Alle naselang stehen die im Café und beschweren sich über was auch immer. Momentan behaupten sie, dass wir ihnen Stinkbomben vor die Eingangstür legen. Für wie blöd halten die uns eigentlich?«

»Das klingt nach einem handfesten Nachbarschaftsstreit. Können Sie die Seemauers hier irgendwo entdecken?«

Clemens Böhm sah Sarah irritiert an, doch dann wanderte sein Blick über die Menschenmenge und blieb an einem älteren Paar hängen. »Sehen Sie die

Frau mit dem blonden Pagenkopf in dem hellgrauen Wintermantel? Das ist Gisela Seemauer. Der Kerl mit der Halbglatze neben ihr in Jeans und dickem Norwegerpulli ist ihr Mann Harald.«

Sarah nickte. Sie schätzte beide auf Anfang bis Mitte sechzig. »Und was bringt die so gegen Sie auf?«

»Tja«, er zuckte mit den Achseln, »diesen Krieg hab ich meiner Mutter zu verdanken.«

»Was ist passiert?«

»Fragen Sie am besten die Seemauers. Und richten Sie ihnen auch gleich aus, dass das hier ein gerichtliches Nachspiel haben wird«, er machte eine Geste, die das Café und den abgesperrten Bereich umfasste, »sobald es auch nur einen einzigen Hinweis darauf gibt, dass die beiden für diese Katastrophe verantwortlich sind.« Damit wandte er sich dem Polizisten zu, schlüpfte gleich darauf unter dem Absperrband hindurch und eilte einem Feuerwehrmann entgegen, der mit einem Helm unter dem Arm auf ihn zukam.

Sarah zückte ihr Handy und schrieb Maja eine kurze Nachricht. Sie solle sich um Fotomaterial und detaillierte Informationen kümmern, schließlich fiel die Berichterstattung über einen Hausbrand in den Bereich des Chronik-Ressorts. Dann wandte sie sich um und drängelte sich durch die Menge, bis sie neben dem Ehepaar stand.

»Frau Seemauer?«

Die Angesprochene drehte den Kopf in ihre Richtung. An ihrem schlecht gelaunten Gesichtsausdruck war nicht zu übersehen, dass ihr die Störung ungelegen kam. »Ja?«

Sarah stellte sich vor.

»Was wollen S' von mir?«

Auch ihr Mann wandte sich nun um.

»Können wir etwas zur Seite gehen? Ich würde Ihnen gerne ein paar Fragen stellen.«

Die Augen der Frau wurden groß. »Worüber will denn eine Journalistin mit uns reden?« In dem Moment schien ihr eine Idee zu kommen, denn ihr Blick flackerte kurz zu Clemens Böhm hinüber. »Wenn Sie denken, dass wir ...«

»Es geht nicht um das Feuer«, unterbrach Sarah sie schnell. »Es ist reiner Zufall, dass ich ...«

»Sie sind wegen der alten Böhm da«, schnitt ihr jetzt Harald Seemauer das Wort ab.

Sarah nickte. »Ich wollte mit Ihnen über Ihren Kommentar unter dem Artikel auf der Online-Seite des *Wiener Boten* sprechen.« Sie rief die entsprechende Seite auf ihrem Handy auf, scrollte zu dem Post und hielt dem Ehepaar das Telefon hin.

»Wie kommen S' auf die Idee, dass der von uns stammt?«, fragte Gisela Seemauer.

»Mein Kollege kennt Ihren Blog«, wich Sarah aus. Offenbar genügte das als Antwort, denn sie hakten nicht mehr nach. »Ich will Sie auch gar nicht lange aufhalten, aber ich weiß von den Anzeigen und Beschwerden über das Café im Erdgeschoss. Vor dem Hintergrund ist Ihr Kommentar ziemlich fragwürdig.«

»Dazu sagen wir kein Wort«, bestimmte Gisela Seemauer.

»Das ist Ihr gutes Recht. Mich interessiert eh mehr, was Sie mit dem Kommentar andeuten wollten.« Sarah blickte beide selbstbewusst an.

Die Frau verschränkte die Hände und presste die Lippen fest aufeinander.

»Ich verspreche, Sie nicht zu zitieren. Ich möchte mir nur einen Überblick über die Meinungen und Stimmungen zu Marianne Böhm verschaffen, da ich an einer Reportage über die Wiener Kaffeehaustradition schreibe. Und da gehörte sie doch zweifellos dazu.« Das war zumindest nicht gelogen, fühlte sich angesichts des Brandes aber dennoch wie eine Lüge an. »Lassen Sie uns bitte ein paar Schritte zur Seite gehen«, schlug Sarah erneut vor, und endlich folgte das Ehepaar ihrer Aufforderung. Da die Polizei die Schaulustigen verscheucht hatte, stellten sie sich in einiger Entfernung auf den Gehsteig, um in Ruhe zu reden.

»Also, welche Botschaft steckt hinter dem Kommentar?«, stellte Sarah ihre Frage anders formuliert erneut.

»Diese Frau war in Wahrheit eine Teufelin«, platzte es aus Gisela Seemauer heraus.

»Und das wissen Sie, weil …?«

»Wir vor vier Jahren eine Benefizveranstaltung mit ihr organisiert haben«, antwortete Harald Seemauer. »Wir sind damals an die Böhm herangetreten, weil Events ähnlicher Art schon öfter in ihrem Café stattgefunden hatten. Wir haben sie um Unterstützung gebeten, und sie hat uns das Café zur Verfügung gestellt.« Er zeigte in die Richtung, wo jetzt Einsatzfahrzeuge parkten.

»Sie haben Bilder zugunsten einer Schlaganfallpatientin verkauft«, warf Sarah ein.

Er nickte. »Bis vor einem halben Jahr wohnte sie in unserem Haus. Sie ist zwischenzeitlich gestorben.«

»Das tut mir leid«, sagte Sarah. »Allerdings klingt das, was Sie mir bisher über Marianne Böhm erzählt haben, nicht gerade nach einer, wie Sie sagen, Teufelin. Zu der Zeit haben Sie sich mit ihr gut vertragen, oder? So habe ich auch den Artikel meiner Kollegin im *Wiener Boten* interpretiert.«

»Bei der Vernissage war auch noch alles in Ordnung. Wir wollten die insgesamt neun Bilder fünf Wochen lang hängen lassen.«

»Welche Motive?«, unterbrach Sarah ihn. »Wie arbeiten Sie? Öl? Acryl?«

»Ich male ausschließlich Aquarelle. Landschaften, Dörfer, Städte. Damals waren es Wiener Motive.«

»Auch Schlangen, Pfeile, Gräber?«

»Nein«, behauptete Harald Seemauer, als hätte sie etwas Unanständiges gefragt. »Weshalb wollen Sie das wissen?«

»Nur so eine Idee.« Sarah lächelte unverbindlich.

Irritiert hob er die Brauen. »Jedenfalls waren nach der vereinbarten Zeit nur zwei Bilder nicht verkauft worden.«

»Schön für Sie, aber ich kann noch immer nichts erkennen, was die Bezeichnung ›Teufelin‹ für Marianne Böhm rechtfertigt.«

»Sie hat alle unter Wert verkauft«, warf seine Frau ungehalten ein. »Und dann auch noch fast die Hälfte der Gelder einbehalten. Angeblich, um die Unkosten zu tilgen.«

»Wie viel hatte die Veranstaltung denn vor diesem Abzug gebracht?«

»Siebenhundert Euro.«

»Das heißt, sie hat Ihnen nur dreihundertfünfzig Euro übergeben«, schlussfolgerte Sarah.

»Vierhundertdreißig«, korrigierte Harald Seemauer. »Aber immer noch viel zu wenig, um den Rollstuhl zu finanzieren, den unsere Nachbarin gebraucht hätte.«

Eine Differenz von zweihundertsiebzig Euro, rechnete Sarah rasch im Kopf. »Hat ihr denn die Krankenkasse keinen gestellt?«

»Die hätte nur einen Standardrollstuhl bezahlt. Aber wir wollten ihr einen elektrischen mit Joysticksteuerung und gepolstertem Sitz organisieren. So einer kostet ab sieben-, achthundert Euro aufwärts. Marianne Böhm hätte locker pro Bild zweihundert Euro verlangen können.«

»Und warum hat sie das nicht getan?«

»Sie meinte, die Leute hätten für Bilder eines unbekannten Künstlers nicht viel zahlen wollen«, knurrte Harald Seemauer.

»Wenn Sie sich damals betrogen fühlten, warum haben Sie Frau Böhm nicht sofort danach angezeigt?«, wollte Sarah wissen.

Harald Seemauer machte eine abfällige Handbewegung. »Wissen Sie, wie viele Anwälte zu ihrem Netzwerk gehören? Die hätten den Prozess, wenn es überhaupt zu einem gekommen wäre, doch nur endlos in die Länge gezogen und uns am Ende finanziell ruiniert.«

»Haben Sie deshalb die Böhms mit Anzeigen überhäuft? Sozusagen als Rache.«

»Hat Ihnen schon mal jemand Stinkbomben vor die Eingangstür gelegt oder in den Briefkasten geworfen?«, konterte Gisela Seemauer.

»Nein. Aber Sie denken doch nicht, dass ...«

»Und ob«, unterbrach sie Harald Seemauer.

»Sie meinen also im Ernst, dass die Böhms mit Stinkbomben um sich werfen?« In Sarahs Ohren klang das zu absurd, um wahr zu sein.

»Nicht persönlich«, relativierte Gisela Seemauer. »Die haben dafür natürlich ihre Leute.«

»Entschuldigung, dass ich das so sage, aber die Böhms gehören keinem wie auch immer gearteten Mafiaclan an.«

»Weiß man's?« Harald Seemauer räusperte sich, um dann in ruhigerem Tonfall weiterzusprechen. »Letzten Freitag hat sich Clemens Böhm mit einem Immobilienmakler im Café getroffen. Vielleicht verkauft er ja doch endlich.«

Sarah stutzte. »Ein Makler? Sind Sie sicher?«

»Auf dem Auto stand groß ›Maklerbüro Remi‹«, warf seine Frau ein. »Aber den Verkauf kann er jetzt wohl vergessen.« Sie nickte in Richtung des Cafés. »Der Brandgestank hat sich bestimmt schon überall festgefressen. Es ist, als wollte uns die Alte auch noch aus dem Jenseits bestrafen.«

»Aber weshalb ein Makler?« Sarah ging dessen Besuch nicht aus dem Kopf. »Meines Wissens hätte Frau Böhm unter keinen Umständen verkauft.«

»Vielleicht wollte der Sohn sich nur schon mal erkundigen, was das Ladenlokal wert ist. Unter uns gesagt«, Gisela Seemauer blickte sich um, als hätte sie Angst, belauscht zu werden, »die ganze Familie hat doch nur auf ihren Tod gewartet.«

»Wieso?«

Als Antwort erhielt Sarah nur ein Achselzucken. Als ein Polizist dem Ehepaar winkte, hatten die beiden es eilig, sich zu verabschieden.

»Komm, Gisela! Offenbar gibt es Neuigkeiten. Ich hoffe nur, dass die Böhms eine gute Versicherung haben. Auf Wiedersehen.« Harald Seemauer wandte sich ab und zog seine Frau mit sich.

Sarah fühlte sich vor den Kopf gestoßen. Was sie in den letzten Stunden erfahren hatte, hatte nichts mehr mit der nach außen vermittelten heilen Welt der Kaffeehausdynastie Böhm zu tun. In Gedanken versunken ging sie zur Tramstation.

Marianne Böhm hatte ihr gegenüber eine Schlange erwähnt, die der Symbolik nach vor einem Feind warnte, der einem schaden wollte. Waren Clemens Böhm und seine Frau Michaela die Feinde der Seniorchefin gewesen oder Harald und Gisela Seemauer? Aber wo wollte sie die Schlange dann gesehen haben, wenn nicht auf dem Bild des Malers? Sarah schwirrte der Kopf. Die Gespräche mit den beiden Ehepaaren, dazu der Brand, das alles war einfach zu viel für einen Tag.

13

Zurück im *Wiener Boten* schlug Sarah sogleich den Weg zu Davids Büro ein. Sie hatte das Gefühl, einem Rätsel auf der Spur zu sein, und die jüngsten Ereignisse motivierten sie, ihre Recherchen fortzusetzen. Der Brand war kein Zufall, das sagte ihr ihr Instinkt eindeutig. Sie wollte die Sache sofort mit David besprechen.

Gabi war nicht wie gewöhnlich im Vorzimmer, also klopfte Sarah an der geschlossenen Bürotür und trat in den lichtdurchfluteten Raum, ohne eine Antwort abzuwarten. David saß hinter seinem Schreibtisch.

»Hallo, stör ich dich?« Sie zog ihren Mantel aus und hängte ihn über die Lehne des freien Besucherstuhls.

»Natürlich nicht, komm rein! Gabi holt uns grad zwei Esterházyschnitten aus dem Café Ritter. Wenn du auch eine willst, ruf ich sie schnell an, dass sie drei mitbringen soll.«

»Nein, lass mal«, lehnte Sarah ab. Sie war viel zu aufgeregt, um jetzt etwas hinunterzubringen. »Im Hause Böhm liegt gewaltiger Ärger in der Luft.«

David lehnte sich in seinem Chefsessel zurück. »Lass mich raten: Du hattest kein Interview mit dem trauernden Sohn der Toten, sondern ein Gespräch, das dein Misstrauen erst so richtig angefacht hat. Bist du aus dem Grund hergekommen, oder hattest du unstillbare Sehnsucht nach mir?« Er lächelte frech.

»Beides.« Sarah grinste ihn kurz an, dann schilderte sie in knappen Worten, was sich ereignet und was Simon herausgefunden hatte. Natürlich ließ sie auch den Brand im Café am Rennweg nicht aus. »Um die Story kümmert sich Maja.«

»Das klingt ja, als wärst du mittlerweile fest davon überzeugt, dass Marianne Böhm ermordet wurde.«

Sarah nickte. »Ich bin mir sogar absolut sicher. Auch dass sie im Hawelka versucht hat, mir etwas Wichtiges mitzuteilen.«

David runzelte die Stirn. »Letzteres mag stimmen, aber dennoch wäre es kein Beweis für einen Mord.«

»Sie ist an einer Überdosis Kalium gestorben. Das ist ein Fakt.«

»Trotzdem würde ich darauf keine Meldung über einen möglichen Mordfall stützen. Denn weder hat ihr jemand vor deinen Augen Kalium gespritzt, noch wissen wir bis dato, wie die Überdosis verabreicht wurde oder zustande kam.«

»Genau das will ich ja herausfinden.« Sie sah ihn leicht genervt an.

»Und wie?«

»Verdammt, David, jetzt stell mir halt keine Fragen, als wäre ich eine verfluchte Anfängerin! Ich weiß, wie ich an Informationen rankomme, und ich weiß auch, ob und wann ich meine Ergebnisse veröffentlichen kann. Außerdem kenne ich die optimale Dosis und werde nicht gleich zu Beginn der Berichterstattung mein ganzes Pulver verschießen. Oder im *Wiener*

Boten eine Falschmeldung veröffentlichen.« Sie war gekränkt, weil er sie nicht zum Weiterrecherchieren ermutigte, sondern stattdessen ihre Euphorie bremste.

»Du solltest mit Bedacht an die Sache rangehen. Ungeduld ist ein Hemd aus Brennnesseln.«

Sarah verzog das Gesicht. »Was soll das heißen?«

»Ist ein Sprichwort.«

»Ich weiß, aber was willst du mir damit sagen?«

»Ich weiß, wie du normalerweise in solchen Fällen reagierst. Dann vergisst du auf einmal alles andere und siehst irgendwann den Wald vor lauter Bäumen nicht mehr.«

»Hör bitte auf, mit Redewendungen um dich zu werfen«, zeterte Sarah. »Das passt nicht zu dir.« Sie holte tief Luft für eine Entgegnung. »Ich bin Journalistin geworden, weil ich die Wahrheit wissen will. Da schadet ein bisschen Euphorie nicht. Ganz im Gegenteil. Sie treibt mich an. Also erzähl mir nichts von Wald und Bäumen.«

»Wow!« David machte eine Abwehrbewegung. »Du bist ja ganz schön kampflustig. Ich dachte, du wolltest meine Meinung hören, aber es scheint, als wolltest du in Wirklichkeit nur meine Absolution. Und natürlich weiß ich, dass du eine verdammt gute Journalistin bist, deshalb sitzt du ja auch auf dem Stuhl der Chefredakteurin. Trotzdem sollte es mir erlaubt sein, dir einen Rat zu geben. Also: Wirf noch einen zweiten Blick auf alles, was wir bis jetzt zu dem Todesfall haben. Verlass dich nicht ausschließlich auf die fixe Idee, die dir Markus in den Kopf gesetzt hat.«

»Fixe Idee!«, polterte Sarah, und ihre Stimme drohte,

sich zu überschlagen. »Eine Kaliumvergiftung ist keine fixe Idee! Du hast neben mir gesessen, als Markus das gesagt hat. Außerdem habe ich mit keinem Wort auch nur angedeutet, gleich morgen über die Sache berichten zu wollen. Ich recherchiere, David! Das macht man so in unserem Beruf. Nur falls du dich an deine Zeit als gewöhnlicher Journalist nicht mehr erinnern kannst. Einige Nachforschungen verlaufen im Sand, andere sind aufwendiger, bringen dann aber das gewünschte Ergebnis. Nämlich eine fundierte Story, die veröffentlicht werden kann. Oft genug dauert es eine Weile, bis die Geschichte druckreif ist, aber deshalb ist sie nicht weniger brisant.« Ihre Stimme schwoll mit jedem Satz an. Sarah redete sich in Rage.

Wie üblich prallte ihre Gereiztheit an David einfach ab. »Und was, wenn sich Marianne Böhms Tod am Ende doch als Unfall oder natürlicher Todesfall herausstellt?«, fragte er in gewohnt sachlichem Ton. »Dann hast du viel Energie in eine Sackgasse gesteckt. Energie, die bei anderen wichtigen Themen besser aufgehoben gewesen wäre, wie etwa ...«

»Wir arbeiten noch an anderen Storys«, unterbrach sie ihn ungehalten. Rasch zählte sie die einzelnen Artikel auf, die sie für die Wochenendbeilage vorbereiteten, und hob dabei noch einmal den Beitrag über das Feuer im Café hervor.

»Du hast eine verantwortungsvolle Position inne«, ging David einfach darüber hinweg. »Du bist jetzt nicht mehr nur Journalistin, du bist Chefredakteurin.«

Sarah blickte ihn einen Moment lang verblüfft an. Sie spürte, wie die Wut in ihr immer höher kochte. »Was verlangst du von mir, David? Soll ich mich zurücklehnen und darauf warten, dass mir jemand Fakten und druckreife Artikel präsentiert, nur weil ich jetzt Frau Chefredakteurin bin?« Sie schlug mit der flachen Hand auf den Schreibtisch.

»Schau mal, Sarah«, erwiderte David noch immer ruhig, »diese Frau ist, sinnbildlich gesprochen, in deinen Armen gestorben. Da ist es nur allzu verständlich, dass dir ihr Tod nicht aus dem Kopf geht. Aber sie war achtzig und hatte ein Herzleiden. Ich sag ja nicht, dass du nicht an der Geschichte dranbleiben sollst ... aber wir brauchen handfeste Beweise. Markus' Expertenmeinung und auch die seines Chefs in allen Ehren, aber selbst die reichen nun mal nicht aus für eine Story über einen Mord.«

»Denkst du vielleicht, das weiß ich nicht?«, brauste Sarah erneut auf.

»Ich wiederhole gerne noch mal, was ich gerade eben bereits gesagt habe: Ich will mit meinem Rat nur vermeiden, dass du deinen Job vernachlässigst und ...«

»Gibt es etwa leere Seiten im *Wiener Boten*, die wir dringend füllen müssen?«, schnitt sie ihm das Wort ab. »Wenn dem so ist, gebe ich Maja sofort Bescheid, dass sie sich beim Bericht über den Brand im Café Böhm längenmäßig austoben kann. Und falls du dir Sorgen um die Einhaltung des Drucktermins für die Wochenendbeilage machst: Sie wird rechtzeitig fertig sein. Du siehst, alles ist im grünen Bereich, Herr Herausgeber.«

Selbst von dieser Bezeichnung ließ David sich nicht provozieren. Er verschränkte die Hände im Nacken, sah Sarah schweigend an und wartete, dass ihre

Angriffslust verebbte. Doch diesmal hatte er mit seiner schon häufig angewandten Taktik keinen Erfolg.

»Es wäre wirklich schön, wenn du meinem Urteilsvermögen vertrauen würdest«, legte sie erneut los. »Ich habe einen Verdacht, und ich werde herausfinden, ob dieser begründet ist oder nicht. Verlass dich drauf! Ich liefere dir eine verdammt gut recherchierte Story, und dann kannst du noch mal über den Wald und die Bäume nachdenken.« Sie atmete hörbar durch, um wieder runterzukommen. »Vertrau mir einfach.« Ohne seine Reaktion abzuwarten, schnappte sie sich ihren Mantel und verließ das Büro. Die Tür warf sie heftiger zu als beabsichtigt.

»Es gibt noch keine öffentliche Erklärung zur Brandursache«, empfing Maja sie im Redaktionsbüro. »Heißt im Klartext: Brandstiftung wird derweil nicht ausgeschlossen.«

»Okay«, antwortete Sarah kurz angebunden, weil sie an der Auseinandersetzung mit David noch zu knabbern hatte. Sie warf ihren Mantel auf den unbesetzten Schreibtisch und schenkte sich eine Tasse Kaffee aus der French Press ein.

»Über diesen Arzt, den Georg Sedlacek, habe ich absolut nichts gefunden. Hat wohl ein sehr unauffälliges Leben geführt.«

Sarah sah auf. »Nicht mal in Zusammenhang mit Marianne Böhms Benefizveranstaltungen?«

»Nichts. Und ich hab wirklich unser gesamtes Archiv und die sozialen Netzwerke durchforstet und außerdem noch alles Mögliche gelesen, das mit Marianne

Böhm zusammenhängt.« Maja legte Zeitungsausschnitte und Ausdrucke von Fotos auf den Schreibtisch neben Sarahs Mantel. »Du weißt doch, dass für Society-Reporter ausschließlich Promis zählen. In deren Berichten und auf deren Bildmaterial über die Events in den Cafés der Böhms findest du nur Schauspieler, Musiker, Politiker ... Kurzum: Lobhudeleien, wie großartig die Organisation und die Einsatzbereitschaft waren, bla, bla, bla. Daneben gibt es noch weitere Artikel über kleinere Konzerte, Ausstellungen und Lesungen, die in den Kaffeehäusern stattfanden. Sind aber zumeist nur belanglose Einspalter. Dienen der Klaviatur von Marianne Böhms Engagements. Die Verleihung des Goldenen Kaffeekännchens an sie als Kaffeesiederin des Jahres wurde etwas größer zelebriert.« Sie legte einen Artikel, der aus einem Gourmet-Magazin stammte, auf den Tisch. »Damit wurde ihr Einsatz für die Wiener Kaffeehauskultur gewürdigt.« Maja schob Sarah ein Foto der Kaffeehausbesitzerin hin, auf der diese eine Packung Kaffee mit goldenem Biosiegel in der Hand hielt. »Die Frau war unermüdlich.«

»Hast du noch mehr über die Benefizveranstaltung mit den Seemauers im Café am Rennweg gefunden?«, fragte Sarah und erzählte Maja dann von den Anschuldigungen, die das Ehepaar gegen Marianne Böhm erhoben hatte.

»Sie hat die Bilder unter Wert verkauft?« Maja lächelte ein boshaftes Lächeln. »Tatsächlich, oder spricht da die gekränkte Künstlerseele des verkannten Genies?«

Sarah zuckte mit den Achseln. »Ich habe keine Ahnung, wie viel ein Bild von Harald Seemauer auf dem freien Markt einbringt. Bei der Aktion sollen durch den Verkauf von sieben Bildern rund siebenhundert Euro für den guten Zweck zusammengekommen sein, wovon die Böhm noch die Unkosten in Höhe von zweihundertsiebzig Euro abgezogen hat.«

Maja tippte den Namen des Malers in eine Suchmaschine und rief gleich darauf die Seite einer Online-Kunstgalerie auf. »Die Bilder kosten tatsächlich zwischen zweihundert und sechshundert Euro, je nach Größe. Zumindest werden hier seine Aquarelle um diesen Preis angeboten.«

»Conny hat ihn in ihrem Bericht als Hobbymaler bezeichnet«, warf Sarah ein.

Maja klickte auf den Link zu Seemauers Biografie. »Da steht, dass er zahlreiche Malkurse bei namhaften Künstlern absolvierte, jedoch keine Ausbildung auf einer Kunstakademie.« Sie schloss die Seite und suchte nach weiteren Eintragungen. »Eine eigene Homepage für seine Bilder hat er offenbar nicht, jedenfalls kann ich keine finden. Aber sag mal«, sie drehte sich um, »wonach suchen wir eigentlich genau?«

Sarah kaute für einen kurzen Moment nachdenklich an ihrer Unterlippe. »Wenn ich das wüsste, Maja«, antwortete sie schließlich. »Wer ist eigentlich die da neben Linus Oberhuber?« Sie tippte mit dem Finger auf einen Archivausdruck des *Wiener Boten*, auf dem der Kaffee-Sommelier mit einer Frau abgebildet war.

»Vanessa Hartan, seine Verlobte. Conny hat mir das verraten. Ich habe mir ihre Facebook-Seite angesehen. Da gibt es kaum Fotos, auf denen die beiden nicht schwer verliebt zu sehen sind.«

»Vielleicht sind sie es ja wirklich.«

»Für mich sieht das eher so aus, als lebten sie ihre große Liebe nach dem Skript eines Hollywood-Drehbuchautors, der sich auf kitschige Liebesfilme spezialisiert hat.«

Sarah grinste. »Sind doch ein schönes Paar. Sie würden nach Hollywood passen.«

»Eh, aber bei dem harmonischen Anblick kommen mir sofort die weisen Worte meines Vaters in den Sinn. Er sagt immer, bei Paaren, die ihre Liebe über die Maßen zur Schau stellen, würde diese nicht lange halten.«

»Kann sein«, meinte Sarah, die selbst kein Fan von überschwänglichen Gefühlsbekundungen vor Publikum war.

»Conny meinte noch, dass die Verbindung der beiden offenbar von Marianne Böhm … Was sag ich, wenn ich nicht das Wort ›verkuppeln‹ benutzen will?« Maja grinste aufreizend.

»Sie hat den Liebesbund geknüpft?«, sprang Sarah ein. »Wirklich? Warum?«

»Nun, die liebreizende Vanessa stammt aus sehr gutem Haus. Ihre Eltern betreiben ein Vier-Sterne-Restaurant am Albertinaplatz und ein Café nahe der Votivkirche. Beide sind nach Aussage unserer Society-Lady äußerst erfolgreich, und Vanessa ist ein Einzelkind. Ergo gibt es keine anderen Erben.«

»Du denkst wirklich, dass sie deshalb verkuppelt wurden?«

»Die Gerüchteküche ist ein gefräßiges Tier auf der Suche nach Nahrung. Jedenfalls hat Conny gesagt, dass Marianne Böhm sie einander letztes Jahr am

Kaffeesiederball vorgestellt hat. Seitdem machen die Boulevardblätter eine große Lovestory daraus, die Vanessa in den sozialen Medien noch befeuert.«

»Du sagst das, als wären sie Darsteller in einer billigen Seifenoper«, stellte Sarah fest und betrachtete noch einmal eingehend das Foto. »Vielleicht ist es ja tatsächlich die große Liebe. Soll es geben.«

Maja rollte mit den Augen. »Du meinst, wir erleben in Bälde eine Märchenhochzeit, auf der Vanessa und Linus sich Hand in Hand wortgewaltig und tränenreich bei der verstorbenen Marianne Böhm für ihre Zusammenführung bedanken?«, meinte sie abschätzig. »Und selbst wenn, muss ich dich enttäuschen. Weder du noch ich werden eingeladen sein, weil das Connys Revier ist.«

»Aber wir werden ihren Bericht im *Wiener Boten* lesen und die Fotos der Gäste in sündteuren Kleidern, der geschmackvollen Deko und des schicken Ambiente bewundern können.« Sarah lachte, erzählte Maja dann, dass das Ehepaar Seemauer in dem Café am Rennweg einen Immobilienmakler der Firma Remi gesichtet hatte, und bat sie, deren Nummer herauszusuchen.

Einen Augenblick später hatte Sarah einen Mitarbeiter des Immobilienbüros am Telefon. Sie behauptete, sich für eine Freundin erkundigen zu wollen, die auf der Suche nach einem Geschäftslokal im dritten Bezirk sei, und erwähnte, dass ein ihr bekannter Hausbewohner den Wagen des Büros vor dem Café Böhm gesehen und sie ihre Schlüsse daraus gezogen habe.

»Ich kann Ihnen derzeit leider kein Angebot machen«, erwiderte der Mann. »Herr Böhm hat die offizielle Auftragsbestätigung bis jetzt nicht unterschrieben, aber ich denke, er wird sich diesbezüglich in den nächsten Tagen bei uns melden. Ihre Freundin soll sich noch zwei Wochen gedulden.«

Sarah versprach, die Information weiterzugeben, und verabschiedete sich. »Warum hat sich Clemens Böhm mit einem Makler getroffen?«, stellte sie laut die naheliegende Frage. »Seine Mutter war doch gegen einen Verkauf. Und warum zum Teufel geht der Makler davon aus, bald den unterschriebenen Auftrag zu bekommen?«

»Zu deiner ersten Frage: Weil er wusste, dass er bald keinen Widerstand mehr zu erwarten hatte«, antwortete Maja.

14

Mit stoischer Miene nahm Clemens den Bericht des Feuerwehrkommandanten entgegen, der sich ihm als Oberbrandrat Meixner vorgestellt hatte. »Wir konnten ein Übergreifen des Feuers auf die oberen Stockwerke verhindern. Leider hat der hintere Teil des Cafés einiges abbekommen. Allerdings ist der Bereich, wo sich der Tresen und die Tische befinden, zu retten, ebenso die Küche. Die hat so gut wie keinen Schaden genommen. Ihre Mitarbeiter haben vorbildlich reagiert.«

Kevin, der Koch, und die beiden Kellnerinnen Eva und Sonja standen mit hängenden Schultern in ihrer Dienstkleidung und Winterjacken neben ihm. Kühler Wind wehte durch die Straße. Der Gestank nach verbranntem Kunststoff hing in der Luft.

»Zum Glück ist niemand verletzt worden«, beteuerte Clemens mechanisch.

»Die gesamte Toilette sei voller Rauch, hat die Dame gesagt, die den Brand entdeckt hat. Ich bin gleich hin, aber da stand schon alles in Flammen«, erklärte Eva, die ältere Mitarbeiterin, die seit zehn Jahren für sie arbeitete.

Clemens überlegte. Vielleicht würde er ihr nach dem Verkauf eine Stelle in einem der beiden anderen Cafés anbieten.

»Die Sonja«, Eva zeigte auf die jüngere Frau neben

sich, »hat sich sofort um die Gäste g'kümmert, damit die nicht panisch werden. Ich hab derweil die Feuerwehr gerufen.«

»Ich hab vergessen abzukassieren«, gab Sonja schuldbewusst zu. »Aber es musste doch schnell gehen.«

»Das ist schon okay«, beruhigte Clemens sie.

»Das schöne Trockengesteck mit den ersten Frühlingsblumen, das wir erst heute Morgen aufgestellt haben«, jammerte Sonja.

Clemens setzte eine mitfühlende Miene auf. Was interessierten ihn schon Blumen angesichts eines solchen Desasters?

»Der Kevin ist dann gleich mit dem Feuerlöscher gekommen. Doch das hat nix mehr g'nützt«, seufzte Eva mit tränenerstickter Stimme.

Der Koch hielt ein Küchentuch in der Hand, das er unentwegt knetete. »Da war wirklich nix mehr zu machen.«

Clemens reichte Eva ein Taschentuch. Eine absurde kleine Geste bei der Größe des Dramas.

»Kurz zuvor hat uns der Marcel noch die frische Patisserie gebracht und einen Kaffee getrunken«, erwähnte Sonja, als ob das von Belang wäre. »Die Ware ist jetzt sicher ungenießbar.«

Vor Clemens' innerem Auge erschien ein Bild, das einem Inferno gleichkam. Er wandte sich an den Feuerwehrkommandanten. »Haben Sie schon eine Idee, was den Brand in der Toilette verursacht haben könnte?« Sein Blick wanderte zu der Stelle, wo kurz zuvor das Ehepaar Seemauer gestanden hatte. Jetzt war es verschwunden und mit ihm die Journalistin. Fragen schossen ihm durch den Kopf. Was hatten die beiden Nörgler Sarah Pauli erzählt, und hatte der alte Drachen ihm dieses Desaster aus dem Jenseits geschickt?

»Das können wir leider noch nicht sagen. Die Brandermittler sind erst seit zehn Minuten im Café.«

»Kann ich auch reingehen?«

Der Feuerwehrkommandant wog sichtbar ab, ob das zum jetzigen Zeitpunkt eine gute Idee war. Rasch blickte er zu der Einsatztruppe, die gerade das Löschwasser absaugte und mit einem mobilen Belüftungsgerät den Rauch aus dem Lokal entfernte.

»Ich möchte mir nur einen ersten Eindruck verschaffen.«

Meixner reichte ihm einen Helm. »Aber bleiben Sie an meiner Seite, damit Sie die Arbeiten der Einsatzkräfte nicht behindern.«

Clemens nickte und stapfte dem Kommandanten hinterher. Gleich würde er in den Überresten seines Cafés stehen. Er wappnete sich.

Zentimeter für Zentimeter scannte er den Gastraum. Die Wände, die Theke, die Einrichtung und der Boden waren mit einem schwarzen Film überzogen. Tische und Stühle lagen wie hingeworfen auf dem ebenfalls verrußten Holzboden. Er redete sich ein, das alles mit etwas Farbe und gutem Willen wieder hinzubekommen. Nur die Toiletten und den Bereich davor könnte er vergessen. Er tat sich schwer, den Schaden auf den ersten Blick auch nur auf eine ungefähre Summe zu beziffern. Übelkeit stieg in ihm auf.

Ein Brandermittler trat mit einem versengten Mülleimer in der Hand zu ihnen. »Möglicherweise ist das

Feuer in dem Mistkübel hier ausgebrochen. Wir werden ihn mitnehmen und im Labor auswerten.«

»Brandstiftung?«, fragte Clemens, obwohl für ihn längst klar war, dass jemand den Brand gelegt hatte. Aber er würde den Teufel tun, in diesem Moment mit haltlosen Anschuldigungen um sich zu werfen. Der Zeitpunkt, den Namen Seemauer ins Spiel zu bringen, würde noch kommen.

»Oder Unachtsamkeit«, relativierte der Brandermittler und drehte sich schon halb zum Gehen um. »Wir melden uns bei Ihnen so schnell wie möglich.«

Clemens musste an den letzten Streit mit seiner Mutter denken. Er hatte Anfang Februar stattgefunden und sich um das Café gedreht. Michaela und er hatten zum wiederholten Mal versucht, ihr den Verkauf schmackhaft zu machen. »Der Rennweg verursacht mehr Kosten, als dass er Gewinn abwirft«, hatte er die Fakten, die er seit Jänner kannte, auf den Tisch gelegt. »Von dem Ärger mit den beiden Wapplern im ersten Stock gar nicht zu reden.«

Ihre Reaktion war eine Mischung aus Verärgerung und Verachtung gewesen. »Ihr seid verdammte Feiglinge«, hatte sie geblafft. »Verkaufen! Nur weil es mal nicht so läuft, wie ihr euch das vorstellt. Frag dich lieber mal, was dein Urgroßvater und dein Großvater in einer solchen Situation getan hätten, Clemens. Die Kaffeehäuser haben Wirtschaftskrisen und zwei Weltkriege überlebt«, war sie zur gängigen Leier übergegangen, als wäre das eine mit dem anderen zu vergleichen. »Die Böhms geben nicht auf, niemals, merk dir das, mein Sohn!«

Der übliche Schlusssatz, wie auf einen Kissenbezug gestickt. Würde sie noch leben, hätte sie ihm vermutlich den Brand vorgeworfen, wenn nicht sogar behauptet, ihn eigenhändig gelegt zu haben, um das Café endlich loswerden zu können. Er unterdrückte ein Lächeln. Hätte er nicht bereits mit dem Makler gesprochen gehabt, hätte er die Sache womöglich wirklich auf diese Weise geregelt.

»Haben Sie sich einen Überblick verschafft?«, riss ihn der Kommandant aus seinen Gedanken.

»Ja, danke.« In seinem Kopf waren genügend Bilder des zerstörten Lokals gespeichert.

»Dann lassen Sie uns wieder rausgehen«, sagte Meixner und machte kehrt.

Vor der Tür musste Clemens erst mal tief durchatmen. Obwohl er nur kurz im Café gewesen war, fühlte er sich, als hätte sich in seiner Lunge tiefschwarzer Ruß festgefressen. Er hustete und konnte kaum mehr aufhören. Unbändiger Zorn loderte in ihm wie gerade eben noch die Flammen.

Mit dem Erscheinen von Linus, der aufgrund seiner Größe aus der Menge herausstach, hatte er nicht gerechnet. Er sprach mit einem Polizisten am Absperrband. Seinen Gesten nach zu urteilen, versuchte er, den Wachmann davon zu überzeugen, ihn die Absperrung passieren zu lassen. Offenbar mit Erfolg, denn der Polizeibeamte gab nach, sodass der Günstling seiner Mutter auf direktem Weg auf ihn zueilte.

»Hallo, Clemens«, sagte er und streckte ihm die Hand entgegen.

Er schüttelte sie. »Servus, Linus. Was machst du hier? Musst du nicht arbeiten?« Mit dieser Frage verwies er, der neue Boss, ihn eindeutig auf die Position des Angestellten. Er könnte ihn feuern, wenn ihm danach war. Zumindest so lange, bis ein Testament das Gegenteil behauptete. Die Übelkeit nahm zu.

Das Flackern in Linus' Blick verriet, dass er begriffen hatte. »Ich hatte heute Frühdienst und hab seit drei Stunden frei. Ich war grad in der Wollzeile, wollte dir und Michaela mein Beileid aussprechen. Gestern war ich so fertig, dass ich es nicht geschafft hab, mich bei euch zu melden. Sorry.«

Clemens sah ihn genauer an. Schimmerten da tatsächlich Tränen in seinen Augen?

»Es tut mir so leid.«

Er nickte. Deine Förderin liegt bald unter der Erde, dachte er, du musst dir einen neuen Mutterersatz suchen.

»Michaela hat mir das von dem Brand gesagt. Weiß die Polizei denn schon, was genau geschehen ist?«

»Nein.«

Die Frage, ob der Notar sich bei ihm wegen des Termins am Freitag gemeldet habe, lag Clemens auf der Zunge, aber er schluckte sie hinunter. Hätte Linus bejaht, hätte das bedeutet, dass auch er erbte, und damit wäre seine, Clemens', Laune noch weiter unter den Nullpunkt gesunken.

»Kann ich dir irgendwie helfen?«

»Nein.«

Linus beteuerte erneut seine Hilfsbereitschaft, doch Clemens hörte ihm nicht mehr zu, beobachtete stattdessen die Einsatzkräfte. Einige von den Feuerwehrleuten sperrten das Lokal bereits von außen ab, sodass es niemand mehr betreten konnte. Andere begannen zusammenzupacken. Clemens kniff die Augen zusammen, als würde er sich ausschließlich auf das konzentrieren, was gerade vor sich ging, aber in Wahrheit versuchte er, mit der surrealen Situation zurechtzukommen. Die Straßenbahn und Autos fuhren an ihnen vorbei, als wäre nichts geschehen. Auch die Menge der Schaulustigen hatte sich auf eine Handvoll dezimiert, Fußgänger gingen am Café vorbei.

»Wir werden in den nächsten Tagen rausholen, was noch einen Wert hat. Dabei kann mir Marcel helfen. Dann lass ich die Räume neu ausmalen, und die Geschäftsfläche wird verkauft.« Vorausgesetzt, sie hat das Café nicht dir hinterlassen, dachte er noch, als er Harald Seemauer bemerkte. Der Nachbar lehnte lässig an der Hauswand, beobachtete sie mit einer Zigarette zwischen den Lippen. Wut schlug in Clemens um sich wie ein aggressiver Bär, und er konnte nichts dagegen tun. Kommentarlos ließ er Linus stehen und ging auf Seemauer zu, der ihn bösartig angrinste. Clemens packte ihn am Kragen, zog ihn dicht an sich heran.

Seemauer ließ die Zigarette fallen.

»Wenn ich draufkomme, dass ihr Raunzer dahintersteckt, dann gnade euch Gott«, knurrte Clemens leise.

Harald Seemauer honorierte seinen Ausbruch nur mit einem süffisanten Lächeln.

Mittwoch, 12. Februar

15

Als Sarah und David am gestrigen Abend nach Hause gekommen waren, war der Zorn in Sarah bereits verraucht. Ein Streit, wie sie ihn am Nachmittag ausgefochten hatten, war völlig normal und in Ordnung, wenn man zusammenlebte und -arbeitete. Privates und Berufliches gut zu trennen war immer eine Herausforderung, aber bei Gnocchi alla Sorrentina, einem vollmundigen Wein und mit einem langen Gespräch rückten sie die Sache wieder gerade. Marie vermittelte währenddessen als Friedensstifterin laut schnurrend zwischen ihnen.

Später kamen noch Gabi und Chris auf ein Glas vorbei. Natürlich sprachen sie auch wieder über Marianne Böhm, wobei Sarah die Idee kam, mit Maja am nächsten Tag im Café Böhm in der Wollzeile zu frühstücken. Wie zwei Freundinnen. Sie schickte ihrer Kollegin eine kurze Nachricht, und Maja sagte sofort zu.

»Ich bin sehr stolz auf dich, wie konsequent du deine Position vertrittst«, meinte David heute Morgen das Thema abschließend. »Du stehst deine Frau in jeder Situation. Dich zur Chefredakteurin zu befördern war die richtige Entscheidung.«

»Charmeur«, lachte sie und streichelte ihm zärtlich über die Wange. »Mein vehementer Widerspruch bedeutet aber nicht, dass ich deine Meinung nicht höre oder akzeptiere. Manchmal muss ich einfach mit dem Kopf durch die Wand.« Danach hatte sie ihn geküsst und war ins Café Böhm aufgebrochen.

»Das haben Sie sehr schön geschrieben«, wurden sie und Maja von Antonia empfangen, die ihnen den *Wiener Boten* auf den Tisch legte und die Seite mit dem Nachruf aufschlug. »*Eine außergewöhnliche Ikone der Wiener Kaffeehauskultur*«, las sie laut vor. »Das hat mein Chef super formuliert, gell? Und das, was Linus gesagt hat, klingt auch so ... gefühlvoll. Wir alle trauern sehr um die Frau Böhm.« Ihre Augen glänzten vor Tränen. »Und das hier liest sich auch so schön.« Sie blätterte weiter und tippte kurz darauf auf die ganzseitige Anzeige, die Michaela und Clemens Böhm in Auftrag gegeben hatten. »Meine Chefs haben sich im Namen der gesamten Belegschaft für die wunderbaren gemeinsamen Jahre bei der Seniorchefin bedankt. Das ist total nett.«

»Das ist es«, bestätigte Sarah und bestellte daraufhin zweimal das Wiener Frühstück mit Semmeln, Butter, Marmelade und Eier im Glas.

»Und eine Melange für mich«, sagte sie, bevor Maja noch einen großen Braunen wählte.

Antonia nickte und ging samt Zeitung zurück zur Theke. Sarah hatte, als ihr die Idee für das Frühstück gekommen war, auf ein mäßig besuchtes Café gehofft – und darauf, dass Antonia nicht ausgerechnet heute ihren freien Tag hatte. Beide Wünsche waren ihr erfüllt worden. Zudem war von Clemens und Michaela

Böhm nichts zu sehen. Vermutlich hatten sie nach dem Tod der Seniorchefin und dem Brand alle Hände voll zu tun. Was nur gut war, da Sarah ein ungezwungenes Gespräch mit der Kellnerin führen wollte.

Sie sah sich um. Der Stammplatz von Georg Sedlacek war unbesetzt, obwohl es bereits fünf Minuten nach neun war. Auf dem Tisch stand das Reserviert-Schild.

»Kennt man schon die Brandursache am Rennweg?«, fragte Sarah, als Antonia die Bestellung brachte.

»Meines Wissens nicht. Der Chef trifft grad jemanden von der Versicherung vor Ort, und die Chefin ist zum Beerdigungsinstitut gefahren.« Sie seufzte mitfühlend. »Eine Tragödie ist das. Die Böhms sind so fleißige und gute Menschen. Das haben sie nicht verdient.«

»Darf ich Sie etwas über Ihre Seniorchefin fragen?«

»Bitte. Auch wenn ich nicht weiß, ob ich die Frage beantworten kann.«

»Als ich Frau Böhm im Café Hawelka traf, trug sie ihr Amulett. Ich hatte den Eindruck, dass es eine besondere Bedeutung für sie hat. Als wäre es wesentlich mehr für sie als ein Geschenk ihres Vaters.«

»Das stimmt. Der Talisman an der Kette war ihr regelrecht heilig. Sie trug beides täglich. Wenn sie das Amulett mal verlegte, was selten vorkam, wurde sie ganz nervös. Manchmal hat sie mich dann nach oben zu sich in die Wohnung gerufen, damit ich ihr beim Suchen helfe.«

»Explizit Sie?«

»Ja, ausdrücklich mich, weil ich ihre Sorge verstand. Auch ich trage einen Talisman bei mir.« Antonia zeigte ihnen das vierblättrige Kleeblatt an ihrer Halskette.

»Die Juniorchefs fanden das Getue um die Kette eher albern. Letztes Jahr schlugen sie sogar vor, das Firmenlogo zu ändern. Da ist die Seniorchefin aber ganz schön grantig worden. Nicht nur weil es seit Firmengründung für die Kaffeehäuser steht, sondern auch wegen der Schutzwirkung, die es in ihren Augen hatte. Das Thema war relativ schnell wieder vom Tisch.«

»Zahlen«, machte ein Gast auf sich aufmerksam.

Antonia entschuldigte sich und ging zu ihm.

Sarah bestrich ihre Semmel mit Butter.

»Welche Bedeutung haben eigentlich die Symbole, die Marianne Böhm dir gegenüber erwähnte, genau?«, fragte Maja, während sie ihr Ei aus dem Glas löffelte.

»Erkläre ich dir in der Redaktion. Ich muss selber erst nachsehen. Es gibt nämlich unterschiedliche Auslegungen.« Sarah biss in eine Semmelhälfte. »Aber für mich ist klar, dass die jeweiligen Zeichen auf irgendeine Art, die ich noch nicht kenne, zusammenhängen.«

Antonia kehrte an ihren Tisch zurück und knüpfte am unterbrochenen Gespräch an. »Sie dürfen aber nicht lachen oder denken, die Seniorchefin wäre nicht ganz richtig im Oberstübchen gewesen. Die Frau hatte mehr drauf als manch Junger.«

»Keine Angst«, beruhigte sie Sarah. »Ich habe Frau Böhm als beeindruckend toughe Dame in Erinnerung. Ich werde sie nicht für verrückt halten, egal, was Sie mir über sie erzählen.«

Antonia zögerte einen Moment, presste die Lippen aufeinander. Als ob sie noch mit sich rang, tatsächlich auszusprechen, was ihr auf der Zunge lag. Dann gab sie sich einen Ruck. »Marianne Böhm hat täglich morgens in ihrer Wohnung einen starken Mokka getrunken und … aus dem Kaffeesatz gelesen.«

Sarah tippte sich gegen die Stirn. »Logisch! Warum bin ich da nicht selbst draufgekommen.«

»Wie hättest du da draufkommen sollen?«, fragte Maja. »Nur weil sie Kaffeesiederin war?«

»Das Amulett, die Frage nach der Bedeutung des Pfeils und die Aussage von Linus Oberhuber, dass sie alltägliche Begebenheiten gedeutet hat, das alles waren Hinweise darauf.«

»Sie zeichnete die Symbole in Notizbücher«, fuhr Antonia fort. »Versah sie immer mit dem Datum, an dem sie sie in dem Kaffeesatz entdeckt hatte. Vor wenigen Wochen hat sie mir ein solches Buch gezeigt, mich aber gleich gebeten, es für mich zu behalten. Was ich natürlich getan hab.« Ein selbstzufriedenes Lächeln huschte über die Lippen der Kellnerin. Sie war eine vertrauenswürdige Geheimnisträgerin gewesen. Bis jetzt. »Ist noch gar nicht lange her, dass sie eines Morgens erwähnte, an dem Tag Glück im Spiel und in der Liebe zu haben. So sie denn dem Zeichen Glauben schenke, meinte sie. Sie fand das sehr lustig, weil sie doch nicht ernsthaft spiele und für die Liebe zu alt sei. Aber bitte fragen Sie mich nicht nach dem Symbol, das sie an diesem Morgen in ihrem Kaffeesatz entdeckt hatte. Ich vermute jedoch ein Kleeblatt.«

»Ein vierblättriges Kleeblatt, wie Sie es an Ihrer Kette tragen«, unterstützte Sarah Antonias Vermutung. »Es steht für Glück in der Liebe und im Spiel, wenn ich mich richtig erinnere. Wann war das denn ungefähr?«

Die Kellnerin blähte die Wangen. »Erst vor Kurzem. Vielleicht fällt mir der genaue Tag gleich noch ein.«

»Hat sie Ihnen gegenüber mal einen Pfeil, eine Schlange, ein Messer oder ein Grab erwähnt?«

Antonia dachte kurz nach, bevor sie den Kopf schüttelte.

Trotzdem war Sarah augenblicklich davon überzeugt, dass Marianne Böhm die aufgezählten Symbole ebenfalls aus dem Kaffeesatz gelesen hatte. »Wissen Sie, wo sich die Notizbücher befinden?« Sie hätte nur allzu gern einen Blick hineingeworfen.

»Leider auch nicht.«

»Könnte es denn sein, dass sie mit noch jemandem darüber geredet hat? Mit Linus Oberhuber etwa?«

Antonia zuckte mit den Achseln. »Keine Ahnung.«

»Ihrem Sohn, ihrer Schwiegertochter?«

Die Kellnerin rollte vielsagend mit den Augen. »Eher nicht.«

Sarah erinnerte sich, mit welcher Entschiedenheit Clemens und Michaela Böhm die abergläubische Seite der alten Dame abgestritten hatten.

»Weil sie das als Marotte abgetan hätten, so wie das Amulett«, bestätigte Antonia Sarahs Eindruck von den beiden. »Und die vielen Nahrungsergänzungsmittel, das sei rausgeschmissenes Geld, haben die zwei gemeint. Weil die Kapseln in erster Linie teuer sind, aber nix nützen.«

»Nahrungsergänzungsmittel?«, horchte Sarah auf.

»Ja, die Seniorchefin war sehr auf ihre Gesundheit bedacht.« Sie sah sich um, beugte sich nach vorne und senkte beim Weitersprechen die Stimme. »Unter uns:

Sie war ein bisserl hypochondrisch, wenn S' verstehen. Hatte ständig Angst, dass sie eine schlimme Krankheit bekommen könnte. Wie eine Heimsuchung. Deshalb hat sie mit Argusaugen darauf geachtet, genug Vitamine und Mineralstoffe zu sich zu nehmen. Die Pillen hat ihr der Sedlacek besorgt.« In dem Moment schien sie einen Geistesblitz zu haben. »Genau, an dem Tag hat sie das mit dem Glück im Spiel und der Liebe erwähnt ... da hatte der Sedlacek eine neue Lieferung für sie dabei. Möglich, dass er sich an das Datum erinnern kann. Wie gesagt, ist noch nicht lange her, höchstens zwei oder drei Wochen.«

Also irgendwann Ende Jänner, Anfang Februar, speicherte Sarah im Kopf ab. »Wahrscheinlich ist es eh nicht so wichtig.« Sie erinnerte sich an den medizinischen Vortrag, den ihr der pensionierte Arzt gehalten hatte, und blickte dann auf die Uhr. Es war inzwischen halb zehn.

»Wo ist denn der Herr Sedlacek heute?«

Antonias Blick wanderte zu dem leeren Tisch am Fenster.

»Das wenn ich wüsst. Ich wundere mich auch schon, wo er bleibt. Auf der anderen Seite hat ihn der Tod der Seniorchefin extrem mitgenommen.« Sie zuckte ergeben mit den Achseln. »Vielleicht braucht er ein paar Tage für sich alleine, bevor er wiederkommt. Das Café ist halt voller Erinnerungen.«

»Er hat mir gegenüber erwähnt, dass er am Freitag für Ihre Seniorchefin bei einer Bridgerunde einspringen will.«

»Diesen Freitag spielen die Damen nicht. Sind alle

am Kaffeesiederball. Die Seniorchefin wollte auch hingehen.«

Sarah nickte. Sie und David würden den Ball ebenfalls besuchen, obwohl er diesmal auf den Valentinstag fiel. Sie hätten den Abend zwar gerne in romantischer Zweisamkeit verbracht, aber für David als Herausgeber des *Wiener Boten* war es undenkbar, sich dort nicht sehen zu lassen. »Tja, dann wird es wohl der nächste Freitag werden«, merkte Sarah an. »Aber um noch mal auf die Nahrungsergänzungsmittel zurückzukommen: Weshalb hat sie die von Herrn Sedlacek bezogen und nicht im Drogeriemarkt oder der Apotheke gekauft?«

»Der Sedlacek hat ihr mal angeboten, sie zu besorgen, und sie hat angenommen. Das erspare ihr einen Weg, meinte sie. Er hat ihr die Pillen dann immer in einer braunen Schachtel überreicht, fast wie ein Geschenk.« Wieder warf die Bedienung einen Blick auf den leeren Tisch am Fenster.

Als zwei Frauen das Café betraten, sich umsahen und an einen Tisch setzten, der in Antonias Servicebereich stand, ging sie zu ihnen, und Sarah und Maja frühstückten weiter.

Maja verzog belustigt das Gesicht. »Marianne Böhm hat täglich im Kaffeesatz gelesen. Ist das die aufsehenerregende Information des Tages? Der Grund, weshalb wir hier in geheimer Mission recherchieren?«

»Offenbar ja.« Sarah lächelte schief. »Ich wusste ehrlich gesagt auch nicht, was unser gemeinsames Frühstück bringen wird.«

»Ist Kaffeesudlesen nicht schon längst – wie soll

ich sagen – aus der Mode gekommen?« Maja schob sich das letzte Stück ihrer Marmeladensemmel in den Mund und kaute genüsslich.

»Ich weiß, das klingt komisch und antiquiert, aber ich glaube, diese vier Bilder – der Pfeil, das Messer, die Schlange und das Grab – haben Marianne Böhm in Alarmbereitschaft versetzt. Sie wollte mir vor ihrem Tod noch etwas anvertrauen.«

»Denkst du, dass sie ihren Tod im Kaffeesatz vorausgesehen hat?«

»So direkt mit ziemlicher Sicherheit nicht.« Sarah nahm einen Schluck von ihrem Kaffee. »Aber zumindest glaubte sie, nachdem sie die Zeichen entdeckt hatte, fest daran, dass irgendetwas nicht stimmt oder etwas Unangenehmes passieren wird.«

Maja wischte sich die Finger und den Mund mit der Serviette ab und legte diese dann auf den Teller. »Das hört sich irgendwie nach einer Szene aus einem parapsychologischen Horrorfilm an. Ich mein, Kaffeesatzlesen ist garantiert ein unterhaltsamer Zeitvertreib«, sie kniff die Augen zusammen, »aber daran zu glauben, dass der Bodensatz eine Botschaft enthält? Also, ich weiß nicht. In meinen Ohren klingt das ziemlich seltsam. Demzufolge würden uns auch die Figuren vom Bleigießen zu Silvester die Zukunft vorhersagen, und daran glaubt doch wirklich kein Mensch.«

»Ich weiß, dass sich das für uns lächerlich anhört, trotzdem war die Frau meines Erachtens fest davon überzeugt, dass ihr die Zeichen etwas mitteilen wollten. Natürlich wird ihr Unterbewusstsein nicht unschuldig gewesen sein, dass sie genau diese Symbole in dem Kaffeesatz gesehen hat. Du kennst das doch. Man sieht oder bemerkt plötzlich überdurchschnittlich häufig Dinge oder stößt auf Themen, mit denen man sich gerade beschäftigt. Und es war ihr ernst damit, schließlich hat sie sogar Buch darüber geführt. Ich würde sogar so weit gehen zu behaupten, dass diese vier Symbole ihr Angst machten und sie deshalb ihre gesamte Aufmerksamkeit auf sie richtete.« Sarah trank den letzten Schluck Kaffee. »Und jetzt lass uns gehen.« Sie winkte Antonia, um zu zahlen.

Im Büro machte Sarah sich daran, nach einem Buch über Kaffeesatz und Kartenlegen in dem Regal zu suchen, in dem sich unzählige Sammelbände über Aberglauben und Symbolik aneinanderreihten. Da sie nach dem Gespräch mit Antonia zu wissen glaubte, wie die Symbole mit Marianne Böhm in Verbindung standen, wollte sie sich über alle eine Übersicht verschaffen. Maja hatte sie bis zu ihrem Schreibtisch begleitet und blickte ihr über die Schulter, als sie das entsprechende Buch aufschlug.

»Meinst du wirklich, dass das was bringt?«, fragte sie noch immer skeptisch. »Ich meine, Marianne Böhm war eine erfolgreiche Unternehmerin, die drei Kaffeehäuser schupfte. Sie stand in dem Ruf, eine toughe und äußerst realistische Geschäftsfrau zu sein.«

Sarah nahm einen Stift zur Hand. Indem sie die Bedeutung der Sinnbilder auf ein Blatt Papier schrieb, hoffte sie, ein besseres Verständnis für die Aufgeregtheit der alten Dame zu bekommen. »Es gibt viele erfolgreiche Unternehmer und Manager, die Übersinnliches oder die Energie von Symbolen für, sagen wir mal, zumindest für möglich halten. Laut einer aktuellen Umfrage glauben sogar rund zwei Drittel aller Österreicher daran. Auch wenn die meisten es nie zugeben würden«, widersprach Sarah und suchte nebenbei aus einem Papierstoß die besagte Statistik heraus, um sie ihrer Kollegin zu zeigen.

Während Maja das Blatt überflog, fuhr Sarah fort: »Schau dir mal Firmenlogos oder die Firmengebäude einiger Unternehmen eingehender an. Da wirst du auf jede Menge Kraftsymbole stoßen. Etwa Bauwerke in der Form eines stumpfen Kegels oder die Innengestaltung, die einem Labyrinth angelehnt ist.«

»Das was bedeutet?« Maja hatte die Statistik wieder auf den Papierturm zurückgelegt.

»Ein Kegel baut ein Kraftfeld auf, ein Labyrinth hält durch seine vielen Verzweigungen die Energie im Raum. Dabei gehört das Labyrinth zu den ältesten Symbolen der Menschheit. Die vielen Bögen und Wendungen spiegeln die eigenen unterschiedlichen Lebensentwicklungen wider, sozusagen den langen Weg zur eigenen Mitte. Erreicht man den Mittelpunkt, hat man Erfolg. Deshalb wird das Labyrinth auch gerne in Firmenlogos verwendet. So wie die Sonne, die für Lebenskraft, Fortschritt, Ausdauer und Standhaftigkeit steht.« Sarah war nicht zu bremsen. »Oder achte mal drauf, wie oft du einen oder mehrere Sterne in einem Firmenlogo entdeckst. In dem Zusammenhang hat der Stern eine Strahlkraft wie kaum ein anderes Symbol. Sterne dienen als Wegweiser, als Schutzsymbol, als Lichtbringer in dunkler Nacht; sie stehen für Hoffnung.«

Maja hörte interessiert zu. »Bei Stern fällt mir augenblicklich der Mercedes-Stern ein. Aber inwiefern Hoffnung?«

»Der dreizackige Stern steht für die Elemente Wasser, Land und Luft. Im übertragenen Sinn für die Motoren in Autos, Schiffen und Flugzeugen. Du siehst also, das Logo ist nicht einfach so entstanden, sondern klug durchdacht und hat einen tieferen Sinn.« Sarah hatte es schon immer Spaß gemacht, Firmenlogos auf Gleichnisse hin abzuklopfen. »Ein Symbol, das wirklich jeder kennt, ist der Äskulapstab. Die Schlange, die sich um den Stab windet, findet man an oder in nahezu jeder Apotheke«, sagte sie und hielt kurz inne mit der Auflistung der Symbole.

»Stimmt.« Majas Augen blitzten auf. »Instinktiv verbindet man sofort medizinische Einrichtungen damit. Aber ich habe keine Ahnung, was der Äskulapstab genau bedeutet.«

»Es gibt einige Erklärungen.« Sarah holte tief Luft. »Eine ist, dass die scharfsichtige und wachsame Schlange für die Tugenden des Arztes und die Vorteile, sprich Heilkraft, der Medizin steht, denn in früheren Zeiten stellte man Pharmaka auch aus Schlangenfleisch her.«

Maja verzog angewidert das Gesicht.

»Aber um wieder auf das Café Böhm zurückzukommen, das Logo der Kaffeehäuser ist die Blume des Lebens, ein uraltes Bildzeichen der heiligen Geometrie, das für Harmonie und Unendlichkeit steht.«

»So betrachtet wundert es mich nicht, dass Marianne Böhm sich dagegen verwehrte, es zu ändern«, sagte Maja.

»Ich könnte noch unzählige Firmenlogos aufzählen, in denen eine Bedeutung schlummert«, behauptete Sarah. »Was ich jedoch eigentlich damit sagen will: Eine schützende oder kraftbringende Symbolik in einem Firmenlogo ist weder selten noch ungewöhnlich. Genauso ungewöhnlich wie eine Wiener Kaffeehausbesitzerin, die an die Magie des Kaffeesatzlesens glaubt. Immerhin handelt es sich dabei ebenfalls um eine alte Tradition, wenngleich sie nicht unserer, sondern der orientalischen Kultur entspringt.« Sarah legte den Stift zur Seite und lehnte sich in ihrem Bürostuhl zurück, um Maja einen besseren Blick auf das Papier zu ermöglichen.

Pfeil: kommt aus dem Hinterhalt, bringt Liebe, den Tod. Beunruhigendes offenbart sich.
Schlange: mystisches Wesen. Widersacher des Göttlichen. Ein Feind könnte dir in die Quere kommen.
Messer: Bannung des Bösen, eine Grenze zwischen sich, dem Teufel, dem Werwolf und Hexen ziehen. Beim Kaffeesatzlesen droht bei diesem Symbol Gefahr durch eine andere Person, so die Klinge nach oben zeigt. Zeigt die Klinge nach unten, schadet man selbst jemandem.
Grab: Symbol für das Irdische und das Weiterleben nach dem Tod. Ist es beim Kaffeesatzlesen am Rande der Tasse zu sehen, steht es für einen Neuanfang, am Tassenboden für Verlust und Ende.

»Die Deutung der Schlange hat in dem Fall aber nichts mit dem Äskulapstab zu tun«, merkte Maja an, nachdem sie die Erläuterungen gelesen hatte.

»Wofür welches Bildsymbol steht, kommt wohl auch immer etwas auf den Betrachter an«, erklärte Sarah augenzwinkernd. »Schon der griechische Philosoph Epiktet schrieb vor über zweitausend Jahren: *Es sind nicht die Dinge selbst, die uns beunruhigen, sondern die Vorstellungen und Meinungen von den Dingen.*«

Maja strich sich nachdenklich mit der Hand übers Kinn. »Ich verstehe, was du mir sagen willst. Fürchtet man sich nachts vor dem eigenen Schatten, ist nicht der Schatten der Quell meiner Angst, sondern das, was meine Fantasie daraus macht.« Ihre Augen wanderten erneut zu der Auflistung. »Die Reihenfolge, in der die Böhm die Symbole im Kaffeesatz gelesen hat, wäre auch interessant, oder?«

Sarah nickte. »Aber ich denke, sie sind ihr erschienen, wie ich sie aufgeschrieben habe. Sie hat sie mir genau in dieser Reihung genannt.«

»Willst du das in der Wochenendbeilage erwähnen?« Maja sah sie aufmerksam an.

»Auf gar keinen Fall. Aber die Sache inspiriert mich dazu, eine eigene Story zu dem Thema zu schreiben.« Sarah malte mit einer Hand einen weiten Bogen in die Luft. »*Der Glaube an Symbole.* So oder so ähnlich könnte die Headline lauten.« Sie seufzte vernehmlich. »Nur Martin Stein werde ich damit leider nicht überzeugen können, sich die Todesumstände der Böhm genauer anzusehen. Denn obwohl er sich inzwischen meine verrückten Theorien stillschweigend anhört ...«

»Er berücksichtigt sie sogar manchmal bei seinen Ermittlungen«, warf Maja anerkennend ein.

»Stimmt. Aber wie auch immer, wenn ich ihm mit

dem hier komme«, Sarah tippte mit dem Finger auf ihre Notizen, »lässt er mich garantiert ins Irrenhaus einliefern.« Und trotzdem überlegte sie, den Chefermittler anzurufen und nachzuhaken, wie in dem Fall der Status quo war. Als hätte der Kommissar ihre Gedanken gehört, läutete in dem Moment Sarahs Handy, und Martin Steins Name erschien auf dem Display.

»Ich hab gerade von dir gesprochen«, begrüßte sie ihn.

»Ich hoffe, nur positiv?«

Während sie ihm von der Unterhaltung mit der Kellnerin und davon, dass Marianne Böhm aus dem Kaffeesatz gelesen und eine Art Tagebuch mit den diesbezüglichen Aufzeichnungen geführt hatte, berichtete, begann Maja, das Buch über Lesen im Kaffeesatz durchzublättern. Wie Sarah vermutet hatte, lachte Martin Stein aus vollem Hals, als sie zu Ende erzählt hatte.

»Schön, womit du deine Tage verplempern kannst«, spottete er noch immer lauthals lachend. »Im nächsten Leben werde ich auch Journalist, dann beschäftige ich mich eine Woche mit dem Legen von Patiencen.«

»Freut mich, dass dich mein Leben so amüsiert.«

»Leider muss ich dich mit der unangenehmen Realität konfrontieren, dass ein Hinweis aus Symbolen im Kaffeesatz vor Gericht nicht Bestand haben wird.«

»Ha, ha, ha«, machte Sarah. »Hast du eine Ahnung, wie viele Menschen selbst im einundzwanzigsten Jahrhundert noch an die Kraft von Symbolen glauben?«

»Ich gehör jedenfalls nicht dazu.«

»Ich möchte dich nur an Silvester erinnern, wenn du Marienkäfer oder Rauchfangkehrer verschenkst.«

»Schon gut«, brummte Stein nach wie vor belustigt. »Eigentlich wollte ich sowieso keine Grundsatzdiskussion über Hexenzeug mit dir führen, sondern nur rasch Bescheid geben, dass wir im Fall von Marianne Böhm nun Ermittlungen aufnehmen.«

»Also doch Mord!«, kombinierte sie.

»Stopp, Sarah. Das habe ich nicht behauptet. Wir ermitteln in alle Richtungen.«

»Und weil ihr das tut, hast ausgerechnet du, der Chef der Mordkommission, die Angelegenheit auf den Tisch bekommen. Schon klar«, merkte Sarah zynisch an.

»Lass den Mordverdacht und die Kaliumüberdosis bitte vorerst aus deinen Artikeln raus, sonst rennen mir die Pressefritzen noch die Bude ein. Deine Kollegen erfahren nämlich erst heute Abend von den weiteren Ermittlungen. Nach Redaktionsschluss«, betonte er. »Das verschafft uns ein bisserl Luft. Und auch wenn du die Info nicht gleich in der nächsten Sekunde online hochschießt, hast du noch einen Informationsvorsprung.«

»Danke.« Sarah wusste Steins Anruf zu schätzen. Damit würde der *Wiener Bote* morgen die einzige Zeitung sein, die über die Aufnahme der Untersuchungen berichtete, was hoffentlich die Verkaufszahlen in die Höhe trieb. In der Folge würde der ORF den *Wiener Boten* als Quelle nennen, sobald er die Meldung für seine aktuellen Nachrichtensendungen übernahm. Ein weiterer Pluspunkt: kostenlose Werbung.

»Okay, dann werden wir das im Artikel in der Art formulieren, dass die Polizei die Todesumstände eingehender untersucht.«

Sarah gab Maja ein Zeichen, dass sie loslegen konnte, und ihre Kollegin verschwand durch die Tür und ließ sich an ihrem Schreibtisch nieder.

Während Stein noch ein bisschen Small Talk machte und sich nach Sarahs Befinden erkundigte, arbeitete es in ihrem Kopf bereits fieberhaft. Sie versuchte, die einzelnen Puzzleteile zusammenzufügen. Marianne Böhm, die aus dem morgendlichen Kaffeesatz las, die über das nachdachte, was sie sah, und Sarah gegenüber diesbezüglich Andeutungen machte. Die Pillen schluckte und im Hawelka zusammenbrach. Und dann auch noch die geplante Adoption. Zusammen ergab sich ein Bild, das einen Verdacht in Sarah weckte. »Martin!«, unterbrach sie ihren Freund. »Ich weiß, du brauchst meinen Rat nicht, aber warum lässt du nicht die Medikamente und die Nahrungsergänzungsmittel der Toten im Labor analysieren?«

16

Vier Stunden Schlaf.

Mehr war Clemens diese Nacht nicht vergönnt gewesen. Unruhig hatte er sich hin und her gewälzt, sich abwechselnd überfordert und zuversichtlich gefühlt. Michaela hatte neben ihm wie ein Baby geschlafen. Es schien, als wühlte sie der Brand ebenso wenig auf wie der Tod seiner Mutter. Darüber hinaus schien sie sein Wutausbruch gegenüber Seemauer kaltzulassen.

Als er ihr davon erzählt hatte, hatte sie mit Schulterzucken reagiert, lediglich gemeint, dass sie hoffe, niemand werde ihm seinen Tobsuchtsanfall falsch auslegen. Er hakte nach, ob sie jemand Bestimmten damit meine, und dachte sofort an einen Hinterhalt des verfluchten Ehepaars.

»Irgendwen halt«, antwortete sie knapp und schenkte ihnen beiden ein Glas Sekt ein, als müssten sie endlich auf die Ereignisse der letzten zwei Tage anstoßen. Dabei rechnete er noch immer mit Vorhaltungen, weil seine Reaktion gegenüber Seemauer selbst in seinen Augen völlig überzogen gewesen war. Er hatte sich einen kurzen Moment lang nicht im Griff gehabt. Das war ihm klar. »Obwohl ich dem Trottel am liebsten eine in sein dämlich grinsendes Watscheng'sicht gehauen hätt«, hatte er gemurmelt.

Nach seiner Rückkehr vom Rennweg hatten sie lange über das Feuer und die mögliche Ursache debattiert. Seine Familie teilte seine Ansicht: Jemand hatte den Brand gelegt. Am späten Abend rief er Eva, die ältere Kellnerin, noch an und erkundigte sich, ob sie die Seemauers zuvor im Café gesehen habe. Sie hatte zu seinem Bedauern verneint.

Um sechs Uhr morgens verließ Marcel die Wohnung, um erneut einige Stunden seines Zivildienstes beim Roten Kreuz abzuleisten. Gleich darauf stand auch er, Clemens, auf. Um acht Uhr telefonierte er mit der Versicherung, die angeboten hatte, gleich um neun Uhr einen Sachverständigen vorbeizuschicken.

Jetzt beobachtete er den dicklichen Kerl, den er auf Mitte fünfzig schätzte, bereits seit einer Stunde. Er stieg durch das Lokal, als liefe er auf rohen Eiern, schoss unzählige Fotos mit dem Handy und machte sich ebenso viele Notizen. In seiner dicken Steppjacke glich er dem Michelin-Männchen.

Clemens ermahnte sich, nicht ungeduldig zu werden. Der Blade macht nur seinen Job, dachte er verächtlich.

»Hat sich die Polizei schon bei Ihnen mit der eindeutigen Brandursache gemeldet, Herr Böhm?«, fragte der Sachverständige unvermittelt.

»Na. Der Brand war doch erst gestern am späten Nachmittag, und jetzt ist es«, er warf einen Blick auf seine Armbanduhr, obwohl er gerade erst auf sein Handy gesehen hatte, »halb elf.«

»Möglicherweise kommen die Brandermittler noch mal vorbei. Falls etwas unklar ist«, merkte der andere an.

»Brauchen S' denn noch lange? Ich sollte um halb zwölf im Beerdigungsinstitut sein«, log er, weil er keine Lust mehr auf diese Komödie hatte. Heute Morgen hatte die Dame vom Institut angerufen und erklärt, dass die Staatsanwaltschaft die Leiche freigebe und man sie morgen in der Früh abhole.

In Wahrheit sollte Michaela längst zum Begräbnisinstitut gefahren sein, um das Kleid abzugeben, das seine Mutter zu ihrem Begräbnis hatte tragen wollen. Selbst für diesen Moment hatte sie alles bestimmt. Sogar den Text für die Todesanzeigen in den Zeitungen hatte sie vor zig Monaten verfasst, was er dieser Journalistin natürlich nicht verraten hatte.

Clemens seufzte. Er fühlte sich todmüde und völlig erledigt. Nicht mal die kalte Dusche heute Morgen hatte ihn munter gemacht.

»Mein Beileid«, sagte der Dicke mechanisch. »Ich bin gleich fertig.«

»Und wie lange wird's dauern, bis die Versicherungssumme ausbezahlt wird?«

Der Fettwanst zuckte mit den Achseln. »Kann ich net sagen. Kommt darauf an … Ich schreibe ja nur den Bericht«, stapelte er tief.

»Natürlich«, erwiderte Clemens, dabei wussten sie beide, dass gerade sein Bericht ausschlaggebend dafür war, wann beziehungsweise ob die Versicherung überhaupt zahlte. Seine Ungeduld stieg. »Ich werde später meine Versicherungsmaklerin anrufen.« Natürlich hatte es keinen Sinn, mit dem Kerl über die Schadenssumme zu diskutieren. Der Maklerin allerdings wollte er Feuer unterm Hintern machen. Immerhin waren sie seit vierzig Jahren Kunden dieser verfluchten Versicherungsgesellschaft und zahlten in schöner Regelmäßigkeit Unsummen, um die drei Kaffeehäuser optimal zu versichern. Er würde sich auf keinen Fall mit Peanuts abspeisen lassen.

»Ich denke, ich hab alles gesehen«, kam der Sachverständige endlich zu einem Ende. »Ich telefoniere heute noch mit den Brandermittlern, dann kann ich den Bericht schnell abschließen.«

»Tun Sie das.«

Die Fahrt vom Rennweg zur Wollzeile dauerte zwanzig Minuten. Am Schwarzenbergplatz kam der Verkehr nahezu zum Erliegen. Beim Anblick der Reiterstatue von Karl Philipp zu Schwarzenberg überlegte Clemens, ob seine Mutter wohl von ihm erwartete, ihr ein ähnliches Denkmal zu errichten. Marianne Böhm auf einer Kaffeetasse thronend. Obwohl er bei der Vorstellung schallend auflachte, besserte sich seine Laune nicht.

Als er ins Café kam, stand Antonia hinter dem Tresen und trocknete Gläser ab. »Der Sedlacek ist heute nicht gekommen«, empfing sie ihn und warf einen besorgten Blick zum leeren Stammtisch des alten Herrn. »Langsam mach ich mir Sorgen. Was, wenn er sich etwas angetan hat? Er hat gestern so unglücklich ausgesehen.«

»Der Tod meiner Mutter hat ihn zwar mit voller Wucht getroffen, aber die beiden waren gute Bekannte, nicht Romeo und Julia. Gib ihm einfach noch ein paar Tage, Toni«, versuchte er, sie zu beruhigen.

»Wirst sehen, spätestens an ihrem Begräbnis sitzt er in der Kirche in der ersten Reihe.«

»Ich hoffe, du behältst recht. Ach ja, die Kaffeelieferung ist gekommen. Der Lieferschein liegt auf den Kartons im Lagerraum.«

»Danke, ich schau mir später alles an.« Der gesamte Einkauf für die drei Häuser. Noch so eine Sache, die seine Mutter bis zuletzt nicht aus den Händen gegeben hatte. Er sollte sich sobald wie möglich mit dem Kaffeegroßhändler in Verbindung setzen, um ihm zu sagen, dass nun er, Clemens, der Ansprechpartner im Café war. Plötzlich beneidete er Marcel darum, dass er auf die Familientradition pfiff und an seiner eigenen Biografie schrieb. »Ist die Michi schon da?«

»Im Büro.«

Er ging nach hinten, wo seine Frau über Unterlagen gebeugt am Schreibtisch saß. Sie bemerkte ihn nicht, also beobachtete er sie eine Weile. Geschäftig schob sie Zettel hin und her, machte Notizen und schien dann etwas im PC nachzusehen.

»Hallo. Ich bin da.«

Ihr Kopf zuckte in seine Richtung, sie schnappte nach Luft. »Verflucht, Clemens, schleich dich nie wieder so an!«

»Ich hab mich nicht angeschlichen«, erwiderte er. »Du warst einfach in Gedanken versunken. Hast du das Kleid abgegeben?«

»Ja.«

»Was ist mit dem Amulett? Das hat sie doch sicher vorgestern getragen. Gibt man uns das?« Er bemerkte selbst, dass seine Stimme auf befremdliche Art besorgt klang. Noch mehr überraschte ihn das Herzrasen, das bei dem Gedanken einsetzte, der Schmuck könnte verschwunden sein.

Einen kurzen Moment herrschte Schweigen im Büro, dann blaffte Michaela: »Wirklich? Du fragst mich jetzt ernsthaft nach dem depperten Amulett?« Sie schüttelte den Kopf, als hätte er sie in einer wesentlichen Sache zutiefst enttäuscht, und sagte dann emotionslos: »Wir werden sicher alles bekommen, ihre Handtasche, die Kleidung und, ja, auch die verfluchte Kette.«

»Okay.« Er nickte, versuchte, sich die Erleichterung nicht anmerken zu lassen.

»Warum ist das wichtig?«

»Ich weiß nicht.« Was nicht einmal gelogen war. Er hatte wirklich keine Ahnung, weshalb das Amulett von Belang war. Rasch wechselte er das Thema und berichtete von der Begutachtung durch den Sachverständigen. »Ich ruf gleich nachher unsere Versicherungsmaklerin an. Die soll sich darum kümmern, dass das Geld so schnell wie möglich fließt.«

Aber Michaela schien ihm nur mit einem Ohr zuzuhören. Statt etwas zu erwidern, nahm sie eines der Blätter vom Schreibtisch und hielt es hoch. »Was hältst du davon?«

Auf dem Papier war eine Kaffeetasse, platziert auf einem Pfeil aus Kaffeebohnen. Darunter stand in moderner Schrift: *Café Böhm – seit 1900*.

Michaela fuhr sich zufrieden durch die Haare. »Ich find's verdammt gut.«

»Ein neues Logo?«

»Exakt. Das wollten wir doch schon lange.«

»Eh! Aber wie bist du auf die Idee mit dem Pfeil gekommen?«

»Ehrlich ... diese Journalistin mit ihrem Geschwafel hat mich draufgebracht. Danach habe ich mir im Internet ein paar Grafiken angesehen und mich informiert. Der Pfeil steht für Bewegung, und in die werden sich nun endlich auch unsere Kaffeehäuser setzen, um im einundzwanzigsten Jahrhundert anzukommen. Diese Nostalgiescheiße ist doch nur etwas für Touristen, die sich fühlen wollen wie im alten Wien. Als ob das so gut gewesen wär. In der Erinnerung verklärt sich vieles«, ätzte sie und warf einen stolzen Blick auf ihren Entwurf. »Jetzt sag schon! Wie gefällt's dir?«

»Ich denke, wir haben zurzeit anderes zu tun«, erwiderte er möglichst neutral.

Michaela legte das Blatt bedächtig und mit gespitzten Lippen zurück. Es war offensichtlich, dass sie mit seiner Reaktion mehr als unzufrieden war.

»Wir können gerne ein andermal darüber reden.« Dieses Angebot war weder ernst gemeint, noch würde es ihm Zeit verschaffen. Er kannte seine Frau. Sie wollte hier und jetzt eine Entscheidung, um endlich jene Veränderungen zu realisieren, über die sie schon so oft gesprochen hatten. Hypothetisch.

»Entschuldige, aber ich hab im Moment einfach keinen Kopf dafür.« Er schluckte und beschloss, die Gelegenheit beim Schopf zu packen und auszusprechen, was er wirklich dachte. »Außerdem bin ich mir nicht mehr sicher, ob ein neues Logo wirklich notwendig ist.«

»Was soll das heißen?«, brauste Michaela augenblicklich auf.

»Das Logo ist doch gut, wie es ist. Die Leute kennen es. Es ist seit 1900 unser Markenzeichen, seit der Zeit meines Urgroßvaters.« Ihm war klar, dass sie nichts davon überzeugen würde. Aus dem Grund entschied er sich, ihr zu verschweigen, dass er sich schon überlegt hatte, eine Süßspeise in der Form des Logos zu kreieren. Die Blume des Lebens als Schokoladenkuchen mit einer Kaffeebohne, ebenfalls aus Schokolade, in der Mitte. Oder so ähnlich. Die Idee spukte ihm schon lange im Kopf herum. Ausgesprochen hatte er sie nie, weil er damit seiner Mutter hätte recht geben müssen. Das Logo war perfekt.

Michaela starrte ihn noch immer mit offenem Mund an. »Das gibt's doch nicht!«, rief sie übertrieben ungläubig. »Selbst nach ihrem Tod stehst du noch unter ihrer Fuchtel.«

»Nicht jede ihrer Entscheidungen war schlecht«, rechtfertigte er sich. »Aber das allein ist es nicht. Mir hat gefallen, was die Journalistin über die Blume des Lebens gesagt hat.«

Seine Frau schnitt ihm mit einer wütenden Geste das Wort ab und sprang zugleich vom Stuhl auf. »Du konntest die Bedeutung, bevor diese Sarah Pauli daherkam. Also erzähl mir nicht, dass du durch sie zu der bahnbrechenden Erkenntnis gekommen bist.« Ihr Tonfall troff vor Zynismus. »Wie oft hast du dich bei mir beschwert, dass deine Mutter sämtliche Entscheidungen im Alleingang trifft? Unzählige Male, fast jeden Tag. Wir wissen beide, dass sie eine elende Tyrannin war, auch wenn sie nach außen hin wirkte wie ein Engel. In Wahrheit war sie schrecklicher als jeder Mafiapate, der – nur zur Info – wenigstens seine Kinder liebt. Im Gegensatz zu deiner Mutter. Die hat sich doch nur schwängern lassen, weil sie einen Erben für das alles hier brauchte.« Michaela wurde mit jedem Wort, das sie ihm an den Kopf warf, wütender. »Jetzt hast du endlich die Chance, dich von ihr zu befreien, und was machst du? Heulst rum wie ein Kleinkind. Behauptest, dass gut war, was sie entschieden hat. Hör endlich auf, das Opfer zu sein, und fang verflucht noch mal an, dich wie ein selbstständig denkender Unternehmer zu benehmen!«

»Clemens!«

Sein Kopf ruckte zum Türrahmen, in dem Antonia stand.

Unsicher wanderte ihr Blick zwischen ihm und Michaela hin und her. »Im Café warten Polizisten. Die wollen mit euch reden.«

»Mit uns beiden?« Michaelas Stimme bebte immer noch.

»Sicher wegen des Brandes«, mutmaßte Clemens und versuchte, einen normalen Tonfall anzuschlagen. »Sag, wir kommen gleich.«

Antonia verschwand.

»Oder weil Seemauer, der Wappler, dich wegen deines Angriffs angezeigt hat«, fauchte seine Frau. »Viel Spaß beim Herausreden.«

An der Theke wartete ein Mann mit kurz geschorenem Haar und stoischer Miene. In Jeans, dunkelblauem Pullover und Parka. Er zeigte ihnen seinen Dienstausweis und stellte sich als Chefinspektor Martin Stein vor. Die junge Polizistin in Uniform und mit blondem Pferdeschwanz, die ihn begleitete, hieß Manuela Rossmann.

Im nächsten Augenblick erfuhr Clemens, dass die beiden Beamten nicht wegen des Brandes am Rennweg gekommen waren, sondern weil sie die Ermittlungen zum Tod seiner Mutter aufgenommen hatten.

»Sie denken, sie wurde ermordet?«, kombinierte er. »Aber die Staatsanwaltschaft hat heute Morgen die Leiche freigegeben. Sie wird morgen früh ins Beerdigungsinstitut überstellt.«

»Die medizinische Untersuchung ist abgeschlossen. Der Bericht des Arztes liegt uns vor«, erläuterte der Chefinspektor. »Ihre Mutter verstarb an einer Überdosis Kalium, da ist es ganz normal, dass Untersuchungen eingeleitet werden.«

»Also stimmt es tatsächlich«, murmelte er.

»Wie?«, hakte Stein nach.

»Ich hab deshalb schon bei Ihnen angerufen. Also, bei der Polizei. Weil die Journalistin aus dem Hawelka uns das mit der Kaliumüberdosis erzählt hatte.«

Der Ermittler notierte sich etwas und wirkte so, als würde ihm diese Information nicht gefallen.

»Also, meiner Meinung nach war es ein Versehen oder … Selbstmord«, behauptete Clemens so leise wie möglich. Einige der Gäste beobachteten sie schon, ohne einen Hehl daraus zu machen.

»Weshalb Selbstmord? Hat Ihre Mutter etwas in der Art angedeutet?«

Clemens schüttelte den Kopf. »Aber was könnte es sonst sein? Meine Mutter war eine überaus beliebte Frau, sie hatte keine Feinde. Außerdem, eine Kaliumvergiftung, wie soll so etwas passieren?«

Der Chefinspektor schrieb sich erneut etwas auf.

»Wir würden uns gerne in ihrer Wohnung umsehen.« Er reichte ihm einen Durchsuchungsbefehl. »Auf dem Gehsteig warten drei meiner Kollegen. Wir wollten im Café nicht mehr Aufsehen als nötig erregen.«

»Danke.« Clemens gab Stein das Schreiben zurück.

»In erster Linie interessieren uns die Medikamente und Nahrungsergänzungsmittel, die Ihre Mutter einnahm«, sagte dieser. »Haben Sie die noch, oder wurden sie schon entsorgt?«

Clemens unterdrückte den Impuls zu fragen, woher der Chefinspektor von den Nahrungsergänzungsmitteln wusste. »Ist alles noch da. Kommen Sie.«

Er leitete die Polizisten durch den hinteren Teil des Cafés ins Treppenhaus, wo er die Haustür öffnete, um die davor wartenden Kriminalbeamten hereinzubitten. Dann führte er das gesamte Team in den ersten Stock. Michaela folgte.

Nachdem er die Wohnungstür aufgeschlossen hatte, betrat er den Flur.

Vor der Garderobe stoppte er verblüfft.

»Ist etwas?«, fragte der Chefermittler.

»Hier stand die Schachtel mit den Medikamenten.« Clemens blickte sich im Raum um, als hoffte er, sie irgendwo zu entdecken. »Jemand muss sie woandershin geräumt haben.« Er wandte sich an seine Frau, die sofort den Kopf schüttelte.

»Wer hat sie dorthin gestellt?«, fragte Stein.

»Marcel, unser Sohn.«

»Hat er sie eventuell doch schon entsorgt, Herr Böhm?«

»Nein, wozu auch? Ich wollte das Zeug gesammelt zur Apotheke bringen, bin aber dazu noch nicht gekommen.«

»Wer hat Zugang zur Wohnung?«

»Nur die Familie.«

»Ich hab die Schachtel bestimmt nicht angerührt«, betonte Michaela und machte eine abwehrende Handbewegung. »Und Marcel sicher auch nicht mehr, nachdem er sie hier abgestellt hatte.«

»Hm«, brummte der Chefinspektor. »Dann lassen Sie uns mal nachschauen, ob sie nicht doch woanders in der Wohnung steht.«

»Du hättest sie gleich mit nach unten nehmen und dem Sedlacek in die Hand drücken sollen«, schimpfte Michaela.

»Sedlacek?« Stein schien aufzuhorchen.

Clemens erklärte ihm, um wen es sich handelte.

Wieder machte sich der Chefinspektor Notizen und gab seinen Kollegen ein Zeichen, die daraufhin begannen, die Wohnung zu durchforsten.

Michaela behielt sie misstrauisch im Auge, während Clemens mit Stein ins Wohn-Esszimmer ging, wo sie sich an den Tisch setzten.

»Der Sedlacek hat meine Mutter seit Jahren mit dem Klumpert versorgt«, fuhr Clemens fort. »Sie müssen wissen, meine Mutter ist … war eine Hypochonderin, wie sie im Buche steht. Zwei Dinge waren ihr absolut heilig: ihr Amulett und ihre Pillen.« Er hatte versucht, humorvoll zu klingen, um die Situation ein wenig zu entspannen. Doch vergeblich, wenn er den Gesichtsausdruck des Ermittlers richtig deutete. Bereitwillig gab er Stein die Adresse des pensionierten Arztes. »Das Haus liegt nahezu genau gegenüber auf der anderen Straßenseite. Sind nur ein paar Schritte. Normalerweise säße Sedlacek um diese Uhrzeit im Café unten, aber der Tod meiner Mutter scheint ihm sehr zuzusetzen. Gestern war er noch da.«

Stein runzelte argwöhnisch die Stirn, als die Polizistin den Raum betrat. »Herr Böhm, könnten Sie uns bitte den Safe öffnen.«

Clemens wurde heiß. Er starrte auf den Tisch, knetete die Hände. Verdammt, was sollte er tun?

»Ist das ein Problem?«, fragte der Chefermittler.

»Meine Mutter hat die Kombination geändert, ohne mir den neuen Code zu nennen.« Das war nicht einmal gelogen.

»Das heißt, Sie können ihn nicht aufmachen«, schlussfolgerte Stein.

»Tut mir leid.« Er zuckte entschuldigend mit den Achseln.

»Haben Sie eine Ahnung, was darin aufbewahrt wird?«

Clemens dachte an den Erpresserbrief. »Nein. Ich wollte mich in den nächsten Tagen darum kümmern.«

»Hm«, brummte der Ermittler erneut, ohne ihn aus den Augen zu lassen. »Das ist kein großes Problem. Wir können einen Sicherheitstechniker kommen lassen. Oder spricht etwas dagegen?«

Ein paar Sekunden blieb Clemens stumm. War das eine Fangfrage? »Absolut nicht«, antwortete er schließlich.

»Gut.« Stein wandte sich an seine Kollegin. »Dann besorgen wir uns dafür mal einen gerichtlichen Beschluss. Und was die Überdosis Kalium anbelangt, bitten wir Sie, vorerst mit niemandem darüber zu sprechen.« Seine Miene verriet, dass sie andernfalls mit Konsequenzen zu rechnen hätten.

So unauffällig wie möglich atmete Clemens die Beklemmung weg.

17

Sarah betrachtete seit einer gefühlten Ewigkeit die Liste der Symbole, als hoffte sie, diese würde mit ihr zu sprechen beginnen.

Pfeil: beunruhigende Erkenntnisse.
Schlange: Feind quert den Weg.
Messer: Person bringt Gefahr.
Grab: Verlust und Ende.

Die vier Hinweise wirkten so aneinandergereiht wie die Entwicklung von einer kleinen Unsicherheit bis zum tödlichen Untergang. Sarahs Instinkt, der sie zuerst hatte glauben lassen, Marianne Böhm wäre wegen der Zeichen lediglich besorgt gewesen, sagte ihr nun, dass die alte Dame vermutlich Todesängste ausgestanden hatte und sich ihr deshalb hatte anvertrauen wollen. Nur, weshalb ausgerechnet ihr? Warum hatte sie nicht jemanden aus der Familie oder dem Freundeskreis gewählt?

Doch egal, wie oft sie sich diese Frage auch stellte, sie kam jedes Mal zum gleichen Ergebnis. Die Bedrohung musste aus genau diesem Umfeld gekommen sein. Aber wo und mit wem sollte sie bei ihrer Suche nach Marianne Böhms Mörder beginnen? Sie fühlte sich machtlos, und dass sie der betagten Unternehmerin nicht mehr helfen konnte, verstärkte das Gefühl nur noch. Was war passiert? Wer hatte die tödliche Vergiftung der alten Dame geplant? Und aus welchem Grund? Für einen Moment schloss Sarah die Augen und massierte sich die Schläfen.

Als sie die Augen wieder öffnete, kannte sie eine mögliche Antwort. Das Erbe! Es sollte nicht aufgeteilt werden zwischen Clemens Böhm und dem zukünftigen Adoptivsohn. Doch soweit Sarah wusste, war das gar nicht geplant gewesen. Linus Oberhuber hätte erst nach Clemens Böhm Anspruch auf die Kaffeehäuser gehabt, weshalb Marianne Böhms initiierter Tod in dem Zusammenhang keinen Sinn ergab. Es sei denn, Clemens Böhm hätte es darauf abgesehen gehabt, schneller an sein Erbe zu kommen.

»Was wolltest du mir mitteilen?«, murmelte Sarah und fasste in Gedanken zusammen, was sie bisher über die Kaffeehausbesitzerin in Erfahrung gebracht hatte. Eine solide Unternehmerin, die entschlossen gewesen war, das Zepter nicht aus der Hand zu geben. In geschäftlichen Angelegenheiten keine bequeme Person. Dass die Cafés in ihrem Sinne weitergeführt wurden, wäre ihr sogar die Adoption ihres Günstlings wert gewesen. Sie hatte Benefizveranstaltungen organisiert, Rituale geliebt, ein Amulett getragen, sich täglich mit Sedlacek unterhalten, wöchentlich Bridge gespielt und jeden Morgen im Kaffeesatz gelesen. Vielleicht, überlegte Sarah gerade, sollte sie sich beizeiten mit Marianne Böhms Freundinnen unterhalten, als das Telefon auf ihrem Schreibtisch läutete. Sie hob ab.

Die Dame von der Zentrale nannte den Namen des Anrufers und verband.

»Herr Oberhuber«, begrüßte Sarah den Barista überrascht.

»Frau Pauli. Ich hoffe, ich störe Sie nicht.«

»Nein, gar nicht. Was kann ich für Sie tun?«

»Ihre Kollegin Conny Soe hat mich gestern in Ihrem Auftrag nach bestimmten Symbolen gefragt.«

»Ja.«

»Sie sind mir seitdem nicht mehr aus dem Kopf gegangen. Ständig musste ich darüber nachdenken, und stellen Sie sich vor, jetzt ist mir tatsächlich etwas dazu eingefallen.«

»Ich bin ganz Ohr.«

»Ich würd's Ihnen lieber persönlich erzählen, nicht am Telefon. Hätten S' Zeit, mal ins Café in der Operngasse zu kommen?«

»Ich könnte heute.«

»Gerne. Ich arbeite bis vier, danach hab ich Zeit. Aber treffen wir uns einfachheitshalber gleich im Café. Falls Ihnen etwas dazwischenkommt, geben S' einfach im Lokal Bescheid oder rufen S' mich am Handy an.« Er gab ihr seine Nummer durch.

In dem Moment hörte Sarah Conny, wie sie bei Maja eine Tasse Kaffee schnorrte. Sie lächelte unweigerlich, weil die Gesellschaftsreporterin sich anscheinend noch immer keine eigene Stempelkanne zugelegt hatte. Was vermutlich daran lag, dass ihr in Folge der Vorwand gefehlt hätte, um in regelmäßigen Abständen in der Chronik-Redaktion vorbeizuschauen und zu tratschen. Sarah vermutete stark, dass die

Society-Löwin sich ab und zu einsam in ihrem Büro fühlte.

Sie sah auf die Uhr. Es war zwei. »Gut. Dann komm ich gegen vier vorbei.«

Nachdem sie sich verabschiedet hatte, gesellte sie sich zu ihren Kolleginnen. »Stellt euch vor, mich hat grad der Oberhuber angerufen. Offenbar ist ihm doch noch etwas zu den Symbolen eingefallen.«

Conny nippte an ihrer Tasse. »Solange du nicht erwartest, dass sein Einfall das Geheimnis um Marianne Böhms Tod löst.«

»Schaun ma mal. Aber mal was ganz anderes, Conny: Kennst du Marianne Böhms Freundinnen?«, fragte sie, obwohl klar war, dass die Gesellschaftsreporterin sie kennen musste, weil sie die gesamte bessere Gesellschaft Wiens kannte. »Sie heißen Leopoldine, Alberta und Josephine und haben regelmäßig Bridge mit der Böhm gespielt. Nur so zum Spaß. Letztere, also Josephine, geht wohl gerne ins Casino, hat mir der Herr Sedlacek verraten.« Erklärend schob sie noch hinterher, um wen es sich bei Sedlacek handelte.

»Klar kenne ich die«, erwiderte Conny. »Die Freundinnen der Böhm sind alle schwerreiche Ladys. Besonders Josephine, die Schmekal mit Nachnamen heißt. Ihr verstorbener Mann entstammte einer Unternehmerfamilie, die noch immer weltweit Kosmetikprodukte vertreibt. Die Geschäfte leitet inzwischen ihr Sohn. Sie selbst ist heute«, sie malte Anführungszeichen in die Luft, »nur mehr Aktionärin, was ihr jährlich eine beträchtliche Summe einbringt. Der Gatte von Alberta Weiß verdiente sein Geld als Chef eines

Flugzeugzulieferers, und Leopoldine Dombergs Ehegemahl war Finanzinvestor. Warum fragst du?«

»Weil ich mir vorstellen könnte, dass jemand, der Karten spielt, sich möglicherweise auch mit deren symbolischer Bedeutung auskennt. Und wenn, dann möchte ich mehr über denjenigen erfahren.«

Conny legte den Kopf schief. »Ich versteh dich nicht ganz.«

»Ich meine die sinnbildliche Bedeutung, die Aufschluss über die Zukunft gibt, wie beim Tarot. Dass zum Beispiel mehrere Karokarten auf Reichtum hindeuten.«

»Wie die Damen dazu stehen, darüber weiß ich leider nichts. Aber da du Josephine Schmekals Besuche im Casino angesprochen hast, fällt mir etwas ein: Sie hat mir gegenüber mal behauptet, ich zitiere sie: ›Das Casino ist mein Kraftplatz.‹«

»Seltsame Bezeichnung für einen Ort, an dem man in erster Linie Geld verliert.« Maja verzog die Lippen zu einem ironischen Lächeln.

Conny zuckte mit den Achseln. »Nicht wenn man dem Spielteufel verfallen ist und genug Kohle besitzt.«

»Ich war noch nie in einem Casino«, gestand Sarah.

»Wirklich?« Die Society-Redakteurin zwinkerte ihr zu. »Und ich hätte schwören können, du könntest beim Roulette die Zahlen vorhersagen.«

»Wenn dem so wäre, säße ich bestimmt nicht mehr hier«, grinste Sarah. »Aber Scherz beiseite, ich kann mit Glücksspiel absolut nichts anfangen. Es reizt mich einfach nicht, Geld auf eine Zahl zu setzen oder auf ein gutes Blatt zu hoffen.«

»Falls du jemals mit Josephine Schmekal sprichst,

solltest du das lieber nicht erwähnen.« Connys Augen verengten sich. Man sah ihr deutlich an, dass ihr ein Gedanke gekommen war, den sie für gut befand. »Apropos, du und David, ihr geht doch auf den Kaffeesiederball. Dann setz dich bei der Gelegenheit doch einfach eine Weile zu Marianne Böhms Freundinnen. Was auch immer du der Dreieinigkeit entlocken möchtest, nach drei, vier Gläsern Wein stehen die Chancen wahrscheinlich am besten, dass sie dir ihre streng gehüteten Geheimnisse anvertrauen.«

»Du denkst, dass sie wirklich auf dem Ball auftauchen werden? Obwohl ihre Freundin vorgestern gestorben ist?«

»Das werden wir dann schon sehen, aber vorstellen kann ich's mir auf jeden Fall. Die Ladys lieben das Leben und werden nicht die Chance versäumen, in der Öffentlichkeit auf Marianne Böhm anzustoßen.« Da ihre Tasse leer war, schenkte Conny sich Kaffee nach. »Maja hat mir gerade noch erzählt, dass die Verblichene aus dem Kaffeesatz las?«

»Das stimmt. Darüber hinaus schien sie, die Schlüsse, die sie daraus zog, sehr ernst zu nehmen.«

»Deshalb sollte ich Linus Oberhuber nach den Symbolen fragen, oder?«

Sarah nickte. »Obwohl ich zu dem Zeitpunkt noch nicht wusste, dass sie den Pfeil sehr wahrscheinlich auf ihrem Tassenboden entdeckt hatte. Unabhängig davon hat mich das Logo der Böhms auf die Idee gebracht, über die Bildzeichen von Firmenlogos allgemein zu schreiben. Ein äußerst spannendes Thema. Die wenigsten Menschen kennen deren Bedeutung.«

»Wie heißt dieses Logistikunternehmen noch mal, das einen Pfeil im Firmenzeichen versteckt hat?«, fragte Conny.

»Du weißt ja Bescheid«, staunte Sarah. »Das ist FedEx. Der Pfeil ist der Leerraum zwischen den Buchstaben E und X. Er steht für Geschwindigkeit, Präzision und Richtung.« Wieder spürte sie ihre Begeisterung für das Thema. »Wisst ihr eigentlich, dass Unternehmen, die ihr Firmenlogo mit Bedacht wählen, damit einer uralten Tradition folgen, die sich auf königliche Familienwappen, mittelalterliche Zunftzeichen und antike religiöse Symbolik gründet?«

»Wirklich interessant, aber schaut mal her!« Maja deutete auf den Desktop. Ein Bild, das einer E-Mail angehängt war, zeigte Clemens Böhm mit wutverzerrtem Gesicht, der Harald Seemauer am Kragen festhielt. Im Hintergrund war ein Feuerwehrmann zu sehen.

»Das Foto wurde während des Brandes gemacht«, sprach Sarah aus, was jeder sah. »Wer hat uns das geschickt?«

»*Anonym@gmail.com*«, las Maja laut vor. »Es ging an die offizielle Mailadresse des *Wiener Boten*. Bestimmt hat das nicht nur unsere Redaktion bekommen. Soll ich Simon auf den Absender ansetzen?«

»Damit wissen wir, wie morgen die Titelseiten sämtlicher Boulevardzeitungen aussehen werden«, sagte Sarah zynisch. »Und nein, lass mal. Wir ignorieren die Mail.«

»Das ist aber schon eine heftige Reaktion von Clemens Böhm. Was meint ihr, aus welchem Grund der Absender hofft, dass die Medien darüber berichten?«, überlegte Maja laut.

»Natürlich weil er dem Böhm schaden will«, mischte sich Conny wieder ein.

Sarah rekapitulierte ihre Begegnung mit den Seemauers und erinnerte sich wieder an Harald Seemauers Bemerkung, als sie ihn nach einer etwaigen Anzeige Marianne Böhms hinsichtlich Betrugs gefragt hatte. Er hatte erwidert, keine Chance gegen die Familie zu haben, weil sie zu viele Anwälte kenne. Den guten Ruf eines Menschen anzukratzen war durchaus eine alternative Möglichkeit, sich zu wehren. Hatte Seemauer Clemens Böhm provoziert, während seine Frau mit dem Handy nur auf den richtigen Moment wartete, um abzudrücken? Aber wie hätte er wissen können, dass der neue Kaffeehauschef ihm an die Gurgel gehen würde? Sarah seufzte. In welchen verdammten Krieg war sie da nur hineingeraten?

Es war fünf Minuten vor vier, als Sarah die Tür zum Café aufzog und sich umsah. Das Lokal in der Operngasse unterschied sich nicht wesentlich von dem in der Wollzeile. Tische mit Marmorplatten, Thonet-Stühle und eine Theke aus dunklem Holz mit eingelassenen Intarsien in Form der Blume des Lebens.

Sie erkannte Linus Oberhuber sofort, obwohl er nicht hinter der Bar stand, sondern an einem Tisch neben einem Mann mit Glatze und Vollbart saß und sich unterhielt. Sarah schätzte den Gast auf Anfang fünfzig. Als der Barista sie sah, lächelte er ihr zu, bedeutete ihr, gleich bei ihr zu sein, dann wechselte eine schwarze Visitenkarte den Besitzer.

Da Sarah weitere Momente unschlüssig herumstand,

fragte eine junge Kellnerin sie, ob sie ihr helfen könne. Als Sarah erklärte, mit Linus Oberhuber verabredet zu sein, konnte sie an der Mimik der Servicekraft ablesen, dass ihr die Antwort nicht gefiel. Warum auch immer.

Endlich verabschiedete sich der Kaffee-Sommelier von seinem Gesprächspartner und kam eilig zu Sarah herüber.

»Ich wollte Sie nicht unterbrechen«, sagte sie, als er ihr die Hand zur Begrüßung reichte.

»Das haben Sie nicht. Wir waren fertig.« Er warf einen raschen Blick auf den Gast, der sich die Jacke anzog, Linus zunickte und das Café verließ.

»Der ist Chefredakteur einer Gourmet-Zeitschrift. Er hat mich zu meinem neuen Buch interviewt und gefragt, ob ich in Zukunft für das Magazin schreiben möchte«, erklärte Oberhuber.

Jetzt verstand Sarah die Reaktion der Kellnerin. Neid, weil ihr Kollege die ganze Aufmerksamkeit bekam. Sie lächelte. »Glückwunsch! Wenn Sie das Angebot annehmen, sind wir Kollegen.«

»Schaun ma mal. Im Moment fehlt mir ehrlich gesagt die Kraft, um irgendwelche Entscheidungen zu treffen oder Angebote anzunehmen.« Er schüttelte den Kopf, als wollte er auf die Art seine Gedanken ordnen. »Kaffee?«

»Wenn ein berühmter Kaffee-Sommelier mich das fragt, kann ich auf gar keinen Fall ablehnen. Eine Melange bitte.«

»Berühmt«, wiederholte er gedehnt. »Na, interpretieren S' nur nicht zu viel in meine Künste hinein.« Er legte die Hand aufs Herz und verneigte sich bescheiden. »Nehmen S' doch Platz! Ich bin gleich wieder bei Ihnen.«

Er eilte hinter die Bar und stellte wenige Augenblicke später formvollendet den Kaffee vor Sarah auf den Tisch. Im Milchschaum war mit Kakao eine Blume des Lebens gezeichnet worden. Vermutlich mithilfe einer Schablone.

»Das Logo zieht sich wohl durch wirklich jeden Bereich der Firma«, meine Sarah.

»Darauf legte Marianne großen Wert. Aber die Blume des Lebens auf dem Kaffee gibt's nur bei mir in der Operngasse. Immerhin muss ich meinen guten Ruf als Barista verteidigen.« Er grinste breit, doch von einem Moment auf den anderen wirkte er bekümmert, sah aus, als fehlten ihm plötzlich die Worte. »Ich bin gespannt, ob das so bleibt.«

»Wieso sollte sich daran etwas ändern?«

»Clemens und Michaela wollen schon lange ein neues Logo. Die Blume sei viel zu altmodisch, meinen s'.«

Sarah erinnerte sich, von Antonia Ähnliches gehört zu haben.

Er zuckte bedauernd mit den Schultern. »Michaela war früher Grafikerin. Sie will ein neues, modernes Markenzeichen kreieren, hatte Marianne schon Entwürfe vorgelegt, doch die wollte nichts davon wissen.«

»Na ja«, meinte Sarah mit Blick auf das Kakaobild auf ihrer Melange. »Ich find die Blume schön. Eigentlich schade, dass ich sie jetzt zerstören muss.« Sie ließ den Löffel in den Kaffee gleiten, rührte um und griff Oberhubers letzte Bemerkung auf. »Frau Böhm war Grafikerin? Das heißt, sie kennt die Bedeutung von Symbolen.«

Er schien angestrengt darüber nachzudenken. »Keine

Ahnung. Meines Wissens war sie vor Ewigkeiten in einer Werbeagentur beschäftigt. Fragen Sie mich nicht, ob man dafür diese Art von Sachkenntnis braucht. Am besten, Sie sprechen mit ihr selbst darüber.«

»Das werde ich.« Sarah war überzeugt, dass jemand, der in der Werbebranche gearbeitet hatte, zumindest den Hauch einer Ahnung von Bildsprache haben musste. Die war in der Werbung essenziell, egal, ob man ein Logo entwarf oder einen Werbespot drehte. Und doch hatte Michaela Böhm das bei ihrem Gespräch, als es um Symbole ging, mit keinem Wort erwähnt. Interessant.

»Seitdem Frau Soe bei mir war, bekomme ich die von ihr genannten Symbole nicht aus meinem Kopf. Also habe ich mich im Internet über deren Bedeutung schlaugemacht. Dabei ist mir etwas eingefallen. Leider erst jetzt, aber die Sache liegt auch schon Monate zurück. Ich glaube, es war im Dezember«, druckste er herum. »Jedenfalls hat Marianne damals über den Äskulapstab philosophiert, über den Stab mit der Schlange, der auf den griechischen Gott der Heilkunde zurückgeht. In dem Gespräch meinte sie, dass dieser Gott …« Er hielt inne, schien in seinem Gedächtnis nach dem Namen zu suchen.

»Asklepios«, half ihm Sarah aus.

»Genau der. Also, dass dieser Gott von einem Blitz getötet wurde, den Zeus abgefeuert hatte. Und ein Blitz ist doch so etwas Ähnliches wie ein Pfeil, oder nicht?« Unsicher legte Linus Oberhuber den Kopf schräg. »Ich weiß nicht, ob Ihnen das hilft oder einfach nur ein blöder Vergleich ist. Aber ich wollt's loswerden.« Sichtbar erleichtert, diesen abstrusen Gedanken endlich ausgesprochen zu haben, atmete er durch.

Obwohl der Zusammenhang abwegig klang, dachte Sarah über die These nach. Wer könnte in Marianne Böhms Fall Zeus' Rolle gespielt haben? Ihr Sohn? Ihre Schwiegertochter? Sedlacek? »Frau Böhm wollte Sie adoptieren«, wechselte sie schließlich das Thema. »Ich kenne den Grund dafür. Aber was mich viel mehr interessiert: Wie kam's dazu? Warum Sie?«

»Marianne und mich verband die Leidenschaft für althergebrachte Kaffeehäuser. Wir beide waren der Meinung, dass man die Tradition pflegen müsse. Natürlich gibt es Kritiker, die behaupten, die Wiener Kaffeehaustradition sei ein Mythos, tatsächlich besuchten die Wiener und Wienerinnen die Cafés früher nur, um unter Menschen, aber zugleich allein und ungestört zu sein. Sozusagen außer Haus und doch daheim.«

»Aber das hat doch auch was für sich«, warf Sarah ein.

»Eh«, stimmte ihr Linus Oberhuber zu. »Außerdem liebte sie ihren Beruf genauso wie ich meinen. So hat halt eines das andere ergeben, und irgendwann kam Marianne mit dem Vorschlag daher. Ich bin Vollwaise, müssen S' wissen. Mein Vater starb bei einem Arbeitsunfall am Bau, als ich sechzehn war, und meine Mutter folgte ihm fünf Jahre später. Krebs. So gesehen hat das gut gepasst.«

»Das mit Ihren Eltern tut mir leid.«

»Ist lange her.«

Sarah war sich sicher, dass er den Abgebrühten nur spielte. Der Tod ihrer eigenen Eltern lag ebenfalls viele

Jahre zurück, dennoch war der Schmerz nie vergangen. »Jemand in meinem Umfeld meinte, manchmal habe es so gewirkt, als wären Sie ihr Sohn und nicht Clemens Böhm.«

Oberhuber zog seine Brauen zusammen. »Wer immer das behauptet, irrt sich gewaltig. Ja, Marianne hat mich gefördert, wo es ihr möglich war, und mich als Nachfolger gesehen. Aber nur als Clemens' Nachfolger«, betonte er eindringlich. »Sie hätte mich ihm niemals vorgezogen. Und darüber war ich froh, denn es liegt mir fern, in Konkurrenz mit ihm zu treten. Ich war, wenn Sie so wollen, der Notnagel. Aber es ist müßig, jetzt noch darüber zu reden, denn die Adoption ist mit Mariannes Tod vom Tisch. Es war ihr nicht vergönnt, ihre Idee umzusetzen.« Er senkte den Blick, betrachtete seine Hände.

Sarah hatte mittlerweile eine Vorstellung davon bekommen, weshalb Marianne Böhm ihn ausgewählt hatte. Linus Oberhuber besaß Charme und schien andere Menschen zu schätzen und zu respektieren. Ob Clemens Böhm es tatsächlich übers Herz brachte, das Familienunternehmen irgendwann mal zu verkaufen? Oder würde er sich dem Willen seiner Mutter beugen und den Kaffee-Sommelier zu seinem Nachfolger ernennen?

»Wussten Sie, dass Frau Böhm täglich aus dem Kaffeesatz ihres Mokkas las?«, wechselte sie das Thema.

Linus Oberhuber sah sie einige Sekunden lang schweigend an. »Sie meinen, Marianne hat nach Symbolen am Boden ihrer Mokkatasse gesucht und sie dann gedeutet?« Er klang ungläubig.

Sarah nickte. Offenbar hatte die Tote wirklich nur die Kellnerin Antonia in ihr harmloses Geheimnis eingeweiht.

»Wer behauptete das? Der Sedlacek?«

»Wie kommen Sie ausgerechnet auf ihn?«

»Weil er öfter irrwitzige Ideen hatte, die er an Marianne erprobte.«

»Zum Beispiel?«

»Diese ganzen Nahrungsergänzungsmittel, die Marianne mit Sicherheit nicht gebraucht hätte. Bis auf ihr Herzleiden, das sie gut im Griff hatte, war sie topfit. Viele haben sie um ihre Energie beneidet. Auch ich.«

»Aber Sie selbst haben doch meiner Kollegin Conny Soe erzählt, dass Frau Böhm an ihren Ritualen festhielt und manchmal Alltägliches deutete. Aus dem Kaffeesatz zu lesen passt in dieses Bild und hat absolut nichts mit Nahrungsergänzungsmitteln oder irrwitzigen Ideen zu tun.«

»Eh, ich mein ja nur.« Ein mildes Lächeln erschien auf Oberhubers Lippen. »Der Sedlacek ist ein ziemlicher Schmähtandler und ein bisserl auch ein Verschwörungstheoretiker, müssen S' wissen.«

»Wirklich? So kam er mir gar nicht vor, und ich habe mich länger mit ihm unterhalten.«

»Er ist davon überzeugt, dass bei der Herstellung von Medikamenten an wichtigen Substanzen gespart wird. Dass die Pharmariesen sozusagen pfuschen, um noch mehr Profit herauszuschlagen als ohnehin schon. Fragen S' ihn mal danach, dann hält er Ihnen den ganzen Abend lang einen Vortrag.« Er wiegte den Kopf skeptisch. »Ist schon interessant, was er erzählt, wenn er mal loslegt. Aber ob das alles so stimmt, daran hege ich ehrlich gesagt Zweifel. Jedenfalls meinte er, auch bei Mariannes Pillen sei gepfuscht worden, deshalb müsse sie spezielle Nahrungsergänzungsmittel nehmen.«

»Die er für sie zusammenstellte«, schlussfolgerte Sarah.

»Genau.«

Sie überlegte. War der pensionierte Arzt tatsächlich davon überzeugt gewesen, oder hatte er sich auf diese Weise nur in Marianne Böhms Leben einen Platz sichern wollen, den ihm niemand anders streitig machen konnte? »Frau Böhm hat viel getan für ihre Gesundheit«, merkte Sarah an.

»Sie können sie gerne als Hypochonderin bezeichnen. Das war sie nämlich, und das war ihr auch bewusst. Ist ja eigentlich auch nichts Schlechtes, nur war sie aus diesem Grund leider anfällig für Sedlaceks dubiose Ratschläge.«

»Frau Böhm kam mir ganz und gar nicht vor wie ein leichtgläubiges Opfer«, erwiderte Sarah.

»Darin stimme ich Ihnen zu. Und trotzdem war es schon nicht mehr normal, wie oft und intensiv der sie mit Gesundheitstipps zugetextet hat.«

»Haben Sie zwischenzeitlich mit Clemens Böhm gesprochen?«

»Ja«, antwortete der Barista einsilbig.

»Hat er Ihnen gesagt, dass seine Mutter an einer Kaliumvergiftung gestorben ist?«

In Linus Oberhubers Augen blitzte Verwunderung auf. Er blickte Sarah an, ohne sie zu sehen, schien einen

Moment zu brauchen, um zu begreifen. »Wollen Sie mir damit sagen, dass sie zu viele Tabletten geschluckt hat?« Er seufzte laut und fluchte dann leise. »Verflixte Scheiße noch mal. Ich weiß nicht, wie oft ich an sie hingeredet habe, ihren Pillencocktail mal mit einem Internisten zu besprechen und nicht ausschließlich auf den Sedlacek zu hören.« Ihm versagte die Stimme. Schmerz spiegelte sich in seinem Gesicht.

Sarah überlegte, ob sie den Verdacht, der sich in ihr immer lauter Gehör verschaffte, tatsächlich aussprechen sollte. Schließlich gab sie sich einen Ruck. »Könnte es nicht sein, dass ihr jemand falsche Medikamente untergejubelt hat?«

Der Kaffee-Sommelier legte die Stirn in Falten. »Das meinen S' jetzt aber nicht ernst.«

»Für mich klingt das nicht abwegig.«

»Wer hätte das tun sollen?«

»Das würde ich gerne herausfinden. Ich hege schon seit Montag den Verdacht, dass mit den Tabletten etwas nicht gestimmt hat, und kenne zufällig den Chefermittler des Falls. Also hab ich ihm geraten, die Pillen analysieren zu lassen.«

Oberhuber sah sie ungläubig an, schluckte hart. »Sie glauben allen Ernstes, dass jemand Marianne ermordet hat?«

Sarah lächelte. Es bedurfte keiner Antwort. Er verstand auch so, dass sie genau davon überzeugt war.

18

Ein Sicherheitstechniker kümmerte sich unter polizeilicher Aufsicht um den Tresor. Überraschenderweise hatte es nur eine Stunde gedauert, bis der richterliche Erlass für die Tresoröffnung überstellt worden war. Der Techniker würde den Safe öffnen, so viel war klar. Clemens rang um Selbstkontrolle. Es war unklug gewesen, den Mund zu halten, einfach nur dumm. Jetzt war es zu spät, um noch zuzugeben, die neue Kombination doch zu kennen. In Gedanken führte er Selbstgespräche, ermahnte sich, dass die Lüge, nichts von dem Erpresserbrief zu wissen, glaubhaft wirken musste. Er spielte mehrere geheuchelte Reaktionen durch, warf Michaela einen bittenden Blick zu, nur ja kein unbedachtes Wort zu sagen.

Sie verstand, formte aber mit den Lippen so unauffällig wie möglich: »Waschlappen«. Im Wohnzimmer herrschte eine angespannte und feindselige Atmosphäre. »Erst stirbt deine Mutter, dann brennt's, jetzt die Hausdurchsuchung. Was kommt wohl als Nächstes? Der finanzielle Ruin?«, flüsterte sie ihm zu.

Sollten er und Michaela sich trennen? Plötzlich war der Gedanke da. Schließlich gab es keinen Grund mehr, verheiratet zu bleiben. Seine Mutter war tot, er konnte sie nicht mehr damit ärgern, mit der falschen Frau liiert zu sein. Er schob die Idee fürs Erste zur Seite. Die Minuten wurden zu Stunden. Er spürte, wie eine dünne Schweißschicht seine Haut überzog, glaubte, an Atemnot zu leiden. Plötzlich hielt er es keine einzige Minute länger zwischen all den Polizisten aus. Er erhob sich und ging in den Flur, wo Chefinspektor Stein sich mit einem Kollegen beriet.

»Muss ich in der Wohnung bleiben?«

Der Ermittler drehte sich zu ihm um, fixierte ihn mit durchdringendem Blick. »Haben Sie einen Termin?«

»Nein, aber jede Menge Arbeit zu erledigen. Vorhin ist Ware gekommen, ich sollte den Lieferschein kontrollieren, denn auch wenn das Lokal am Rennweg zu ist, die Filiale in der Operngasse braucht frischen Kaffee. Ich wär eh in der Nähe, müsst nur ins Lager … im Keller.«

Stein entließ ihn mit einem Kopfnicken, und Clemens versuchte, beim Verlassen der Wohnung nicht so zu wirken, als wäre er auf der Flucht.

Im Bestandslager empfingen ihn Kühle und Einsamkeit. Trotzdem war sein Nacken noch immer verspannt, und sein Herz wollte nicht aufhören, wie verrückt zu rasen. Er lehnte sich mit dem Rücken an die Wand und atmete ein paarmal tief ein und aus, bis sein Puls wieder langsamer ging. Er musste sich von den Geschehnissen in der Wohnung zwei Stockwerke über ihm ablenken. An der Situation ändern ließ sich eh nichts mehr. Er griff nach dem Lieferschein, den Antonia auf das Metallregal gelegt hatte, und zählte die Kartons. Die Anzahl stimmte. Mit dem Stanleymesser öffnete er die Schachteln. Die Kaffeepackungen verströmten den Geruch nach Vertrautheit und Gemütlichkeit, zumindest bildete er sich das ein. Doch etwas störte Clemens an dem, was er sah. Erst auf den zweiten Blick fiel ihm auf, dass etwas fehlte, und er nahm die Verpackungen der Reihe nach aus den Kisten. Auf keiner einzigen klebte das goldene Biosiegel. Offenbar hatte der Großhändler die Lieferung verwechselt. Allerdings prangte das Böhm-Logo auf den Verpackungen, also hatte wohl jemand schlichtweg vergessen, das Biozertifikat aufzukleben. Er nahm sich vor, gleich nach der Polizeiaktion beim Händler anzurufen, während sich leise, aber unerbittlich eine böse Idee in seinen Kopf schlich. Eine dunkle Ahnung, womit seine Mutter erpresst worden war. Obwohl es ihn Mühe kostete, den Gedanken zu Ende zu denken, weil er ihm so absurd vorkam, fühlte er sich auf eigentümliche Weise wie die Wahrheit an. Marianne Böhm, die strenge Richterin über Moral und Ordnung, hatte ihr Publikum betrogen.

Plötzlich hörte er Schritte auf der Treppe, und ein junger Polizist erschien in der offen stehenden Tür. »Herr Böhm? Sie sollen wieder nach oben kommen.«

Er nickte. Der Safe war also geöffnet. Langsam legte er die Packung, die er in der Hand hielt, zurück und folgte dem Polizeibeamten. Dabei stellte er sich vor, der Erpresserbrief hätte sich in Luft aufgelöst.

»Herr Böhm.« Chefinspektor Stein saß mit seiner Frau am Esstisch.

Sie betrachtete das erpresserische Schreiben, das in eine Plastikhülle gesteckt worden war, als sähe sie es zum ersten Mal.

Ihm blieb nur mehr die Flucht nach vorne. »Ist der

Tresor offen? Haben Sie etwas Wichtiges gefunden?« Er zeigte auf das Papier.

»Ja.« Stein fixierte ihn mit einem Blick, der alles und nichts bedeuten konnte. Er machte ihn nervös. Lernte man auf der Polizeischule, so zu schauen, oder war das angeboren?

»Und was?«, fragte er so neutral wie möglich, obwohl er am liebsten davongelaufen wäre. Das tat er gerne. Verschwinden, wenn ihm eine Situation zu unangenehm wurde.

»Einen Erpresserbrief«, antwortete Michaela entsetzt. Sie spielte ihre Rolle ausgesprochen überzeugend.

Clemens runzelte die Stirn, als verstünde er den Sinn des Wortes nicht.

»Hat Ihre Mutter irgendwann mal eine Erpressung erwähnt?«, hakte Stein nach.

Er tat, als dächte er darüber nach. »Nein«, erwiderte er endlich und war mit seiner entgeisterten Reaktion zufrieden. »Ich wüsste auch nicht, womit jemand sie«, er machte eine Pause, als wollte ihm die Formulierung nicht über die Lippen kommen, weil allein der Gedanke daran schon hirnrissig war, »hätte erpressen sollen.«

Er stellte sich hinter Michaela und warf einen verblüfften Blick auf das Schreiben. Seine Finger umklammerten die Stuhllehne, weil er Angst hatte, weiche Knie zu bekommen und zusammenzusacken. »Was bedeutet das?« Er versuchte, verwirrt dreinzublicken, während er überlegte, ob es klug wäre, die Idee zu erwähnen, die ihm im Kellerlager gekommen war. Ein Anhaltspunkt wäre sein Verdacht allemal. Er tat es nicht, weil es ihm wie ein Geständnis erschien.

»Weshalb sollte die Geldübergabe am Rennweg erfolgen?«, sinnierte Stein und erwartete scheinbar keine Antwort, da er sogleich weitersprach. »Hat im Jänner auf dem Firmenkonto ein Betrag in dieser Höhe gefehlt?« Sein Finger schwebte nur wenige Millimeter über der Vierzigtausend.

Clemens schüttelte den Kopf. Er wollte nicht zugeben, keinen Überblick über die Ein- und Ausgänge auf dem Firmenkonto zu haben. Oder gab es am Ende mehrere Konten? Es war jämmerlich, aber er musste sich erst in diesen Geschäftsbereich einarbeiten. Seine Mutter hatte ihn außen vor gelassen, und er hatte es geduldet. Aus Bequemlichkeit. Aus Angst vor einer Konfrontation mit einer Frau, die ihn zeitlebens beherrscht hatte. Er verachtete sich dafür.

»Wir nehmen sämtliche Unterlagen mit«, verkündete der Chefinspektor jetzt. »Die aus dem Büro unten im Café ebenfalls. Und falls noch welche in Ihrer Privatwohnung liegen …«

»Natürlich.« Clemens fühlte sich wie in einem Albtraum gefangen. Seine Mutter war gerade mal zwei Tage tot, und schon wirbelte ein Tornado durch sein bisheriges Leben und brachte es vollkommen durcheinander. Das Handy läutete. Die Nummer auf dem Display war ihm unbekannt. Er sah Stein an wie ein Kind, das um Erlaubnis bettelte, den Anruf annehmen zu dürfen.

»Heben Sie ruhig ab«, forderte der Beamte ihn mit gönnerhafter Geste auf.

Es war der Brandermittler, der ihn auf den letzten Stand der Dinge bringen wollte. Wenige Augenblicke später wusste Clemens, dass sich die erste Vermutung bestätigt hatte. Jemand hatte auf der Damentoilette des Kaffeehauses Benzin verschüttet und angezündet. »Eine große Menge davon hat sich in dem Kübel befunden, den wir mitgenommen haben. Sie bekommen den Bericht natürlich auch schriftlich zugestellt.«

Macht es das besser, wenn man die Katastrophe schwarz auf weiß vor sich sieht?, lag es Clemens auf der Zunge. Doch er sagte: »Danke«, und legte auf. »Es war tatsächlich Brandstiftung«, murmelte er und berichtete von dem Benzin.

»Kann es zwischen der Brandlegung und der Erpressung einen Zusammenhang geben, Herr Böhm?«, fragte Stein, als er geendet hatte.

»Ich bin ehrlich gesagt komplett ratlos.« Clemens ließ sich auf den freien Stuhl neben Michaela fallen. Einen kurzen Augenblick lang verbarg er sein Gesicht in den Händen, massierte sich die Stirn. Jetzt war der Moment gekommen, in dem er Gisela und Harald Seemauer ins Spiel bringen konnte. Er sah auf und den Ermittler aus müden Augen an. »Wir führen seit Jahren einen Streit mit einem Ehepaar, das in der Wohnung über dem Café lebt.« Er bat seine Frau, den Aktenordner über die Seemauers aus dem Büro zu holen, woraufhin sie sich erhob und ins Erdgeschoss ging. Währenddessen erzählte Clemens von den Anzeigen, Vorwürfen und dem Kommentar, den die beiden unter einem Artikel zum Tod seiner Mutter in der Onlineausgabe des *Wiener Boten* gepostet hatten.

Stein machte sich noch Notizen, als seine blonde Kollegin an seine Seite trat und ihm ein schmales Notizbuch gab.

»Das haben wir ebenfalls im Safe gefunden, aber wir können uns keinen Reim darauf machen.«

Der Chefermittler schlug die Kladde auf, blätterte durch die Seiten. »Ein Messer, ein Grab, eine Schlange und ein Pfeil«, sagte Stein schließlich grübelnd. »Alle diese Bilder sind mit einem Marker gekennzeichnet und einem Datum versehen. Wissen Sie, was das bedeutet?« Er legte das Buch aufgeschlagen auf den Tisch. »Bitte nur anschauen, nicht anfassen.«

»Es steht noch eine Box im Büro, die voll mit Notizbüchern mit ähnlichen Eintragungen ist«, sagte Clemens. »Ich kann nur raten, worum es sich dabei handelt.« Er machte eine kurze Pause. »Ich denke, das sind die Symbole, die meine Mutter in ihrer Kaffeetasse gesehen hat.«

Stein blickte ihn verwundert an.

»Sie las aus dem Kaffeesatz und notierte sich die Bildzeichen, die sie im Sud zu erkennen glaubte.« Die Erklärung klang in seinen Ohren, als spräche er über eine Verrückte. »Ich sag Ihnen ganz ehrlich, dass ich selbst erst kürzlich davon erfahren hab.«

»Nehmen Sie das bloß nicht ernst«, fuhr Michaela dazwischen, die einen Stapel Ordner zum Tisch balancierte. »Das war mit Sicherheit nur ein Zeitvertreib.« Sie grinste, als wollte sie sagen: Die Alte war deppert.

»Mhm«, brummte der Ermittler und gab der Polizistin das Buch zurück. »Einpacken.« Dann wendete er sich wieder an Clemens Böhm: »Wir lassen die Eintragungen auswerten.«

Verdammt! Wie kam Michaela darauf, das Kaffeesatzlesen als Zeitvertreib zu bezeichnen? Eine Frau, die mit achtzig noch zehn, zwölf Stunden am Tag arbeitete, vertrieb sich doch nicht die Zeit mit Spielereien. Er unterdrückte den Impuls, einen Blick Richtung Zimmerdecke zu werfen. Bestimmt beobachtete der Drachen die Situation von oben und schüttelte den Kopf über sie.

Interessanterweise schien der Chefinspektor nicht überrascht zu sein. »Ist Ihnen inzwischen vielleicht doch ein Erpressungsgrund eingefallen, Herr Böhm?«

»Was? Wer wird erpresst?«

Clemens wirbelte herum. Im Türrahmen stand Marcel.

»Unser Sohn«, stellte er ihn knapp vor. »Im Safe lag ein Erpresserbrief. Wahrscheinlich hatte die Oma deshalb die Kombination geändert.« Er hoffte, dass Marcel verstand und den Mund hielt.

»Echt? Und den hast du gestern übersehen, als du die Unterlagen fürs Beerdigungsinstitut aus dem Tresor geholt hast?«

Clemens wäre gerne aufgesprungen, um seinen Sohn zu schütteln. Marcels Dummheit war zum Aus-der-Haut-Fahren.

»Könnte es sein, dass wir Ihre Fingerabdrücke auf dem Schreiben finden?«, fragte Stein streng.

Natürlich! Daran hatte er gar nicht gedacht. Er schluckte, schaute zur Küche. Jetzt ein Glas Wein! Oder etwas noch Hochprozentigeres. Antworte, hämmerte es in seinem Kopf, antworte, verdammt. Doch er fand die passenden Worte einfach nicht.

»Ich denke, das werden Sie mir erklären müssen, Herr Böhm. Am besten gleich auf dem Präsidium.«

19

Von der Operngasse war es nicht weit zur Wollzeile, der Fußmarsch dauerte keine zwanzig Minuten. Über den Opernring, den Neuen Markt und die Seilergasse kam Sarah zügig voran, weil zu dieser Jahreszeit weniger Touristen als im Sommer unterwegs waren. Außerdem war es windig und kühl, da verbrachten die meisten Urlauber ihre Zeit am liebsten im Kaffeehaus.

Sarah war überzeugt, Sedlacek heute wieder im Café Böhm anzutreffen, beeilte sich deshalb und betrat das Lokal um sechs Uhr abends. Es war bis auf den letzten Platz gefüllt. Antonia und ihre zwei Kolleginnen hatten alle Hände voll zu tun. Sarahs Blick ging zu dem Tisch, der normalerweise für den pensionierten Arzt reserviert war. An ihm saß eine kleine Gruppe Mädels.

Trotz der Hektik eilte Antonia sofort auf Sarah zu. »Er ist heute den ganzen Tag nicht aufgetaucht. Weil so viel los ist, musste ich seinen Tisch vergeben.« Sie deutete unauffällig mit dem Kopf in die Richtung und klang ernsthaft besorgt. »Nach Dienstschluss geh ich mal rüber und schau nach ihm.«

»Wann ist er denn gestern nach Hause gegangen?«

»Etwa eine Stunde nach Ihnen. Er wirkte so unglücklich.«

»Wissen Sie was«, erwiderte Sarah kurz entschlossen, »ich geh gleich zu ihm und ruf Sie hier im Café an, sobald ich weiß, wie's ihm geht.« Dann fiel ihr noch etwas ein. »Sagen S', sind der Herr oder die Frau Böhm im Haus?«

»Ja, in der Wohnung oben. Aber«, Antonias Augen wanderten nervös umher, dann strich sie mit den Händen über ihren schwarzen Rock und fuhr mit leiser Stimme fort, »die Polizei ist schon wieder da. Keine Ahnung, weshalb.«

Im Gegensatz zur Bedienung konnte Sarah sich den Grund dafür denken. »Ist ein grobschlächtiger Typ mit kurz geschorenen Haaren unter den Beamten?«

Als die Kellnerin nickte, unterdrückte Sarah ein zufriedenes Lächeln. Offenbar hatte Martin Stein ihren Ratschlag ernst genommen und holte die Medikamente und Nahrungsergänzungsmittel gerade persönlich ab. Sie würde ihn später anrufen und danach fragen, jetzt hatte Sedlacek Priorität. Sie verabschiedete sich rasch und verließ das Café.

Drei Minuten später drückte Sarah bereits zum dritten Mal auf den Klingelknopf aus Messing der Haustüranlage. Wie bei den zwei Malen zuvor passierte nicht das Geringste. Sie vergewisserte sich erneut, dass sie den richtigen Knopf gedrückt hatte, und seufzte. Vielleicht war Sedlacek nur rasch einkaufen gegangen. Oder weggefahren. Oder er saß einsam in seiner Wohnung, gab sich der Trauer um Marianne Böhm hin, wollte niemanden sehen und reagierte deshalb nicht. Sie konnte sich den abgrundtiefen Kummer des Seniors gut vorstellen.

Wieder presste sie den Zeigefinger auf den Knopf. Diesmal kräftiger und länger. Als hätte ihre Hartnäckigkeit die Macht, die Tür zu öffnen. Tatsächlich zog jemand sie von innen auf. Es war ein junger Mann. Sarah setzte zu einer Erklärung an, doch der Bursche drängte sich an ihr vorbei, ohne sie auch nur eines Blickes zu würdigen. Sarah fing die Tür auf, bevor sie wieder ins Schloss fiel, und trat ein.

Im kleinen Eingangsbereich roch es intensiv nach Reinigungsmittel. Der Handlauf des Treppenhauses war aus Chrom und blitzsauber. Keine sichtbaren Fingerabdrücke. Der Steinboden blank geputzt. Sie ging die paar Stufen ins Erdgeschoss hinauf, wo die Fußmatten vor den Türen wie mit dem Lineal ausgerichtet lagen. Die Namensschilder aus Messing neben den weiß lackierten Wohnungstüren passten optisch perfekt zum Klingelbrett an der Eingangstür. Im zweiten Stock las sie Sedlaceks Namen.

Sie läutete und horchte. Nur beängstigende Stille. Sie klopfte. »Herr Sedlacek?«

Wieder passierte nichts. Sie klingelte erneut und hämmerte zugleich kräftiger gegen die Massivholztür.

Kurz darauf ging die Tür der Wohnung nebenan auf, und eine Frau mittleren Alters mit schulterlangen tizianroten Locken erschien. »Ich hab auch schon ein paarmal geläutet, um acht Uhr früh, um halb fünf nachmittags und vor einer halben Stunde noch mal, aber er öffnet einfach nicht.«

»Ist er weggefahren?«

»Das glaube ich nicht. Der Herr Sedlacek ist noch nie verreist, ohne mir vorher Bescheid zu geben. Ich gieße die Pflanzen in seiner Abwesenheit. Aber heute Nachmittag hatten wir Eigentümerversammlung, und er ist nicht erschienen. Ich mache mir große Sorgen um ihn. Deshalb hab ich vor fünfzehn Minuten auch bei Ihnen angerufen.«

Sarah vermutete, dass sie von einem Anruf bei der Polizei sprach. Die Frau schien es nicht zu wundern, dass sie keine Uniform trug. »Haben Sie einen Schlüssel zur Wohnung, Frau …?«

»Wagner. Katrin Wagner.« Sie schüttelte den Kopf. »Herr Sedlacek überlässt mir den Zweitschlüssel nur, wenn er fortfährt. Sobald er zurück ist, gebe ich ihn ihm wieder.«

»Wann haben Sie ihn zuletzt gesehen?«

»Am Montagabend, als er aus dem Café heimkam.«

Sarah nickte. Sie hatte ihn immerhin noch gestern im Café gesehen.

»Er war sehr geknickt, hat mir erzählt, dass die Frau Böhm gestorben ist. Das ist …«

Sarah stoppte sie mit einer Geste. »Ich weiß schon.«

»Jedenfalls hat er am Montag noch zugesichert, auf jeden Fall heute um vierzehn Uhr zur Versammlung zu kommen, weil's doch um ein wichtiges Thema ging«, fuhr die Nachbarin fort. »Er selbst hat angeregt, dass wir einen neuen Lift bräuchten.« Sie zeigte Richtung Fahrstuhl. »Außerdem steckt die Zeitung von heute noch immer im Briefkasten. Ich war vorhin extra noch mal unten, hab nachgesehen, bevor ich bei Ihnen angerufen hab.« Katrin Wagner musterte Sarah und schien plötzlich zu registrieren, dass sie keine Uniform trug. »Sind Sie überhaupt von der Polizei?«

»Nein, ich bin nur …«, Sarah stockte. »Also, ich kenne Herrn Sedlacek aus dem Café Böhm. Dort macht man sich ebenfalls Sorgen um ihn.«

»Da hab ich auch schon angerufen. Das ist ja sein zweites Wohnzimmer, aber das wissen S' wahrscheinlich eh.« Ihre Stimme zitterte vor Angst um ihren Nachbarn. »Als man mir sagte, dass sie ihn dort gestern zuletzt gesehen haben, war ich mir sicher, dass etwas passiert sein muss.«

Ein Summen drang aus der Wohnung der Nachbarin. »Ah! Das wird jetzt hoffentlich wirklich die Polizei sein.« Sie trat einen Schritt zurück und drückte auf den Knopf der Gegensprechanlage. Eine männliche Stimme ertönte, und ein Polizeibeamter stellte sich vor.

»Zweite Etage.« Katrin Wagner betätigte den Türöffner.

Wenige Minuten später standen zwei junge Männer in Uniform vor ihnen. Einer mit kurzen haselnussbraunen Haaren, der andere mit schlohweißen, obwohl er sicher nicht älter als vierzig war. Obwohl sie sich auswiesen, hatte Sarah im nächsten Moment ihre Namen schon wieder vergessen. Der braunhaarige Abteilungsinspektor ließ sich von Katrin Wagner noch einmal den Grund ihres Anrufs erklären, während der weißhaarige Kontrollinspektor mehrfach auf den Klingelknopf der Sedlacek'schen Wohnung drückte.

»Polizei, öffnen Sie bitte!«, rief er und presste das Ohr gegen die verschlossene Tür. Als niemand reagierte, klopfte er kräftiger und rief zugleich den Namen des pensionierten Arztes. Es blieb still.

»Frau Wagner, sind Sie sicher, dass er sich in der

Wohnung aufhält?«, fragte der Abteilungsinspektor die Nachbarin zum wiederholten Mal.

»Ja. Nein ... Ich meine, wäre er weggefahren, hätte er mir doch hundertprozentig Bescheid gegeben«, stotterte sie. »Und im Café war er seit gestern auch nicht mehr.« Sie erklärte, dass Sedlacek im Café Böhm gegenüber Stammgast war.

»Gibt es Angehörige, bei denen er sich aufhalten könnte?«, hakte der Kontrollinspektor nach.

Die Nachbarin schüttelte den Kopf. »Er hat keine Kinder.«

»Schwester? Bruder? Neffen? Nichten?«

»Nicht dass ich wüsste. Auch keine Ehefrau.«

»Exfrau?«

Kopfschütteln. Katrin Wagners Blick wanderte zwischen den Polizisten und der Wohnungstür hin und her. Sarah versuchte die ganze Zeit, sich so unsichtbar wie möglich zu machen. Sie hatte keine Lust, ihre wahre Identität preiszugeben, weil sie sich denken konnte, wie die beiden Beamten auf die Anwesenheit einer Journalistin reagieren würden. Doch ihre Versuche waren vergebens.

Der Weißhaarige drehte sich zu ihr um. »Und Sie sind?«

»Sarah Pauli«, sagte sie, ohne ihren Beruf zu verraten.

»Wohnen Sie auch im Haus?«

»Nein.« Sie sagte, was sie schon der Nachbarin erzählt hatte, und verschwieg, dass sie den alten Herrn erst am Tag zuvor kennengelernt hatte. »Ich habe Herrn Sedlacek gestern noch gesprochen. Da hörte es sich so an, als würde er in nächster Zeit nichts vorhaben«, erklärte sie, während sie dem Uniformierten ihren Personalausweis gab. Den Presseausweis ließ sie besser stecken. Ihr Blick wanderte zu dem anderen Polizisten.

Dieser telefonierte inzwischen mit der Stadtleitstelle, bat um eine Meldeauskunft und erkundigte sich, ob Sedlacek eventuell in einem Krankenhaus lag oder in einer Haftanstalt gelandet war, warum auch immer. Die Zeit, bis er eine Rückmeldung erhielt, zog sich wie Kaugummi. Schließlich erkundigte sich der Abteilungsinspektor noch nach möglichen Angehörigen.

Sarah konnte die Antworten nicht hören, sie sich jedoch ausmalen.

Gleich darauf forderte er bei der Landesleitstelle der Feuerwehr eine Wohnungsöffnung an. Damit verdichtete sich die Befürchtung, Georg Sedlacek sei etwas zugestoßen, zu einer Möglichkeit. Sarah schrieb David eine Nachricht, dass sie heute später nach Hause kommen würde.

Nach zwanzig Minuten kniete sich ein Feuerwehrmann vor die Tür. Sarah und die Nachbarin wurden gebeten, in deren Wohnung zu gehen. Sie durften nicht zusehen, was geschah, wobei garantiert weder die Polizisten noch der Feuerwehrmann ihnen zutraute, ein Schloss zu knacken.

Katrin Wagner führte Sarah in ein geräumiges Esszimmer im viktorianischen Laura-Ashley-Stil und bot ihr Kaffee an. Sarah lehnte ab. Schweigend saßen sie am Tisch. Immer wieder fuhren die Finger der Nachbarin nervös über die blanke Tischplatte aus dunklem Holz, während die Minuten vergingen.

»Der Mann sollte ein Profi sein. Bestimmt hat er die

Tür schon geöffnet«, sagte Sarah irgendwann und erhob sich, weil das Warten sie verrückt machte.

Als sie gefolgt von Katrin Wagner in den Hausflur trat, stand die Wohnungstür tatsächlich bereits offen. Der Feuerwehrmann packte gerade zusammen und verschwand dann nahezu lautlos, als wäre er nie da gewesen.

»Herr Sedlacek?«, rief der Abteilungsinspektor in die Wohnung hinein.

Keine Antwort.

»Sie bleiben hier!« Die Anweisung war unmissverständlich an Sarahs Adresse gerichtet. Er nickte seinem Kollegen zu, die beiden traten in den Wohnungsflur und schlossen die Tür hinter sich. Im Treppenhaus wurde es still.

Sarah kam es so vor, als stünde die Zeit jetzt gänzlich still. Selbst Katrin Wagner schien den Atem anzuhalten.

Dann wurde die Tür wieder halb geöffnet. Die Miene des Abteilungsinspektors, der erschien, verhieß nichts Gutes. »Gehen Sie nach unten und öffnen Sie die Eingangstür«, wies er die Nachbarin an. »Es werden gleich weitere Einsatzkräfte eintreffen.«

»Was ist denn passiert?« Sarahs winzige Hoffnung, dass der Tag noch, wenn nicht gut, dann zumindest passabel enden würde, war verflogen.

»Zu Ihnen kommen wir später, warten Sie bitte hier«, sagte der Polizist noch, bevor er wieder in der Wohnung verschwand.

Katrin Wagner war kreidebleich geworden.

»Schaffen Sie das, oder soll ich nach unten gehen und die Haustür öffnen?«, fragte Sarah mitfühlend.

Die Frau schüttelte den Kopf.

»Wirklich? Wollen Sie nicht lieber ein wenig die Füße hochlegen?«

»Nein, es geht schon«, versicherte sie und stieg, sichtbar unsicher auf den Beinen, in den Lift, um nach unten zu fahren.

Sarah blieb ein paar Sekunden still stehen, bevor sie zur angelehnten Tür von Sedlaceks Wohnung ging und sie mit dem Ellbogen vorsichtig aufdrückte. Auf dem auf Hochglanz polierten Parkett lag ein Perserteppich, an der Wand hing ein Kunstdruck. Sie schreckte vor dem Motiv zurück. Ein abgetrennter Kopf mit starr blickenden Augen, geöffnetem Mund und heraushängender Zunge, um den sich unzählige Schlangen wanden. Weshalb um Himmels willen hängte man sich ausgerechnet das Haupt der Medusa von Peter Paul Rubens in den Flur? Sofort begannen Sarahs Gedanken zu rasen. Hatte Marianne Böhm das Bild in Sedlaceks Wohnung vielleicht gekannt? Hatte ihr das Unterbewusstsein deshalb eine Schlange im Kaffeesatz gezeigt? Sie horchte, hörte die Stimmen der Polizisten, konnte jedoch kein Wort verstehen. Wenn sie sich nicht irrte, standen die beiden in einem Raum am Ende des Korridors. Sie schob die Wohnungstür zur Gänze auf und schlich auf Zehenspitzen in den Gang. Lass ihn nicht tot sein, flehte sie stumm.

Linker Hand lag eine weiße Küche mit Arbeitsplatten aus Granit, von wo aus ein Durchgang in ein Wohnzimmer mit hellem Parkett und ebenfalls Perserteppichen führte. Das Apartment erschien Sarah viel zu groß für eine einzelne Person. Es kam ihr so vor, als wäre die

Wand zwischen Wohnraum und Essbereich nachträglich rausgenommen worden. Anscheinend hatte Sedlacek die Räumlichkeiten der ehemaligen Ordination in den Wohnbereich integriert.

Auf dem ovalen Esstisch erblickte Sarah eine Schachtel, als die Stimmen der Polizisten näher kamen und verständlicher wurden. Sie bewegten sich eindeutig in ihre Richtung. Regungslos blieb sie im Durchgang stehen und hoffte, nicht entdeckt zu werden.

Sie hatte Glück. Die beiden Beamten eilten zum Ausgang, ohne sie zu bemerken. Anscheinend trafen die angeforderten Einsatzkräfte ein.

Sarah nutzte die Situation, um bis ans Ende des Flurs zu gehen und in den Raum zu spähen, aus dem die Beamten gekommen waren. Das Badezimmer.

Georg Sedlacek lag in der Wanne. Sein Gesicht war grau. Seine linke Hand hing schlaff und blutüberströmt über den Wannenrand, die rechte im Wasser, das rot gefärbt war. Die Pulsadern waren aufgeschnitten. Die Lache auf dem Boden war bereits getrocknet und rotbraun, der pensionierte Arzt musste bereits eine Weile daliegen.

Ihre Knie wurden weich. Sie beugte sich nach vorne und atmete tief ein und aus.

»Ich sagte doch, Sie sollen im Stiegenhaus bleiben.«

Sarah hob den Blick und sah in zwei streng blickende dunkle Augen. Der Kopf des Kontrollinspektors war rot vor Zorn. Kommentarlos wandte sie sich ab und stieß gegen eine Menschenwand.

»Was machst du denn hier?«, knurrte Stein.

»Martin«, entfuhr es ihr erschrocken. »Ich wollte

doch nur mit Georg Sedlacek reden.« Sie versuchte, den Schreck wegzuatmen, dann berichtete sie rasch, noch ehe ein Schwall an Vorhaltungen über sie hereinbrechen konnte, vom Gespräch mit Linus Oberhuber am Nachmittag. Während sie von Sedlaceks Meinung erzählte, dass die Pharmariesen die Menge wichtiger Substanzen bei der Herstellung von Tabletten reduzieren würden, um mehr Profit herauszuschlagen, massierte sie sich die Schläfen. Die Kopfschmerzen waren schon im Anmarsch.

»Noch so ein Verschwörungstheoretiker. Als ob wir von denen nicht schon genug hätten«, polterte Stein und gestattete sich einen Moment des genervten Schweigens, bevor er Sarah wieder streng anschaute. »Das berechtigt dich trotzdem nicht, hier reinzutrampeln. Wenn ich meine Kollegen nicht höflich gebeten hätte, dich nicht festzunehmen, wärst du jetzt auf dem Weg in einen Verhörraum.«

»Du kannst jemanden höflich bitten? Wirklich?«

»Noch ein Wort und ich lass dich auf der Stelle in eine Zelle sperren und schmeiß den Schlüssel eigenhändig weg.«

»Warum warst du denn drüben bei den Böhms?«, fragte Sarah. Sie wusste, dass Steins Androhung sowieso nicht ernst gemeint war. Er musste nur mal eben Dampf ablassen. »Hast du die Nahrungsergänzungsmittel sicherstellen lassen?«

»Das werde ich dir bestimmt nicht verraten.«

»Hast du Marianne Böhms Aufzeichnungen gefunden? Du weißt schon, darüber, was sie aus dem Kaffeesatz gelesen hat. In dem Fall würde ich gern wissen, an welchem Tag sie welches Symbol entdeckt hat. Also Pfeil, Schlange und Grab. Das Datum vom Grab weiß ich, das war am achten Februar, am letzten Samstag. Wir trafen uns nämlich am zehnten Februar, und sie zählte die Symbole auf und sagte dann: ›Und vorgestern das Grab.‹«

Stein runzelte die Stirn, erwiderte aber nichts.

»Garantiert wollte sie herausbekommen, was genau ihr die Symbole mitteilen wollten, wovor sie sie warnten«, plapperte Sarah einfach weiter. »Vielleicht findest du auch ein Kleeblatt. Das Datum entspräche dann nämlich dem Tag, an dem Georg Sedlacek Marianne Böhm eine neue Lieferung Nahrungsergänzungsmittel mitgebracht hat«, erklärte sie und fügte noch hinzu, dass sie das von Antonia erfahren habe.

Auf Steins Gesicht erschien ein spöttisches Lächeln. »Ich komme mir vor wie im falschen Film.«

»Ich weiß, dass es so war, Martin. Ob du daran glaubst oder nicht, ist nebensächlich. Fest steht, dass Marianne Böhm an die Sinnbilder glaubte, und das ist alles, was zählt.«

»Ich hoffe, du hast hier keine Fotos gemacht. Etwa von dem toten Georg Sedlacek.«

»Wofür hältst du mich?«

Stein bedachte sie mit einem Blick, der sagte: Das möchte ich jetzt, in meinem außerordentlich großen Grant, lieber nicht laut aussprechen.

»Okay, okay«, gab Sarah klein bei. »Ja, ich hätte draußen bleiben sollen. Aber, hey«, sie zuckte mit den Achseln und setzte einen unschuldigen Blick auf, »ich bin nun mal Journalistin mit Leib und Seele. Außerdem hab ich mir um den alten Herrn echt Sorgen gemacht. Glaubst du wirklich, dass es Selbstmord war?«

»Ich denke jedenfalls nicht daran, das jetzt und hier mit dir zu besprechen. Und darüber, dass du den Böhms die Kaliumüberdosis gesteckt hast, müssen wir uns auch noch unterhalten.«

Sarah rollte mit den Augen. »Als ich das erwähnte, wusste ich doch noch nicht, dass ihr nicht vorhabt, den Angehörigen die Todesursache mitzuteilen. Und hör auf, so ein genervtes Gesicht zu machen. Denk lieber an etwas Schönes, das neutralisiert negative Gefühle und macht gute Laune.«

»Und du mach, dass du nach Hause oder ins Büro oder sonst wohin kommst. Auf jeden Fall verschwinde aus dieser Wohnung und meinem Blickfeld.« Verständnislos schüttelte Stein den Kopf. »Negative Gefühle neutralisieren«, wiederholte er in einem Tonfall, als hätte sie ihm geraten, ohne Fallschirm aus einem Flugzeug zu springen.

Als drei Sanitäter und ein Notarzt durch die Eingangstür kamen, wichen Stein und Sarah ins angrenzende Zimmer aus. Steins Kollegin Manuela Rossmann stand bereits am Esstisch und begutachtete die Schachtel mit den Pillenverpackungen, ohne sie anzufassen.

»Ich lass alles ins Labor bringen«, sagte sie, während sie sich Einweghandschuhe über die Finger streifte. »Mal schauen, ob es jene Tabletten sind, die bei den Böhms verschwunden sind.« Sie nahm den Wohnungsschlüssel, der neben der Kiste lag, und betrachtete ihn eingehend.

Sarah stutzte. Der war ihr vorhin überhaupt nicht aufgefallen.

»Ich geh gleich noch mal rüber und probiere, ob er in das Schloss von Frau Böhms Wohnung passt«, sagte Rossmann.

Sarahs Blick wanderte zwischen den beiden Beamten hin und her. Ihr gingen tausend Fragen durch den Kopf, die sie erst mal für sich behielt.

20

Das Vernehmungszimmer im Polizeipräsidium machte auf Clemens einen traurigen Eindruck. Ein Schreibtisch, zwei Stühle, Wände, die in einer undefinierbaren kühlen Farbe gestrichen waren. Die neutrale Atmosphäre war vermutlich beabsichtigt. Man sollte sich nicht wohlfühlen, während man wartete. Schon zwei Stunden saß er hier, man hatte ihn erkennungsdienstlich behandelt, die Personalien auf- und die Fingerabdrücke abgenommen und ihm ein Glas Wasser hingestellt. Seitdem übte er sich in Geduld. Das Angebot, einen Anwalt anzurufen, hatte er abgelehnt, weil er hoffte, der Polizei auf diese Weise zu vermitteln, nichts zu verbergen zu haben. Ob das ein Fehler war, würde sich noch herausstellen. Außerdem kannte er keinen Strafverteidiger, und der Firmenanwalt, der seine einzige Alternative gewesen wäre, war noch in Urlaub.

»Chefinspektor Stein kommt gleich«, hatte vor dreißig Minuten eine junge Uniformierte bereits zum dritten Mal versprochen. »Ein dringender Fall. Ich hoffe, das Warten macht Ihnen nicht allzu viel aus.«

Was für eine Phrase! Natürlich machte es ihm etwas aus. Er wollte hier raus, nach Hause, um sich unter der Bettdecke zu verkriechen. Er hatte keine Lust, Fragen zu beantworten, aber ihm war klar, dass er nicht in der Position war, sich groß aufzuspielen. Besser war es, sich mit den Kriminalbeamten gut zu stellen. »Nein. Kein Problem. Ich warte.«

Daran war er immerhin gewöhnt. Das konnte er gut. Es war seine Passion. Warten auf Anerkennung, warten auf eine Anweisung, warten auf das Erbe. Aber auch auf die eigene Mutter. Er erinnerte sich, dass er während der Volksschulzeit die Hausaufgaben oftmals im Café erledigt hatte. Als Siebenjährigem war ihm ihre Meinung zu seiner schönen Handschrift noch wichtig gewesen. Jeden neu erlernten Buchstaben, den er mühevoll aufs Papier gemalt hatte, wollte er ihr zeigen. Jeden Schritt, den er nach vorne machte, um ein Kind zu werden, auf das sie stolz sein konnte. Später demonstrierte er ihr seine Rechenkünste, hielt ihr seine Einsen in Mathematik unter die Nase. Noch später die Zeugnisse der Konditorlehre und der abschließenden Gesellen- und danach der Meisterprüfung, die er alle mit Auszeichnung bestand. Aber ihr Interesse hielt sich stets in Grenzen. Sie hatte einen Erben, das genügte. Höher war ihr Anspruch an ihn nie gewesen. Als Linus vor vier Jahren auftauchte, schenkte sie ihm keine Beachtung mehr. Er war damals sechsundvierzig Jahre alt. Weil sie ihn, Clemens, nicht mehr an der Kinderklappe eines Krankenhauses abgeben konnte, war er der Lakai geblieben. Plötzlich verspürte er Lust, den Kopf in seine Arme auf den Tisch zu legen und ein wenig zu schlafen. Die ganze Sache nagte an seiner Psyche. Er war müde, ausgelaugt, bemitleidete sich selbst. Und doch blieb er aufrecht sitzen und wartete. Weil er das so gelernt hatte.

Endlich betrat Chefinspektor Stein den Raum und machte es sich auf dem zweiten Stuhl so bequem wie möglich, als würde die Angelegenheit eine Weile dauern. »Tut mir leid, dass Sie warten mussten«, sagte er emotionslos.

Clemens nahm die Plattitüde stumm lächelnd entgegen. In Wahrheit war es dem Beamten wahrscheinlich egal, dass er hier schon Stunden saß.

Stein legte die Plastikhülle mit dem Erpresserbrief und einen Aktenordner zwischen sie auf den Tisch. »Ist Ihnen mittlerweile ein Erpressungsgrund eingefallen?« Ihm war deutlich anzuhören, dass er annahm, sein Gegenüber wisse mehr, als er bereit war preiszugeben. Sonst würde er ihm die Frage wohl auch nicht schon zum wiederholten Mal stellen.

»Nein, weil ich nicht erpresst werde oder wurde.« Clemens bemühte sich um einen ruhigen Tonfall. »Der Brief ist bekanntlich an meine Mutter adressiert.«

Stein beäugte ihn einen Moment lang skeptisch. »Tut mir leid, Herr Böhm«, antwortete er dann, »aber ich glaube nicht, dass Ihre Mutter eine derart schwerwiegende Angelegenheit nicht mit Ihnen ... zumindest besprochen hat.«

»Ob Sie's glauben oder nicht, meine Mutter hat nie mit mir über Probleme geredet, egal, welcher Art«, erklärte er. »Die Anzeigen übernahm ein Anwalt für sie, und harmlosere Dinge ignorierte sie.«

»Aber eine Erpressung kann man doch nun wirklich

nicht als harmlos bezeichnen«, entgegnete Stein. »Oder könnte es sein, dass sich der Anwalt auch darum gekümmert hat?«, fügte er noch hinzu, als würde er Clemens einen Anker zuwerfen.

Einen kurzen Augenblick lang dachte er nach. »So eine Angelegenheit übergibt man doch keinem Anwalt. Eher der Polizei, oder irre ich mich?«

»Tja«, sagte Stein nach einer kurzen Atempause, als würde er über die Frage tatsächlich nachdenken, »jedenfalls hat Ihre Mutter mit keinem meiner dafür zuständigen Kollegen Kontakt aufgenommen. Das haben wir inzwischen überprüft.«

»Es kann gut sein, dass meine Mutter die Sache als dummen Scherz abgetan und demzufolge … ignoriert hat. Ich wusste auch nichts von dem Brief, bis ich ihn gestern zufällig im Safe fand. Das müssen Sie mir glauben.«

Steins Mundwinkel fielen nach unten, als wollte er sagen: Ich muss gar nichts. »Warum haben Sie uns angelogen und uns nicht einfach die Kombination genannt?«

Clemens schluckte. Das Gefühl von Verzweiflung war unerträglich. Hilflos zuckte er mit den Achseln. Vielleicht sollte er doch einen Anwalt anrufen?

Stein schüttelte bedauernd den Kopf. »Das wirft kein gutes Licht auf Sie. Versetzen Sie sich mal in meine Lage.« Kurze Pause. »Zuerst behaupten Sie, den Code nicht zu wissen, dann öffnen wir den Tresor, finden das Schreiben und erfahren, dass Sie sehr wohl die Safe-Kombination kennen. Eine glaubwürdige Begründung für Ihr Verhalten wäre überaus hilfreich.«

Clemens presste die Lippen aufeinander. Ihm fiel partout keine logische Erklärung ein.

»Es war ein Fehler, den Brief nicht gleich der Polizei zu übergeben.«

»Das ist mir inzwischen auch klar. Aber im ersten Moment wusste ich nicht, wie ich reagieren sollte. Ich meine, was würden Sie denn tun, wenn Sie per Zufall erführen, dass Ihre Mutter erpresst wurde?«

»Zur Polizei gehen.«

»Aber Sie sind doch selbst Polizist.«

»Trotzdem würde ich meine Kollegen kontaktieren und nicht versuchen, im Alleingang die Sache zu regeln«, sagte Stein. Er hörte sich an, als wollte er ihm einen freundschaftlichen Rat geben.

Clemens nickte ergeben. Dass er gehofft habe, dass sich die Angelegenheit mit dem Tod seiner Mutter erledigt habe, sagte er nicht. Die Bemerkung hätte der Ermittler ihm garantiert negativ ausgelegt.

»Möchten Sie nicht doch Ihren Anwalt anrufen?«, fragte Stein.

»Ich weiß nicht, was Sie von mir hören wollen«, murmelte Clemens. Jetzt war es auch schon egal, ob ein Anwalt bei der Befragung dabei war oder nicht. »Es ist ... Irgendwie überfordert mich gerade alles. Meine Mutter, sie war ... eine ziemlich eigensinnige Frau. Was ich sagen will, ist ...« Sein Mund war so unglaublich trocken. Seine Zunge klebte förmlich am Gaumen, und dennoch rührte er das Wasserglas nicht an. »Sie hat ihre Entscheidungen nie vorab mit mir besprochen.« Himmel, er jammerte wie ein beleidigtes kleines Kind. »Ich weiß wirklich nicht, warum ich mit dem Brief nicht gleich zu Ihren Kollegen gegangen bin.«

»Aus welchem Grund verlangte der Erpresser die Geldübergabe ausgerechnet an der Straßenbahnstation Rennweg? So nahe an Ihrem Kaffeehaus, in dem obendrein gestern ein Brand ausgebrochen ist.«

»Muss ich die Brandlegung etwa als Warnung verstehen?«

»Die Frage kann ich Ihnen erst beantworten, wenn wir den oder die Brandstifter gefasst haben.« Stein schlug den Aktenordner vor sich auf. »Meine Kollegen haben in der Zwischenzeit mit dem Ehepaar Seemauer gesprochen. Beiden zufolge ist gestern eine Sicherung bei Ihnen durchgebrannt. Sie sollen Herrn Seemauer tätlich bedroht haben.«

»Das war ein Fehler. Ein dummer Fehler. Das ist mir klar.«

»Sie machen in letzter Zeit wohl häufiger Fehler. Ein Glück für Sie, dass die Herrschaften von einer Anzeige absehen.« Er blätterte weiter in den Unterlagen.

Dass die Seemauers von einer Anzeige absahen, wunderte Clemens. Nutzten sie doch sonst jede Gelegenheit dafür.

»Dem Café am Rennweg geht es finanziell nicht so gut. Interessant, oder?«, fuhr Stein fort.

»Das wusste ich bis vor Kurzem gar nicht. Ich bin ... war doch bloß ein gewöhnlicher Angestellter«, rechtfertigte sich Clemens. »Auch meine Frau Michaela ist im Unternehmen nur eine normale Angestellte. Wir haben unser Gehalt bekommen, und damit hatte es sich. Meine Mutter hat mich nur in den seltensten Fällen ins

Geschäftliche eingebunden. Sie bestimmte. Ich funktionierte.«

Wieder war da die deutliche Skepsis in Steins Gesicht. »Wirklich, Herr Böhm? Sie wollen mir weismachen, dass Sie nicht im Bilde darüber waren, dass das Café Verluste einfährt? Das glaube ich Ihnen nicht. Sie sind jetzt der Nachfolger, der neue Chef. Sie sollten gelernt haben, wie man drei Kaffeehäuser führt, und wissen, wie Ihre Bilanzen aussehen.« Steins stechender Blick durchbohrte ihn. »Es gibt Wege, aus einer solch prekären Situation herauszukommen. Ganz einfach, indem man das defizitäre Lokal abfackelt.«

Clemens' Nackenhaare sträubten sich. Jetzt unterstellte ihm dieser verfluchte Polizist auch noch Brandstiftung. Er fühlte sich in die Enge getrieben. »Es war aber so«, brauste er auf. »Meine Mutter hat bisher immer alles geregelt.« Das klang erbärmlich, aber es war die traurige Wahrheit. Hinter der goldenen Fassade vom Café Böhm sah es unschön aus. Das Verhältnis der Familienmitglieder untereinander war zerrüttet, geprägt von Misstrauen, Abneigung und Zynismus. »Das ist die Wahrheit, Herr Chefinspektor. Erstmals durfte ich Anfang des Jahres die Belege für den Steuerberater sortieren. Bis dahin hatte das immer meine Mutter übernommen. Niemand sonst erhielt Einsicht in die Buchführung. Aber als ich die Quittungen, Kassenzettel und Rechnungen sah, hab ich natürlich sofort begriffen, dass es um das Café am Rennweg nicht gut bestellt ist. Ich wollte mit meiner Mutter darüber reden, doch ... Aber das hab ich ja eh schon gesagt. Sie war schwierig, wenn etwas nicht so lief, wie sie sich das vorstellte.« Er hob langsam die Schultern, als läge darauf eine schwere Last, und ließ sie wieder sinken.

»Nach ihrem Tod wird es sicher leichter für Sie.«

Stimmt, lag es ihm auf der Zunge, aber er schluckte die Zustimmung hinunter. Er musste auf der Hut bleiben!

»Und weshalb hat sie Ihnen diese Aufgabe dann doch plötzlich übergeben?«, bohrte Stein nach.

Clemens berichtete von der Buchpräsentation. Dem Stress, den die Vorbereitungen bedeutet hatten, und seiner Überraschung, als sie ihm völlig unerwartet die Geschäftsbuchhaltung überließ.

»Möglicherweise hatte sie erkannt, dass sie nicht mehr für alles die Energie hatte. Sie war keine fünfzig mehr. Ich hatte bereits davor versucht, sie zu überzeugen, das Café zu verkaufen. Wegen des Ärgers mit dem Ehepaar Seemauer«, erklärte er knapp. »Doch auf dem Ohr war sie immer noch taub.«

Ein junger Polizist betrat den Raum, nickte Clemens grüßend zu und bat den Chefinspektor in einer wichtigen Angelegenheit nach draußen. Stein erhob sich. »Bin gleich wieder da.«

Und wieder war Clemens zum Warten verdammt. Er versuchte, nicht nervös oder ungeduldig zu wirken, weil sie ihn mit Sicherheit beobachteten. Das sah man doch immer im Fernsehen. Dann standen Polizisten hinter einer Glasscheibe und ließen den Verdächtigen nicht aus den Augen.

Als der Ermittler zurückkam, hielt er ein weiteres Stück Papier in der Hand. »Können Sie sich vorstellen, wie die Schachtel mit den Tabletten Ihrer Mutter in die

Wohnung von Herrn Medizinalrat Sedlacek gekommen ist?«, fragte er und setzte sich wieder, ohne den Blick von dem Blatt zu nehmen.

»Was?« Clemens war perplex. Weshalb ging es hier plötzlich um ihren Stammgast? »Ich verstehe nicht.«

Stein fixierte ihn, während er berichtete, was sie in Sedlaceks Wohnung gefunden hatten. Er wedelte mit dem Papier. »Soeben habe ich die Bestätigung erhalten, dass es sich definitiv um die Schachtel handelt, die bei Ihnen auf mysteriöse Weise verschwunden ist.« Er machte eine kurze Pause. »Ihre Fingerabdrücke sind drauf und welche, die wir nicht zuordnen können. Ich nehme an, dass es sich um die Ihrer Mutter und Ihres Sohnes handelt.« Er sah Clemens lauernd an.

»Sind das alle?«

»Wessen hätten wir denn noch finden sollen, Herr Böhm?«

»Woher soll ich das wissen?«

»Vielleicht die Ihrer Frau? Wir werden jedenfalls ihr und Ihrem Sohn die Fingerabdrücke nehmen müssen.«

Kaliumüberdosis, Drachentöter ... Die Gedanken schossen wild durch seinen Kopf. In seinem Inneren ging es drunter und drüber. Er hatte das Gefühl, irgendetwas zu übersehen, einen Fehler gemacht zu haben, der ihm nun zum Verhängnis wurde. Nur welchen? Es war bestimmt klüger, die Frage nicht zu beantworten. »Was sagt denn der Sedlacek dazu?«

»Leider nicht mehr viel. Er ist nämlich ... verstorben.«

Clemens riss die Augen auf. »Was? Wie? Warum?«

»Hatten Sie nicht ursprünglich geplant, ihm die Schachtel zurückzugeben?«

»Das hab ich doch nur so dahergesagt. Das war nicht ernst gemeint. Eigentlich wollte ich alles bei der Apotheke vorbeibringen«, beteuerte er.

»Waren Sie jemals in Herrn Sedlaceks Wohnung?«

»Nein.«

»Wir haben bei ihm einen Wohnungsschlüssel gefunden, der ins Schloss der Türen des Hauses und der Wohnung Ihrer Mutter passt. Es befanden sich keine Fingerabdrücke darauf, obwohl Herr Sedlacek ihn doch in der Hand gehabt haben müsste, so es sich um seinen Schlüssel handelt.«

Clemens' Gedanken rasten.

»Besaß Herr Sedlacek einen Schlüssel zur Wohnung Ihrer Mutter?«, hakte Stein nach.

»Offenbar, sonst hätten Sie ihn ja nicht dort gefunden. Wann und weshalb sie ihn ihm gegeben hat, kann ich Ihnen aber nicht sagen.« Seine Antwort war grantig. Er räusperte sich, riss sich zusammen. »Woran ist der Sedlacek denn gestorben?«

»Wir ermitteln noch.«

»Ermitteln?« Er horchte auf. »Das klingt nach Mord.« Er verkniff sich die Frage, auf welche Art der Medizinalrat umgebracht worden war.

»Was haben Sie in den letzten zwei Tagen getan, Herr Böhm?«

Clemens wurde heiß. Die Luft blieb ihm weg. Als hätte ihm jemand in die Magengrube geschlagen. Instinktiv wich er dem stechenden Blick des Ermittlers aus. Verflixt. Er hoffte, dass sich jeden Moment der Boden unter seinen Füßen auftun und ihn für immer verschlucken würde. Erschöpft lehnte er sich zurück.

»Jemand hat eins unserer Cafés in Brand gesteckt, meine Mutter wurde offenbar getötet, und Sie fragen mich allen Ernstes, was ich in den letzten zwei Tagen getan habe? Das gibt's doch alles nicht. Was wird hier gespielt?«

»Wir hoffen, dass Sie für uns ein wenig Licht ins Dunkel bringen können, Herr Böhm.« Der Chefinspektor klang jetzt überaus ruhig und freundlich, bevor er kurz innehielt, als wollte er ihm Zeit zum Nachdenken geben. Als er fortfuhr, beäugte er Clemens wie eine Spinne ihr im Netz gefangenes Opfer. »Können oder wollen Sie mir die Frage nicht beantworten?«

»Ich war im Café in der Wollzeile, als der Brand am Rennweg ausbrach, ansonsten hab ich mich um die anderen beiden Cafés gekümmert und in der Wohnung meiner Mutter Unterlagen gesichtet. Jedenfalls war ich ganz bestimmt nicht beim Sedlacek.«

»Weshalb betonen S' das so vehement?«

»Weil …« Er wischte sich den Schweiß von der Stirn. »Weil Sie mir das Gefühl geben, mir nicht zu glauben.«

»Haben Sie den Brief an Ihre Mutter geschrieben? Oder jemand anders aus Ihrer Familie?«

Wieso kam er ausgerechnet jetzt wieder auf den Erpresserbrief zu sprechen? Clemens kam es vor, als drehte sich das Gespräch im Kreis. War das Taktik? Das Wasserglas stand noch immer unberührt vor ihm auf dem Tisch. Er nahm es und trank es in einem Zug leer.

21

Es war naheliegend, dass die Polizei erst mal von einem Selbstmord ausging. Sarah hatte vergessen, Stein zu fragen, ob man die Leiche obduzieren würde. Der Mann war um die achtzig gewesen, hatte allein gelebt, Einbruchspuren gab es keine, und auch sonst wies erst mal nichts auf Fremdverschulden hin. Erschwerend kam hinzu, dass man bei Menschen in ähnlich hohem Alter gerne mal auf eine genauere Untersuchung verzichtete, um Kosten zu sparen. Und Hinterbliebene, die ein Motiv hätten, den alten, vermögenden Erbonkel um die Ecke zu bringen, gab es in diesem Fall auch keine.

Sarah stand noch immer vor Sedlaceks Wohnhaus, überlegte, ob sie nach Hause fahren sollte. Unterdessen sah sie, dass Manuela Rossmann Marianne Böhms Wohnhaus wieder verließ, in ein Polizeiauto stieg und wegfuhr.

Sarah lief zu Fuß die Wollzeile hinunter, um sich zu beruhigen und eine Entscheidung zu treffen. Beim Kabarett Simpl kehrte sie um. Sie musste Antonia berichten, was passiert war.

Die Kellnerin schien bereits auf Sarah gewartet zu haben. Wahrscheinlich waren ihr die Einsatzfahrzeuge auf der anderen Straßenseite nicht entgangen. Umgehend führte sie Sarah an den Stammtisch des alten

Mannes, der jetzt unbesetzt war. Wenn Sarah den Kopf neigte und aus dem Fenster sah, konnte sie das Geschehen auf der Straße bestens beobachten.

Antonia brachte zwei große Schalen Kaffee. Sie hatte für sie beide je einen Franziskaner zubereitet, eine Wiener Kaffeehausspezialität aus verlängertem Mokka, ein wenig warmer Milch und Schlagobers. Dazu stellte sie Sarah unaufgefordert eine Topfengolatsche hin. Sarah hatte zwar keinen Appetit, nahm jedoch aus Höflichkeit einen Bissen und musste lächeln. Die Mehlspeise schmeckte fantastisch.

»Ich fasse es einfach nicht«, murmelte die Kellnerin, nachdem Sarah ihr von Sedlaceks Tod erzählt hatte. Dann schwiegen beide.

»Der Leichenwagen der Wiener Bestattung ist schon da«, sagte Antonia schließlich, die Stirn gegen die Scheibe gepresst, um besser sehen zu können.

Sarah blickte unterdessen zu Marcel, der hinter der Theke arbeitete. Mit teilnahmsloser Miene nahm er die Bestellungen der Kellner entgegen und bereitete ebenso gleichgültig die bestellten Getränke zu. Sedlacek hatte recht gehabt. Der Bursche taugte nicht zum Kaffeesieder.

»Er hilft nur aus«, sagte Antonia, die sich vom Treiben auf der Straße losgerissen hatte. »Meine Tische übernimmt übrigens eine halbe Stunde lang eine Kollegin. Ich brauch auch mal eine Pause. Die Michi, also, die Frau Böhm, die ist erst vor einer Minute nach Hause gefahren. Wie ist der Sedlacek denn …?«

Sarah wandte sich wieder der Kellnerin zu. »Anscheinend war's Selbstmord.«

Antonia sah sie aus traurigen Augen an. »Das hab ich doch geahnt. Ich hätt früher nach ihm schauen sollen.«

»Um es zu verhindern, hätten S' wahrscheinlich rund um die Uhr bei ihm bleiben müssen.« Sarah überlegte, ob sie die Schachtel mit den Tabletten erwähnen sollte. Und dass der mögliche Suizid eventuell nicht der Trauer geschuldet, sondern ein Geständnis war. Sie tat es nicht.

Antonia nahm einen großen Schluck Kaffee. »Erst die Seniorchefin, jetzt der Medizinalrat.« Sie legte den Kopf in den Nacken und seufzte laut. »Und der Chef sitzt anscheinend immer noch bei der Polizei.«

Sarah horchte alarmiert auf. »Der Herr Böhm? Warum denn das?«

»Das wollt uns die Michi nicht sagen. Und dem Junior«, Antonias Kopf zuckte Richtung Theke, »dem ist sowieso alles egal, was hier passiert.« Plötzlich klang sie mehr als gereizt. »Gut, dass der ITler wird, mit den Cafés hat er nämlich absolut nix am Hut.«

Plötzlich flog die Tür auf, und Linus Oberhuber erschien. Mit wenigen Schritten war er am Tresen und besprach etwas mit Marcel, was diesen sichtlich freute. Gleich darauf ließ Böhm junior alles stehen und liegen und verschwand in die hinteren Räume. Der Kaffee-Sommelier band sich eine Schürze um, stellte sich an Marcels Stelle hinter die Theke und erspähte in dem Moment Sarah und Antonia. Er tauschte ein paar Worte mit einem Kollegen, der daraufhin wiederum seine Position einnahm.

Schließlich kam er zu ihnen, blieb jedoch neben dem Tisch stehen. »Die Michi hat mich angerufen und gebeten auszuhelfen, damit der Marcel heimgehen kann. Die Arme ist ja völlig durch den Wind.« Er schüttelte den Kopf. »Hätte nicht gedacht, dass wir uns so schnell wiedersehen«, sagte er in Sarahs Richtung. »Schreckliche Sache, das mit dem Sedlacek.«

»Die Frau Pauli war dabei, als sie ihn gefunden haben«, warf Antonia ein.

»Das war sicher ein Schock. Apropos«, er machte eine kurze Pause, »die haben offenbar etwas in seiner Wohnung gefunden, hat mir die Michi erzählt. Was genau, wollte ihr die Polizistin, die von drüben hergekommen war, um etwas zu überprüfen, nicht verraten, nur so viel: Der Sedlacek hat einen Schlüssel g'habt, der zu Mariannes Wohnung passt.«

Antonia sah den Barista mit großen Augen an. »Und das heißt was?«

Er zuckte mit den Achseln. »Keine Ahnung. Tut mir leid, aber ich muss jetzt. Der Laden ist voll, und wenn ich weiter mit euch plaudere, hilft das den Kollegen wenig.«

»Der Mann liebt seinen Beruf wirklich«, murmelte Sarah, als Oberhuber schon wieder hinter die Bar verschwunden war und eine Kellnerin anstrahlte, als hätte sie ihm ein Geschenk überreicht und nicht eine profane Bestellung weitergegeben.

»Das stimmt. Aber ich befürchte, dass Clemens ihm kündigen wird, vorausgesetzt, er ist Alleinerbe.« Erschrocken blickte Antonia Sarah an und schüttelte dann den Kopf, als würde das den Satz ungesagt machen. »Vergessen S' das bitte.«

Sarah nickte, dachte aber nicht daran. Die beiden

waren wie Brüder, die sich hassten. Wie Kain und Abel. Als ihr Handy vibrierte, warf sie einen raschen Blick darauf. Stein hatte ihr eine Nachricht geschickt. Sie begann mit *VERTRAULICH* in Großbuchstaben.

Pfeil, 9. Jänner
Schlange, 20. Jänner
Messer, 25. Jänner
Grab, 8. Februar
Kein Kleeblatt

Verflixt! Entweder irrte sie sich, was das Glückssymbol anbelangte, oder die Böhm hatte Antonia einfach angeschwindelt. Ein Gedanke regte sich in ihr. Hatte die Präsentation von Oberhubers Buch nicht am neunten Jänner stattgefunden? Sie erkundigte sich bei Antonia, die ihr den Termin bestätigte.

»Hat sich Ihre Seniorchefin danach irgendwie anders verhalten?«

Die Bedienung dachte nach, schüttelte jedoch den Kopf. »Nein, sie war auch nach der Buchvorstellung wie immer. Energiegeladen, charmant und stets gut gelaunt. Warum fragen Sie?«

»Ihre Kontrollsucht hat sich verstärkt«, sagte plötzlich eine Stimme, noch bevor Sarah antworten konnte.

Sie drehte den Kopf zur Seite.

»Vanessa.« Antonias Hand flog zum Herzen. »Du hast mich zu Tode erschreckt.«

Wie aus dem Nichts erschienen stand Linus Oberhubers Verlobte an ihrem Tisch. Als hätte sie sich angeschlichen. Vanessa Hartan war eine schöne junge Frau, fand Sarah. Eine mit aufrechter Körperhaltung und stolzem Blick. Eine, die vermutlich nur dann schüchtern war, wenn es darum ging, den Jagdinstinkt eines Mannes zu wecken, um einen Drink spendiert zu bekommen. Sie war eine Inszenierung ihrer selbst. Stark geschminkt, roséfarbener Lippenstift und dunkles Augen-Make-up, im eleganten Outfit mit passenden Schuhen und farblich harmonierender Handtasche. Unaufgefordert ließ sie sich auf den letzten freien Stuhl am Tisch fallen.

»Die Böhm wollte doch alles und jeden kontrollieren, und nach der Präsentation ist das noch schlimmer geworden. Sie hat Linus täglich angerufen, selbst nachts! Das hat so was von genervt, wirklich.«

»Frau Pauli ist Journalistin«, warf Antonia rasch ein, vermutlich, um die bösartigen Ausführungen der blonden Schönheit zu stoppen.

»Unser Gespräch ist vertraulich, nehme ich an«, sagte Vanessa Hartan in Sarahs Richtung. Es war keine Frage.

»Selbstverständlich.«

»Ich weiß, dass man über Tote nicht schlecht reden soll«, fuhr sie in einem Tonfall fort, der klarmachte, dass diese Regel für sie nicht galt. »Aber sie hat behauptet, der Sedlacek habe sie betrogen, und Linus sollte herausfinden, ob auch Clemens und Michaela in die Sache verstrickt sind.«

»In welche Sache?«, hakte Sarah nach.

Vanessa Hartan zuckte mit den Achseln.

»Das kann ich einfach nicht glauben«, widersprach Antonia mit echter Bestürzung in der Stimme.

»Frag Linus! Ihm hat das nicht mal was ausgemacht, wenn um zwei Uhr morgens das Handy geklingelt und sie ihn zu sich zitiert hat.« Sie sah dabei so empört aus, als säße Marianne Böhm ihr gegenüber, der sie diesbezüglich die Meinung geigte.

Selbst die wütenden Falten auf ihrer Stirn können ihrer Schönheit nichts anhaben, stellte Sarah überrascht fest. Sie fragte sich, ob diese Frau beim Sport schwitzte oder eventuell sogar unangenehm roch. Die Wahrscheinlichkeit war ziemlich gering. »Was soll das bedeuten, dass Sedlacek sie betrogen hat? Womit? Mit überteuerten Tabletten?«, bohrte Sarah nach.

»Keine Ahnung, aber interessiert mich auch nicht. Ich hab Linus gebeten, mich mit den Problemchen der Alten zu verschonen.« Vanessa Hartan warf einen enervierten Blick auf ihre roséfarben lackierten Fingernägel.

Sarah glaubte ihr aufs Wort. Die junge Frau erschien ihr wie eine Person, die ausschließlich ein Interessensgebiet hatte: Vanessa Hartan. Sie war die Sonne, die um sich selbst kreiste. Sie wandte sich wieder Antonia zu. »Was war später? So gegen Ende Jänner? So ab dem fünfundzwanzigsten? Kam sie Ihnen da vielleicht … nachdenklicher oder nervös vor?«

Antonia sah sie irritiert an. »Warum ausgerechnet nach dem fünfundzwanzigsten?«

Sarah zuckte mit den Achseln, als wäre ihr das Datum spontan in den Sinn gekommen. Wobei sie im Moment tatsächlich ausschließlich ihrer journalistischen Intuition folgte. Sie rief auf ihrem Handy den Kalender auf. »Der fünfundzwanzigste war übrigens ein Samstag.«

»Ein Samstag, sagen S', dann hat die Seniorchefin am Vortag mit ihren Freundinnen Bridge gespielt.« Antonia dachte angestrengt nach. »Warten S'! Da hatte sie irgendwas mit der Schmekal für den darauffolgenden Sonntag ausgemacht.« Antonia redete immer schneller. »Das hab ich mitbekommen, als ich die Getränke an den Tisch brachte. In dem Moment hat die Schmekal nämlich zu meiner Seniorchefin gesagt, sie werde sich den sechsundzwanzigsten Jänner rot im Kalender anstreichen, weil das Erlebnis am Sonntag mit der Marianne ein einmaliges bleiben wird.«

»Sie hatte mit der Schmekal etwas ausgemacht?« Vanessa Hartan lachte spöttisch auf. »Das kann wohl nur ein Date im Casino gewesen sein.«

Sarah beschloss, Josephine Schmekal am Kaffeesiederball danach zu fragen. Und den Barista nach dem Grund von Marianne Böhms nächtlichen Anrufen. Aber nicht jetzt vor Antonia und seiner Verlobten. Morgen. Antonias Miene spiegelte höchste Konzentration wider. Offenbar ging ihr noch etwas durch den Kopf.

»Ja klar, jetzt erinnere ich mich!«, sagte sie schließlich. »Am Tag nach dieser Bridgerunde, also am Samstag, hat der Sedlacek ihr die Schachtel mit den neuen Pillen gebracht.«

Sarah zückte ihr Handy. Sie musste Stein sofort eine Nachricht schreiben.

Als sie eine Stunde später nach Hause kam, hörte sie im Flur Stimmen, die aus der Wohnküche drangen. Sie hob Marie hoch, die ihr entgegengekommen war. Die

Katze schnurrte augenblicklich los. »Scheint, als hätten wir Besuch. Gell, meine Schöne?«

Sie schaute auf die Uhr, es war bereits zehn, dann betrat sie die Wohnküche. Am großen Esstisch saßen Gabi, Chris und David. Auf dem Tisch stand eine Flasche Blaufränkischer, die Anrichte bog sich unter schmutzigen Tellern.

Sarah küsste ihre Lieben reihum zur Begrüßung. »Entschuldigt, dass ich erst jetzt komme. Waren wir verabredet?« Sie kramte in ihrem Gedächtnis, konnte sich aber an keine Verabredung erinnern.

David schüttelte den Kopf. »War eine spontane Aktion.«

Chris zeigte auf den großen Topf, der noch auf dem Herd stand. »Du hast ein verdammt gutes Linsencurry verpasst.«

»David hat gekocht«, fügte Gabi hinzu.

»War nur Spaß, wir haben dir natürlich etwas aufgehoben. Setz dich.« David erhob sich, um Sarah einen Teller anzurichten.

»Danke dir.« Ihr Freund kochte gerne und gut, leider ließ seine Zeit es viel zu selten zu. Sie plumpste seufzend auf den freien Stuhl. »Leute, ich hab echt einen Scheißtag hinter mir.«

Chris schenkte ihr ein Glas Wein ein.

»Wir haben um halb acht die Nachrichten angeschaut«, sagte Gabi. »Sie haben einen kurzen Bericht über einen Leichenfund im ersten Bezirk gebracht. Man weiß wohl noch nichts Genaues. Warst du dort?«

»Nicht nur das. Ich hab den Toten gesehen.« Während Sarah sich das wirklich ausgezeichnete Curry schmecken ließ, berichtete sie ausführlich von den Ereignissen des Tages. Als sie von Sedlaceks Anblick erzählte, spürte sie, wie sich mit jedem Wort ihr Pulsschlag erhöhte.

Chris' Augenbrauen wanderten besorgt nach oben, und David legte seine Hand auf ihren Arm. Mehr brauchte es nicht, um ihr Innerstes wieder in Balance zu bringen. Nur diese zarte Berührung.

Indessen sprach Gabi aus, was sie vermutlich alle dachten. »Ich hoffe, du kannst endlich einen Schlussstrich unter die Sache ziehen.«

»Ich auch«, antwortete Sarah, obwohl sie genau wusste, dass das heute noch nicht das Ende der Geschichte war. Noch zu viele Fragen waren offen.

Freitag, 14. Februar

22

Am gestrigen Donnerstag war so gut wie nichts passiert. Ein stinknormaler Arbeitstag. Sarah hatte einen Leitartikel über die Wichtigkeit biologischer Landwirtschaft verfasst, da ihr das Thema seit dem Gespräch mit Marianne Böhm über Biokaffee unter den Nägeln brannte. Zudem passte es hervorragend zur Klimadiskussion und zu Fridays for Future, beides war derzeit wieder in aller Munde. Dann hatte sie mehrmals versucht, Linus Oberhuber zu erreichen. Im Café war er nicht, er hatte seinen freien Tag, und das Handy war ausgeschaltet. Sie hatte ihm eine Nachricht hinterlassen, doch er hatte nicht zurückgerufen.

Maja hatte vermelden können, dass der Brand im Café am Rennweg vorsätzlich gelegt worden war. Jemand hatte Benzin in einer Toilette verteilt und angezündet. Die Suche nach dem Täter lief. Die Brandstiftung war auch Thema auf den Chronik-Seiten im aktuellen *Wiener Boten*. Das Foto vom wütenden Clemens Böhm, der Harald Seemauer am Kragen packte, das ihnen gemailt worden war, hatten sie weder veröffentlicht noch kommentiert. Lediglich zwei Boulevardblätter hatten es im Innenteil gebracht. *Eklat bei Brand in Kaffeehaus* und *Wirt dreht durch*, lauteten die Schlagzeilen. Die Artikel waren nichtssagend und einseitig recherchiert. In beiden wurde ausschließlich Seemauers Sicht der Dinge dargelegt und behauptet, Clemens Böhm führe den Krieg fort, den seine Mutter mit dem Ehepaar begonnen habe. Dass der Kaffeehauserbe von der Polizei einvernommen worden war, war den Redakteuren offenbar entgangen, es wurde mit keinem Wort erwähnt.

Sarah hatte diesbezüglich gestern mit Martin Stein telefoniert. Doch obgleich sie ihm von dem vermeintlichen Betrug erzählte, von dem sie von Vanessa Hartan erfahren hatte, rückte er mit nichts heraus.

»Wir stecken mitten in laufenden Ermittlungen«, erwiderte er auf ihre Frage nach neuen Informationen. »So leid es mir tut, ich kann dich im Moment nicht einweihen. Obwohl ich natürlich weiß, dass ich mich auf deine Diskretion verlassen kann«, fügte er rasch hinzu.

Sie hatte noch zweimal nachgehakt, bevor sie sich zähneknirschend geschlagen gab.

An diesem Freitagmorgen blieb David auf dem Weg ins Büro vor einer Blumenhandlung stehen und kam wenige Minuten später mit einem Strauß Rosen zum Auto zurück. »Ein kleiner Trost, weil der Valentinsabend nicht uns allein gehört.«

»Danke!« Sarah strahlte. »Aber warum elf rote, sieben weiße und eine orangefarbene?«

»Die orangene musste sein, damit die Anzahl ungerade ist, weil das immer schöner aussieht. Die Anzahl der roten steht für den November, den elften Kalendermonat, in dem du geboren wurdest. Und die sieben weißen für den Tag, an dem du zur Welt kamst.«

»Wow«, zeigte Sarah sich beeindruckt.

Er lachte. »Ich kann der Hexe des *Wiener Boten* doch keinen Blumenstrauß schenken, ohne mir davor eingehend Gedanken darüber gemacht zu haben.«

Sarah beugte sich zu ihm hinüber und küsste ihn innig.

»Zumindest haben wir das ganze Wochenende für uns und damit eigentlich gleich zwei Valentinstage«, sagte David nach dem Kuss.

Sarah lächelte glücklich. »Klingt sehr verlockend.« Miteinander verbrachte Zeit war für sie beide wertvoller als so manches Geschenk. Sie sog den betörenden Duft der Rosen ein.

In der Redaktion arrangierte sie den Strauß in einer Vase, die sie auf den Schreibtisch stellte. Dann sah sie aus dem Fenster auf die Mariahilfer Straße. Dort, wo das Gebäude des *Wiener Boten* lag, prägten Fußgänger und Radfahrer das Bild. Ob sich von denen schon jemals einer Gedanken darüber gemacht hat, dass das Leben schon nach dem nächsten Atemzug vorbei sein kann?, überlegte Sarah. Die beiden überraschenden Todesfälle der Böhm und vom Sedlacek wollten sie einfach nicht in Ruhe lassen. Das Bild des alten Mannes mit den aufgeschnittenen Pulsadern hatte sich tief in ihr Gedächtnis gebrannt. Als Maja das Büro betrat, ging Sarah zurück zu ihrem Schreibtisch.

Fünfzehn Minuten später drückte ihre Kollegin ihr kommentarlos eine Tasse Kaffee in die Hand, machte eine anerkennende Bemerkung über die Rosen, ging an ihren Schreibtisch vor der Glaswand, und Sarah versuchte zu arbeiten.

Als um zehn Uhr ihr Handy läutete, hob sie ab, ohne vorher aufs Display gesehen zu haben.

»Guten Morgen«, hörte sie Martin Steins sonore Stimme.

»Guten Morgen, Martin. Sag nur, du hast doch etwas für mich?« Sie nippte an ihrem zwischenzeitlich zweiten Kaffee.

»Die Analyse ist vor einer Stunde auf meinen Tisch geflattert.«

Sarah verstand sofort, dass er die Analyse der Tabletten aus Sedlaceks Wohnung meinte. »Das ging aber schnell.«

»Na ja, wir wussten, wonach wir suchen.«

»Und?«

»Hab ich dir schon mal gesagt, dass du eine gute Polizistin abgeben würdest?«

»Schon öfter. Aber dein Lob bedeutet …«

»Kalium«, unterbrach er sie. »In sämtlichen Nahrungsergänzungsmitteln war nicht drin, was auf der Packung draufstand, sondern ausschließlich hochdosiertes Kalium.«

»Wow«, zeigte sich Sarah überrascht, obwohl sie genau das vermutet hatte. »Übrigens danke fürs Schicken der Daten und dein Vertrauen.«

»Gern geschehen. Im Gegenzug weiß ich ja jetzt, wann die Böhm die Pillen vom Sedlacek bekommen hat.«

Sarah berichtete mit knappen Worten, wie sie den Übergabetag eruiert hatte. »Aber hätte Marianne Böhm das nicht merken müssen? Ich meine, sie hat die Nahrungsergänzungsmittel seit Jahren geschluckt, sie wusste doch, wie ihre Pillen aussahen.«

»Es waren für sie völlig neue Verpackungen und Kapseln. Das heißt, ihr kam es vermutlich ganz normal vor, dass die Pillen anders aussahen als jene, die sie bisher genommen hatte.«

Bewahrheitete sich jetzt Marianne Böhms Vermutung? Hatte der alte Herr sie wirklich betrogen? Und stimmte dann auch die Mutmaßung, dass Clemens und Michaela Böhm mit von der Partie gewesen waren? Intuitiv fiel Sarahs Blick auf den Rosenstrauß. Es hat keine Liebe im Hause Böhm gegeben, schoss es ihr durch den Kopf. »Aber bevor ich neue Medikamente nehme, muss ich doch erst mal den Behälter öffnen«, dachte sie den Gedanken laut weiter. »Bedeutet, die Dosen müssen schon ursprünglich Kaliumkapseln enthalten haben, damit Marianne Böhm keinen Verdacht schöpfte.«

»Gut kombiniert«, lobte Stein sie. »Die Etiketten auf den Plastikdosen sind überklebt worden. So professionell, dass es selbst uns erst auf den zweiten Blick aufgefallen ist.«

»Und in wirklich allen Dosen befanden sich Kaliumpräparate?«

»Ja. Sie hat quasi ausschließlich Kalium geschluckt.«

»Aber warum ist sie dann nicht schon Ende Jänner gestorben, nachdem ihr Georg Sedlacek den Karton gebracht hatte?«, hakte Sarah nach.

»Weil sie zuerst die bereits angebrochenen Packungen zu Ende nahm, meinte Antonia, die Kellnerin. Sie sagte, Marianne Böhm habe bei der Übergabe gegenüber Sedlacek erwähnt, fürs Erste noch genug zu haben. Ausgerechnet an dem Tag, an dem sie dich im Hawelka traf, nahm sie dann erstmals die neuen Präparate ein. Es fehlt nämlich in jeder der insgesamt zehn Dosen der Nahrungsergänzungsmittel genau eine Pille. Dass sie im Hawelka zusammenbrach, war reiner Zufall, hätte auch früher oder später passieren können. Fakt ist aber, dass sie irgendwann demnächst an einer Kaliumvergiftung gestorben wäre.«

»Zehn Stück!«, wiederholte Sarah verwundert darüber, wie viele Tabletten man auf einmal schlucken konnte. Und dazu waren ja noch die vom Arzt verordneten Medikamente gekommen.

»Aber von dem mal abgesehen, welches Motiv kommt dir spontan in den Sinn, Sarah?« Stein und sie waren zwar nicht immer einer Meinung, trotzdem war er an ihren Überlegungen interessiert, so schräg sie manchmal auch sein mochten.

»Ich muss an die Adoption denken, zu der es nicht kam, weil Marianne Böhm zu früh verstarb. Ich meine, das Erbe, das sie hinterlässt, ist beträchtlich.«

»Das haben wir im Blick.«

»Also ist es jetzt doch eine Mordermittlung«, schlussfolgerte Sarah.

»Ich erzähl dir das jetzt nur vor der ersten Presseaussendung, weil du mich auf die Nahrungsergänzungsmittel gebracht hast.«

»Wann geht ihr an die Öffentlichkeit?«

»Heute Abend.«

»Okay, dann sollten wir die Meldung wann genau hochschießen?«

»Um fünf, dann seid ihr immer noch früher dran als die Konkurrenz.«

»Ist Clemens Böhm in Untersuchungshaft?«, versuchte sie, ihn durch den plötzlichen Themenwechsel dazu zu verleiten, ihr weitere Infos zu verraten.

»Nein.«

»Das heißt, er wird nicht verdächtigt?«

»Das habe ich nicht gesagt.«

»Wird Sedlaceks Leiche obduziert?«

»Ja.«

»Gut.«

»Obwohl im Moment nichts auf Fremdverschulden hinweist.«

»Hm.«

»Weißt du, Sarah, ich kann hören, dass dir etwas durch den Kopf geht. Spuck's aus.«

»Na gut. Mir will nicht eingehen, wozu Sedlacek die Schachtel mit den Pillen aus Marianne Böhms Wohnung geholt hat. Das ergibt doch keinen Sinn, wenn er vorhatte, sich umzubringen. Dann hätte er doch nicht die falschen Tabletten geholt, sie auf den Esstisch gestellt und den Schlüssel gleich daneben gelegt, damit die ... entschuldige ... depperte Polizei ihn auch ja findet, oder?«

Stein lachte. »Und aus dem Grund zweifelst du den Selbstmord an.«

»Ist das so abwegig?«

»Nein.«

»Ich habe den Mann kaum gekannt, aber trotzdem stimmt an dem Bild was nicht.«

»Man kann in die Menschen nicht hineinschauen. Sei so gut, Sarah, lass uns ermitteln, und du berichtest. Okay?«, beendete Stein die Debatte.

Sie verdrehte die Augen. Wie oft hatte sie den Spruch von ihm schon gehört. »Dann ermittle bitte schnell, ich brauche nämlich was zum Berichten.«

»Hast du jetzt eh. Und bis sich alles aufgeklärt hat, schreibst halt über ... Mein Gott, dir wird schon was einfallen. Baba«, verabschiedete er sich.

»Baba und danke.«

Nach dem Telefonat gab sie kurz Maja Bescheid, die an ihrem Schreibtisch in der Chronik-Redaktion saß, damit diese gewappnet war, um fünf die Pressemeldung online zu stellen. Danach ging Sarah zurück zu ihrem Schreibtisch, ließ sich wieder auf ihren Bürostuhl fallen und starrte gedankenverloren die Glaswand an, die ihr Büro vom Chronik-Ressort trennte. Sedlaceks Suizid in Kombination mit der Schachtel und dem Wohnungsschlüssel war eine eindeutige Botschaft. Und doch zweifelte sie am Selbstmord und dem scheinbar so eindeutigen Schuldeingeständnis. Ihrer Meinung nach war der pensionierte Arzt zum Schweigen gebracht worden.

Sie fuhr sich mit der Hand übers Gesicht. Sie hatte zwei Möglichkeiten. Entweder blieb sie sitzen und wartete ab, was als Nächstes passierte. Oder sie unternahm etwas. Clemens und Michaela Böhm direkt zu fragen wäre unklug gewesen. Sollten sie mit Sedlacek gemeinsame Sache gemacht haben, würden sie außerdem tunlichst den Mund halten. Sie griff zum Telefon und rief Linus Oberhuber an. Er hob nach dem vierten Läuten ab.

»Sarah Pauli hier«, meldete sie sich.

»Tut mir leid, dass ich Sie noch nicht zurückgerufen habe. Aber den gestrigen Tag hab ich total verpennt, und heute bin ich noch nicht dazugekommen. Was brauchen Sie denn von mir?«

Sie bat um einen Interviewtermin.

»Was wollen Sie denn noch wissen?«

»Mehr über die nächtlichen Anrufe von Marianne Böhm bei Ihnen.«

Sie hörte, wie er tief ein- und wieder ausatmete. »Ich weiß nicht ...«

»Jetzt kommen Sie schon! Ihre Förderin spricht davon, betrogen worden zu sein, und kurz darauf ist sie tot. Genauso wie jener Mann, der sie wie auch immer betrogen haben soll.«

Stille. Er schien nachzudenken.

»Also gut, Frau Pauli. Aber nicht im Café. Ich möchte vermeiden, dass einer meiner Kollegen unser Gespräch mitbekommt. Was halten Sie von Montagvormittag bei mir?«

»Ich könnte auch heute.«

»Das geht leider nicht. Vanessa und ich sind spontan nach München gefahren, mein freies Wochenende genießen. Wir kommen am Sonntagabend zurück.«

»Gut, dann Montag.«

»Zehn Uhr? Ich muss erst um eins arbeiten.«

»Passt.«

»Dann schicke ich Ihnen gleich meine Adresse aufs Handy.«

»Danke. Und schönes Wochenende.«

Sarah legte auf. Eine Minute später wusste sie, dass Linus Oberhuber im sechsten Bezirk unweit des *Wiener Boten* wohnte.

23

In seinem besten Anzug fühlte sich Clemens, als ginge er bereits heute zum Begräbnis seiner Mutter. Michaela trug ein graues Kostüm und ihre Haare hochgesteckt. Auf dem Programm stand zwar lediglich die Verlesung des Testaments beim Notar, aber sie beide hatten beschlossen, dass es sich dabei um eine feierliche Angelegenheit handelte. Egal, wie die Sache am Ende ausging.

Auf dem Weg zur Kanzlei überlegte er sich, wie er reagieren wollte, sollte Linus auftauchen und einen Teil des Erbes einsacken. Müsste er das Testament dann anfechten? Clemens graute davor. Er war schon immer konfliktscheu gewesen, und das würde sich auch nicht mehr ändern. Schon die Einvernahme bei der Polizei und die darauffolgende Auseinandersetzung mit seiner Frau, als er zu Hause erschienen war, hatten ihm gereicht. Direkt nach der Vernehmung durch Stein war er durch das nächtliche Wien gelaufen. Man bot an, ihm ein Taxi zu rufen, doch er lehnte dankend ab. Er brauchte Luft zum Atmen. Und Ruhe zum Nachdenken. Beides fand er am nahezu menschenleeren Donaukanal. Michaelas gehässige Bemerkungen über den Schlamassel, den er ihnen eingebrockt hatte, hätte er in seinem aufgewühlten Zustand nicht ertragen. Erst um ein Uhr morgens öffnete er leise die Haustür und hoffte, dass seine Frau und Marcel bereits schliefen. Vergebens. Sie saßen im Wohnzimmer und warteten auf ihn.

Eine aufgewühlte Michaela erhob sich und reichte ihm ein Glas Wein. »Wir sind hier fast verrückt geworden vor Sorge. Dreimal hab ich versucht, eine Auskunft von der Polizei zu bekommen, aber die haben sie mir verweigert. Absolut nichts gesagt! Stell dir das mal vor! Mir, deiner Ehefrau!« Ihre Empörung fegte wie ein Orkan durch den Raum. »Und dein Handy war ausgeschaltet!«

»Tut mir leid. Wahrscheinlich hab ich vergessen, es nach der Vernehmung wieder einzuschalten«, log er, weil er es ganz bewusst nicht getan hatte. Er verschwieg, nach der Vernehmung einfach durch die Stadt gelaufen zu sein. Ohne ihnen Bescheid zu geben.

Dann berichtete Michaela von der Polizistin, die einen Schlüssel an der Wohnungstür seiner Mutter ausprobiert hatte, die man zuvor in Georg Sedlaceks Wohnung gefunden hatte. »Er hat gepasst!« Ihr Tonfall klang naturgemäß vorwurfsvoll. Als würde er, Clemens, dafür verantwortlich sein. »Aber dem nicht genug. Dann sind auch noch zwei Polizistinnen aufgetaucht, die Fingerabdrücke von Marcel und mir genommen haben.« Die Verärgerung darüber wischte jegliche Farbe aus Michaelas Gesicht.

»Die haben angeblich die Schachtel mit Omas Pillen beim Sedlacek gefunden und wollen jetzt die Abdrücke vergleichen«, fügte Marcel gelassener hinzu.

»Ich weiß.« Clemens ließ sich kraftlos in einen Sessel fallen und schloss die Augen. Minutenlang saß er so da, während Michaela nicht aufhörte, ihn aufzufordern, nun endlich von der Vernehmung zu erzählen. Schlussendlich öffnete er die Augen wieder und sagte: »Außerdem denkt der Chefermittler, dass jemand von uns den Brief verfasst hat.«

Zuerst starrte Michaela ihn verständnislos an, dann sprang sie erbost vom Sofa auf. »So eine verfluchte Scheiße. Nur weil du die Goschen nicht aufgekriegt hast. Hättest den Safe einfach aufgemacht, wäre das alles nicht passiert.«

Die Nerven lagen blank. Zu viele schlechte Nachrichten. Zu viel negative Energie. In viel zu kurzer Zeit.

»Was, wenn das an die falschen Ohren kommt?« Michaela kreischte die Frage förmlich.

»Und wie sollte das passieren?«

»Es gibt doch überall, auch in einer Behörde, jemanden, der gern Vertrauliches ausplaudert.«

Er wollte dagegenhalten, auf die Pflicht der Amtsverschwiegenheit von Beamten verweisen, ihr vorwerfen, dass sie zu viele Klatschblätter las, ließ es aber angesichts ihrer ungezügelten Wut bleiben.

»Ich kann schon die Fernsehkameras vor dem Café sehen«, echauffierte sie sich und holte mit wütenden Schritten den Ausdruck eines Onlineartikels hervor. Vermutlich hatte sie den schon Stunden zuvor auf den Tisch gelegt, um ihn ihm zu gegebener Zeit sprichwörtlich unter die Nase zu halten. Die Schlagzeile lautete: *Erst verstarb die Kaffeehausbesitzerin, nun ihr Stammgast!*

Anspruchsvoller Journalismus sah anders aus.

»Das klingt ja gerade so, als könnte man sich in

unseren Cafés mit einer todbringenden Krankheit anstecken.« Anscheinend fürchtete Michaela einen öffentlichen Skandal mehr als die Untersuchung durch die Exekutive.

»Auch negative Publicity ist Publicity«, bemerkte Marcel gleichgültig und erntete dafür einen strafenden Blick von ihr.

»Was denkst du?« Michaela stupste ihn grob an.

Clemens hatte eine Weile die Gesichter seiner Frau und seines Sohns betrachtet und sich dabei elend gefühlt. »Fernsehkameras werden unser geringstes Problem sein, wenn sich der Stein in die These verbeißt, dass einer von uns den Brief geschrieben hat.« Und dann kam ihm jene Frage über die Lippen, die er sich bei seinem nächtlichen Spaziergang immer wieder gestellt hatte. »War es einer von euch?«

Daraufhin war ein heftiger Streit entbrannt, der den gesamten Donnerstag vergiftet hatte. Die zwei zusätzlichen Artikel über seinen Angriff auf Harald Seemauer hatten die Lage nur noch verschärft.

»Können wir jetzt endlich los?«, riss Michaela ihn unsanft aus seinen Gedanken.

Das Notariatsbüro lag im dritten Stock eines Wohnhauses in der Rotenturmstraße. Clemens' Mutter hatte extra einen Notar in dieser Straße ausgewählt. »Immerhin hat Johannes Deodat im Haus Nummer vierzehn das erste Wiener Kaffeehaus eröffnet«, hatte sie gemeint. »Da ist es nur recht und billig, dass jene Kanzlei, die die Angelegenheiten der Böhms vertritt, nahe dieser Adresse liegt.«

Alles hatte eine Bedeutung haben, alles in irgendeinem Zusammenhang stehen müssen.

Er und Michaela wurden freundlich von einer rothaarigen Sekretärin begrüßt und direkt in das Büro des Notars geführt. Ein etwa Sechzigjähriger empfing sie galant.

»Küss die Hand, gnä' Frau. Hugo Eckert«, stellte sich der Notar vor und verbeugte sich leicht, während er zuerst Michaela, dann Clemens die Hand schüttelte. Ganz alte Schule. Schließlich bat er sie mit einer höflichen Geste, Platz zu nehmen.

Clemens sah sich um, konnte aber keinen Hinweis darauf entdecken, dass sie noch jemanden erwarteten. Er wollte gerade trotzdem nach Linus fragen, doch Michaela stieß ihn in die Seite, als hätte sie seine Gedanken erraten.

Erst als der Notar mit dem üblichen Prozedere einer Nachlassangelegenheit begann, sickerte langsam die Erkenntnis bis zu ihm durch, dass seine Mutter ihrem Günstling nichts vermacht hatte. Innerlich jubelte er, am liebsten wäre er aufgesprungen und hätte den Notar umarmt. Doch schon im nächsten Moment regte sich ein Verdacht. Waren vielleicht alle drei Kaffeehäuser mit einer Hypothek belastet? Liefen auch die beiden anderen so schlecht wie das am Rennweg? Würde er unter Umständen Schulden erben, die er zeitlebens nicht tilgen konnte? Aber der Notar erwähnte nichts dergleichen.

Schließlich kam Hugo Eckert auf das Veräußerungsverbot zu sprechen. »Sie dürfen die Cafés nicht verkaufen. Verpachten, ja. Verkauf, nein«, betonte er nachdrücklich. »Dabei muss ein etwaiger Pächter die Häuser mit dem Namen Böhm im Sinne Ihrer Mutter weiterführen.«

Clemens schluckte. Im Geist sah er die alte Matriarchin, die sich ins Fäustchen lachte. Sie war tot, doch ihr Wille hatte auf ewig Bestand. Plötzlich war ihm das gleichgültig. Die Kaffeehäuser gehörten ihm, ihm ganz allein. Nicht mal Michaela hatte ein Mitspracherecht.

Als sie das Gebäude verlassen hatten und auf dem Gehsteig standen, stieß seine Frau trotzdem einen leisen Freudenschrei aus. Es war amtlich. Der Drache war besiegt. »Alle drei Cafés gehören jetzt uns. Wir können damit tun und lassen, was wir wollen.«

»Nur nicht verkaufen«, schränkte er ein.

»Und was will deine Mutter tun, wenn wir es doch machen? Aus der Hölle zurückkommen, uns verfluchen oder gar den Linus postmortal adoptieren und zum Alleinerben machen?« Sie kicherte bösartig. »Dafür ist es zu spät. Aber dessen ungeachtet, was hältst du von trendigen Möbeln, generell einem modernen Design?« Sie malte einen Bogen in die Luft. »Wir könnten ein vollkommen neues Bild von Café Böhm erschaffen.« Das letzte Wort betonte sie übertrieben.

Er sah ihr an, dass sie in Gedanken bereits renovierte, umstellte, erneuerte. Alles, was sie an ihre Schwiegermutter erinnerte, sollte verschwinden, wenn es nach ihr ginge. Ihm war klar, dass sie das von ihr gestaltete neue Logo in diesem Augenblick bewusst unerwähnt ließ, um ihn milde zu stimmen.

»Und den Laden am Rennweg bringen wir mit dem

Geld der Versicherung so weit auf Vordermann, dass wir ihn zu einem guten Preis verkaufen können. Hast du schon mit dem Makler telefoniert?«

Er schenkte ihr ein treuherziges Lächeln. »Müssen wir ausgerechnet jetzt darüber reden?«

Ihr Gesichtsausdruck war unmissverständlich.

»Also gut. Ich hab einen Entschluss gefasst.«

Sie blickte ihn erwartungsvoll an.

Er fuhr sich mit der Zunge über die Lippen, um Zeit zu gewinnen, hoffte, dass sie glaubte, er würde ernsthaft über ihren Vorschlag nachdenken.

»Und?«, drängte sie.

Krampfhaft bemühte er sich, die richtigen Worte zu finden, doch die schienen sich im hintersten Winkel seines Kopfes zu verstecken. »Es bleibt alles beim Alten.«

Das Strahlen erlosch. »Du verarschst mich doch.« Sie suchte nach einem entsprechenden Hinweis in seinem Gesicht. »Sag mir bitte, dass du mich rollst.«

»Ich hab mir die Entscheidung wirklich nicht leicht gemacht. Aber der Erfolg der Kaffeehäuser gründet auf einem mehr als hundert Jahre alten Konzept. Wie oft haben wir in dieser Stadt schon erlebt, dass ein traditionsreiches Haus zu Tode renoviert und seines Charmes beraubt wurde. Solche Sünden bestrafen die Gäste, indem sie ausbleiben.«

»Du elendiger Hosenscheißer«, zischte sie.

»Warum? Die Cafés in der Operngasse und der Wollzeile laufen doch ausgezeichnet. Die Leute stehen auf unser Interieur der vorletzten Jahrhundertwende.«

Michaela verschränkte beleidigt die Arme vor der

Brust und schaute ihn mit erhobenem Kinn an. Alle Zeichen standen auf Sturm.

Ihm war klar, dass er gegen eine Wand anredete. Doch mit jedem Satz, den er aussprach, stieg seine Überzeugung, das Richtige zu tun. »Touristen stehen vor traditionellen Wiener Kaffeehäusern Schlange, um, wenn nicht schon einen Platz zu ergattern, so doch zumindest einen Blick auf die Einrichtung zu werfen. Stell dir nur mal vor, man würde das Café Central völlig umkrempeln und modernisieren. Das wäre eine Katastrophe.« Der Vergleich mit dem berühmten Café im Palais Ferstel prallte sichtbar an ihr ab. »Du wirst schon sehen, den Rennweg bekommen wir auch wieder hin.«

Michaelas Augen blitzten ihn wütend an, bevor sie sich kommentarlos umwandte und davonstapfte.

Als er das Café in der Wollzeile betrat, war seine Frau nicht dort. Er vermutete, dass sie nach Hause gegangen war, und griff nach dem Handy. Aber sollte er sie wirklich anrufen, um ihr seine Entscheidung noch einmal zu erklären? Er ließ das Mobiltelefon wieder zurück in seine Hosentasche gleiten. Sie wollte einfach nicht verstehen, dessen war er sich sicher. Den unvermeidbaren Streit konnte er auch auf einen späteren Zeitpunkt verlegen. Jetzt musste er sich wieder um den Großhändler kümmern. Bei jedem seiner gestrigen Anrufe hatte ihn die Sekretärin vertröstet und gefragt, worum es ginge.

»Das kann ich nur mit Ihrem Chef besprechen«, hatte er immer wieder geantwortet.

»Und?«, fragte Antonia in seine Gedanken hinein. Seine Belegschaft wusste natürlich, welch wichtiger

Termin heute für ihn angestanden hatte. Er nickte und versuchte, nicht zu glücklich auszusehen. Eva, die nach dem Brand am Rennweg in der Wollzeile aushalf, gratulierte ihm verhalten. Antonia und auch die anderen Mitarbeiter schlossen sich ihr an. Alle mit dem gleichen beschämten Gesicht. Immerhin war der Grund für die Erbschaft der Tod der Seniorchefin, und niemand wollte den Anschein erwecken, sich über deren Tod zu freuen.

Die Königin ist tot, es lebe der König, ging es Clemens durch den Kopf, während er die Hände schüttelte. Egal, was Michaela sagen mochte, die Entscheidung war gefallen, und sie war richtig. Seine Mutter wäre stolz auf ihn gewesen. Herrgott noch mal, bremste er sich schnell. Er sollte endlich damit aufhören, ihrer Anerkennung hinterherzulaufen. Sie war verdammt noch mal tot!

Eine halbe Stunde später saß er hinten im Büro und hatte endlich den Kaffeegroßhändler am Telefon.

»Herr Böhm«, begrüßte der ihn mit heiserer Stimme. »Tut mir leid, dass Sie mich gestern nicht erreicht haben, aber mein Terminkalender …« Er beendete den Satz nicht, drückte stattdessen sein Beileid aus.

»Danke«, antwortete Clemens neutral, bevor er auf den eigentlichen Grund seines Anrufs zu sprechen kam. »Ich befürchte, bei der letzten Lieferung ist etwas schiefgegangen. Auf den Kaffeeverpackungen mit unserem Logo fehlt das Biosiegel.«

Durchs Telefon hindurch hörte er Tippgeräusche. »Wie kommen Sie darauf, dass wir Ihnen Biokaffee liefern? Beziehen Sie den vielleicht von einem anderen Händler und haben die Lieferungen verwechselt?«

»Das könnte in der Tat möglich sein. Für den Einkauf war meine Mutter zuständig, und ich bin noch nicht dazu gekommen, alle diesbezüglichen Unterlagen zu sortieren«, log er, obwohl ihm das unlogisch erschien. Weshalb sollte seine Mutter Kaffee von zwei Lieferanten beziehen, wenn sie damit warben, ausschließlich biologisch angebauten Kaffee auszuschenken?

»Es wird sich sicher aufklären«, meinte der Großhändler. »Sollten Sie zukünftig Kaffee in Bioqualität über uns beziehen wollen, würde mich das sehr freuen. Wir haben ausgezeichneten biologischen Spitzenkaffee aus einem der höchstgelegenen Anbaugebiete Äthiopiens in unserem Sortiment. Wenn Sie möchten, lasse ich Ihnen eine Probepackung zukommen.«

»Ja, tun Sie das.« Rasch beendete er das Gespräch. Wie stand er denn jetzt da? Der Alleinerbe, der nicht mal von einem eventuellen zweiten Kaffeelieferanten wusste. Er massierte sich mit den Fingern die Nasenwurzel, überlegte. Er musste Gewissheit haben. Ohne Aufsehen zu erregen. Ohne Misstrauen zu erwecken. Ohne jene Geschäftsunterlagen, die noch bei der Polizei lagen. Was unmöglich war. Natürlich war es ihm peinlich, den Ermittler um Hilfe zu bitten, aber es führte kein Weg daran vorbei. Er blies die Backen auf. »O Gott, mir bleibt wirklich nichts erspart. Vielen Dank, Mutter, dass du mich auch noch nach deinem Tod ärgerst.«

Er nahm die Visitenkarte des Ermittlers aus der Schreibtischlade, griff wieder nach dem Hörer und wählte. Drei Atemzüge lang hoffte er, der Chefinspektor würde nicht abnehmen.

»Stein.«

»Äh, hier spricht Clemens Böhm.« Er räusperte sich. »Wann kann ich die Geschäftsunterlagen wiederhaben?«

»Das wird dauern. Wozu brauchen Sie die denn?«

Er ignorierte die Frage und nannte stattdessen den Namen des Großhändlers. »Bitte suchen Sie für mich nach Belegen eines zweiten Händlers. Ich glaube, ich weiß jetzt, womit meine Mutter erpresst wurde. Aber ich kann jetzt nicht darüber reden. Nicht am Telefon.«

24

Sarah war beeindruckt. Die Hofburg hatte sich anlässlich des Kaffeesiederballs in ein Kaffeehaus verwandelt. Das Motto des Abends lautete: »Kaffee – Symphonie der Liebe«. Sarah hatte dem Programmheft entnommen, dass dabei ein weiter thematischer Bogen gespannt werden sollte, vom ersten Rendezvous über verliebte Treffen im Kaffeehaus bis hin zur Liebe der Kaffeesiederinnen und Kaffeesieder zu ihren Kaffeehäusern und natürlich zum Kaffee selbst, der stets mit viel Liebe zubereitet wurde.

Unzählige Gäste tummelten sich bereits vor der eleganten und zugleich gemütlichen Kulisse. Gleich neben der Feststiege quoll aus einer überdimensionalen auf der Untertasse liegenden Kaffeetasse ein lila-weißes Blumenbouquet. Aus riesigen vergoldeten Kaffeetassen, die in den Räumlichkeiten des Ballgeschehens standen, wuchs weiß-grüner Blumenschmuck. Gekrönt wurde das Ganze mit einer goldenen Beethoven-Skulptur des Künstlers Ottmar Hörl. Sarah sah sich um und konnte noch einige weitere entdecken. Selbst von den Lichtsäulen im Festsaal sah sie der längst verstorbene Musiker und Wahlwiener an.

»Die Skulpturen werden nach dem Ball für einen

guten Zweck versteigert«, sagte David, der im schwarzen Frack mit Masche fantastisch aussah.

»Passend zum heutigen Abend weiß ich, dass Beethoven sich gerne in Cafés aufhielt und Kaffee sehr schätzte«, sagte Sarah, hakte sich bei David unter und weihte ihn, während sie weiterschlenderten, in den Plan ein, die Freundinnen von Marianne Böhm auf dem Ball anzusprechen.

In dem Moment kam Conny lächelnd auf sie zu und umarmte sie beide. Die Gesellschaftsreporterin hatte sich, was ihr Outfit betraf, mal wieder selbst übertroffen. Das dunkelblaue Ballkleid einer jungen österreichischen Designerin im Cinderella-Stil mit ausladendem Rock und engem Korsett war ein Hingucker. Ihre kupferrote Lockenmähne hatte sie an der oberen Kopfhälfte zusammengenommen, sodass die Locken wie ein Schal über ihre Schultern fielen und die goldenen Kreolen perfekt zur Geltung kamen.

Sarah trug das rote Kleid, das sie sich vor längerer Zeit für den Frühlingsball im Hotel Sacher gekauft hatte. Es war das einzige, das sie besaß, zudem passte seine Farbe zu dem Corno an ihrer Halskette. Ihre glatten dunklen Haare hatte sie wie Conny hochgesteckt.

Fotograf Simon, der jetzt ebenfalls auftauchte, steckte in einem schwarzen Anzug mit weißem Hemd und fühlte sich unübersehbar unwohl. Skaterklamotten waren ihm lieber, und er hätte wohl auch die Atmosphäre eines Büros voller Computer der des Ballgeschehens vorgezogen. Er machte sich sofort ans Werk und lichtete für Conny jeden Promi und die Location ab.

Sarah bat Conny, bevor auch diese wieder im Getümmel untertauchte, ihr so rasch wie möglich die Freundinnen von Marianne Böhm zu zeigen und sie ihr und David vorzustellen.

Auf dem Weg zu dem Tisch im Festsaal, der für den *Wiener Boten* reserviert war, mussten David und Sarah unzählige Male mit ihren Sektgläsern anstoßen und mit dem einen oder anderen Gast ein paar Worte wechseln.

»Wir trinken später noch ein Glas Wein miteinander«, versuchte ein Mann mittleren Alters mit einer Blondine am Arm, David ein Versprechen abzuringen.

»Natürlich«, erwiderte David und stellte ihn und seine Frau Sarah als Juwelier mit zwei Geschäften in der Innenstadt und Anzeigenkunden vom *Wiener Boten* vor.

Irgendwann saßen sie endlich auf ihren Plätzen mit direktem Blick aufs Tanzparkett und den prunkvollen Deckengemälden über ihren Köpfen.

Kurz vor neun Uhr dirigierte Conny Simon ans andere Ende des Saals, wo sich Kamerateams mehrerer Fernsehstationen ebenso in Stellung brachten wie Fotografen diverser Printmedien. Der Wiener Kaffeesiederball begann mit der ihm eigenen Fanfare, zu der der Saal in dezentes Grün getaucht wurde, der diesjährigen Ballfarbe. Die Debütantinnen in weißen Ballkleidern und mit funkelnden Diademen im Haar und die Debütanten im eleganten Frack zogen ein, tanzten zur *Polonaise A-Dur* von Chopin und bildeten danach das Spalier für die Ehrengäste. Anschließend begeisterte das junge Ensemble des Theaters an der Wien mit einer

A-capella-Version von Beethovens Symphoniekantate *An die Freude*, und Mitglieder des Wiener Staatsopernballetts drehten sich anmutig zu *Beethoven Reflected* von Kirill Kobantschenko, dem Primgeiger der Wiener Philharmoniker. Am Ende hieß es wie üblich auf einem Wiener Ball: »Alles Walzer«, und in die Tanzfreudigen kam Bewegung.

Auch David forderte Sarah auf. Sie war keine gute Tänzerin, doch David führte sie ausgezeichnet, und irgendwann bekam sie ein Gefühl für den Takt und verlor die Angst, über ihre eigenen Füße zu stolpern. Ein älteres Ehepaar schwebte an ihnen in schneller Drehung vorbei. Sie im blasslila Kleid, er im Smoking. Sogar den Linkswalzer beherrschten die beiden. Nach zwei Tänzen war Sarah außer Puste und bat David um eine Pause. Das ältere Ehepaar tanzte noch immer. Jetzt Foxtrott.

»Die zwei sind bewundernswert«, sagte Sarah. »Aber sag, wo hast du eigentlich so gut tanzen gelernt?«

»Tanzschule«, grinste David. »Vier lange Jahre.«

Hand in Hand schlenderten sie durchs Forum und den Gartensaal der Hofburg, wo weitere Orchester und Bands für Stimmung sorgten. Überall wurde getanzt, gefeiert, geplaudert, geflirtet und getrunken, auch Kaffee. Nahe dem Entrée der Feststiege machten Sarah und David sich den Spaß, sich in der Poesie-Lounge von Julius Meinl fotografieren zu lassen. Als Rahmen diente eine überdimensional große Meinl-Tasse aus rotem Karton, in die ein Herz geschnitten worden war, durch das man hindurchblickte. Conny erschien und bedeutete ihnen, ihr wieder in den Festsaal zu folgen, wo zuvor die Eröffnung stattgefunden hatte. »Ich stelle euch jetzt Marianne Böhms Freundinnen vor.«

Sie saßen auf der Saalseite, die ihrem eigenen Tisch gegenüberlag, und beobachteten in glänzenden Roben, mit auffälligem Schmuck und Make-up ihre Umgebung. Obwohl sich alle Gäste herausgeputzt hatten, wirkten die drei Grazien extravagant.

Beim Händeschütteln stieg Sarah teures Parfum in die Nase. Die drei Damen lächelten sie breit wie Kinder an, die darauf warten, für eine besonders gelungene Darbietung gelobt zu werden. Im Sektkübel lehnte eine Flasche Champagner. Sie war leer.

»Sie sind also diese junge Frau, mit der sich unsere Marianne so kurz vor ihrem Tod getroffen hat.« Alberta Weiß beäugte Sarah wohlwollend, dann sah sie David und Conny an. »Setzen Sie sich doch zu uns.« Sie deutete auf die drei leeren Stühle an dem Tisch.

Leopoldine Domberger winkte dem Kellner und orderte eine weitere Flasche Dom Pérignon und drei zusätzliche Gläser, aber David entschuldigte sich. Er habe einem Anzeigenkunden des *Wiener Boten* versprochen, ein Glas Wein mit ihm zu trinken.

»Ich bin mir sicher, Sarah und Sie haben einiges zu bereden. Die Damen werden meine Abwesenheit kaum bemerken«, fügte er charmant hinzu.

Marianne Böhms Freundinnen entließen ihn mit einem freundlichen Lächeln und kurzem Kopfnicken, während Conny und Sarah sich setzten. Doch die Gesellschaftsreporterin empfahl sich ebenfalls nach dem ersten Glas Champagner.

»Die Arbeit ruft«, sagte sie mit bedauernder Geste. Auch sie wurde mit einem wohlwollenden Nicken entlassen, als würden die Damen bei Hofe eine Audienz halten.

Danach wollten Marianne Böhms Freundinnen endlich Einzelheiten wissen. Ob ihre Marianne gelitten habe, was ihre letzten Worte gewesen seien. Nach jeder bewusst allgemein gehaltenen Antwort Sarahs stießen sie auf ihre Freundin an.

»Eine Schande, dass jemand ein Café unserer lieben Marianne angezündet hat«, merkte Leopoldine Domberg schließlich streng an, und die anderen nickten sofort.

Das Orchester auf der Bühne spielte nun einen langsamen Walzer. Auf der Tanzfläche drehten sich die Paare im Dreivierteltakt. Sarah erblickte das ältere Ehepaar von vorhin, das noch immer oder schon wieder übers Parkett schwebte.

»Weiß man schon, wer's war?«, fragte Alberta Weiß, als wäre Sarah in die Ermittlungen eingebunden.

»Meines Wissens leider nein«, antwortete sie.

»Die Seemauers können's nicht gewesen sein, hat mir die liebe Toni verraten«, plauderte Alberta Weiß aus dem Nähkästchen. »Die waren zu der Zeit gar nicht im Café, das hat sie von der Eva, der Kellnerin vom Rennweg. Und reinschleichen konnten sie sich auch nicht, weil die Hintertür ins Treppenhaus doch immer zugesperrt ist.«

Wieder allgemeines Nicken. Natürlich wussten die drei Grazien Bescheid. Vermutlich blieb ihnen kein Geheimnis verborgen, das mit dem Café zu tun hatte.

Sie gehörten wie die Tische und Stühle zum Inventar. Lediglich dass ihre teure Freundin ermordet worden war, hatte ihnen offenbar noch niemand erzählt. Anscheinend lasen die Ladys nicht die Onlineausgabe des *Wiener Boten*, denn Maja hatte die Meldung bezüglich der Kaliumvergiftung um Punkt siebzehn Uhr online hochgeschossen. Morgen wäre der Artikel druckfrisch in der Printausgabe nachzulesen. Da es Sarah fernlag, den Damen den Abend zu verderben, ließ sie den Mordverdacht unerwähnt.

»Eine Schande ist das«, empörte sich nun auch Josephine Schmekal, »das Eigentum von fleißigen Leuten zu zerstören. Was sind das nur für Menschen, die so etwas tun?« Sie hob erneut das Glas, und die anderen folgten ihrem Beispiel.

»Auf das Leben!«, tönte Leopoldine Domberg.

Als die dritte Flasche Champagner sich dem Ende zuneigte, konnte Sarah nicht umhin, von der Energie und der Trinkfestigkeit der betagten Ladys beeindruckt zu sein. Sie plauderten nach dem dritten Glas Alkohol gewiss keine Geheimnisse aus, wie Conny gemeint hatte. Und während das Gespräch dahinplätscherte, entging ihnen nichts und niemand. Mal wurde ein Kleid gelobt, dann ein Benehmen getadelt und eine tänzerische Darbietung kommentiert. Wie drei Ballrichterinnen, deren Wohlwollen über das zukünftige Ballkönigspaar entscheidet.

»Ich weiß, dass Frau Böhm etwas entdeckt hatte, das sie beunruhigte«, sagte Sarah unvermittelt. »Sie machte eine Andeutung, konnte mir jedoch leider nicht mehr alles sagen. Jetzt versuche ich herauszubekommen, was das gewesen sein könnte, und hoffe, dass Sie mir weiterhelfen.«

»Beunruhigt?«, wiederholte Josephine Schmekal, als hätte sie das Wort nicht verstanden.

»Sie hat bei der letzten Bridgepartie ein Treffen Ende Jänner mit Ihnen vereinbart, oder?«, fuhr Sarah fort.

»O ja. Und das hat wiederum mich beunruhigt. Marianne wollte nämlich ins Casino, zum ersten Mal in ihrem Leben. Bis dahin war für sie der Eingang des Casinos gleichbedeutend mit der Pforte zur Hölle.« Josephine Schmekal lachte. Offenbar wunderte sie sich nicht, dass Sarah von der Verabredung wusste.

»Gab es einen bestimmten Grund dafür?«

»Meine liebe Freundin interessierte sich für einen Mann.« Sie schmunzelte. »Aber nicht so, wie Sie jetzt vielleicht denken. Sie wollte ihn sich nur ansehen. Wie ein Objekt oder ein Gemälde. Wenn Sie wollen, kann ich ihn Ihnen zeigen. Kommen Sie morgen einfach um achtzehn Uhr ins Casino Wien auf der Kärntner Straße. Um diese Zeit ist er so gut wie immer dort.«

Sarah sagte zu, obwohl sie sofort das schlechte Gewissen überkam, weil sie dafür Davids und ihren freien Abend opfern musste. Aber es war nun mal ihre Chance, mehr zu erfahren.

David kam zurück und forderte in der nächsten halben Stunde galant eine Lady nach der anderen zum Tanzen auf. Sie waren Feuer und Flamme und Wachs in seinen Händen.

Sarah beschloss, ihre Beichte, das Wochenende ruiniert zu haben, auf den nächsten Tag zu verschieben. Die Zeit verging mit Tanzen, Beobachtungen, bissigen

Kommentaren und Gelächter. Marianne Böhms Freundinnen kamen Sarah vor wie drei Teenager auf ihrem ersten Ball. Immer wieder sah sie Conny und Simon, die sich auf der Suche nach Promis für Fotos und Statements durch die Menge drängten.

Irgendwann warfen Alberta Weiß, Josephine Schmekal und Leopoldine Domberg in immer kürzeren Abständen einen Blick auf ihre goldenen Uhren. Sie hatten vor, noch bis zur Mitternachtseinlage zu bleiben und dem jungen Ensemble des Theaters an der Wien zu lauschen, das, begleitet vom Wiener Opernballorchester, Lieder über die Liebe singen würde.

»Danach ist es für mich definitiv Zeit zum Aufbruch«, meinte Josephine Schmekal.

Als Sarahs Handy läutete, nahm sie es aufgrund des Umgebungslärms nicht wahr. Erst als Alberta Weiß sie auf die Melodie aufmerksam machte, die aus ihrer Clutch kam, holte sie das Telefon in dem Moment hervor, als die Tonfolge verstummte. Das Display vermeldete, dass Martin Stein angerufen hatte. Sie entschuldigte sich damit, dass es dringend sei, lief auf den Flur, wo es einen Tick leiser war, und rief zurück, wobei sie sich das freie Ohr zuhielt, um Stein besser zu verstehen.

»Tut mir leid, dass ich so spät noch störe. Aber ich bin mir sicher, du willst es sofort erfahren«, meldete sich der Ermittler ohne einleitende Begrüßung.

»Ich bin mit David auf dem Kaffeesiederball, aber du störst nicht.«

»Hast du Lust, ihn kurz zu verlassen? Wenn nicht, rufe ich morgen früh wieder an. Ist kein Telefonthema.«

»Wow, du machst es echt spannend. Aber gut, mein Verlangen auf Walzer und schöne Kleider ist eh gestillt. Wo treffen wir uns?«

»Was hältst du vom Panorama?«

»Super Idee.« In dem Lokal nahe dem Bermudadreieck in der Innenstadt war Sarah schon seit einer gefühlten Ewigkeit nicht mehr gewesen. Früher, als ihr Bruder dort noch als Barkeeper gearbeitet hatte, um sich das Medizinstudium zu finanzieren, waren sie und David öfter hingegangen. »Bin in spätestens einer halben Stunde da.«

Sie legte auf und ging in den Saal zurück. Es war zehn Minuten vor Mitternacht. Gleich würden eine junge Sopranistin und ein junger Tenor mit *Mein Darling muss so sein wie du* aus der Operette *Die Zirkusprinzessin* von Emmerich Kálmán die Mitternachtseinlage eröffnen. Sarah wollte nicht unhöflich sein und währenddessen gehen, weshalb sie David schnell einweihte.

Überraschenderweise war er nicht verärgert, sondern erhob sich ebenfalls sofort. Bei den Damen entschuldigte sie sich wortreich für den plötzlichen Aufbruch. Ein Freund habe angerufen und eine wichtige Information für sie, der Sarah als Journalistin sofort nachgehen wolle. Sie lächelte. Das war zumindest die halbe Wahrheit.

»Hoffentlich sind es gute Neuigkeiten«, meinte Josephine Schmekal.

Sarah bejahte, obwohl sie keine Ahnung hatte, was Stein ihr mitteilen wollte. Doch »kein Telefonthema« klang nach etwas, das sie sofort wissen musste. Sie sah sich um, konnte aber weder Conny noch Simon in der Menge ausmachen. Egal. Dann musste es eben ohne Verabschiedung gehen. An der Garderobe tauschte sie die roten Pumps gegen Winterstiefel aus einem Stoffbeutel, die sie beim Eintreffen ausgezogen hatte.

Die Temperatur lag knapp über null Grad, dazu wehte ein kühler Wind. In Wien war es nur selten windstill, was mit den Hügeln des Wienerwaldes zu tun hatte. Sie erstreckten sich westlich vor der Stadt, sodass der West- beziehungsweise Nordwestwind entlang der Donau und dem Wiental kanalisiert wurde und so verstärkt in die Stadt strömte, das hatte sich Sarah mal erklären lassen. Wie auch immer, jetzt wirkte es durch den Wind noch kälter, als es war, und sie zog den Mantel fester um ihren Körper.

David legte seine Hand auf ihre Schulter und zog sie an sich, während sie die Kärntner Straße entlangeilten. Als sie die Tür zum Panorama aufzog, sah sie Stein bereits an einem Tisch sitzen. Er erhob sich gentlemanlike und half ihr aus dem Mantel, noch bevor David es tun konnte.

Anerkennend begutachtete er ihre Aufmachung. »Respekt.«

»Tu nicht so überrascht. Du kennst das Kleid.« Sie knallte den Stoffbeutel, in dem jetzt ihre Ballschuhe und ihre Clutch steckten, auf den Tisch.

»Wirklich?«

»Ich hab es schon im Sacher beim Frühlingsfest getragen.«

»Sorry, aber damals habe ich mich auf eine Leiche

konzentriert und nicht auf dein Kleid. Soll ich Mylady Champagner bestellen?«, spottete er.

»Lieber ein Seiterl«, sagte sie und erzählte kurz von dem vorangegangenen Champagnergelage.

Da auch David meinte, keinen Sekt und Wein mehr sehen zu können, orderte Stein ein kleines Bier für Sarah und für sich und David je ein großes Zwickelbier.

»Ich hoffe, ich hab euch nicht den Abend kaputt gemacht. Ich hätte auch morgen ...«

»Passt schon«, stoppte David ihn. »Ich denke, die für mich wichtigen Leute hab ich getroffen. Außerdem hätte es Sarah den Schlaf geraubt, wenn sie bis morgen auf deine Neuigkeiten hätte warten müssen. Was wiederum mir den Schlaf geraubt hätte.« Er grinste.

Sarah stieß ihn lachend mit einem Ellbogen in die Hüfte.

»Gut, also dann«, machte Stein sich schließlich daran, mit der Neuigkeit herauszurücken, »es war nix mit Romeo und Julia im Alter.«

Sarah schaltete sofort. Sie ahnte, was als Nächstes kommen würde. Kein Selbstmord aus Trauer.

»Der Gerichtsmediziner hat Benzodiazepine in Georg Sedlaceks Blut gefunden«, konkretisierte der Chefinspektor.

Sarah nickte. Es war ihr bekannt, dass es sich dabei um Tabletten handelte, die unter anderem beruhigend, schlaffördernd und angstlösend wirkten.

»Sind Benzos nicht Partydrogen?«, fragte David.

»Schon«, erwiderte Stein.

Nachdenklich runzelte Sarah die Stirn. »Und mit dem Zeug kann man sich tatsächlich umbringen?«

Der Kellner brachte das Bier, und sie stießen an. David und Stein nahmen jeder einen großen Schluck, Sarah nippte nur an ihrem Glas.

»Bier passt wohl doch nicht ganz zum Kleid«, ätzte der Chefermittler.

Sie schnitt ihm eine Grimasse. »Ist das schon offiziell? Kann ich darüber schreiben?«

»Ja. Morgen Vormittag geht die Pressemeldung raus, aber ich wollte, dass du es direkt erfährst, weil du doch von Beginn an am Selbstmord gezweifelt hast. Der Gerichtsmediziner vertritt die Meinung, Sedlacek wäre mit den Tabletten intus gar nicht mehr fähig gewesen, sich die Pulsadern aufzuschneiden.«

»Da schau her!« Sarah lehnte sich in ihrem Stuhl zurück und ließ ihren Blick zwischen den Männern hin- und herwandern. »Dann bleiben nur noch zwei Fragen zu klären: Wer hat Marianne Böhm und Georg Sedlacek aus dem Weg geräumt und weshalb?«

Samstag, 15. Februar

25

Verführerischer Kaffeeduft weckte Sarah kurz nach elf. So lange hatte sie schon lange nicht mehr geschlafen. Doch es war spät geworden. Stein, David und sie hatten es genossen, endlich mal wieder von Angesicht zu Angesicht zu plaudern. Auch über Privates. Nachdem alles Offizielle besprochen gewesen war, waren sie vom Hundertsten ins Tausendste gekommen, und plötzlich war es halb drei Uhr morgens gewesen.

Marie hatte bei ihrer Rückkehr tief und fest geschlafen. Nicht mal ein Ohrwaschel hatte sie gerührt, als Sarah ihr über den Kopf gestrichen hatte. Jetzt saß sie vor ihrem Bett und schnurrte laut.

»Das machst du doch mit Absicht«, brummte Sarah verschlafen und streckte die Hand nach der Katze aus, die sofort ihren Kopf dagegendrückte. Sarah streichelte sie, bis Marie genug hatte und durch die Schlafzimmertür verschwand. Sie rekelte sich noch einmal, dann schlug sie die Bettdecke zurück, ging duschen und zog sich an.

Als sie den Esstisch sah, machte sie große Augen. Er war beladen mit Kaffee, frisch gepresstem Orangensaft, Butter, Marmelade, Semmeln, Eiern, Obstsalat, Käse, Schinken und vielem mehr. »Seit wann bist du wach?«

»Seit einer halben Stunde. Sei mir bitte nicht bös, dass keine Blumen am Tisch stehen. In unserem Garten wachsen noch keine, ich bin heute zu müde, um zu einem Laden zu fahren.« Er küsste sie. »Dafür hab ich einen Brunch vorbereitet. Unser Valentinswochenende soll doch schön beginnen, auch wenn wir gestern die Nacht zum Tag gemacht haben.«

Verdammt. Sarah presste die Lippen aufeinander. Jetzt musste sie ihm reinen Wein einschenken und ihn enttäuschen.

»Ich muss dir etwas gestehen.« Ihre Stimme klang belegt, als sie ihm sagte, dass sie sich für den kommenden Abend um sechs Uhr mit Josephine Schmekal im Casino verabredet hatte. »Wird aber hoffentlich nicht lange dauern.« Sie sah ihn entschuldigend an.

Enttäuschung lag in seinem Blick.

»Tut mir leid ...«

»Kein Problem«, meinte er, aber sein Tonfall klang nicht so, als wäre das der Fall.

Sarah griff nach seiner Hand, drückte sie.

Er lächelte. »Wirklich, es ist okay. Hey, ich bin selbst Journalist und weiß, dass man an einer Story dranbleiben und zeitlich flexibel sein muss. Auch wenn es zu Lasten der Freizeit geht. Außerdem profitiere ich als Herausgeber ja auch von deinem Ehrgeiz, indem du mir eine sensationelle Geschichte lieferst. Wir holen unser Wochenende nach. Und jetzt iss!«

Sarah machte sich mit Heißhunger über das Frühstück her. Kurze Nächte mit zu viel Alkohol hatten sie schon immer hungrig gemacht. Die Halbangora schritt majestätisch in den Raum und setzte sich dann so in den Durchgang zur Küche, als würde sie das Frühstück nicht interessieren. Aber Sarah durchschaute sie. Sie war sich sicher, dass Marie das Wasser im Maul zusammenlief, also riss sie die Hälfte eines Schinkenblattes in kleine Stücke und legte sie in Maries Futternapf. Die Katze blieb sitzen, blickte Sarah nur ausdruckslos an.

»Jetzt tu halt nicht so, als würde dich das kaltlassen. Das ist österreichische Bioqualität«, pries Sarah die Stückchen an und schob sich die andere Hälfte in den Mund. »Schau! Ich esse den auch.«

Die bedächtige Langsamkeit, mit der sich die Katze daraufhin zu ihrem Napf begab, ließ David und sie lauthals auflachen.

Nach dem ausgiebigen Frühstück telefonierte Sarah mit Maja, die Wochenenddienst hatte. Sie sollte sich um einen Artikel über den vermeintlichen Mord an Georg Sedlacek kümmern. Sarah berichtete, was ihnen Stein verraten hatte, und erwähnte auch die Pressemeldung der Polizei, die diese später am Vormittag veröffentlichen würde.

»Da verband die Böhm und den Sedlacek wohl ein sehr dunkles Geheimnis«, schlussfolgerte Maja.

»Jedenfalls wissen wir, dass es zumindest noch einen Dritten in dem Geheimbund geben muss. Wenn nicht sogar noch eine Person, dessen oder deren Leben in Gefahr ist.«

Das Palais Esterházy stammte aus dem fünfzehnten Jahrhundert und war das älteste Gebäude auf der Kärntner Straße. Seit Ende der 1960er-Jahre war in ihm das Casino untergebracht. Sarah war überrascht, wie viele Menschen am späten Nachmittag vor den Multigame-Automaten saßen. Mit ausdrucksloser Miene drückten die Spielerseelen immer wieder auf irgendwelche Knöpfe, hatten gleich darauf die zuvor investierte Summe verspielt, und der ungleiche Kampf begann von Neuem.

Sarah entdeckte Josephine Schmekal an einem Tisch vor der Salon Bar. Sie trank wieder Champagner und sah aus wie das blühende Leben. Offenbar konnte ihr weder der Alkohol noch eine lange Ballnacht etwas anhaben. Bewundernswert. Das ausgefallene Ballkleid hatte die Lady gegen ein dezentes Abendkleid getauscht. Auch die Halskette war schlichter, ebenso die drei Ringe an ihren Fingern. Sarah trug einen eleganten schwarzen Jumpsuit.

»Sie sind pünktlich. Das gefällt mir«, begrüßte die alte Dame Sarah. »Wein? Champagner?«

»Mineralwasser, bitte.«

Josephine Schmekal verzog belustigt den Mund, was wohl so viel bedeutete wie: Diese jungen Leute von heute, immer vernünftig.

Die Barfrau machte sich ans Werk, und Sarah nahm Platz.

»Er sitzt ganz in der Nähe.«

Sarah sah sich um.

Marianne Böhms Freundin stellte ihr Glas ab und schaute sich ebenfalls im Raum um, bis ihr Blick wie zufällig an einer Person hängen blieb. Der Mann saß rund zehn Meter von ihnen entfernt vor einem Automaten.

Erstaunt glaubte Sarah, in dem Spieler den Chefredakteur des Gourmet-Magazins zu erkennen, den sie kürzlich erst im Café in der Operngasse im Gespräch mit Linus Oberhuber gesehen hatte.

Josephine Schmekal wandte sich ihr wieder zu. »Mir scheint, Sie haben ihn schon mal gesehen?«

Sarah berichtete von der flüchtigen Begegnung, ohne ihren Blick von dem Mann zu nehmen.

»Er hat Linus Arbeit angeboten? Wirklich? Welche?«

Auch Sarah sah jetzt wieder Josephine Schmekal an. »Er ist Chefredakteur eines Gourmet-Magazins und wollte, dass er für seine Zeitschrift schreibt. Und Frau Böhm hat sich im letzten Monat mit diesem Mann unterhalten?«

»Ja.«

»Hat sie Ihnen verraten, worum es ging?«

Die Lady zögerte.

»Sie wissen, dass Ihre Freundin nicht an ihrer Herzschwäche, sondern einer Kaliumüberdosis gestorben ist, oder?«, preschte Sarah vor. Den gestrigen Abend hatte sie den Ballköniginnen nicht ruinieren wollen, aber der heutige war ihr egal. Auch, weil der Mordverdacht spätestens ab morgen durch sämtliche Medien geistern würde. Die erschrockene Reaktion Schmekals bestätigte ihre Vermutung, dass sie keine Ahnung gehabt hatte.

»Kaliumüberdosis?«, wiederholte sie ungläubig.

»Und der Herr Sedlacek ist zwischenzeitlich ebenfalls … gestorben.«

»Jessas! Woran denn?«

»Er wurde ebenfalls umgebracht.«

Josephine Schmekal nippte am Glas, verschluckte sich, hustete. »Wie?«

»Dazu kann ich leider nichts sagen.« Es tat Sarah leid, ihr betagtes Gegenüber so erschreckt zu haben. Aber sie brauchte endlich Antworten.

»Bald kennt man am Friedhof mehr Leute als auf der Straße.« Die alte Dame schüttelte bekümmert den Kopf.

»Worüber hat sich Frau Böhm mit dem Mann unterhalten?«, stellte Sarah ihre Frage anders.

»Über Glück.«

»Was?«

»So drückte sich die Marianne aus. Mehr kann ich nicht sagen. Sie war sehr zurückhaltend, wenn es um ihre Angelegenheiten ging. Sie hat mit so gut wie niemandem darüber gesprochen. Nicht mal mit ihrem Sohn.« Josephine Schmekal lachte amüsiert, doch sie wussten beide, dass es die traurige Wahrheit war. »Dafür konnte man mit ihr stundenlang den neuesten Klatsch und Tratsch besprechen.«

Als Sarah ihren Kopf wieder zum Spielautomaten drehte, bemerkte der Glatzkopf sie. Er sah ihr direkt in die Augen, zeigte aber sonst keine Reaktion. Sie nickte ihm grüßend zu, doch er reagierte immer noch nicht. Möglich, dass er sie bei ihrer flüchtigen Begegnung im Café nach seinem Gespräch mit Oberhuber überhaupt nicht wahrgenommen hatte. Sollte sie zu ihm rübergehen? Ihn auf Marianne Böhm ansprechen? Sie wandte sich wieder Josephine Schmekal zu, die immer noch fassungslos erneut an ihrem Glas nippte.

Plötzlich stellte sie es entschieden ab. »Darf Ihnen eine alte Frau einen Rat geben?«

Sarah nickte.

»Verschwenden S' nicht allzu viel Zeit an Sachen, die Sie nicht ändern können, oder mit Fragen, auf die Sie keine Antwort finden. Mit einem Wimpernschlag sind Sie achtzig und kommen drauf, dass Sie den Großteil Ihrer Lebenszeit mit unwichtigem Ballast vergeudet haben. Beschäftigen Sie sich lieber mit schönen Dingen und scheren Sie sich ausschließlich um Angelegenheiten, die Sie glücklich machen.« Sie hob das Glas, wie um anzustoßen.

Sarah seufzte ergeben. »Mein Beruf bringt es leider mit sich, dass ich ständig alles hinterfrage.«

Josephine Schmekal kippte den Champagner auf ex und erhob sich. »Wie Sie meinen. Ich werde jetzt am Roulettetisch auf den Geburtstag meiner lieben Freundin Marianne setzen und anschließend nach Hause gehen.« Sie schüttelte den Kopf. »Kaliumüberdosis. Der Sedlacek ermordet. Da denkt man, schon alles erlebt zu haben, und dann so etwas.«

»Danke für Ihre Zeit.« Sarah schenkte ihr ein strahlendes Lächeln.

»Der Vorteil des Alters ist, tun und lassen zu können, was man will. Vorausgesetzt natürlich, man bleibt gesund und kann es sich leisten«, schränkte sie ein. »Ich hab mich gerne mit Ihnen unterhalten.« Sie griff nach Sarahs Hand, drückte sie fest und überreichte ihr dann ihre Visitenkarte. »Lassen Sie's mich wissen, was bei der Sache herauskommt. Aber warten Sie damit nicht zu lange, ich werde in wenigen Wochen fünfundachtzig.« Sie zwinkerte ihr kokett zu.

Sarah versprach, sich bei ihr zu melden, und sah ihr nach. Sie bewunderte ihre Lebensfreude und speicherte die alte Dame in ihrem Kopf unter der Rubrik »Vorbild« ab.

Sie drehte sich wieder zu den Automaten, wo der Glatzkopf inzwischen telefonierte. Aufgeregt wie ein junger Bräutigam, dem die Braut davongelaufen ist. Erneut trafen sich ihre Blicke. In seiner Miene leuchtete kein Funken des Erinnerns auf.

Verdammt, sie war Journalistin. Sarah gab sich einen Ruck, trank ihr Wasserglas leer, erhob sich und ging auf ihn zu. Plötzlich wanderte sein Blick panisch umher, als wäre er ein in die Ecke gedrängtes Tier, das nach einem Fluchtweg sucht. Also hatte er sie sehr wohl wiedererkannt. Rasch beendete er das Gespräch und schob das Handy in die Tasche, als befürchtete er, Sarah könnte es ihm wegnehmen. Sie streckte ihm die Hand entgegen und stellte sich vor. »Wir sind ... Kollegen.«

Der Mann hob die Augenbrauen, ignorierte ihre Hand. »Und? Was wollen S' von mir?«

»Ich schreibe an einem Porträt über Marianne Böhm. Sie kannten sie.«

Ihr Gegenüber räusperte sich. »Kennen ist übertrieben.«

»Sie haben sich letzten Monat genau hier mit ihr unterhalten. Verraten Sie mir, worum es in Ihrem Gespräch ging?«

Er lächelte säuerlich, während er sich den Vollbart

kratzte. »Verraten Sie etwa der Konkurrenz, woran Sie arbeiten?«

»Woran arbeiten Sie denn? An einem Enthüllungsbuch?«

»Wissen S', ich muss mit Ihnen nicht reden. Ich muss gar nichts«, knurrte er, wandte sich um und ließ sie stehen.

Seine Reaktion hatte Sarahs Misstrauen erst recht geweckt. *Was verbirgst du vor mir?*

Sie wollte ihm folgen, konnte ihn jedoch nirgends mehr entdecken. Eine Weile streifte sie durch das Casino, schlich sogar aufs Herrenklo, wo ihr ein gewichtiger Kerl zuzwinkerte und anbot, gerne näher zu kommen. Sie entschuldigte sich rasch, zog die Tür wieder zu und trat kurz darauf wieder auf die samstägliche Kärntner Straße.

Die Geschäfte hatten seit einer Stunde geschlossen, dennoch waren noch viele Menschen in der von Laternen und Schaufenstern beleuchteten Fußgängerzone unterwegs. Sarah konzentrierte sich auf deren Gesichter. Das des Chefredakteurs erblickte sie nicht. Sie nahm sich vor, Linus Oberhuber nach dem Namen des vollbärtigen Glatzkopfes zu fragen und ihn danach in seiner Redaktion aufzusuchen.

Ich find dich schon!

Schließlich wandte sie sich nach links und machte sich auf den Weg Richtung U-Bahn-Station Karlsplatz. Am Ende der Fußgängerzone sprang die Fußgängerampel auf Rot, und Sarah musste warten. Nach und nach bildete sich eine Menschentraube um sie, und plötzlich hatte sie das Gefühl, beobachtet zu werden. Der Eindruck war so stark, dass sie sich ruckartig umsah. Aber die Frauen und Männer um sie herum beachteten sie nicht, und der Glatzkopf war ebenfalls nirgends zu sehen. Sie schaute zur oberen Etage vom Sacher Eck hinauf, das gut besucht zu sein schien. Doch niemand sah zu ihr herunter, soweit sie das von ihrem Standort aus beurteilen konnte. Sie beugte sich gegen den Wind nach vorne und schlug den Kragen ihres Mantels nach oben, als die Ampel auf Grün sprang. In die Menschen kam Bewegung, und nachdem Sarah die Philharmonikerstraße überquert hatte, beschleunigte sie ihr Tempo, als wäre sie auf der Flucht. Sie eilte die Kärntner Straße weiter Richtung Kärntner Ring, wobei sie ihre Umgebung stets im Blick behielt. Vielleicht sollte sie lieber ein Taxi nehmen? Aber am Taxistand herrschte gähnende Leere. Mach dich nicht verrückt, da ist niemand, beruhigte sie sich stumm und bog schließlich in die Opernpassage ab, um zur U-Bahn zu gelangen.

Der Bahnsteig der U2 war brechend voll, als wäre die ganze Stadt unterwegs. Laut der Anzeige kam die nächste Bahn in weniger als einer Minute. Dann erschien auf dem Flatscreen an der Wand statt der Werbung die Warnung: »Zurücktreten. Zug fährt ein.«

Der graue Wurm näherte sich ratternd aus dem dunklen Tunnel. Sarah spürte den stärker werdenden Sog, der ihm vorauseilte. Eine lose Haarsträhne wehte ihr ins Gesicht. Sie strich sie nach hinten. Die erste Garnitur tauchte aus dem Dunkel auf. Sie machte einen

Schritt Richtung Bahnsteigkante. Neben ihr drängte sich eine Gruppe Jugendlicher. Der Zug kam immer näher. In dem Augenblick fühlte sie einen heftigen Stoß im Rücken. Sarah taumelte, verlor den Halt und stürzte nach vorne.

26

Er hatte sich schon die halbe Nacht und den ganzen heutigen Tag den Kopf darüber zerbrochen. Lag er mit seinem Verdacht daneben oder richtig? Mit Michaela konnte und wollte er darüber nicht reden. Sie war noch immer sauer, sprach nur das Notwendigste mit ihm. Und die Hypothese, seine Mutter hätte sie alle an der Nase herumgeführt, würde lediglich Öl ins Feuer gießen. Im Grunde genommen war es auch gut so. Je weniger Leute Bescheid wussten, umso besser. Und sollte sich seine Annahme bestätigen, konnte er ihr immer noch davon erzählen. Dabei hatte sich in den letzten Tagen die Erkenntnis verstärkt, dass der Tod seiner Mutter sie beide eher auseinander- denn als Paar wieder zusammenbrachte. Was dem Drachen lebend nicht geglückt war, glückte ihm unter Umständen tot. Vielleicht wäre seine Mutter sogar schon früher gestorben, wenn sie das gewusst hätte. Der Gedanke ließ ihn böse auflachen. So wie jener, dass sie am Ende ihrem eigenen Verhalten zum Opfer gefallen war. Denn eigentlich hatte sie durch ihre verfluchten Pillen für immer und ewig fit bleiben wollen, aber jetzt schien es so, als hätten sie genau die ins Grab gebracht.

Ermittler Martin Stein tauchte um sieben Uhr abends unangemeldet im Café in der Wollzeile auf. In der

Hand hielt er eine schmale Mappe, für Clemens ein Zeichen, dass er etwas gefunden hatte.

Nach einer eher unterkühlten Begrüßung bat Stein um eine Unterredung unter vier Augen. Während Clemens mit ihm ins Büro ging, spürte er, wie Antonia und die anderen Kellner ihnen neugierig nachblickten. Er konnte verstehen, dass das regelmäßige Erscheinen von Polizisten im Café die Belegschaft nervös machte, konnte aber momentan nichts daran ändern.

»Ich hab die Unterlagen gestern Abend noch höchstpersönlich durchgesehen«, eröffnete ihm Stein. »Es gibt keine Rechnung und auch sonst keinen Hinweis auf einen zweiten Händler.«

»Verdammt«, zischte Clemens. »Das hatte ich befürchtet.«

»Was genau?«

»Haben Sie in den Unterlagen einen Schriftverkehr zum Biosiegel gefunden? Oder einen Beleg über den Preis des Biokaffees oder irgendetwas, das beweist, dass Etiketten gedruckt wurden?«, wich er der Frage aus.

»Nein. Nur die Rechnung einer Druckerei in Wiener Neudorf. Aber ohne eine konkrete Bezeichnung davon, was in Auftrag gegeben wurde.«

»Ich glaube, ich weiß es«, brummte Clemens wütend. »Verdammte Scheiße noch mal. Es ist, als wollte sie mir sogar jetzt noch das Leben zur Hölle machen.«

Stein hob interessiert die Augenbrauen.

»Mittlerweile ist mir auch klar, weshalb sie sich bis zuletzt um die Buchführung kümmerte. Damit ich ihr verfluchtes Geheimnis nicht entdecke.«

»Dass das Café am Rennweg Verluste macht?«

»Dass sie mich im Jänner die Belege sortieren ließ, muss so etwas wie ein ... Versehen gewesen sein. Ein winziger Anfall von Unüberlegtheit«, ignorierte er erneut eine Frage des Chefinspektors.

»Wollen Sie mich nicht endlich an Ihrer Erkenntnis teilhaben lassen?«

»Das kann ich nur, wenn Sie mir versprechen, die Sache absolut vertraulich zu behandeln.«

»So vertraulich es mir möglich ist.«

»Meine Mutter«, begann Clemens und atmete noch einmal durch, »ließ sich seit dem letzten Kaffeesiederball dafür loben und feiern, dass wir in unseren Cafés ausschließlich Biokaffee ausschenken. Dabei tun wir das gar nicht. Im Gegenteil, wir schenken ganz gewöhnlichen Kaffee aus und verkaufen ihn nur als biologischen. Wie ich meine Mutter kenne, würd's mich nicht mal wundern, wenn sogar noch Kinderarbeit an den Kaffeebohnen klebt. Und das Biosiegel zum Aufkleben kam von der Druckerei in Wiener Neudorf.« Zu seiner Überraschung musste er feststellen, dass seine Entdeckung ihn freute. Endlich ein schwarzer Fleck auf der bisher so makellos weißen Weste der vermeintlich unantastbaren Matriarchin. Er unterdrückte ein Lachen. Schade nur, dass sie ihre eigene Demaskierung nicht mehr miterlebte.

»Was unser Erpresser wusste«, mutmaßte Stein. »Aber ist Ihnen das nie aufgefallen? Ich meine, schmeckt Kaffee aus biologischem Anbau nicht anders? Besser?«

»Ich trinke keinen Kaffee.«

»Oh«, sagte Stein, als hätte er ihn beim Lügen ertappt. »Und die Gäste?«

»Der Mensch schmeckt, was er glaubt zu schmecken.«

»Was ist mit dem Personal?«

»Meine Mutter hat die Lieferungen stets persönlich kontrolliert. Sie war sozusagen die Erste, die die Kartons geöffnet hat, und wird vermutlich auch höchstpersönlich das Siegel auf die Verpackungen geklebt haben. So hat niemand etwas davon mitbekommen. Und mal ehrlich. Unsere Mitarbeiter reißen die Packungen auf, schütten den Inhalt in die Kaffeemaschine, und das war's. Ende.«

»Aber irgendwer hat den Schwindel bemerkt, sonst gäbe es den Brief nicht«, wandte Stein ein und beäugte ihn nachdenklich.

»Ich werde das auf jeden Fall ändern«, ereiferte sich Clemens. »Bald gibt es tatsächlich nur mehr Biokaffee in meinen Kaffeehäusern. Niemand soll behaupten können, die Böhms wären Betrüger.« Gleich Montag wollte er dem Großhändler Bescheid geben. Die Entscheidung fühlte sich gut an, als hätte er seiner Mutter gehörig in die Suppe gespuckt. »Deshalb bitte ich Sie noch einmal, die Sache vertraulich zu behandeln«, kam er auf sein Anliegen, Stein solle Stillschweigen bewahren, zurück. Er hatte gute Lust, seine Mutter am Ottakringer Friedhof verscharren zu lassen und nicht bei ihren toten Freunden am Zentralfriedhof.

»Im Moment überprüfen wir die Geldbewegungen, sowohl auf den beiden Firmenkonten als auch auf dem Privatkonto Ihrer Mutter. Derzeit deutet nichts darauf hin, dass sie den verlangten Betrag bezahlt hat. Aber natürlich kann das Geld auch bar geflossen sein. Und sollte sich der Erpresser nicht mehr bei Ihnen melden …« Stein zuckte mit den Achseln.

Clemens atmete unauffällig tief durch. Mit etwas Glück würde die Sache also im Sand verlaufen.

»Da wäre aber noch etwas«, sagte der Chefinspektor in dem Moment und legte die Mappe, die er die ganze Zeit in Händen gehalten hatte, auf den Tisch. »Ich hab die Rechnung einer Online-Apotheke entdeckt.« Er schlug den Hefter auf. »Jemand hat zu Beginn des Jahres größere Mengen Kalium bestellt. Laut Rechnungsanschrift Ihre Mutter.«

Clemens starrte den Rechnungsbeleg vom vierten Jänner an. Er war ausgestellt auf Marianne Böhm.

»Wenn Sie nichts von dem Biokaffee wussten, dann wissen Sie wahrscheinlich auch nichts davon, Herr Böhm?«

Clemens schluckte und schüttelte den Kopf. »Um den Einkauf kümmerte sich …«

»Ihre Mutter. Ich weiß«, unterbrach Stein genervt. »Allerdings ist die Bestellung von Kaliumtabletten kaum mit der von Kaffee, Tassen oder Gläsern zu vergleichen.«

»Natürlich nicht.«

»Außerdem waren Sie für die Buchhaltung vom Jänner zuständig, das haben Sie selbst gesagt.«

»Der Beleg war nicht in den Unterlagen.« Clemens begann zu schwitzen, wischte sich über die Stirn.

»Wir haben ihn auch nicht im Rechnungsordner gefunden, sondern in einem Hefter mit Zeitungsausschnitten über diverse Veranstaltungen in Ihren Cafés.«

Fieberhaft suchte Clemens nach einer logischen Erklärung dafür. »Bedeutet das, sie wollte nicht, dass ich die Rechnung finde, weil sie sich auf diese Art das Leben genommen hat?«

»Oder dass jemand will, dass wir genau das glauben. Denn bezahlt wurde die Rechnung per Barüberweisung. Eingezahlt am Hauptpostamt am Fleischmarkt am siebten Jänner. Dort kann sich natürlich niemand mehr an den Einzahler oder die Einzahlerin erinnern. Zudem stelle ich mir noch eine Frage: Warum hat Ihre Mutter die Rechnung nicht weggeschmissen, sondern säuberlich in einem Ordner abgeheftet, wenn sie einen Selbstmord plante?«

Clemens seufzte laut, tastete nach seinem Stuhl und ließ sich darauf fallen. Warum nur tauchte nach der Lösung eines Problems unmittelbar das nächste auf?

»Unsere Computerfachleute sind übrigens dran herauszufinden, von welchem PC die Bestellung abgeschickt wurde.« Stein nagelte ihn mit den Augen am Stuhl fest. »Wer erbt eigentlich die Kaffeehäuser?«

Clemens schluckte. Seine Kehle war so unglaublich trocken. Er wusste genau, worauf dieser verfluchte Chefinspektor hinauswollte: *Du spielst den Unwissenden, bist aber in Wirklichkeit ein elender Erpresser, ein gewissenloser Muttermörder.*

Instinktiv drehte Clemens seinen Kopf zu dem Rechner am Schreitisch. Was sollte er erwidern? Er wurde einfach nicht schlau daraus, was gerade passierte.

Als das Handy von Stein läutete, warf der einen raschen Blick darauf und murmelte dann etwas von Präsidium und dass er rangehen müsse.

Clemens nickte. »Natürlich.« Er faltete die Hände im Schoß, starrte auf die Rechnung, die ihm so unsinnig vorkam. Er hätte sich in den Hintern beißen können. Warum hatte er sich nicht gewehrt? Ihr nicht schon vor Jahren das Zepter aus der Hand genommen? Sie ebenso kontrolliert wie sie ihn. Wie aus einer fernen Welt hörte er, wie Stein den Namen der Journalistin nannte, und sah auf. Der Ermittler war kreidebleich. Etwas Schlimmes musste passiert sein.

Der Chefinspektor beendete das Gespräch und blickte Clemens eindringlich an. »Sie bleiben in der Stadt, Herr Böhm.«

Es klang wie ein Befehl. Und bevor Clemens nachfragen oder erwähnen konnte, nicht vorzuhaben, Wien zu verlassen, war Stein auch schon verschwunden.

27

Wie versteinert saß Sarah auf der kalten Metallbank und versuchte zu begreifen, was gerade passiert war. Der Mann, der sie vor dem sicheren Sturz vor die einfahrende U-Bahn bewahrt hatte, hatte fest zugepackt. Mit zitternden Fingern rieb sie sich den Arm. Ein blauer Fleck war ihr gewiss. Der Zug stand still, dessen Fahrer vor ihr. Blass, mit großen Augen und zitternden Knien. Es roch leicht verbrannt. Die Bremse vermutlich.

»Das war knapp.« Ihr Lebensretter saß neben Sarah auf der Bank, war ebenso bleich wie der Zugführer. »Der Kerl hat Sie gestoßen.«

Sarah sah sich benommen um. Ihr Mantel war dreckig, die Handtasche lag auf dem Boden, ihr Block war herausgerutscht, ihre Hand blutete, und ihr Herz pumpte wie nach einem Marathon. Aber sie lebte.

Eine Frau sammelte ihre Habseligkeiten ein und legte die Tasche in Sarahs Schoß.

»Danke«, sagte der Lebensretter an ihrer Stelle.

Sarah selbst starrte die Frau lediglich stumm an, unfähig, ein Wort herauszubringen. Rettungskräfte und Polizisten tauchten auf. Um Himmels willen, was für ein Auflauf, und alles meinetwegen, dachte sie beschämt. »Mir geht es doch gut«, flüsterte sie.

»Er hat Sie gestoßen«, wiederholte ihr Lebensretter und machte für die Sanitäter Platz.

Sarah griff über eine Sanitäterin hinweg nach der Hand des Mannes und sah ihn zum ersten Mal richtig an. Sie schätzte ihn auf Ende zwanzig. Er hatte dunkle Haare, schwarze Augen und eine Narbe am Kinn. »Wie heißen Sie?«

»Camil.«

Wie bedankte man sich bei einem Lebensretter? Mit einem Geldgeschenk? Lebenslanger Freundschaft? Einer Einladung zum Essen? Einem Jahresabo des *Wiener Boten*? Lächerlich!

»Danke, Camil.«

»Das war doch selbstverständlich.«

»Danke«, wiederholte Sarah und ließ die Hand des Mannes wieder los. »Ich hoffe, ich kann mich mal revanchieren.«

Er zwinkerte ihr zu, bemüht heiter.

Der Polizist, der neben ihnen telefonierte, wies gerade jemanden am anderen Ende der Leitung an, die Kameraaufzeichnungen der Station bei den Wiener Linien anzufordern.

»Ich bin in Ordnung«, versuchte Sarah erneut, das ganze Brimborium abzukürzen, bekam dann aber keine Luft mehr. Sie hörte, wie ihre Zähne aufeinanderschlugen. Ihr war eiskalt trotz ihres dicken Mantels. Immer wieder rieb sie sich die Arme. Es war ihr unangenehm, dass die Leute ringsum sie anstarrten wie ein seltenes Insekt. Und jetzt kam auch noch die Übelkeit.

Doch die Sanitäterin ließ sich nicht beirren, tat

ihren Job. Erst als sie absolut sicher war, dass Sarah unversehrt war und nicht nach wenigen Schritten zusammenklappen würde, ließ sie von ihr ab. Camil, der Lebensretter, schilderte derweil zwei Polizisten den Tathergang.

Sie legte den Hinterkopf an die gefliese Wand, atmete tief ein und versuchte, sich nicht zu übergeben.

»Sollen wir jemanden für Sie anrufen?«, fragte die Sanitäterin. »Ihren Mann? Eine Freundin?«

»Gabi«, sagte sie, ohne zu überlegen, und reichte der Sanitäterin ihr Handy. »Gabi Hauser. Sie finden sie in meinen Kontakten.«

»Ich bring sie nach Hause«, hörte sie plötzlich eine tiefe Stimme.

»Martin«, murmelte sie überrascht.

»Ein Kollege hat mich benachrichtigt.« Steins Kopf zuckte in die Richtung der beiden Polizisten, die mit ihrem Lebensretter sprachen. »Er weiß, dass wir uns kennen.«

Die Sanitäterin gab Sarah das Handy zurück. Sie nahm es und steckte es in die Manteltasche.

Stein ging vor Sarah in die Knie. »Was ist passiert?«

»So genau weiß ich das gar nicht. Ich stand da, die U-Bahn fuhr ein, und im nächsten Moment habe ich gespürt, wie mich jemand anrempelt, und bin nach vorne gestürzt.«

»Hast du gesehen, wer dich gestoßen hat?«
»Nein.«

»Kam dir vorher irgendetwas komisch vor?«

Sie erzählte ihm von dem Gefühl, beobachtet zu werden. »Aber ich konnte niemanden entdecken.«

»Solltest dich in Zukunft wieder mehr auf deinen Hexensinn verlassen«, versuchte er, sie aufzumuntern.

Ihr Lächeln misslang.

»Gut, dann sorge ich jetzt gleich mal dafür, dass die Aufzeichnungen der Wiener Linien auch auf meinem Tisch landen, und danach fahr ich dich nach Hause.« Er richtete sich auf. »Du wartest solange hier.« Er wandte sich an einen Polizisten, sagte etwas zu ihm, und der Kollege in Uniform nickte.

Sie fuhren schweigend in Steins Privatauto, einem grauen Audi A6, in den achtzehnten Bezirk zurück. Als sie in der Hasenauerstraße ankamen, bat Sarah Stein, noch auf ein Glas Wein reinzukommen, und er stellte seinen Wagen ab.

Fünfzehn Minuten später saß sie in ihrer Lieblingsjogginghose mit Marie im Arm auf dem Sofa im Wohnzimmer. David hatte ihnen Cognac eingeschenkt. Seine Allerweltsmedizin bei jeder Art von Schock oder Problem und ein Seelentröster. »Ich will gar nicht daran denken, wie das hätte ausgehen können«, sagte er zum wiederholten Mal mit belegter Stimme.

Chris und Gabi waren augenblicklich aufgetaucht, nachdem David sie über die Fast-Katastrophe informiert hatte. Seit Minuten schlugen sie in die gleiche Kerbe. Sarah war froh, dass zumeist Stein ihre Fragen beantwortete. In einem waren sich alle einig. Sarah war Opfer eines Mordversuchs geworden, der etwas mit Marianne Böhm zu tun hatte. Sie spürte, wie ihre

Müdigkeit immer größer wurde. Sie wollte einfach nur dasitzen und Marie streicheln.

»Klär mich auf! Was hat es mit dem Kaffeesatzlesen auf sich?«, sprach Stein sie unvermittelt direkt an. Vermutlich befürchtete er einen verspäteten Zusammenbruch und wollte sie deshalb auf andere Gedanken bringen. Wahres Interesse steckte mit Sicherheit nicht hinter seiner Frage.

»Die Tradition entstammt dem Osmanischen Reich. Um ein Kaffeesatzorakel deuten zu können, braucht man starken, am besten türkischen oder griechischen Mokka«, erklärte sie tonlos, während sie Marie gleichmäßig weiterstreichelte. »Zuerst legt man eine Untertasse auf die Tasse, kippt die Tasse um, wartet ein bisschen und dreht danach die Tasse wieder zurück. Gelesen wird aus dem zurückgebliebenen Sud in der Tasse. Dabei sind vier Punkte ausschlaggebend. Dort, wo man die Lippen ansetzt, beginnt man mit dem Lesen und arbeitet sich dann im Uhrzeigersinn weiter vor. Der Tassenboden gibt Aufschluss über das momentane Befinden und die Persönlichkeit desjenigen, der Tasse und Untertasse gedreht hat. In der Mitte finden sich seine Träume und Wünsche, an der Oberkante seine Zukunft. Natürlich braucht man dafür ein bisschen Fantasie. Zudem sind die Bilder Auslegungssache. Wie beim Bleigießen zu Silvester.« Sie hielt kurz inne. Das Sprechen strengte sie an. »Ich denke, Marianne Böhm hat ihren ersten Mokka auch deshalb in ihrer Wohnung getrunken, weil sie beim Lesen allein sein wollte. Zudem kommt in den Kaffeehäusern der Mokka aus der

Espressomaschine und ist ein kleiner Schwarzer ohne Kaffeesud. Um aus dem Satz lesen zu können, ist daher neben dem passenden Kaffee auch eine spezielle Mokkakanne obligatorisch.«

»Ich glaub, so eine hab ich schon mal in einem Restaurant gesehen. Ist das so eine Kanne aus Messing mit langem Stil?«, fragte Stein.

Sarah nickte. »Manche sind auch aus Kupfer. Was mir dabei einfällt: Was ist eigentlich mit Marianne Böhms Notizbüchern mit den Symbolen und den Daten? Kann ich da mal reinschauen?«

Stein lächelte sanft. »Ich hab mich schon gewundert, dass du mich bislang nicht danach gefragt hast. Die gehen demnächst an ihren Sohn zurück, aber davor lass ich dich noch einen langen Blick reinwerfen, versprochen.«

Eine halbe Stunde später erhoben sich alle zum allgemeinen Aufbruch, weil Sarah schon mehrmals die Augen vor Erschöpfung zugefallen waren. Als Stein sich verabschiedete, kündigte er im selben Atemzug an, sie am nächsten Tag anzurufen.

»Und wir kommen zum Frühstück wieder runter«, sagte Gabi.

»Ich bin euch wirklich dankbar, dass ihr euch um mich kümmern wollt, aber das müsst ihr nicht«, entgegnete Sarah. »Schlaft lieber aus und macht euch einen gemütlichen Sonntag. Chris arbeitet eh zu viel.«

Ihr Bruder beäugte sie, als hätte sie in einer fremden Sprache gesprochen.

»Okay, jemand hat versucht, mich vor die U-Bahn zu stoßen«, fügte sie deshalb hinzu, »aber er wird ganz bestimmt nicht hier einsteigen, um mich beim Frühstück zu ermorden.«

»Halb elf?« Chris hatte die Frage an David gerichtet.

Sarah fühlte sich viel zu erschöpft, um noch einmal zu widersprechen.

28

Es gab zwei Dinge, die Clemens unbedingt vermeiden wollte. Erstens: Im Café die Fragen Antonias nach Steins Verschwinden beantworten zu müssen. Denn diese würde sie unweigerlich stellen, sobald es abends ruhiger wurde. Und zweitens, zu Hause der schlecht gelaunten Michaela in die Arme zu laufen. In Gedanken sah er sie schon in einer Körperhaltung vor sich, als wollte er sie angreifen. In die Hüften gestemmte Hände. Zusammengekniffene Augen. Stirn in Falten gelegt. Den Mund zu einer schmalen Linie zusammengepresst. Darauf hatte er keine Lust.

Also beschloss er, am Rennweg nach dem Rechten zu sehen. Er wollte so schnell wie möglich mit den Renovierungsarbeiten beginnen. Obendrein war es endlich an der Zeit, mit den Seemauers Tacheles zu reden. Sie würden sich zwar wundern, dass er bei ihnen auftauchte, zudem zu einer Uhrzeit, wo halb Wien vor dem Fernseher saß und sich irgendeinen inhaltslosen Mist ansah, aber trotzdem!

Zum Glück war am Rennweg weniger Verkehr als tagsüber, und er fand für Wiener Verhältnisse rasch einen Parkplatz. Als er vor dem Haus stand, wanderte sein Blick die Fassade hinauf. Hinter den Fenstern im ersten Stock brannte Licht, die Seemauers waren demnach noch wach. Als ein Mann mit einem Labrador an der Leine aus der Eingangstür kam, schlüpfte er mit drei Schritten hindurch. Im Treppenhaus stank es erbärmlich nach verfaulten Eiern. Clemens hob den Arm und atmete in den Ellbogen, während er rasch die Stufen hochstieg. Bevor er auf die Klingel neben der Wohnungstür des Ehepaars drücken konnte, wurde die Tür auch schon aufgerissen. Den Bruchteil einer Sekunde sah er in die wütenden Augen von Harald Seemauer, der in einem grauen Jogginganzug steckte, dann spürte er dessen Faust im Gesicht. »Arschloch!«

Clemens' Kopf flog zur Seite. Er stöhnte laut auf. »Scheiße.« Er hielt sich die Nase. War sie gebrochen? So viel Kraft hätte er dem Kerl gar nicht zugetraut.

»Da schau her! Dachte ich's mir doch«, knurrte Seemauer und holte erneut aus. »Euch Böhms werd ich's zeigen.«

Clemens duckte sich weg. »Was zum Teufel ist los mit Ihnen?«

»Gisela! Ich hab ihn erwischt. Ruf die Polizei!« Noch bevor Clemens reagieren konnte, packte Seemauer ihn am Arm und zog ihn in die Wohnung.

Er wollte um Hilfe rufen, doch das kam ihm irgendwie lächerlich vor. Harald Seemauer war kein Verbrecher, der ihm die Brieftasche stehlen oder das Messer an die Kehle setzen wollte. Deshalb fragte er: »Begrüßen Sie Ihre Gäste immer so?«

Seemauer zerrte ihn brutal ins Wohnzimmer, wo er ihn auf eine abgewetzte Lederbank bugsierte. Über den Fernsehbildschirm flimmerten die Spätnachrichten. Die Wohnzimmerwand in Eiche rustikal nahm die gesamte Seitenwand ein. Clemens registrierte darin eine Vase mit dem Stephansdom drauf, eine Handvoll Bücher und einen goldenen Kerzenhalter. Hatten die beiden nicht einen Blog, auf dem sie Tipps gaben, wie man seinen Lebensraum schöner gestalten konnte? Sie sollten wirklich bei sich zu Hause damit beginnen.

Seemauer öffnete ein Fenster, blickte hinaus. Vermutlich hielt er nach der Polizei Ausschau. Straßenlärm drang in die Wohnung. Seine Gattin erschien im pinkfarbenen Hausanzug, was sie nicht unbedingt hübscher machte, und mit Geschirrtuch in der Hand. Er verbiss sich die Frage, ob sie vorhatte, ihn damit zu erschlagen wie eine lästige Fliege.

»Was tun Sie hier?«, knurrte Seemauer und blieb dabei am offenen Fenster stehen, um im Sekundentakt hinauszuschauen.

»Ich wollte zu Ihnen. Sie um eine Aussprache bitten.« Clemens berührte noch mal seine Nase. Zum Glück schien sie heil geblieben zu sein, allerdings waren Kopfschmerzen in Anmarsch. »Haben Sie ein Aspirin?«

»Erzählen Sie keinen Blödsinn«, blaffte Gisela Seemauer. »Sie sind für die Stinkbomben verantwortlich. Geben Sie's endlich zu!«

»Ach, das stinkt so erbärmlich im Stiegenhaus«, ging Clemens ein Licht auf. »Ich hab mich schon gewundert.«

»Jetzt tun S' halt nicht so unschuldig. Weshalb schleichen S' sonst so spät im Haus herum.«

»Ich hab es Ihnen doch gerade erklärt.«

Gisela Seemauer holte ihm kommentarlos eine Tablette und ein Glas Wasser. Er schluckte die Pille, obwohl er nicht genau wusste, was sie ihm da in die

Hand gedrückt hatte, und wollte dann seinen aufgestauten Gefühlen freien Lauf lassen. Die Wut auf die verfahrene Gesamtsituation hinausbrüllen. Doch seine konfliktscheue Art bremste ihn, und er nahm erneut Anlauf, die Sache in moderatem Tonfall richtigzustellen. »Ich habe mit den Stinkbomben nichts zu tun.«

Harald Seemauer sah ihn ungläubig an. Seine Frau verschränkte die Arme und stellte sich breitbeinig hin. Scheinbar bereit, ihn mit Körpergewalt aufzuhalten, sollte er einen Fluchtversuch wagen.

»Denken S' doch mal nach. Warum sollte ich Stinkbomben ins Stiegenhaus werfen?«

»Um uns hier rauszuekeln«, blaffte sie.

»Aber weshalb?«

»Ihre Mutter wollte das schon.«

Clemens schüttelte den Kopf. »Meiner Mutter waren Sie beide scheißegal. Sie hat sich keine Sekunde lang mit Ihnen beschäftigt.«

Pink Panther warf ihrem Mann einen fast enttäuschten Blick zu. Anscheinend hatte sie gehofft, Marianne Böhms Aufmerksamkeit auf sich gezogen zu haben. Die Erkenntnis, dass der Drache sich weder über ihre Anzeigen noch ihre Mails geärgert, sondern in Ruhe weitergeschlafen hatte, schien wehzutun.

»Doch, das wollte sie«, beharrte sie deshalb. »So wie die Immobilienhaie. Der dritte Bezirk ist beliebt. Die Lage am Rennweg günstig.«

»Meine Mutter war keine Immobilienexpertin.«

»Und was wollten Sie dann mit uns bereden?« Harald Seemauer spähte erneut auf die Straße.

»Ich will Frieden.«

Seemauer gab ihm mit einer barschen Geste zu verstehen, still zu sein, beugte sich weiter aus dem Fenster und sah nach unten. »Ich glaube, da stimmt was nicht«, flüsterte er und winkte seiner Frau.

Sie griff in eine Lade des Wohnzimmerschranks, schnappte nach einem Feldstecher, war mit zwei Schritten bei ihrem Mann und lehnte sich ebenfalls nach draußen.

Die Szene erinnerte Clemens an den Film *Das Fenster zum Hof* mit Grace Kelly und James Stewart in den Hauptrollen. Mit dem Unterschied, dass die Seemauers wie eine Persiflage auf die beiden amerikanischen Schauspieler wirkten.

»Ich glaub, du hast recht«, pflichtete Gisela Seemauer ihrem Mann bei.

Clemens fuhr sich mit den Händen übers Gesicht. Herzukommen war eine blöde Idee gewesen. Die beiden tickten doch nicht ganz sauber. Er wollte nur noch hier raus.

»Kommen S', Herr Böhm. Schauen S' selber.«

»Was soll denn da unten nicht stimmen?«, fragte er teilnahmslos und erhob sich. In welche verschrobene Welt war er da nur eingedrungen? Die beiden machten ihm Platz wie dem König, der auf den Balkon treten will, um zum Volk zu sprechen.

»Horchen S' mal«, forderte ihn Gisela Seemauer auf.

In dem Moment fuhr ein Lastwagen vorbei. »Ein LKW?«, sagte Clemens, als handelte es sich um ein Quiz, bei dem man Geräusche erraten muss.

»Nein«, widersprach Harald Seemauer. »Im Café ... Da ist doch jemand.«

Jetzt beugte sich Clemens ebenfalls leicht aus dem Fenster, und tatsächlich. Es hörte sich an, als würde im Café Glas zersplittern.

»Sie lassen doch hoffentlich nicht heimlich nachts das Lokal renovieren?«, fragte Harald Seemauer misstrauisch.

»Mit lauter Schwarzarbeitern aus dem Osten, die nichts kosten?«, fügte seine Frau hinzu.

Was für ein Bild hatten die beiden eigentlich von ihm? »Natürlich nicht. Für mich hört sich das so an, als würde jemand alles kurz und klein schlagen.« Er warf einen Blick die breite Straße entlang. Hatte Gisela Seemauer grad eben nicht die Polizei gerufen? Wo blieb die nur? Er wandte sich um, rannte aus der Wohnung und lief die Stiegen hinunter, so schnell er konnte.

Das Ehepaar folgte ihm. Vor der Tür, die vom Treppenhaus aus ins Café führte, holten die beiden ihn ein.

»Sie wollen da doch nicht alleine reingehen?«, fragte Gisela Seemauer. »Ich meine, was, wenn der Einbrecher eine Waffe hat und Sie erschießt?«

»Dann haben S' bald kein Problem mehr mit dem Kaffeehaus.« Clemens zögerte kurz, legte das Ohr an die Tür. Als er wieder hörte, wie etwas zerbrach, drückte er die Klinke hinunter. Verschlossen, natürlich. Er zog seinen Schlüsselbund aus der Hosentasche und öffnete möglichst leise die Tür. »Hallo!«

Er betätigte den Schalter. Licht flackerte auf. Sein Blick fiel auf die ausgebrannte Toilettenanlage, die einen traurigen Anblick abgab, dann schlich er weiter. Im Gastraum angekommen sah er gerade noch, wie eine Gestalt durch die offen stehende Eingangstür floh.

»Hallo, stehen bleiben!«, brüllte er, als würde das etwas nützen. Natürlich tat es das nicht.

Schließlich sah er sich um und das Ausmaß der Zerstörung.

»O Gott«, hörte er hinter sich Gisela Seemauer.

Glas- und Porzellansplitter übersäten den Boden, Stühle waren kaputt geschlagen. Was den Flammen entgangen war, lag nun in Trümmern vor ihm.

In dem Moment parkte vor den Fenstern ein Polizeiwagen.

Es war beinahe Mitternacht, als Clemens nach Hause kam. Dunkelheit empfing ihn. Das Hemd klebte ihm am Körper. Er schlich auf Zehenspitzen ins Bad, zog sich komplett aus, warf die verschwitzte Kleidung in den Wäschekorb und stellte sich unter die Dusche. Es war Samstagnacht. In noch nicht einmal einer Woche war mehr passiert als in all den Jahren zuvor. Die Welt dreht sich schneller, dachte er, dann spürte er einen kalten Luftzug. Hinter der gläsernen Duschwand stand Michaela im hellgrauen Pyjama. Mit zerzausten Haaren. Falten um Augen und Mund. Verschlafen.

»Wo warst du?« Mit spitzen Fingern zog sie sein Hemd aus dem Korb, roch daran, als wollte sie kontrollieren, ob sich fremdes Parfum daran befand.

Er drehte das Wasser ab, schnappte sich ein Handtuch und schlang es sich um die Hüften. Dann berichtete er ihr wie ein Schuljunge, der seiner Mutter eine Fünf beichten muss, was geschehen war.

Michaelas Augen verengten sich. »Ich hab's so was von satt. Die Cafés, das ganze Chaos, das seit dem Tod deiner Mutter herrscht ...« Sie verstummte. Doch die Worte: »Ich hab auch dich so satt«, schwebten in der Luft wie Zigarettenrauch. Ihr Tonfall war eiskalt, sodass er befürchtete, die Wassertropfen könnten auf seiner Haut gefrieren.

»Wo ist Marcel?«

»Bei einem Freund. Was ist mit Linus? Hast du inzwischen mit ihm gesprochen?«

»Nein. Ich wollte doch ...«

»Dann wird's langsam Zeit«, unterbrach sie ihn.

»Ich dachte, ich soll gute Miene machen?«

»Doch nur bis zur Testamentseröffnung, die ja nun vorbei ist. Also, worauf wartest du noch?« Sie warf die Badtür ins Schloss. Die Temperatur war unter den Nullpunkt gesunken.

Sonntag, 16. Februar

29

Gabi übertraf sich mal wieder selbst. Unablässig schleppte sie Salate und selbst gemachte Aufstriche vom ersten Stock ins Erdgeschoss. David buk Semmeln, Roggenstangerl und Kipferl auf, stellte Marmeladen, Honig, Butter und Milch auf den Tisch. Marie saß vor der Wand und beobachtete alles erwartungsvoll, obwohl sie soeben ihr Katzenfutter verschlungen hatte.

Jetzt drückte Gabi Sarah eine Tasse Schwarztee in die Hand und sie auf einen Stuhl. »Wir machen das schon.«

»Ich bin nicht sterbenskrank«, entgegnete Sarah gereizt.

»Trotzdem«, sagte ihre Freundin mit fester Stimme.

»Ihr wisst aber schon, dass ich hier eine wunderbare Zielscheibe abgebe, sollte jemand mit einem Gewehr hinterm Haus stehen?« Sie deutete auf die Glasfront, die Richtung Garten ging. »Ihr könntet mir ein Geschirrtuch vors Gesicht hängen, das verwirrt den Heckenschützen vielleicht.«

Gabis Kopf flog panisch zur Terrassentür.

»Das war ein Scherz«, relativierte Sarah und ergab sich ihrem Schicksal, keinen Finger rühren zu dürfen. Warum auch immer ihre Lieben dachten, dass ihr das guttat. Im Radio meldete der Sprecher der Morgennachrichten, dass ein Unbekannter in der vergangenen

Nacht die Einrichtung eines Kaffeehauses demoliert habe. Am Rennweg, wo es erst kürzlich gebrannt habe.

»Der Böhm hat aber auch ein Pech«, merkte Gabi an. Auch wenn der Name nicht genannt worden war, war klar, um welches Café es sich handeln musste.

»Das hat nix mit Pech zu tun«, meinte Sarah nachdenklich. »Jemand hat zum zweiten Mal versucht, es zu zerstören.« Aber woher kam diese Wut? Ob doch das Ehepaar Seemauer dahintersteckte?

David warf ihr einen strafenden Blick zu. »Denk noch nicht mal daran. Du hast heute frei. Es gibt Kollegen im *Wiener Boten*, die haben Wochenenddienst und kümmern sich darum.«

»Ich wär eh nicht hingefahren«, presste Sarah zwischen zusammengekniffenen Lippen hervor. Und fügte in Gedanken hinzu: Ich hätte nur ein bisschen rumtelefonieren wollen. Zum Glück war Maja im Büro. Die junge Redakteurin recherchierte ordentlich und würde eine vernünftige Story schreiben.

Chris brutzelte am Herd gerade Spiegeleier in der Pfanne, da läutete Sarahs Handy.

»Bist eh zu Hause?« Steins Frage klang wie ein Befehl.

»Ja, wieso?«

»Ich bin in zwanzig Minuten da.« Und damit legte er auf.

Sarah erhob sich, nahm einen Teller und eine Kaffeetasse aus der Anrichte und Besteck aus der Lade. »Martin kommt auch vorbei.«

»Was will er?« Gabi klang alarmiert.

»Ich dachte, ihr hättet ihn herzitiert, weil euch meine Überwachung überfordert?« Sie grinste.

David zog ein Gesicht.

»Er hat nicht gesagt, worum 's geht?« Auch Chris schien in höchster Alarmbereitschaft zu sein. Seine Finger umklammerten den Griff der Pfanne, als müsste er sie im nächsten Moment einem Bösewicht über den Kopf ziehen.

»Nein, aber in zwanzig Minuten wissen wir 's. Vielleicht bringt er mir ja nur die Notizbücher vorbei«, sagte Sarah leichthin, um die Anspannung, die schon in der Luft hing, nicht noch zu verstärken. In Wahrheit klopfte auch ihr das Herz bis zum Hals.

Sie schob sich gerade das letzte Stück Spiegelei in den Mund, als es läutete. David legte rasch die Serviette auf den Tisch, erhob sich und kam gleich darauf mit Stein zurück.

»Morgen.«

»Hast du schon gefrühstückt?« David deutete auf den leeren Stuhl und das bis jetzt unbenutzte Gedeck.

»Danke, hab schon was gegessen. Aber einen Kaffee nehme ich gerne.«

Gabi schenkte ihm ein.

Sarah wartete geduldig, bis er ihr einen USB-Stick reichte. »Was ist da drauf?«

»Die Aufnahme von der Kamera in der U-Bahn-Station. Ich möchte, dass du sie dir ansiehst.«

Sarah holte ihren Laptop und verband den Stick mit ihm. Die anderen stellten sich hinter sie und beugten sich über ihre Schulter, um besser sehen zu können. Ein Fenster öffnete sich am Bildschirm, sie klickte auf die Datei, und kurz darauf lief ein Film ab.

»Achte auf den Kerl, der jetzt gleich auftaucht.«

Eine dunkle Gestalt schob sich vor die Kamera. Der Mann trug eine schwarze Schirmmütze, hielt den Kopf nach unten gesenkt, um zu verhindern, dass die Überwachungskameras sein Gesicht filmten. Doch die Körpersprache und die Drehung des Kopfes verrieten, dass er Sarah beobachtete.

»Kommt er dir irgendwie bekannt vor? Oder erkennt ihn jemand von euch?« Stein wartete geduldig und blickte von einem zum anderen.

Gabi, Chris und David verneinten.

Sarah starrte auf den Monitor, kniff konzentriert die Augen zusammen. Wer war der Kerl? In dem Moment erfasste die Kamera kurz sein Gesicht. Die Erkenntnis traf sie wie ein Schlag. Natürlich!

»Das ist der Mann, den mir die Schmekal kurz vorher im Casino gezeigt hat«, sagte sie und setzte die anderen ins Bild. »Ich hab ihn am Bahnsteig gar nicht gesehen.« Sie nahm den Blick vom Monitor, drehte sich zu Stein. »Hat er mich gestoßen?«

»Schaut so aus. Jedenfalls war er sehr dicht hinter dir, als die U-Bahn einfuhr.«

Sarah blickte wieder auf den Laptop. »Aber warum? Was will der von mir?«

»Das wüsste ich auch gerne«, sagte David.

»Ich hab die Aufnahme schon durch unser System gejagt, und wir haben tatsächlich einen Treffer. Der Mann heißt Alfons Wizept. Klingelt's da bei dir?«

Sie sah ihn an. »Der Name sagt mir gar nichts. Aber ich weiß, dass er Chefredakteur eines Gourmet-Magazins ist.«

»War«, korrigierte David.

Vier Köpfe flogen in seine Richtung.

»Du kennst ihn?«, fragte Stein.

»Die Branche ist klein, über drei Ecken kennt jeder jeden.«

Chris und Gabi setzten sich wieder.

»Wenn ich mich richtig erinnere, hat ihn seine Spielsucht den Job gekostet. Ist aber schon eine Weile her.« David hielt inne, als würde er nachdenken, ob ihm noch etwas einfiele. »Ständig hing er mit tonangebenden Leuten der Gastroszene ab, war auf jeder Party anzutreffen. Er war sozusagen der Schnittlauch auf jeder Suppe. Mit dem Fußvolk gab er sich nicht ab. Am Ende soff er mehr als ihm guttat, Drogen sollen auch im Spiel gewesen sein. Na no na ned, sonst hätte er das Tempo nicht durchgehalten. Ich selbst bin ihm ein paarmal auf Veranstaltungen begegnet. Er war zumeist irgendwie ... wichtig, aufgekratzt, aber nicht zuwider. Ich fand sein Verhalten eher belustigend, als wäre er ein Pfau, der stolz durch die Menge schreitet. Na ja.« Er drehte die Handflächen nach oben. »Irgendwann hat seine Frau die Notbremse gezogen und sich scheiden lassen. Vor zwei, drei Jahren ist Alfons Wizept dann von der Bildfläche verschwunden.«

Sarah überlegte. Was hatte der Mann mit Georg Sedlacek und Marianne Böhm zu tun? Die tote Kaffeehausbesitzerin hatte Spieler verabscheut. Das hatte zumindest der ermordete Arzt behauptet. Die Frau entwickelte sich allmählich zu einem Buch mit sieben Siegeln. Verflixt, sie musste endlich die fehlenden Puzzleteile finden, um darüber schreiben zu können.

»Im Casino habe ich Josephine Schmekal gefragt, ob

sie wisse, worüber Marianne Böhm mit Alfons Wizept gesprochen hat. Sie meinte, Frau Böhm habe damals nur gesagt, sie hätten über Glück gesprochen. Näher erläutert hat sie das damals jedoch leider nicht.«

»Du hast mich doch gebeten, in Marianne Böhms Notizbüchern …«, Stein verzog das Gesicht, als wollte man ihm einen Zahn ohne Narkose ziehen, »nach einem Kleeblatt zu suchen. Ist das nicht ein Glückssymbol?«

»Ja.«

»Meinte sie Glück im Spiel?«, warf Chris ein. »Immerhin ist Wizept ein Spieler.«

»Hmmm«, brummte Sarah. »Zudem hat sie am fünfundzwanzigsten Jänner gegenüber Antonia erwähnt, Glück in der Liebe und im Spiel zu haben. An dem Tag hat sie aber definitiv kein Kleeblatt im Sud entdeckt, sondern das Messer.« Sie schüttelte den Kopf. »Sorry, ich sehe noch keinen direkten Zusammenhang.«

»Egal«, sagte Stein. »Den zu ermitteln, solltest eh mir überlassen. Aber sag mal, steht die Kaffeebohne für etwas?«

»Sieht man eine Kaffeebohne im Sud, kommt Besuch. Hat man Sodbrennen, soll man eine ungerade Anzahl an Kaffeebohnen schlucken. Aber das ist nicht, was du meinst, gell?«

Stein zögerte, druckste herum, dann erwähnte er, dass sie am Tag nach Marianne Böhms Tod ein Erpresserschreiben in ihrem Safe gefunden hatten. »Die Bohne ist darauf wie eine Unterschrift platziert.«

»Passt doch zu einem Brief an eine Kaffeesiederin«, meinte Gabi.

»Ich erzähl euch das alles gerade aber *off records*, verstanden?«, stellte Stein klar. »Nichts davon dringt an die Öffentlichkeit.«

»Jaja«, bestätigte David. »Aber warum erwähnst du's dann überhaupt?«

»Weil der Verfasser uns auf diese Weise einen Hinweis auf seine Identität gibt. Unbewusst. Das Wissen, dass Kaffeebohnen angeblich bei Sodbrennen helfen, bringt mich nicht wirklich weiter.«

»Womit konnte man die alte Dame dann erpressen?«, bohrte Sarah nach.

Stein schüttelte den Kopf. Entweder wusste er es nicht, oder er wollte es ihnen nicht sagen. »Wie auch immer, war nur so eine spontane Idee. Jedenfalls hat eine Streife an der Meldeadresse von Alfons Wizept vorbeigesehen. Negativ. Nicht zu Hause. Er ist bereits zur Fahndung ausgeschrieben.«

»Wenn er ein Spieler ist, wird er über kurz oder lang wieder im Casino auftauchen«, sinnierte Chris.

»Das in der Kärntner Straße wird er nach dem Vorfall wahrscheinlich eine Zeit lang meiden, dennoch werden wir es im Blick behalten«, erwiderte Stein. »Genauso wie die anderen Spielhallen in Wien.«

Sarahs Finger flogen über die Tasten des Laptops. Sie rief etliche von Wizept verfasste Artikel auf. Dazu Fotos. Wizept mit Sterneköchen, mit Gastronomen, bei Gastro-Events, Weinverkostungen und vielen derartigen Veranstaltungen mehr.

»Da schau her!«, rief Sarah plötzlich. »Hier hab ich einen Artikel von vor fast vier Jahren. Da hat man den Herrn völlig zugedröhnt aus seinem Auto geholt. Der

Grund war auffälliges Verhalten im Straßenverkehr. Die Untersuchung ergab, dass er Kokain in größeren Mengen konsumiert hatte. Der Führerschein wurde ihm abgenommen, zudem erwartete ihn eine Verwaltungsstrafe.« Sie sah hoch.

»Wird er es noch mal versuchen, Martin?« Auf Davids Stirn standen tiefe Sorgenfalten. »Was denkst du?«

»Möglich.«

»Hört auf! Ihr macht mir echt Angst«, brauste Sarah auf.

»Du bekommst Angst? Das ist gut.« Chris' dunkle Augen blitzten. »Dann hörst du vielleicht endlich auf, so leichtsinnig zu sein.«

»Was heißt hier leichtsinnig? Ich hab auf die U-Bahn gewartet, so wie Tausende andere Leute jeden Tag«, entgegnete Sarah. »Aber gut, dann stelle ich mich in Zukunft so an die Wand im Bahnhof, dass niemand mehr Platz hinter mir hat. Und trete erst vor, sobald der Zug angehalten hat. Versprochen.«

Doch Chris schien das wenig zu beruhigen.

»Denk nach, Sarah!«, übernahm Stein wieder. »Was hast du bei deinen Recherchen entdeckt, das Wizept in so große Bredouille bringt, dass er dich vor den Zug stoßen wollte. Und komm mir jetzt bitte nicht mit Symbolen auf dem Tassenboden.«

Obwohl sie angestrengt nachdachte, wollte ihr partout nichts einfallen. Bald nach Marianne Böhms Tod dachte sie, jemand wollte die geplante Adoption verhindern. Doch dann beging Sedlacek angeblich Selbstmord, der sich ebenfalls als Mord herausstellte. Jedoch den Verdacht erregen sollte, der alte Mann hätte zuerst

Marianne Böhm und dann sich selbst umgebracht. Ein sogenannter erweiterter Suizid. Aufgrund unerwiderter Liebe. Und nun auch noch der Mordversuch an Sarah, der wie ein Unfall hätte wirken sollen. Das ergab doch alles keinen Sinn.

Montag, 17. Februar

30

Über Nacht war Sarah noch immer nichts eingefallen, was sie weiterbringen könnte, dennoch stand sie voller Tatendrang schon um sieben Uhr unter der Dusche. Haare waschen, föhnen, hochzwirbeln, in Jeans und Pulli reinschlüpfen, und der Tag konnte beginnen. Noch vor der ersten Tasse Tee holte sie die druckfrische Ausgabe des *Wiener Boten* aus dem Briefkasten und suchte nach dem Artikel über die Zerstörung des Cafés am Rennweg. Wie erwartet hatte Maja noch gestern Clemens Böhm kontaktiert, der von Randalierern sprach, die kurz zuvor eine Stinkbombe ins Treppenhaus des Wohngebäudes über dem Café geworfen hätten.

Sarah erinnerte sich an das Gespräch mit dem Ehepaar Seemauer und kam zu dem Schluss: »Das waren keine Randalierer, mein Freund. Das war eine persönliche Botschaft an dich, und das weißt du ebenso gut wie ich.«

»Sprichst du neuerdings mit der Zeitung? Muss ich mir Sorgen machen?«, fragte David und schaltete die Espressomaschine ein.

Sarah zeigte ihm Majas Artikel. »Ich denke, dass die Zerstörung des Lokals eine Nachricht an Böhm war.«

David überflog den Text, während aus der Maschine duftender Kaffee in die kleine Tasse gurgelte. »Wofür?«

»Das Erpresserschreiben«, erinnerte ihn Sarah. »Ist doch möglich, dass sich der Erpresser jetzt an Clemens Böhm wendet, wo die Seniorchefin tot ist. Ich weiß nur noch nicht, womit die Böhms erpressbar sind.« Sie schlug die Zeitung zu. »Bin schon gespannt, welche Überraschungen der heutige Tag für uns parat hat.«

David sah sie über den Tassenrand hinweg an. »Für mich keine großen. Sitzung mit den Eigentümern des *Wiener Boten*.«

Sarah stand auf, ging zu ihm, nahm ihm die Tasse aus der Hand und küsste ihn zärtlich auf den Mund. »Du hast mein tief empfundenes Mitgefühl.«

Als Sarah das Redaktionsbüro des Chronik-Ressorts betrat, waren Maja und Conny schon anwesend und unterhielten sich aufgeregt. Das Gespräch brach abrupt ab, als die beiden sie bemerkten. Sissi begrüßte Sarah freudig, als hätten sie einander jahrelang nicht mehr gesehen. Eine wunderbare Eigenschaft von Hunden: Sie freuten sich immer überschwänglich, egal, ob man Wochen, Tage, Minuten oder Sekunden aus ihrem Blickfeld verschwunden war.

»Wie geht es dir?« Conny stand mit einer Tasse Kaffee in der Hand neben Majas Schreibtisch.

»Gut.« Sarah beugte sich zu dem schwarzen Mops und streichelte über seinen kleinen Kopf.

»Du stehst bestimmt noch unter Schock, oder?«, meinte Maja.

»Geht so.« Sarah richtete sich wieder auf.

»Ich meine, was rennen da draußen nur für verrückte Leute rum? Die Welt wird immer depperter.« Sie reichte Sarah eine Tasse Kaffee.

Natürlich wussten sie bereits Bescheid. Der *Wiener Bote* war ein Dorf und Conny der personifizierte Dorfplatz. Und jetzt wollten sie und Maja Details. In aller Ausführlichkeit.

Am Ende von Sarahs Erzählung stellte die Society-Löwin ihre Tasse ab, trat einen Schritt nach vorn und zog sie in die Arme. »Wir sind so froh, dass die Sache nicht anders ausgegangen ist. Ich will gar nicht dran denken …« Sie brach ab, gab Sarah wieder frei und blickte ihr direkt in die Augen. »Stell dir vor«, sagte sie dann, »Linus und Vanessa haben ihre Verlobung gelöst.«

Das also war der Grund für das aufgeregte Getratsche gewesen, dachte Sarah.

»Schon komisch, dass die Verbindung eine Woche nach Marianne Böhms Tod platzt«, merkte Maja an. »Statt der sonstigen Heile-Welt-Fotos gibt's auf Vanessas Facebook-Seite jetzt Partyfotos vom Wochenende.«

»Woher weißt du von der Trennung?«

Conny schenkte Sarah einen Blick, als hätte sie gefragt, ob es den Osterhasen tatsächlich gab. Natürlich! Sie war die Society-Queen. Sie erfuhr alles sofort, direkt und meistens aus erster Hand. Und wenn nicht, dann aus zweiter oder dritter. Aber das war egal, Hauptsache, die Info schwappte irgendwie auf ihren Tisch.

»Waren die nicht erst seit dem Kaffeesiederball im letzten Jahr zusammen?«, fragte Sarah trotzdem.

»Es soll Verbindungen geben, die kürzer halten«, sagte Maja. »Die Klatschpresse ist voll davon.«

»Moment mal!« Jetzt fiel Sarah wieder ihr Telefongespräch mit Linus Oberhuber ein, und sie berichtete den beiden davon. »Wieso Partyfotos und Trennung, die waren doch gemeinsam in München?«

»In München? Wenn, dann er allein.« Connys Blick wurde sensationslüstern. »Oder mit einer neuen Flamme. Falls dem so war, will ich mehr darüber wissen.«

»Wie auch immer«, sagte Sarah schließlich. »Danke für die Info, Conny. Dann vermeide ich es, ihn nachher beim Interview auf die bisherige Garten-Eden-Beziehung anzusprechen.«

»Ganz falsch, das solltest du auf jeden Fall tun! Die Trennung wird der Aufmacher meiner nächsten Society-Seite, und dafür brauch ich ein diesbezügliches Statement von ihm. Mit Vanessa hab ich gestern Abend bereits telefoniert.« Conny war anzuhören, dass sie in ihrer Arbeit aufging.

»Sag nicht, sie hat dich direkt angerufen?«

»Nein«, antwortete Conny gedehnt. »Nachdem sie gestern Morgen ihren Beziehungsstatus auf Facebook in Single geändert hatte, hab ich sie kontaktiert.«

Sarah runzelte überrascht die Stirn. Conny beschäftigte sich sogar sonntags mit den Facebook-Profilen diverser C-Promis?

»Und ich sag euch was: Es wird eine Schlammschlacht geben.« Sie klang wie eine Prophetin. »Vanessa hat ihren Exlover einen verdammten Heuchler und ein pedantisches Arschloch genannt, und das waren noch die freundlichsten Bezeichnungen.«

»Das heißt dann wohl, dass er sich von ihr getrennt hat«, schlussfolgerte Sarah.

Conny grinste hinterlistig. »So, ich muss jetzt mal, meine Liebsten. Ich werd mich im Freundeskreis der beiden umhören. Wünsch euch einen erfolgreichen Tag.« Damit machte sie sich auf den Weg, und Sissi wackelte ihr hinterdrein.

Nachdem die Tür ins Schloss gefallen war, schüttelte Sarah den Kopf. »Warum ändern Leute direkt nach einer Trennung ihren Beziehungsstatus in den sozialen Medien?«

»Weil sie süchtig nach Mitleid, Anerkennung oder Aufmerksamkeit allgemein sind?«, schlug Maja vor. Weder sie noch Sarah hatten einen Facebook-Account, und beide wussten, dass sie damit in der Minderheit waren. Conny hingegen war äußerst aktiv auf diversen Plattformen, was natürlich auch ihrem Beruf als Gesellschaftsreporterin geschuldet war. Allerdings postete sie kaum Privates, Hundefotos ausgenommen, weil die bei ihren sogenannten Freunden gut ankämen, wie sie ihnen mal verraten hatte.

»Wie auch immer«, änderte Sarah das Thema. »Meinst du, der Böhm glaubt tatsächlich, dass gewöhnliche Randalierer sein Café demoliert haben?«

»In dem Telefonat, das ich gestern noch mit ihm geführt habe, behauptet er es jedenfalls.«

»Und die Polizei?«

»Sagt Ähnliches. Zwar schließen sie einen Zusammenhang mit der Brandstiftung nicht aus, aber dafür gibt es im Moment noch keinen deutlichen Hinweis. Was meinst du?«

Sarah zuckte mit den Achseln. »Weiß nicht. Aber irgendwie kommt es mir so vor, als würde da jemand ganz bewusst Unfrieden stiften.«

»Aber mit welchem Ziel? Die Mieter zu vergraulen?«

»Keine Ahnung, und es bringt jetzt auch nichts, drüber zu spekulieren. Außerdem hab ich in einer Stunde den Interviewtermin mit dem Oberhuber und möchte mich davor noch darüber informieren, wie Erwachsenenadoptionen ablaufen.«

Die Millergasse war in fußläufiger Entfernung vom Redaktionsgebäude. Eisiger Wind fegte durch die Gassen Wiens, dennoch wuselten die Menschen auf der Mariahilfer Straße wie an nahezu jedem Tag. Und das, obwohl es vor der Umwidmung eines Straßenteils in eine Fußgängerzone laute Stimmen gegeben hatte, die den baldigen Tod der Einkaufsstraße vorhersagten. Wenige Schritte vor Oberhubers Wohnhaus brummte Sarahs Handy in der Umhängetasche. Es war Stein. Sie ging ran.

»Wir haben Alfons Wizept heute Morgen gefunden.«

»Wo?«

»Im Wienfluss unterhalb der Pilgrambrücke. Er ist tot. Selbstmord nicht ausgeschlossen.«

Sarah sog die kühle Februarluft tief ein. Ihr Puls raste. Vor ihrem geistigen Auge tauchten Bilder eines blutüberströmten, zerschmetterten Körpers auf.

»Ein bisschen viele Selbstmorde in letzter Zeit, findest du nicht auch?«

»Wobei der Sedlacek ja definitiv keinen begangen hat, wie wir mittlerweile wissen.«

»Was ist mit dem Tod von Marianne Böhm?«

»Selbstmord und Tod durch Unachtsamkeit sind noch nicht vom Tisch. Aber wie dem auch sei, schaun ma mal, was bei unserem Brückenspringer rauskommt. Ich wollt, dass du's gleich erfährst, damit du aufhören kannst, ständig über die Schulter zu blicken und nach ihm Ausschau zu halten.«

»Danke. Ist das schon offiziell?«

»Nein. Die Pressemeldung geht erst raus, wenn wir mehr wissen. Vermutlich am späten Nachmittag. Aber da ist noch etwas. Hast du dich in letzter Zeit beobachtet gefühlt?«

»Außer gestern? Nein. Wieso?«

»Wir sind gerade in seiner Wohnung, in der übrigens mehrere Stinkbomben und zudem derart viele Benzinkanister liegen, dass man damit locker das halbe Grätzel abfackeln könnte. Außerdem haben wir ein komplettes Dossier über dich gefunden. Ausgedruckt. Mit Fotos, Bewegungsprofil ... Du kannst es dir vorstellen.«

Sarah schluckte. »Aber warum? Was wollte er damit?«

»Kann ich dir leider noch nicht sagen. Jedenfalls starten die Aufzeichnungen am Tag nach Marianne Böhms Tod, also vor einer Woche. Denk mal drüber nach. Vielleicht fällt dir noch etwas ein, das du bislang als unwichtig abgetan oder gar nicht richtig wahrgenommen hast. Wenn, dann ruf mich bitte an. Und ich melde mich, sobald ich was für dich hab. Baba und pass auf dich auf«, verabschiedete Stein sich.

Sarah blieb mit dem Handy in der Hand stehen. Der

Kerl hatte sie beobachtet? Warum? Aber jetzt war nicht die Zeit, um darüber nachzudenken. Sie hatte einen Termin. Sie warf das Handy wieder in die Tasche, klingelte, trat durch die unversperrte Eingangstür, ließ den Lift wie üblich links liegen und nahm die Treppe in den vierten Stock.

Linus Oberhuber bat sie höflich herein, half ihr aus dem Mantel und hängte ihn an die Garderobe aus Metall. Sarahs Blick fiel auf ein kleines Regal aus dem gleichen Material, auf dem in einer weißen Porzellanschüssel ein Autoschlüssel lag.

»Macht es Ihnen etwas aus, die Schuhe auszuziehen?«

»Natürlich nicht.« Sie öffnete den Reißverschluss ihrer Stiefel, zog sie aus, stellte sie auf die Schuhablage und folgte Oberhuber durch eine Tür ins dahinterliegende Wohnzimmer.

Alles in dem Raum war weiß. Die Wände, der Teppich und die Ikea-Möbel. Selbst die sich anschließende offene Küche. Der Mann besaß einen festgefahrenen Einrichtungsstil und war vermutlich tatsächlich so pedantisch wie von Vanessa Hartan behauptet.

Er zeigte auf die weiße Sitzlandschaft, Sarah nahm Platz und legte ihre Umhängetasche auf den Boden daneben.

»Kaffee?«

»Gerne.«

Er ging in den Küchenbereich und zu einer sündhaft teuer aussehenden Kaffeemaschine aus Chrom. Ein Geschenk seiner Förderin? »Ich weiß ja noch immer nicht genau, warum Sie unbedingt dieses Interview wollen, denn ich werde sicherlich nichts erzählen, das Mariannes guten Ruf beflecken könnte, aber bitte schön.«

»Ich bin nicht auf eine reißerische Story aus, Herr Oberhuber. Das ist nicht der Stil des *Wiener Boten*. Ich will nur wissen, was Frau Böhm vor ihrem Tod Angst gemacht hat.«

Er wandte sich zu ihr um. »Sie wollen wieder auf die Symbole in der Kaffeetasse hinaus?«

»Worum ging es bei Marianne Böhms nächtlichen Anrufen?«

Er kam mit einem Silbertablett in der Hand zur Couch zurück, stellte zwei weiße Kaffeetassen, zwei schnörkellose Wassergläser und eine weiße Zuckerdose ab. »Eine Melange für Sie, wenn ich mich richtig erinnere?«

»Ich bin beeindruckt.« Fasziniert betrachtete Sarah den Milchschaum mit der Blume des Lebens aus Kakao darauf. »Selbst zu Hause zelebrieren Sie jeden Kaffee.«

Er schmunzelte. »Nun, den Barista in mir kann ich nicht wie einen Mantel an der Garderobe meiner Wohnung ablegen.«

Sarah nippte an der Porzellantasse. Der Kaffee schmeckte fantastisch. »Frau Hartan meinte, Frau Böhm habe Ihnen bei ihren nächtlichen Anrufen erzählt, dass sie glaube, Georg Sedlacek betrüge sie. Können Sie mir das genauer erklären?«

»Vanessa.« Er spuckte den Namen aus wie einen geschmacklosen Kaugummi.

»Ich weiß, dass Sie sich getrennt haben. Nicht einvernehmlich, oder?«

Er verzog das Gesicht. »Kein Kommentar. Und was

das andere anbelangt, da hat Vanessa übertrieben. Marianne und ich haben häufig telefoniert, aber nachts hat sie nie angerufen, höchstens abends. Und über den Sedlacek beschwert hat sie sich auch nicht.«

»Nicht?«

»Nein.«

»Können Sie sich vorstellen, warum Frau Hartan es dann behauptet hat?«

Unsicher fuhr er sich mit den Fingern durch seine blonden Haare. »Um ehrlich zu sein ... Aber das bleibt unter uns, also, schreiben Sie das bitte nicht.«

Sarah nickte. »Versprochen.«

»Vanessa sagt nicht immer die Wahrheit, wenn sie den Mund aufmacht. Das macht sie unbewusst. Sie neigt einfach zur Übertreibung, weil sie gern im Mittelpunkt steht.«

Sarah nickte erneut. Sie schimpfte ihn einen Heuchler und ein pedantisches Arschloch, er bezeichnete sie als Lügnerin. Conny hatte recht mit ihrer Vermutung gehabt, dass sich die beiden mit Dreck bewerfen würden. »War das der Grund für die Trennung?«

»Sie ist ein strahlender Stern, ich ein bodenständiger Kaffeemensch.«

Sarah verstand, was er damit sagen wollte. Sie konnte sich durchaus vorstellen, dass das Leben mit einem Menschen, der stets die Aufmerksamkeit aller auf sich ziehen will, auf Dauer anstrengend wurde.

»Apropos Beziehung. Wie würden Sie Marianne Böhms und Georg Sedlaceks Verbindung beschreiben? Verband die beiden eine Freundschaft oder noch mehr?«

Linus Oberhubers Mundwinkel verzogen sich zu einem sanften Lächeln. »Der alte Herr war einsam und wollte Marianne für sich haben. Was denken Sie denn, weshalb er sonst tagtäglich im Café saß? Weil der Kaffee dort besonders gut schmeckt?«

»Möglich. Es ist schließlich Biokaffee«, versuchte Sarah eine bizarre Erklärung.

»Wer's glaubt.«

»Was meinen Sie?«

»Biosiegel kann man fälschen.«

Plötzlich überschlugen sich die Gedanken in ihrem Kopf. Der Erpresserbrief! »Hat Frau Böhm das getan?«

»Was wollen Sie, Frau Pauli? Eine Story über den Anbau, die Herstellung und Vermarktung von Kaffee? In dem Fall kann ich Ihnen mein Buch empfehlen. Darin können Sie alles Wichtige darüber nachlesen.«

»Wann und wie haben Marianne Böhm und Sie sich eigentlich kennengelernt?«

»Das war vor rund vier Jahren. Ich hatte mich für die ausgeschriebene Stelle als Zahlkellner beworben. Marianne und ich waren uns sofort sympathisch. Und nachdem sie meine Leidenschaft und Liebe für Kaffee bemerkt hatte, bot sie mir an, die Ausbildung zum Kaffee-Sommelier zu machen. Vorher war ich ein ganz gewöhnlicher Kellner. Bereits damals dachte sie über eine etwaige Adoption nach. Das hat sie mir aber erst viel später verraten.«

»Wann?«

»Mit der Adoptionsidee ist sie vor etwa einem halben Jahr an mich herangetreten.«

Sarah machte sich Notizen. Linus Oberhuber war

zum perfekten Zeitpunkt in Marianne Böhms Leben aufgetaucht. Als ihr klar geworden war, dass Marcel nicht in die Fußstapfen seiner Vorfahren treten wollte und sie sich nach dem passenden Nachfolger ihres Sohnes umgesehen hatte. »Wie haben Sie reagiert?«

»Ich war verwundert, aber auch sehr gerührt. Ich hab Ihnen ja schon erzählt, dass ich keine Eltern mehr habe.«

»Stimmt, das tut mir leid.«

»Danke.«

»Auch dass es nicht mehr zur Adoption kam. Ich habe mich erkundigt und herausgefunden, dass Sie dafür nach österreichischem Recht zumindest fünf Jahre in einer andauernden Hausgemeinschaft hätten leben müssen. Erst danach hätte ein Antrag beim Familiengericht gestellt werden können. Frau Böhm wäre demzufolge dann bereits fünfundachtzig gewesen.«

»Deshalb sollte ich ab März auch in der Wohnung in der Wollzeile wohnen. Aber mal ehrlich, ist das jetzt noch wichtig?«

»Was hat der Herr Böhm dazu gesagt? Und Vanessa, Ihre Verlobte ... äh, Exverlobte«, berichtigte sie sich rasch.

»Ich finde es müßig, jetzt noch darüber zu sprechen. Es kam ja nicht mehr dazu. Marianne ist vorher ...« Er wischte sich über die Augen.

Sarah verstand seine Reaktion. Für den Mann war ein Traum zerplatzt. Einer, den er zwar erst seit Kurzem geträumt hatte, aber dennoch.

»Randalierer haben letzte Nacht die Inneneinrichtung des Cafés am Rennweg zerstört.«

Er nickte. »Ich hoffe, die Polizei fasst diese Arschlöcher.«

»Warum der Brandanschlag und jetzt die Zerstörung?«, hakte Sarah nach. »Was denken Sie?«

»Klingt nach System. Das Ehepaar ...«

»Ich glaube nicht, dass die Seemauers etwas damit zu tun haben. Die Polizei hat heute in der Wohnung von Alfons Wizept Stinkbomben und Benzinkanister gefunden.«

»Nein.«

»Was wollte er bei Ihrem Gespräch im Café in der Operngasse von Ihnen?«

Es schien, als wäre allein durch das Aussprechen von Wizepts Namen die Temperatur im Raum um mehrere Grad gesunken.

Als Oberhuber nicht antwortete, berichtete Sarah von dem Mordversuch an ihr.

»Wirklich? Aber warum hätte er Sie vor die U-Bahn stoßen sollen? Und warum das Café in Brand setzen sollen?« Er schüttelte verständnislos den Kopf.

»Ich weiß es nicht.« Sie überlegte, ihm von Wizepts vermeintlichem Selbstmord zu erzählen, verwarf den Gedanken jedoch wieder. »Er arbeitet übrigens schon lange nicht mehr als Chefredakteur für das Gourmet-Magazin.«

»Tut er nicht?« Oberhubers Augenbrauen wanderten nach oben, aber auf Sarah wirkte der Kaffee-Sommelier eher belustigt als überrascht.

»Nein, und ich denke, das wissen Sie längst.«

»Okay, Ihr journalistischer Instinkt hat Sie nicht getrogen.«

»Einen Job konnte er Ihnen also nicht mehr anbieten. Worum ging es stattdessen in dem Gespräch?«

»Er wollte Geld von mir.«

»Wofür?«

Linus Oberhuber druckste herum. »Er hat behauptet, belastendes Material über Michaela und Clemens zu besitzen.«

»Was für Material? Hat er es Ihnen zum Kauf angeboten?«

Ihr Nachhaken war ihm sichtbar unangenehm. Doch dann stand er auf, nahm aus der Schublade der Anrichte ein Papier und gab es ihr. »Er wollte mir das Original für fünftausend Euro überlassen.«

Sarah überflog das Blatt. »Eine Bestellung über Kaliumtabletten? Aufgegeben von Marianne Böhm?«

»Er hat behauptet, die Kapseln im Auftrag von Michaela bestellt zu haben.«

Sarah sah ihn irritiert an. »Aber warum ist er damit zu Ihnen gekommen und nicht zu den Böhms gegangen?«

»Ich weiß es nicht. Vielleicht dachte er, ich wäre derart enttäuscht über die nicht stattgefundene Adoption, dass ich den Böhms eins auswischen wollte. Sie müssen wissen, das Verhältnis zwischen Clemens und mir ist ... etwas angespannt.«

»Und weshalb sind Sie nicht zur Polizei gegangen?«

»Weil ich ...« Er hielt inne, legte den Kopf schräg, horchte.

»Was ist los?«

»Es hat geläutet.«

»Wirklich? Ich hab gar nichts gehört.«

»Ich hasse laute Geräusche zu Hause, deshalb habe ich nur einen dezenten Summer. Entschuldigen Sie mich kurz.« Er stand auf und verschwand im Flur, wobei er die Wohnzimmertür sorgsam hinter sich verschloss.

Sarah nahm gerade die noch halb volle Kaffeetasse in die Hand, da vernahm sie einen Schlag, gefolgt von lautem Aufstöhnen. Sie spitzte die Ohren, wartete. Stille. Sekunden später zersprang etwas. Vermutlich die Porzellanschüssel, die zu Boden gefallen war.

Sie stellte die Tasse auf den Tisch zurück, schlich zur Tür, die in den Gang führte und zog sie bedachtsam auf. Gleich darauf nahm sie im Augenwinkel einen schwarzen Motorradhelm wahr und spürte einen heftigen Schlag gegen ihre linke Schläfe. Dann wurde es dunkel um sie herum.

31

Clemens schlief in dieser Nacht wie ein Stein. Die Erschöpfung begrub ihn unter sich und gab ihn erst um zehn Uhr morgens wieder frei. Seine Glieder schmerzten, als hätte er die letzten Tage zu viel Sport gemacht. Sein Nacken war verspannt, die rechte Betthälfte leer. Michaela hatte ihr Bettzeug bereits akkurat zusammengelegt inklusive Zierpolster auf dem Schlafkissen.

Er blieb noch eine Weile liegen und starrte an die Decke. Der Gedanke, dass jemand das Café am Rennweg zuerst in Brand gesetzt und danach mit brachialer Gewalt verwüstet hatte, war schwer zu ertragen. Es war schließlich sein Erbe. Noch vor wenigen Tagen hatte er es loswerden wollen, jetzt traf ihn der Schaden bis ins Mark. Dazu kam, dass ihm unangenehme Gespräche wie das mit Linus, das ihm heute bevorstand, ein Gräuel waren. Aber warum sollte er ihn eigentlich entlassen? Nur damit er ihn nicht mehr sehen musste? Wenn er ihn weiterhin beschäftigte, könnte er, der neue Chef, ihn von nun an jeden Tag spüren lassen, dass er nicht mehr sein Nachfolger war. Dass der Drache dem Zögling nicht mal eine Espressotasse hinterlassen hatte, gefiel ihm. Mal schauen, wie das Gespräch verlaufen würde.

Vielleicht entschied er sich ja sogar für diese Variante. Als er Michaela mit Geschirr klappern hörte, schlug er die Decke zurück und schlurfte in T-Shirt und Boxershorts in die Küche.

»Du hast verschlafen«, begrüßte sie ihn.

»War alles ein bisserl viel in den letzten Tagen. Aber zum Glück bin ich ja jetzt der Chef und muss nicht mehr Punkt acht hinter dem Ausschank stehen.«

»Hm.«

»Wo ist Marcel?«

»Nicht da.«

Sie war ihm also immer noch böse. Er brühte sich eine Tasse Schwarztee auf. »Was hältst du davon, dich um die Renovierungsarbeiten am Rennweg zu kümmern?« Vielleicht besänftigte sie ja das Angebot. Er wollte ihr sagen, dass es ihm leidtat, dass er keinen Streit mit ihr und stattdessen ihre Beziehung wieder ins Lot bringen wollte, so wie gestern die Sache mit den Seemauers. Obwohl er sich nicht ganz sicher war, ob die schon geregelt war. Irgendwie war der Einbruch dazwischengekommen.

»Mal schauen«, brummte Michaela.

»Ich dachte, das freut dich.«

»Ich hab eigene Lebensziele.«

Er blickte sie überrascht an. Die Frage: Seit wann?, lag ihm auf der Zunge. Bis dato hatten sie ein gemeinsames Lebensziel verfolgt: die übermächtige Matriarchin zu bekämpfen. Aber nun war der Drache tot, und sie beide stritten sich nur noch, anstatt wie die Phönixe aus der Asche aufzuerstehen. Er schluckte die Bemerkung hinunter, fragte stattdessen: »Welche?«

Achselzucken. Offenbar waren die neuen Ziele noch nicht hundertprozentig ausgereift.

Clemens nickte trotzdem, als hätte sie sie ihm dargelegt.

Michaela drückte auf einen Knopf an der Kaffeemaschine. »Linus«, sagte sie, ohne ihn anzublicken.

Die Erwähnung des Namens reichte, um seine versöhnliche Stimmung zunichtezumachen. Er ging duschen, ohne seine Überlegungen mit ihr zu besprechen.

Eine halbe Stunde später, als er die Wohnung verließ und sich auf den Weg in die Operngasse machte, verabschiedete er sich weder von Michaela, noch warf er einen Blick auf den Dienstplan.

Das Café in der Operngasse war für einen Montagvormittag gut besucht. Clemens war zufrieden. Mit dem Umsatz und dem des Lokals in der Wollzeile könnte er wahrscheinlich den Verlust am Rennweg wettmachen, bis auch das Café wieder schwarze Zahlen schrieb.

»Der Linus kommt erst um eins«, erfuhr er von Sonja, die die Bestellungen hinter der Bar abarbeitete. Er hatte die Kellnerin vom Rennweg vorübergehend hier untergebracht.

»Stimmt. Hatte ich vergessen«, log Clemens und hoffte, dass man ihm seine Erleichterung darüber, ihm nicht sofort begegnen zu müssen, nicht ansah.

»Du sollst ihn am Handy anrufen, wenn's was Dringendes gibt.«

»Nein, schon gut.«

»Soll ich ihm später etwas ausrichten?«

»Nicht nötig. Ich schaue später noch mal vorbei«, erwiderte er und informierte sie bei der Gelegenheit, dass sich der Kaffeenachschub verzögern würde, weil der Großhändler eine falsche Lieferung geschickt hatte. »Handelt sich aber nur um einen oder zwei Tage.«

Im Café in der Wollzeile spielte er das gleiche Spiel mit Antonia, beschwerte sich knurrend über die Schlamperei des Händlers und rief diesen danach umgehend an. Er versicherte ihm, den Biokaffee umgehend zu liefern. Clemens atmete auf. Wenigstens das hatte funktioniert.

Anschließend verplauderte er sich mit einem Gast, und um kurz vor eins rief die Polizei an, um ihm mitzuteilen, dass die Versiegelung der Wohnung seiner Mutter mit sofortiger Wirkung aufgehoben sei. Wann er ihre Sachen zurückbekommen würde, konnte ihm der Beamte am Telefon dennoch nicht sagen.

Gleich darauf stieg er die Treppe hinauf und schlenderte durch die nahezu leere Wohnung. Seine Ruhe wurde von Antonia gestört, die plötzlich auftauchte.

»Sonja hat angerufen. Linus ist nicht zur Arbeit erschienen.«

Er warf einen Blick auf die Uhr. Es war halb zwei.

»Er ist auch nicht zu erreichen. Sie hat es schon mehrmals auf dem Handy versucht, und Festnetz hat er ja keines«, fuhr Antonia fort. »Was sollen wir tun? Er ist noch nie zu spät zur Arbeit gekommen. Keinen einzigen Tag in den letzten vier Jahren.« Sie biss sich auf die Unterlippe, ihre Augen waren groß vor Sorge. Vermutlich dachte sie daran, dass auch Georg Sedlacek vor seinem Tod nicht wie sonst im Café aufgetaucht war. »Sollen wir die Polizei rufen?«

»Warte noch. Zuerst fahr ich zu ihm. Vielleicht hat er ja nur verschlafen.«

Antonia nickte, aber ihr war anzusehen, dass sie ihm nicht glaubte.

32

Sarah blinzelte. Alles in ihrem Kopf drehte sich. Hinter ihrer Stirn pochte es heftig. Womit verdammt noch mal hatte man ihr einen Schlag versetzt? Sie öffnete die Augen, zwang die Benommenheit weg. Das Denken fiel ihr schwer, also versuchte sie erst einmal, ihre Situation einzuschätzen. Sie lag zwischen Wohnzimmer und Gang auf dem Boden in Linus Oberhubers Wohnung, vor ihr waren die Scherben der Porzellanschüssel im ganzen Flur verteilt. Aber wo war der Autoschlüssel? Hatte man ihr damit gegen die Schläfe geschlagen? Eher nicht, sonst würde sie doch irgendwo Blut sehen. Sie ließ die Szene, bevor sie den Schlag gespürt hatte, noch mal in ihrem Kopf ablaufen. Sinnlos. Sie hatte nichts gesehen. Als sie ihre Hände bewegen wollte, begriff sie, dass sie gefesselt waren.

»Scheiße!«

Sie hob sie hoch, nah an die Augen, um die Fessel besser sehen zu können. Sie war aus Draht, der ein paarmal schlampig um ihre Gelenke gewunden und dessen Enden eher nachlässig zusammengeschlungen worden waren. Der Angreifer schien in Eile gewesen zu sein. Ihr war schlecht. Jetzt nur nicht kotzen.

Sie drehte die Hände hin und her, versuchte, ihre Fessel zu lockern. Es gelang ihr nur unwesentlich. Auf keinen Fall durfte sie in Panik verfallen! Sie machte weiter. Endlich erwischte sie die Endstücke des Drahtes, verbog sie und hatte bald mehr Bewegungsspielraum.

»Nur noch ein bisschen. Gleich kannst du dich befreien«, trieb sie sich an, während ihre Gedanken Achterbahn fuhren. Wo war sie da nur wieder hineingeschlittert? Und wo war Linus Oberhuber? Aus irgendeinem ihr bisher unbekannten Grund gerieten Personen, die Marianne Böhm irgendwie nahegestanden hatten, in Gefahr oder wurden ermordet. Wobei Alfons Wizept nicht zu dem Personenkreis gehörte. Geschafft! Sie war frei, rieb sich die geröteten Handgelenke und würgte. Auf allen vieren kroch sie zur Toilette und übergab sich. Die Frage nach einer etwaigen Gehirnerschütterung würde sie sich später stellen. Mit Klopapier wischte sie sich den Mund ab, trank etwas Wasser aus dem Hahn und überlegte. Was jetzt? Sie stand unter Schock und hatte immer noch Schwierigkeiten, klar zu denken.

Sie eilte zur Wohnungstür und drückte die Klinke nach unten. Die Tür war verschlossen. Hektisch suchte sie an der Garderobe nach einem Schlüssel, versuchte dabei, nicht auf die Scherben zu treten. Nichts. Ebenso in der Küche. Sie zog die Läden des Wohnzimmerschranks auf, in denen der übliche Krimskrams lag. Kugelschreiber, Papiere, Zeitungen. Aber auch eine schwarze Plastikkarte mit einem vierblättrigen Kleeblatt in der Mitte. Sie erinnerte sich daran, wie Alfons Wizept und Linus Oberhuber im Café eine schwarze Visitenkarte ausgetauscht hatten. Sie hatte so ausgesehen wie diese hier.

Sarah kramte ihr Handy aus der Umhängetasche, die noch immer am Boden neben der Sofalandschaft lag, und rief Stein an. Er hob nicht ab. Bestimmt war er noch in Wizepts Wohnung beschäftigt. Sie wählte den Notruf, erzählte, was passiert war. Die darauffolgende Frage, ob Herr Oberhuber entführt worden sei, konnte sie nicht eindeutig beantworten.

»Vermutlich. Ich hab nichts gesehen, nur ein Stöhnen gehört, und jetzt ist er weg.«

Die weibliche Stimme versprach rasche Hilfe.

Sarah atmete auf, ging in die Küche und schenkte sich ein Glas Wasser ein. Während sie trank, versuchte sie, eins der Fenster zu öffnen. Vergeblich. Warum um Himmels willen verschloss Linus Oberhuber seine Fenster? Machten das nicht nur Leute, die Angst hatten, dass ihre kleinen Kinder beim Spielen aus dem Fenster fielen? Sie probierte die anderen. Alle waren versperrt.

Wieder ging sie ins Badezimmer. Als sie im Spiegel eine rot leuchtende Beule an ihrer linken Schläfe sah, berührte sie sie vorsichtig mit einem Finger. Schmerz durchzuckte sie. Sie machte das Eck eines Handtuchs nass und drückte es darauf.

Dann ertönte ein leises Summen. Die Türklingel. Sarah warf das Handtuch ins Waschbecken, eilte zur Wohnungstür, hoffte, dass jemand davorstand und nicht unten vor dem vielleicht mittlerweile versperrten Haustor.

»Hallo?«

»Hallo? Vanessa?«, antwortete eine männliche Stimme vor der Wohnungstür. »Ich bin's, Clemens. Ich suche Linus. Er ist im Café nicht zu seiner Schicht aufgetaucht. Hat er vielleicht verschlafen oder ist krank?«

Offenbar war ihm die Trennung noch nicht zu Ohren gekommen.

»Vanessa ist nicht da. Ich bin's, Sarah Pauli.«

Einen Moment lang herrschte Stille. »Die Journalistin?«

Wie viele Sarah Paulis kannte er denn? »Ja.«

»Was ... was machen Sie hier? Und warum öffnen Sie nicht?«

»Ich bin alleine. Herr Oberhuber ist weg, die Tür ist von außen abgesperrt, und ich kann keinen Schlüssel finden.«

»Wo ist Linus denn? Was ist passiert?«

»Das möchte ich hier nicht unbedingt rumbrüllen. Aber ich habe schon die Polizei gerufen. Müsste gleich da sein.«

Ihr Kopf dröhnte immer noch. Herrgott noch mal, derjenige, der ihr eins übergezogen hatte, hatte sich nicht zurückgehalten. Sie setzte sich auf den Boden, lehnte sich mit dem Rücken an die Tür.

»Schauen Sie bei allen Mitarbeitern persönlich vorbei, die nicht pünktlich zur Arbeit erscheinen?«, fragte sie durch die geschlossene Tür.

»Nein.«

»Wollten Sie ihm kündigen?«

Stille.

»Antonia meinte, Sie würden ihn rausschmeißen, jetzt, wo Ihre Mutter nicht mehr da ist.«

»Das weiß ich noch nicht.«

»Ihr Verhältnis ist nicht besonders gut, gell? Sie

konnten nicht ertragen, dass sie ihn zu Ihrem Nachfolger bestimmt hatte. Über Ihren Kopf hinweg.«

Clemens Böhm antwortete nicht. Sie überlegte, ihn auf den Erpresserbrief anzusprechen, ließ es aber. »Warum haben Sie sich am Rennweg mit einem Makler getroffen? So kurz vor dem Tod Ihrer Mutter.«

Sie hörte, wie Clemens Böhm sich räusperte. »Ein unabhängiger Experte sollte den Wert des Cafés schätzen. Danach wollte ich mich auf die Suche nach einer anderen Lokalität in der Preisklasse machen, in der Hoffnung, meine Mutter würde einem Verkauf doch zustimmen, wenn ich ihr zugleich eine adäquate Alternative anbiete. Das Café hat Verlust gemacht.«

»Und Sie glauben, das hätte geklappt?«

»Zumindest einen Versuch wäre es wert gewesen.«

Ihre Gedanken wanderten wieder zur Plastikkarte mit dem vierblättrigen Kleeblatt, die sie einem Impuls nachgebend eingesteckt hatte. Welche Funktion hatte sie?

Endlich hörte sie vor der Tür Stimmen. Die Polizei!

Eine Frau, die sich als Gruppeninspektorin vorstellte, sprach durch die Tür ruhig und gelassen mit ihr. Sie schien es gewohnt zu sein, besorgte Ehefrauen zu beruhigen, deren Ehegatten nach einer Zechtour nicht nach Hause gekommen waren.

Sarah stellte klar, in welchem Verhältnis sie zu dem Überfallenen stand, und erzählte noch einmal kurz, was passiert war, dann wurde auch schon das Schloss geöffnet. Zwei Augenpaare fixierten sie. Eins gehörte zu einer jungen rothaarigen Polizistin, das andere zu ihrem älteren schwarzhaarigen Kollegen.

»Danke.« Sarah zeigte ihnen ihren Presseausweis.

Clemens Böhm, der hinter den beiden Beamten stand, nickte ihr grüßend zu. Vermutlich hatte er sich bereits ausgewiesen, während sie mit der Polizistin geredet hatte.

Man bot ihr an, einem Arzt Bescheid zu sagen, doch Sarah lehnte ab. Minuten verstrichen. Sie trat nervös von einem Fuß auf den anderen, fuhr fort zu berichten, dass es schon drei Tote gegeben und der Überfall möglicherweise etwas damit zu tun habe.

Während sich die Gruppeninspektorin Notizen machte, wanderte der Blick des älteren Beamten immer wieder zu Clemens Böhm. Als wollte er sich versichern, dass Sarah ihnen keine Lügen auftischte. Aber der Kaffeehauserbe nickte unentwegt, obwohl er doch eigentlich nur von zwei Morden wissen konnte.

»Rufen Sie Chefinspektor Stein an«, sagte Sarah, als sie ihre Ausführungen beendet hatte. »Und veranlassen Sie endlich eine Suche nach Oberhuber.« Ihr war nur allzu bewusst, dass die ersten achtundvierzig Stunden bei solchen Ermittlungen entscheidend waren.

»Mein Kollege veranlasst das gerade«, beteuerte die junge Polizistin und deutete zu ihrem Kollegen, der gerade sein Handy zur Hand nahm.

»Sein Autoschlüssel ist weg. Er lag in der zerbrochenen Schüssel.« Sarah zeigte auf die Scherben.

Wieder schrieb die Rothaarige etwas in ihren Block und riss dann die Seite raus. Diesmal war es eine Benachrichtigung an Linus Oberhuber. »Damit er weiß, wohin er sich wenden muss, sollte er zurückkommen. Ist noch jemand in der Wohnung?«

Sarah verneinte. Die Plastikkarte in ihrer Hosentasche ließ sie unerwähnt. Sie wollte selbst herausfinden, was es mit ihr auf sich hatte.

Schließlich trat Sarah ins Treppenhaus, und die junge Polizistin zog die Tür zu und klebte eine Versiegelung darauf. Der ältere Beamte bat Sarah und Clemens Böhm, mit ihnen in die Polizeidienststelle in die Stumpergasse zu fahren, um gleich das Protokoll zu unterschreiben. Kurz kam Sarah der Gedanke, David Bescheid zu geben, entschied sich aber, das auf später zu verschieben. Vorher musste sie einen klaren Kopf bekommen.

Nachdem alles ordentlich aufgenommen, protokolliert und unterschrieben worden war, entließ man sie wieder. Auf eine Anzeige wegen Freiheitsentzug hatte Sarah verzichtet. Ebenso auf das wiederholte Angebot, einen Arzt zu rufen. Ihre Schmerzen fühlten sich nicht nach Gehirnerschütterung an. Stein hatte zwischenzeitlich die Gruppeninspektorin angerufen und ihr Sarahs Geschichte bestätigt. Er habe noch zu tun, wolle sich aber später bei ihr melden, hatte er Sarah ausrichten lassen.

»Ich muss … in die Arbeit«, sagte nun auch Clemens Böhm, als er und Sarah vor der Polizeidienststelle auf der Straße standen, und eilte davon.

Sie sah ihm hinterher, bis er aus ihrem Blickfeld verschwunden war. Auf sie hatte er einen unaufgeregten, vielmehr verhalten zufriedenen Eindruck gemacht. Als hätte sich für ihn möglicherweise mit Linus Oberhubers Verschwinden eine Sorge erledigt. Die Beobachtung weckte den Jagdinstinkt einer Raubkatze in ihr.

Eine junge Frau mit einem Pappbecher in der Hand ging an ihr vorbei. Sarah lächelte, als sie eine Wolke Kaffeeduft umhüllte.

In dem Moment kam ihr die Idee. Josephine Schmekal! Es war nur eine leise Vermutung, aber vielleicht könnte die ja Licht ins Dunkel bringen. Sarah vertraute ihrem Gefühl, zog Schmekals Visitenkarte aus ihrer Handtasche und wählte die Telefonnummer.

»Linus besitzt eine schwarze Karte mit einem Kleeblatt? Wirklich?« Die Überraschung war der alten Dame deutlich anzuhören.

»Ja.«

»Woher?«

»Ich nehme an, dass Alfons Wizept sie ihm gegeben hat, der Mann aus dem Casino. Wissen Sie etwas darüber?«

Josephine Schmekal räusperte sich, bevor sie Sarah von einem Lokal in Penzing erzählte.

33

Clemens versuchte, so ruhig wie möglich zu erscheinen. Doch es brodelte in ihm. In Gedanken sah er Linus in einer dunklen Höhle liegen, mit eingeschlagenem Schädel. Das Bild trieb seinen Puls in die Höhe. Sein Handy schreckte ihn auf. Es war Antonia.

»Dieser Stein steht schon wieder bei uns im Café.« Sie hörte sich an, als wäre eine Heuschreckenplage über sie hereingebrochen.

»Bin unterwegs.«

Auf dem Weg rief er Marcel an, der sofort abhob. »Wo bist du?«, fragte Clemens.

»Zu Hause. Warum?«

Als er ihn bat, in die Operngasse zu fahren, um dort auszuhelfen, reagierte Marcel mit unwilligem Brummen.

»Linus ist nicht zur Arbeit erschienen. Er ist verschwunden«, erklärte er ihm.

»Was?« Offenbar konnte doch noch etwas anderes als Bits und Bytes die Aufmerksamkeit seines Sohnes wecken. Er erzählte kurz, was in der letzten Stunde passiert war, dann hörte er im Hintergrund Michaelas Stimme.

»Die Mama will wissen, ob die Polizei schon einen Anhaltspunkt hat.«

Gleich darauf hatte er seine Frau am Apparat. »Linus

ist verschwunden? Was sagt die Polizei?«, kreischte sie in sein Ohr.

»Im Moment wissen die noch so gut wie nichts.«

»Wenn das die Presse erfährt«, lamentierte sie. »Dann wird es heißen, zuerst hättest du deine Mutter umgebracht, dann den Sedlacek und jetzt den Linus aus dem Weg geräumt. Sie werden uns Mörder nennen. Mörder!«

Das werden sie nicht tun, wollte er entgegnen, doch Michaela klang, als wäre sie kurz davor überzuschnappen. Zu viel war in den letzten Tagen passiert, und dennoch gab er sich heimlich der Hoffnung hin, Linus könnte für alle Zeit auf Nimmerwiedersehen verschwunden sein. Eine Aussprache zwischen ihnen wäre damit hinfällig. Es wäre zu schön. Aber die Bedenken seiner Frau bezüglich der Medien waren nicht von der Hand zu weisen. Egal, wie die Geschichte ausging, sie würde ihren Ruf in Mitleidenschaft ziehen.

»Lass uns später reden.«

»Die Polizei … dieser Stein war hier. Er wollte dich sprechen, hat mir aber nicht gesagt, worum es geht.«

»Er ist jetzt in der Wollzeile, wohin ich gerade unterwegs bin.«

»Dann komme ich auch«, entschied Michaela und legte auf.

Stein trank einen Espresso an der Bar und lächelte Clemens zur Begrüßung zu wie einem Freund, dem er eine gute Nachricht überbringen wollte. Sie gingen ins Büro.

»Der Computer, von dem die Bestellung der Kaliumkapseln abgeschickt wurde, ist gefunden worden. Alfons Wizept, sagt Ihnen der Name etwas?«

Clemens dachte nach. Lange. »Nein.«

»Er war früher mal Chefredakteur einer Gourmet-Zeitung, hat vor zehn Jahren einen Bericht über die Verleihung des Goldenen Kaffeekännchens an Ihre Mutter geschrieben.«

»Kann schon sein. Aber warum hat er die Kapseln auf ihren Namen bestellt? Und wie sind die dann in ihre Küche gekommen?«

»Das ist Gegenstand unserer Ermittlungen. Leider ist Herr Wizept tot, kann uns diesbezüglich also keine Auskunft mehr geben.« Stein machte eine kurze Pause, in der er ihn musterte, bevor Clemens von den gefundenen Stinkbomben und Benzinkanistern erfuhr. »Vermutlich war er der Brandstifter.«

»Vermutlich? Warum nur vermutlich?«

Michaela betrat das Büro. »Hat man ihn gefunden?«

»Nein. Dafür wissen wir jetzt, wer den Brand gelegt hat und für die Stinkbomben verantwortlich ist.«

»Wir gehen davon aus«, schränkte Stein ein.

»Außerdem hat der Kerl Kaliumkapseln auf Mutters Namen bestellt. Die Rechnung war seltsamerweise in dem Ordner mit den Zeitungsausschnitten über unsere Veranstaltungen abgeheftet.«

Michaelas skeptischer Blick wanderte zwischen Stein und ihm hin und her. Es piepte kurz, und Stein blickte auf sein Handy. Als er wieder aufsah, blitzten seine Augen. Clemens war klar, dass ihm die Nachricht, die er erhalten hatte, nicht gefiel. Der Ermittler ging auf den Flur, und kurz darauf hörte Clemens ihn hektisch telefonieren.

34

Das Haus in der Hütteldorfer Straße lag in Penzing, nahe dem Bezirk Rudolfsheim-Fünfhaus. Auf den ersten Blick sah das Lokal im Erdgeschoss unbewohnt aus. Verschmutzte, verdunkelte Fenster, verblasste Plakate an der Tür, die hellgelbe Fassadenfarbe fleckig und abblätternd. Kein schöner Anblick. Doch darauf hatte Josephine Schmekal sie vorbereitet. Sie hatte diesen Teil der Straße als »heruntergekommenen Schandfleck« bezeichnet, nicht nur aufgrund dessen, was sich hinter der Haustür abspielte, und ihr zudem geraten, Desinfektionstücher mitzunehmen. »Wer weiß, welche Krankheiten Sie sich sonst dort holen.«

Sarah hatte ihren Rat befolgt und auf dem Weg eine Packung gekauft. Sie war froh darüber, denn ihr Finger, der den Klingelknopf drückte, blieb fast daran kleben. Während sie wartete, zog sie das Päckchen mit den Tüchern aus ihrer Umhängetasche und wischte sich die Hände ab.

Die schmale Klappe in der Tür ging auf. Sie sah in zwei grüne Augen und hielt die schwarze Plastikkarte vor die Öffnung. Die Klappe schloss sich wieder, und die Tür wurde aufgezogen.

Wie bei Ali Baba und den vierzig Räubern, dachte Sarah.

Eine Frau mittleren Alters in einem dunkelblauen Kostüm bedeutete ihr, rasch einzutreten, und ließ die Tür nach ihr schnell wieder ins Schloss fallen. Sollte ihr Sarahs lädierter Zustand auffallen, ließ sie es sich nicht anmerken. Sarah hatte mit versifften Räumlichkeiten gerechnet, doch jetzt stand sie in einem auf den ersten Blick sauberen bordeauxroten Raum. Der Gegensatz zur Fassade war eklatant.

»Wenn Sie ablegen wollen.« Die Frau wechselte hinter die lang gezogene Garderobe aus Kirschholz und nahm Sarah den Mantel ab. Als sie wieder hervorkam, schloss sie lächelnd eine Tür auf der gegenüberliegenden Seite auf. »Viel Spaß.«

Sarah trat ein und staunte. Vor ihr, in einem ebenfalls bordeauxroten Raum, stand eine Reihe Spielautomaten. Ähnlich wie in dem Casino in der Kärntner Straße, wenngleich nicht so exklusiv. Es herrschte eine eher billige Atmosphäre.

Etwa ein halbes Dutzend Männer und Frauen saßen vor den Geräten und zockten. Niemand unterhielt sich, niemand lachte. Sarah sah nur Gesichter, die sich auf die drehenden Walzen mit den bunten Symbolen konzentrierten. Die Spieler waren dem Mythos verfallen, das System besiegen zu können. Bis auf einen jungen Mann nahe dem Eingang in Jeans und Hemd, aus dessen Kragen ein Tattoo kroch, nahm niemand Notiz von Sarah.

»Zum ersten Mal hier?«, fragte er. »Was zu trinken?« Offenbar war er der Kellner.

Schnell überlegte sie. Was trank man an einem Ort wie diesem? »Wasser.«

Er nickte und verschwand hinter einer Milchglastür.

Sarah setzte sich an einen freien Automaten und kramte, um nicht aufzufallen, ein paar Euros hervor, warf einen in den Schlitz und drückte auf den Startknopf. Die Walzen setzten sich in Bewegung.

Der Kellner brachte eine kleine Flasche Mineralwasser samt Glas und stellte beides auf einem Minitischchen neben dem Automaten ab. In den Slots der Walze tauchten drei unterschiedliche Symbole auf. Das Geld war verloren.

»Sagen Sie«, flüsterte Sarah dem Mann zu, »Linus Oberhuber, kennen Sie den?«

Der Ober sah sie irritiert an, dann flackerte sein Blick den Bruchteil einer Sekunde lang zur Wand, bevor er sich kommentarlos umdrehte. Offenbar sprach man in diesem Etablissement nicht über seine Gäste. Natürlich war ihr längst klar, dass hier illegales Glücksspiel stattfand.

Sarah sah ebenfalls zur Wand und erkannte erst auf den zweiten Blick eine wandbündige Tür, ebenfalls in Bordeauxrot. Sie fragte sich, was sich dahinter verbarg, und ein Grinsen flog über ihr Gesicht. Wenn die alle wüssten, dass eine Journalistin, ein Chamäleon, mitten unter ihnen saß. Eine Schlagzeile im *Wiener Boten* war dem Laden auf jeden Fall gewiss. Während sie den nächsten Euro in das Gerät steckte, scannte sie unauffällig die Umgebung und überlegte. Spielte Linus Oberhuber, oder weshalb sonst besaß er so eine Karte?

In dem Moment öffnete sich die Wandtür und eine gedrungene Frau in dunkelgrauem Wollkleid ging mit langen Schritten ins Foyer. Was lag hinter der Tür? Neugier loderte in Sarah auf wie unkontrollierbares Feuer.

Ihr Blick huschte erneut umher. Sämtliche Spieler konzentrierten sich auf die Automaten, der Kellner auf sie. Verflucht. Sie musste ihn ablenken. Mit einem Lächeln winkte sie ihn zu sich und bestellte ein Glas Champagner. Er erwiderte ihr Lächeln und verschwand wie erhofft durch die Milchglastür.

Sofort rutschte Sarah von ihrem Stuhl, war mit drei Schritten an der Wandtür und zog sie entschlossen auf. Im nächsten Moment starrte sie erschrocken und mit offenem Mund auf das Bild, das sich ihr bot.

Eine Zockerrunde an einem Spieltisch. In der Mitte des Tisches stapelten sie Jetons, die Luft war von Zigarettenrauch geschwängert. Auf Beistelltischen standen Biergläser und überquellende Aschenbecher. Die Spieler wirkten wie grobschlächtige Gangstertypen, trugen alle Lederjacke und Jeans. Linus Oberhuber saß sichtbar unverletzt unter ihnen und blickte sie durchdringend und mit spöttisch nach unten gezogenen Mundwinkeln an. In der Hand hielt er Spielkarten. »Na, sieh mal einer an! Wen haben wir denn da!«

Ihre Starre löste sich. »Was tun Sie hier? Ich dachte …«

»Ich spiele Poker mit meinen Freunden.« Oberhuber legte die Karten verdeckt auf den Tisch, lehnte sich lässig nach hinten und verschränkte die Arme.

Auch die anderen Spieler starrten Sarah jetzt interessiert an wie ein exotisches Wildtier, das sie soeben gefangen hatten.

Der Kellner tauchte neben ihr auf. Klar, dass er wütend war, sie hatte ihn verarscht und den Wegezoll nicht bezahlt, der vermutlich nötig war, um dieses exklusive Zimmer zu betreten. Das allem Anschein nach zudem noch geheimer war als schon der Spielsalon im Raum davor. Er wandte sich um und nahm das Glas Champagner demonstrativ wieder mit.

»Könnten wir das Interview nun fortsetzen?« Sarah hatte sich wieder gefasst und versuchte, locker zu klingen. Sie war nicht naiv. Sie wusste, in welch brenzliger Situation sie sich befand. Der Kaffee-Sommelier spielte ein falsches Spiel, und sie hatte ihn dabei entdeckt. Angesichts von bereits drei Toten war ihre Lage vermutlich mehr als kritisch. Er konnte sie nicht einfach wieder gehen lassen, und so, wie die anderen aussahen, würden sie im Fall des Falles eher ihrem Spielkameraden helfen als ihr. Sarahs Adrenalinspiegel stieg.

»Jetzt passt es leider gar nicht.« Er nahm die Karten wieder vom Tisch. Seine Bewegung war so langsam wie bedrohlich.

Sarah nahm all ihren Mut zusammen und setzte sich auf den leeren Stuhl, auf dem zuvor vermutlich die Frau im Wollkleid gesessen hatte. Nur ja keine Unsicherheit zeigen.

»Wo haben Sie gelernt, so zuzuschlagen?«, fragte sie, weil sie inzwischen sicher war, dass er sie attackiert hatte. Ihre Hand fuhr an die Beule an ihrer Schläfe.

Linus Oberhuber antwortete nicht, lächelte lediglich süffisant. Dann jedoch legte er die Stirn in tiefe Falten. »Wie sind Sie überhaupt hier reingekommen?«

Sie hob die Plastikkarte in die Höhe. »Es ist unklug, solche Dinge herumliegen zu lassen.«

»Wenn ich mich recht erinnere, lag sie nicht herum, sondern in einer Lade.«

»Was erwarten Sie von mir? Sie haben mich in Ihrer

Wohnung eingesperrt, da liegt es wohl auf der Hand, dass ich mich umsehe.« Sie blickte die Männer reihum an. Keine Reaktion, die darauf hinwies, dass sie etwas damit zu tun hatten.

»Wie sind Sie eigentlich hereingekommen, ganz ohne Karte?«

»Man kennt mich hier«, antwortete Linus Oberhuber, legte die Karten erneut verdeckt ab, gab ein Zeichen, und die dunklen Gestalten erhoben sich. Ein Mann schnappte sich Sarahs Handtasche. Sie ließ es geschehen. Es machte wenig Sinn, dagegen zu protestieren.

»Damit unsere nette Plauderei nicht durch einen lästigen Anruf gestört wird.« Der Barista zündete sich eine Zigarette an und blies den Rauch nach oben, während die Zockergang den Raum verließ. Sarah war klar, dass die Kerle ihre Tasche durchsuchen würden.

»Hat Ihnen Alfons Wizept die Karte gegeben? Vor unserem Treffen im Café?«

Er sah sie kurz an, als überlegte er, ob die Frage es wert war, beantwortet zu werden. »Es war eher umgekehrt. Ich hab ihm meine geborgt, für eine Nacht. Später hätte er dann seine eigene bekommen.«

Sarah erinnerte sich, dass sie die Kartenübergabe nicht deutlich gesehen hatte. Oberhuber könnte die Wahrheit sagen. Oder nicht. »Musste er etwas dafür tun?«

»Ein paar Gefälligkeiten.«

»Mich vor die U-Bahn stoßen?«, kombinierte sie.

»Unter anderem.«

»Die Begegnung im Café war geplant, oder? Er sollte

mich sehen, um mich später nicht zu verwechseln.« Sie machte eine enttäuschte Miene. »Ehrlich! Ich bin nicht mehr wert als eine Plastikkarte, mit der man Zutritt zu einem illegalen Spiellokal hat?«

Anstatt zu antworten, griff er nach dem Bierglas neben sich und nahm einen kräftigen Schluck.

»Jetzt kommen Sie schon! Wir sind allein, Ihre Freunde haben mein Handy, und Sie sind mir verdammt noch mal Antworten schuldig. Auch dafür.« Sie tippte sich erneut an die schmerzende Beule. »Was für Gefälligkeiten noch? Die Stinkbomben im Hausflur? Der Brand im Café? Der Mordversuch?«

Sein Blick huschte zur geschlossenen Tür und wieder zu ihr zurück. »Genau in der Reihenfolge«, erwiderte er schließlich.

»Und warum musste Marianne Böhm sterben?«

»Marianne«, wiederholte er, als müsste er scharf nachdenken, von wem sie sprach. »Wissen Sie, solange man nach ihrer Pfeife tanzte, war alles in Ordnung. Beugte man sich ihrem Willen, herrschte fast schon himmlischer Frieden. Aber wenn man keine Lust hatte, hat sie einen hart bestraft. Dann lernte man sie von ihrer anderen Seite kennen. Sie war Jekyll und Hyde in Frauengestalt, Wohltäterin und Teufelin in einer Person.«

»Sie hat aber niemanden bestialisch ermordet«, entgegnete Sarah.

»Aber gutgläubige Menschen betrogen. Die Seemauers zum Beispiel und mich auch.«

»Und wie haben Sie ihren Unwillen auf sich gezogen? Weil Sie spielen? Ich weiß, dass sie das nicht ausstehen konnte.«

»Ich hab es all die Jahre vor ihr verbergen können.« Er schüttelte missmutig den Kopf. »Wissen S', was sie getan hat, nachdem sie mir von der Idee mit der Adoption erzählt hatte? Überwachen hat s' mich lassen, von einem Detektiv, dieses Miststück. Mich! Der hat ihr dann mein kleines Laster g'steckt. Und dann ...« Jetzt schnippte er selbst übertrieben mit den Fingern, als wollte er sich über die Geste lustig machen. »Aus der Traum. Von einem Moment auf den anderen. Nur weil ich zwischendurch mal ein bisserl Spaß haben wollte. Weil ich mich ab und zu ihrer krankhaften Kontrolle entzogen hab. Eine verfluchte Heuchlerin war sie. Jeden Freitag spielte sie Bridge mit ihren Freundinnen, aber ich sollte ein Heiliger ohne auch nur ein einziges Laster sein. Eine Marionette, geformt nach ihren Vorstellungen. Selbst meine Frau hatte sie schon für mich ausgewählt.«

»Marianne Böhm hat aber nicht um Geld gespielt.«

»Was ist das für ein Scheißspiel, wenn es nicht um Bares geht?«, presste er zwischen zusammengebissenen Zähnen hervor. »Da können die alten Schabracken doch gleich das ›Mensch ärgere dich nicht‹-Brett auspacken.«

»Weshalb hat sie Sie nicht gekündigt?«

»Erstens hätte die große Marianne Böhm dann zugeben müssen, einen Fehler begangen zu haben. Und zweitens wollte sie mir jeden Cent, den sie in mich investiert hatte, vom Lohn abziehen.«

»Wie genau haben Sie den Mord an Marianne Böhm begangen?«

»Frau Pauli! Jetzt enttäuschen Sie mich nicht. Sie sind doch Journalistin, oder nicht?«

»Sie haben die Kapseln ausgetauscht, die Sedlacek ihr am fünfundzwanzigsten Jänner gegeben hat?«

»Weiter.«

»In einem unbeobachteten Moment. Sagen wir, als Sie bei ihr in der Wohnung waren, was sicher nicht ungewöhnlich war. Immerhin war sie Ihre Förderin. Jedenfalls nahmen Sie die Pillen aus dem Karton und stellten die Dosen mit den gefälschten Etiketten an deren Stelle.«

»Weiter.«

»Ich frage mich nur, woher Sie wussten, wie die neuen Verpackungen aussahen.«

»Nicht fragen, Frau Pauli. Benutzen Sie Ihren Kopf, bieten Sie mir eine Möglichkeit an.«

»Was wird das hier?«

»Wir spielen, Frau Pauli. Sie raten, und ich antworte – oder auch nicht. Also, woher wusste ich, wie die falschen Pillendosen auszusehen hatten?«

Sarah überlegte angestrengt, erinnerte sich an das Gespräch mit dem ehemaligen Arzt. »Der Herr Sedlacek hat es Ihnen verraten. Sie mussten ihn nur in ein Gespräch über Gesundheit im Alter verwickeln.«

»Sie sind gut«, lobte er sie wie ein Schulmädchen, das die Rechenaufgabe fehlerlos gelöst hat. »Der Sedlacek hat so oft betont, am Nahrungsergänzungsmarkt etwas Neues, etwas Unübertreffliches entdeckt zu haben. Ich hab mich nach der Buchpräsentation am neunten Jänner zu ihm gesetzt. Er war so stolz, hat mir nach wenigen Minuten den Namen des Herstellers genannt. Ein paar Klicks im Internet am Handy, und er hat mir auch noch die Verpackungen gezeigt und gemeint, er brächte sie Marianne in der vorletzten Jännerwoche. Also hab ich meine Dienste so gelegt, dass ich zwischen dem zwanzigsten und fünfundzwanzigsten Jänner jeden Vormittag in Mariannes Wohnung vorbeischauen konnte.«

»Ist sie nicht skeptisch geworden, dass Sie täglich bei ihr auftauchten, oder war das normal?«

Er schüttelte den Kopf. »Sie ahnte nichts von meinen Besuchen. Und bevor Sie mich jetzt fragen, wie ich in ihre Wohnung gekommen bin. Ich hatte einen Schlüssel. Die Gute wusste nur nichts davon und fühlte sich sicher, weil man ihren nicht einfach beim Schlüsseldienst nachmachen lassen konnte. Aber ich habe Kontakte. Es war ein Leichtes, mir ein Duplikat zu besorgen.«

»Demnach mussten Sie nach dem Austausch nur noch abwarten, bis sie die vermeintlich neuen Nahrungsergänzungsmittel einnimmt.«

Oberhuber lächelte dünn. »Das mit den Kapseln war gut durchdacht, da müssen S' mir schon zustimmen. Niemand hätte Verdacht geschöpft. Sie wäre von uns gegangen. Mein Gott, sie hatte ja schon lange ein Herzleiden«, sagte er im gespielt liebevollen Tonfall. »Aber dann mussten Sie ja aufkreuzen, mit Ihrer Skepsis, Ihren Erkundigungen und diesen verfluchten Symbolen, die in Wahrheit nichts zu bedeuten haben. Gar nichts«, brauste er kurz auf und fuhr dann wieder ruhiger fort. »Obwohl! Eines hat das Ganze schon gebracht. Der Gedanke, den Sedlacek als Täter zu präsentieren, ist mir erst durch Conny Soes Frage nach der Schlange gekommen. Mein Hinweis auf den Äskulapstab.

Geben Sie's zu, damit hab ich Ihr Misstrauen dem Alten gegenüber geweckt.«

Sarah antwortete nicht. Er hatte ja recht. Doch das wollte sie ihm nicht auf die Nase binden.

Er begann zu lachen, es klang teuflisch. Als lachte er sie alle aus.

»Aber damit, dass man ihn obduziert, haben S' wohl nicht gerechnet«, erwiderte Sarah. »Und den Notarzt nicht einkalkuliert, dessen EKG Hinweise auf die Überdosis Kalium bei Frau Böhm anzeigte.«

»Tja, Frau Pauli, das war ein bisserl Pech. Aber mal ehrlich, haben die meisten Leute nicht gleich gedacht, dass der Sohnemann nachgeholfen haben könnte, weil er doch alles bekommt und schon so lange darauf wartet?«

»Das war der ursprüngliche Plan?«

»Nicht nachhaken, selbst denken. Aber offenbar haben Sie die Spielregeln noch immer nicht begriffen. Dass Clemens hinter dem Mord steckt, klingt doch logisch, oder? Der Sohn, der endlich erben wollte. Der verhindern musste, dass der verhasste Günstling seiner Mutter, der sein adoptierter Bruder werden sollte, ein Stück vom Kuchen abbekommt. Romulus und Remus, eine toxische Beziehung.«

»Aber wie haben Sie's geschafft, dem Herrn Sedlacek die Drogen einzuflößen, ihn in die Badewanne zu bekommen und ihm die Schachtel mit den Medikamenten unterzujubeln?«

»Mein Gott stellen Sie viele Fragen, aber bitte schön. Also, wir haben eine Flasche Wein miteinander getrunken. Ich hab den armen Kerl am Dienstagabend besucht, weil er doch so um Marianne getrauert hat. Sie wissen schon, geteiltes Leid ist halbes Leid und so. Er hat sich so gefreut, mich zu sehen. Und der Mann war über achtzig und ein Zniachtl. Den hätten sogar Sie ins Badezimmer in die Wanne schleppen können.« Er schüttelte enttäuscht den Kopf. »Wie schlecht sind Sie eigentlich in Ihrem Job?«, entkräftete er das Lob von vorhin.

»Und wie sind Sie in seine Wohnung gekommen, um die Schachtel mit den Kapseln dort zu deponieren?«

Er verdrehte genervt die Augen. »Denken S' doch wenigstens ein bisserl mit. Die hatte ich natürlich schon dabei, hatte sie vorher aus Mariannes Wohnung geholt und in ein Plastiksackerl gegeben. Der Alte dachte, ich käme vom Einkaufen, als ich das Sackerl im Flur abgestellt hab. Außerdem hab ich, sozusagen als Gastgeschenk, eine Flasche Grünen Veltliner daraus hervorgezaubert. Sie müssen zugeben, das hatte ich brillant durchdacht. Marianne wäre stolz auf mich gewesen.«

»Den nachgemachten Schlüssel von Frau Böhm haben Sie dann einfach neben die Schachtel in Herrn Sedlaceks Wohnung gelegt«, schlussfolgerte Sarah.

»Endlich denken S' wieder mit, Frau Pauli.«

Sarah bedachte ihn mit einem langen Blick, sprachlos darüber, wie kaltblütig dieser vermeintlich warmherzige Mann sein konnte. »Haben Sie Alfons Wizept von der Brücke gestoßen?«, fragte sie unvermittelt. »Weil er seine Aufgaben erledigt hatte und Sie ihn nicht mehr brauchten? Job erledigt, tot bist du, oder wie? Schließlich konnten Sie das Risiko nicht eingehen, dass er die ganze Sache mal ausplaudert. Zum Beispiel bei der Polizei.«

Statt eine Antwort zu geben, lächelte er sie an.

»Warum die Inszenierung einer Entführung? Warum sind Sie nicht einfach«, sie versuchte, das Wort »untergetaucht« zu vermeiden, »weg? Einfach weggegangen?«

»Ich hatte nicht vor wegzugehen, bis Sie mit Ihrer Fragerei dahergekommen sind und die Polizei aufgestachelt haben. Und wenn ich jetzt einfach so verschwunden wäre, hätte man womöglich Verdacht geschöpft. Aber so wäre ich eben das nächste Opfer geworden. Clemens hätte einen schönen Brief bekommen, in dem man ihn auffordert, Geld zu bezahlen und es in einem Papierkorb im Stadtpark zu deponieren. Ob er es getan hätte?« Er zuckte gleichgültig mit den Achseln. »Wer weiß. Interessiert mich aber auch nicht wirklich, denn niemand hätte das Geld abgeholt. Ich wäre verschwunden geblieben, und irgendwann hätte man gedacht, ich sei tot und Clemens habe das alles nur inszeniert, um von sich abzulenken. Es wäre mein letztes Spiel in der Sache gewesen, Frau Pauli. Zu dem Zeitpunkt wäre ich schon längst nicht mehr in der Stadt gewesen.«

Sarah wurde schwindelig. Der Kerl hatte sein Spiel, wie er es nannte, durchdacht. Sie hingegen versuchte, das nächste Puzzleteilchen an seinen richtigen Platz einzufügen. »Die nächtlichen Anrufe, das war wirklich nicht Marianne Böhm, sondern einer Ihrer Spielerfreunde.«

»Wie sonst hätte ich die halbe Nacht wegbleiben können? Vanessa glaubte immer, ich sei bei Marianne, und stellte deshalb keine Fragen.«

»Sie hätte sich bei Frau Böhm darüber beschweren können.«

Er sah sie an, als hätte sie behauptet, die Kaffeehausbesitzerin sei wiederauferstanden. »Das hätte sie niemals getan. Ihr Respekt vor Marianne war immens.« Er legte sich die Hand aufs Herz. »Und meiner ebenso. Auch nachdem sie mir Ende Dezember erklärt hatte, dass die Adoption vom Tisch sei und die Kaffeehäuser niemals mir gehören würden. Ich habe natürlich großes Verständnis gezeigt, Besserung gelobt und mich bemüht, ihre Gunst zurückzugewinnen, weiterhin ihr Vorzeigemaskottchen zu sein. Ich wollte ja keinen Verdacht erregen, und ich hab die Rolle des Reumütigen gut gespielt. Sie ist auf meine Show hereingefallen, andernfalls hätte es die Buchpräsentation am neunten Jänner doch nicht gegeben. Oder fand die vielleicht nur statt, weil es ihr zu peinlich gewesen wäre, hätten andere herausgefunden, dass selbst der von ihr ausgewählte Sohn Schwächen hat? Wer weiß?« Seine Stimme troff vor Sarkasmus. »Und anschließend habe ich Clemens zu seinem lang ersehnten Erbe verholfen. Auch in mir schlägt ein gutes Herz, wirklich, Frau Pauli.«

Sarah wusste, dass Linus Oberhuber bis dato nicht als Verdächtiger geführt wurde. Er hatte durch Marianne Böhms Tod keinen Vorteil, nur Nachteile und kein Motiv. Clemens Böhm hingegen stand, soweit sie wusste, im Zentrum der Untersuchungen.

»Wollten Sie Marianne Böhms Sohn tatsächlich für Ihre Taten büßen lassen?«

»Schockiert Sie das?« Er lachte amüsiert auf. »Aber natürlich, Sie sind ja so menschenfreundlich.« Es klang nicht nach einem Kompliment. »Lassen Sie es mich so ausdrücken: Er hat das gesamte Erbe bekommen, dafür muss er schon ein bisserl büßen. So sind die Spielregeln nun mal.«

»Ein bisserl büßen«, wiederholte Sarah fassungslos. »Wir sprechen hier von Mord. Dafür kann er lebenslänglich ins Gefängnis wandern.« Sie sah Oberhuber eindringlich an. Es schien ihm gleichgültig zu sein. »Die Polizei wird die Wahrheit herausfinden.«

»Wird sie das?« Er fixierte sie absolut gelassen. Dann lachte er. Alles schien so, als würde Linus Oberhuber, Sonnyboy, beneidetes Protektionskind einer Kaffeehausbesitzerin und Dreifachmörder, auch jetzt nicht die Nerven verlieren. Er hatte ihr die Morde in einem Tonfall gestanden, als befände er sich auf sicherem Terrain, wo ihm die hiesige Polizei nichts anhaben konnte.

»Ich werde das Gespräch, das wir hier führen, veröffentlichen«, drohte sie ihm.

Wieder lachte er, als hätte sie einen guten Witz gemacht. »Bis dahin bin ich längst über alle Berge. Für immer. Niemand wird Ihnen glauben, dass Sie mich hier in diesem Etablissement angetroffen haben. Ich bin der gute, der geliebte von Mariannes zwei Söhnen.« Er zeigte zur Tür. »Die Menschen da draußen werden aussagen, mich noch nie in ihrem Leben gesehen zu haben. Außerdem wird es ab morgen früh hier kein illegales Spiellokal mehr geben.«

»Die Gorillas da vor der Tür werden über Nacht alles verschwinden lassen? Ich bin beeindruckt.«

Er beugte sich ihr bedrohlich entgegen. »Die Konkurrenz wird denken, dass Sie mit unwahren Geschichten die Auflage Ihres Blattes steigern wollen. Dass Sie Fake News verbreiten. Kennt man doch. Man wird Ihre Seriosität anzweifeln. So Sie es denn überhaupt in die Redaktion zurück schaffen, um den Artikel zu schreiben. Da draußen lauern so viele Gefahren, Frau Pauli.«

Sarah versuchte, keine Regung zu zeigen. Der Kerl jagte ihr keine Angst ein. »Warum sind Sie eigentlich nicht gleich abgehauen, sondern haben hier einen Zwischenstopp eingelegt?«

»Mir war klar, dass Sie die Polizei rufen und die nach mir suchen würde. Hier sucht mich niemand. Der Plan war, heute oder morgen Nacht Wien den Rücken zu kehren. Natürlich mit einem anderen Auto. Meines wird der Polizei Rätsel aufgeben. Es steht am Straßenrand im zehnten Bezirk. Bis es dort jemandem auffällt, wird eine ganze Zeit vergehen. Aber lassen wir das. Außerdem ist mein neuer Pass noch in Arbeit, und ich brauchte noch ein bisschen Geld. Ich pokere verdammt gut, müssen Sie wissen.« Er seufzte laut und erhob sich. »Durch Ihr Auftauchen bin ich jedoch gezwungen, jetzt schon zu gehen.«

Sarah stand ebenfalls auf.

»Nein, Sie bleiben schön hier sitzen.« Er klang so charmant wie vor ein paar Tagen im Café. »Oder haben Sie tatsächlich geglaubt, in den nächsten fünf, sechs Stunden hier rauszukommen? Meine Freunde da draußen freuen sich sicher schon, mit Ihnen, na, sagen wir, zu spielen. Bitte geben Sie mir nicht die Schuld dafür. Das haben Sie sich ganz allein eingebrockt.«

Lass ihn nicht gehen!, schrie eine schrille Stimme in Sarahs Kopf. Halt das Gespräch am Laufen! »Sie hätten mir nicht die Lüge mit München auftischen müssen und schon am Wochenende abhauen können.«

»Hmmm.« Er tat, als dächte er darüber nach. »Ich musste mich erst ordnungsgemäß von Vanessa trennen. Die Ärmste wäre tausend Tode gestorben, wenn ich plötzlich verschwunden wäre. Das konnte ich ihr nicht antun, bin doch kein Unmensch.«

»Woher kannten Alfons Wizept und Sie sich eigentlich?«

»Wir lieben beide das Pokerspiel.« Er drehte die verdeckten Karten am Tisch um. »Was sehen Sie hier?«

»Fünf Karten der gleichen Farbe, die Pik Zehn, der Bube, die Dame, der König und das Ass.«

»Das ist ein Royal Flush, das heißt: Ich gewinne, Sie verlieren.« An der Tür wandte er sich noch einmal um. »Blöd gelaufen, dass Marianne in Ihrer Anwesenheit zusammengebrochen ist. Das hatte ich so nicht geplant. Aber jetzt entschuldigen Sie mich bitte. So erfrischend ich das Gespräch mit Ihnen auch finde, ich muss gehen.« Er schenkte Sarah noch ein boshaftes Lächeln, dann verschwand er. Die Tür ließ er offen stehen.

Sarah sah ihm nach, wollte ihn aufhalten, aber es fielen ihr nur leere Drohungen ein. Als sie versuchte, ihm zu folgen, stellten sich ihr wirklich seine dunklen Freunde in den Weg. Sie erhaschte einen Blick in den Raum mit den Automaten. Sämtliche Spieler waren wie durch Zauberhand verschwunden. Dann stieß einer der Gorilla sie in den Raum zurück und schloss die Tür. Entmutigt sank sie auf ihren Stuhl zurück.

Plötzlich war lautes Stimmengewirr zu hören. Beriet sich die Gangsterbande darüber, wem sie, ihr neues

Spielzeug, zuerst gehörte? Im nächsten Moment flog die Tür wieder auf, und Sarah stieß einen leisen Schrei aus. Das Blut rauschte in ihren Ohren. Sie war entschlossen, sich zu wehren, egal, was diese verfluchten Kerle mit ihr vorhatten.

Aber es war Stein, der in seiner allmächtigen Größe erschien. Hinter ihm Polizisten in Uniform und zivile Beamte, vermutlich von der Finanzpolizei. Sie nahmen die Personalien von den Pokerfreunden Oberhubers auf, der ebenfalls aufgehalten worden war.

»Können Hexen eigentlich dem Spielteufel verfallen?«, fragte Stein zynisch.

»Bin ich froh, dich zu sehen.« Sarah seufzte erleichtert. »Er hat mir gerade den Mord an Marianne Böhm und Georg Sedlacek gestanden. Kannst mich gerne als Zeugin anführen. Leider wurde mir davor das Handy abgenommen, musst dich also auf meine Aussage verlassen. Ob er den Wizept von der Brücke gestoßen hat, musst du ihm entlocken. Das hat er mir nicht eindeutig bestätigt. Aber ich weiß, dass sein Auto irgendwo in Favoriten steht.«

Stein nickte und befahl, Oberhuber gleich in die Justizanstalt Josefstadt zu überstellen. »Ich komm dann zur Vernehmung nach«, gab er dem Kollegen Bescheid und drehte sich wieder zu Sarah. »Das ist übrigens keine Ecke, in der du dich herumtreiben solltest. Gut, dass du mir vorher noch eine Nachricht geschickt hast.«

»Nur weil Chris gestern meinte, ich solle aufhören, leichtsinnig zu sein.«

»Dein Bruder ist ein kluger Mann.« Stein streckte die

Hand nach ihr aus und zog sie an den Automaten vorbei ins Foyer.

Die Frau, die ihr geöffnet hatte, wurde gerade von einer Polizistin befragt.

Sarah holte sich ihren Mantel selbst. »Falls ihr meine Handtasche findet, wär ich froh, sie wiederzubekommen«, sagte sie zum Chefinspektor, der seinen Kollegen zurief, sie ihm zu bringen, sobald sie auftauchte.

Kurz darauf standen Sarah und Stein auf dem Gehsteig und beobachteten, wie Beamte Linus Oberhuber auf die Rückbank eines Polizeiautos setzten, indem sie seinen Kopf nach unten drückten.

»Alfons Wizept war ein hoffnungsloser Spieler. Aber in einem war er noch immer Journalist: Er hat alles aufgeschrieben und archiviert. In seiner Wohnung haben wir Aufzeichnungen gefunden, die Linus Oberhuber ganz schön belasten.« Stein seufzte. »Liest sich wie ein schlechter Roman. Der Zahlkellner, der Kaffeehausbesitzer werden wollte. Ich denke, Wizept wollte ihm das irgendwann mal unter die Nase halten. Damit, dass er selbst von einer Brücke gestoßen wird, hat er wohl nicht gerechnet.«

»Ich werde die gesamte Geschichte im *Wiener Boten* veröffentlichen.«

»Das war mir so was von klar.«

»Hilfst du mir, die Lücken füllen?«

Steins Antwort war ein Lächeln.

»Es hätte mir wirklich gleich im Hawelka auffallen können, dass die Beziehung zwischen den beiden nicht mehr stimmte«, sinnierte Sarah. »Marianne Böhm ging mit keinem Wort auf Linus Oberhuber ein, als ich

Connys Interview mit ihm ihr gegenüber erwähnte. Dabei hatte Conny vorher noch gemeint, dass ein umfassender Artikel über das Werk ihres Günstlings den *Wiener Boten* in ihrer Gunst steigen lassen würde. Marianne Böhm ist jedoch mit keinem Wort darauf eingegangen. Stattdessen referierte sie über biologischen Kaffeeanbau.«

»Trotzdem hattest du mal wieder den richtigen Riecher.« Der Chefinspektor hielt inne, weil eine Polizistin in Uniform Sarah ihre Handtasche brachte.

Sarah warf einen Blick hinein. Es fehlte nichts. Auch das Handy war da.

»Das bedeutet nicht, dass ich deine Aktion hier gutheiße«, fügte Stein streng hinzu, als die Beamtin sich wieder entfernt hatte.

Jetzt lächelte Sarah. In Gedanken textete sie bereits die Schlagzeile.

Interview mit einem Dreifachmörder.

Epilog

Die Tage nach Linus Oberhubers Festnahme waren für Sarah und Maja arbeitsintensiv. Die gesamte Geschichte musste aufbereitet, nachrecherchiert und formuliert werden. Das zentrale Thema der ersten Artikel war der Doppelmord und Linus Oberhubers Spielsucht. Der Barista und Kaffee-Sommelier hatte mit Pferderennen, Internetwetten und in der illegalen Spielhalle viel Geld verloren. Er hatte Sarah die Wahrheit erzählt. Nachdem Marianne Böhm hinter seine Sucht gekommen war, drehte sie ihm den Geldhahn zu und zog eine Adoption nicht mehr in Erwägung. Das hatte Verbitterung und Rachegefühle in ihm ausgelöst. Kurz darauf kam ihm die Idee mit dem Erpresserbrief, um sie unter Druck zu setzen und an Geld zu kommen. Während der Recherchen zu seinem Buch hatte er die Wahrheit über den vermeintlichen Biokaffee im Café Böhm herausgefunden: Entgegen ihrer Behauptung kaufte die Matriarchin über den Großhändler gewöhnlichen, günstigen Standardkaffee von irgendwoher, um die von ihr bei der Druckerei in Auftrag gegebenen Biosiegel höchstpersönlich auf jede einzelne Verpackung zu kleben. Alles zu dem Zweck, die Kaffeepreise in ihren drei Cafés anheben zu können. Den daraus resultierenden Gewinn steckte sie als

Körberlgeld ein. Außerdem verhalf ihr der vermeintliche Biokaffee zu einem guten Ruf: Sie galt als ökologisch denkende Firmeninhaberin, die nicht den Großen der Kaffeeindustrie das Geld ins Maul schob, sondern Familienunternehmen in einem der ärmsten Länder der Welt unterstützte. Die Wertschätzung dafür genoss sie ausgesprochen gern. Und diese Frau, die selbst eine verdammte Betrügerin war, hatte es gewagt, ihn, Linus Oberhuber, zu verurteilen und aus dem warmen und weichen Nest zu werfen. Wegen einer Schwäche. Weil er ein bisschen zockte.

Alfons Wizept wurde zum Werkzeug des Kaffee-Sommeliers. Ihm versprach er nicht nur Geld, sondern auch eine spektakuläre Enthüllungsstory, die ihn zurück an die Spitze des Gastro-Journalismus katapultieren würde. Doch schon zu Beginn des Plans stand für Linus Oberhuber fest, dass er ihn loswerden musste. An dem Wochenende, als Sarah ihn in München wähnte, nachdem Alfons Wizept seine Aufgabe erfüllt hatte, hatte er mit ihm ihren angeblichen Erfolg gefeiert und ihn dabei regelrecht abgefüllt. Die Obduktion ergab, dass der ehemalige Journalist bei seinem Tod drei Promille im Blut hatte. In dem Zustand war es für Oberhuber nicht schwer gewesen, ihn zur Pilgrambrücke zu lotsen und über das Geländer zu stoßen.

Es war Donnerstagmorgen, als Sarah Stein zum Frühstück im Hawelka traf und ihn noch einmal auf den Erpresserbrief ansprach. Der Betrag sei nie geflossen, hatte Linus Oberhuber ausgesagt und weiters angegeben, dass Marianne Böhm durchschaut habe, wer hinter dem Schreiben stecke. Anscheinend hatte sie die arabische Redewendung stutzig gemacht, weil der Kaffee-Sommelier sie gern zitierte. Von daher hatte sie sich unbeeindruckt gezeigt, als sie ihm den Brief vorlegte und ihn als Verfasser enttarnte. Nicht ahnend, dass er Zugang zu ihrer Wohnung hatte. Und da er genau wusste, wann seine ehemalige Förderin im Café saß, hatte er unbemerkt die Plastikdosen austauschen können. Stein schloss damit, dass Clemens Böhm inzwischen tatsächlich auf Biokaffee umgestellt habe.

Sarah entschied daraufhin, das Erpresserschreiben und den Etikettierungsschwindel in ihren Artikeln vorerst unerwähnt zu lassen. Sie wollte Clemens Böhm nicht öffentlich für einen Betrug anprangern, den seine Mutter begangen hatte. Sollte die Angelegenheit jedoch im Zuge des Prozesses gegen Linus Oberhuber an die Öffentlichkeit dringen, würde sie auch darüber berichten müssen.

»Ich hab dir noch etwas mitgebracht«, sagte Stein etwas später, zog Marianne Böhms Notizbücher aus einer Stofftasche und überreichte sie ihr. »Für dich. Clemens Böhm kann damit nichts anfangen. Er sagt, er hätte sie vermutlich weggeschmissen. Nur das Amulett werde er behalten, hat er gemeint, als wir ihm die Sachen seiner Mutter aushändigten.«

Sarah strahlte übers ganze Gesicht und begann augenblicklich, darin zu blättern. Die verstorbene Kaffeehausbesitzerin hatte tatsächlich über einen Zeitraum von fünfzehn Jahren jeden Tag ein Symbol notiert, das sie in dem Kaffeesatz ihres morgendlichen Mokkas gelesen hatte. Auf das Kleeblatt stieß Sarah Monate vor deren Tod. Ob es ihr zumindest an dem Tag Glück gebracht hatte, würde für immer ein Rätsel bleiben. Am zehnten Februar, dem Tag, an dem sie sich getroffen hatten, hatte Marianne Böhm eine Laterne notiert, was bedeutete, dass bald eine Täuschung auffliegen würde. Wahrscheinlich hatte sie das als Zeichen dafür gesehen, dass Linus Oberhubers reuiges Verhalten nur gespielt war.

Zurück in der Redaktion legte Sarah die Notizbücher auf den Schreibtisch. Maja war in der Uni. Sarah rief ein leeres Dokument auf und begann, ihren geplanten Artikel über die in Firmenlogos verwendeten Bildzeichen zu schreiben. Schon im ersten Absatz erwähnte sie die Blume des Lebens vom Café Böhm.

Kurz vor vierzehn Uhr schloss sie das Dokument und ging in Connys Büro. Sie wollten gemeinsam zum Zentralfriedhof fahren. Sissi blieb in ihrem Körbchen zurück.

Hunderte Menschen waren gekommen, um sich von Marianne Böhm zu verabschieden. Die Leichenhalle war bis auf den letzten Platz gefüllt. Selbst das Ehepaar Seemauer wollte seiner Erzfeindin die letzte Ehre erweisen. Michaela und Clemens Böhm sowie deren Sohn nahmen die vielen Beileidsbekundungen mit stoischen Mienen entgegen.

Als Sarah an der Reihe war, bedankte sie sich bei Clemens Böhm zudem für die Notizbücher. Er lächelte sie ehrlich an.

Am Ende der Trauerfeier gesellte sich Antonia zu

Sarah und Conny und steckte ihnen, dass Vanessa Hartan bereits einen Neuen hatte. »Ein vermögender Hotelier. War eh klar, dass die es unter einem mit ein paar Hunderttausend Euro im Jahr nicht mehr macht«, raunte sie bösartig hinter vorgehaltener Hand.

Nach dem Begräbnis fuhr Conny auf direktem Weg zurück in die Redaktion. Sarah blieb noch, um über das Friedhofsgelände zu streifen. Der Zentralfriedhof war eine gewaltige Parkanlage mit viel Ruhe und Natur zwischen den imposanten Grabmälern und unzähligen Ehrengräbern. Etwa dem von Udo Jürgens. Der Sänger war aus dem Leben gerissen worden, von einer Sekunde auf die andere. Tot. Aus. Vorbei. Wie Marianne Böhm. Der Spaziergang wirkte auf Sarah wie eine Meditation. Endlich gelang ihr, was ihr in der Stadt nie gelang. Die Zeit einen Moment lang anzuhalten. Für die Dauer eines Atemzugs über die Endlichkeit des Lebens nachzudenken. Auf Höhe der Präsidentengruft begegnete ihr ein Fiaker mit Touristen, die er vermutlich zu den unzähligen Prominentengräbern kutschierte.

Sarah machte sich auf den Weg zurück zum Haupttor und stieg dort in die Straßenbahn der Linie 71 ein. Einem inneren Drang nachgebend verließ sie diese nach knapp zwanzig Minuten Fahrt am Rennweg. Sie wollte einen Blick auf das geschlossene Café Böhm werfen. Doch die Fenster waren mit braunem Papier abgeklebt worden, sie konnte nicht viel erkennen. Also wartete sie auf die nächste Straßenbahn und fuhr weiter bis zum Schottentor.

In der Innenstadt kaufte sie in einem Haushaltswarenladen eine türkische Mokkakanne aus Messing.

Sobald wie möglich wollte sie das Kaffeesatzlesen selbst ausprobieren. Danach holte sie Marianne Böhms Notizbücher aus der Redaktion und fuhr nach Hause.

Am Freitagmorgen wachte Sarah bereits um halb vier Uhr morgens auf. David schlief tief und fest neben ihr. So lautlos wie möglich kroch sie aus dem Bett, schlich ins Esszimmer und schrieb für die Wochenendbeilage einen Artikel über Aberglauben in Zusammenhang mit Kaffee. Darüber, dass man eine böse Schwiegermutter bekam, wenn man noch Kaffee in der Tasse hatte, aber frischen dazuschüttete. Dass man die Verliebtheit des anderen bannen konnte, indem man geweihtes Salz in den Kaffee gab, und dass ein Geldsegen bevorstand, wenn sich Schaum auf dem Kaffee bildete. Am besten aber gefiel Sarah, dass man Besuch bekam, wenn eine Kaffeebohne beim Mahlen aus der Mühle sprang.

Sie hatte den Artikel gerade beendet, da fiel ihr Blick auf Marianne Böhms Notizbücher, die neben ihrem Laptop auf dem Tisch lagen. Sie öffnete ein neues Dokument, begann, über das Kaffeesatzlesen zu schreiben, und listete einige beispielhafte Symbole auf. Ein eindeutig erkennbarer Baum stand für ein Leben voller Gesundheit, mehrere Bäume konnten auf ein unglückliches Ereignis hindeuten. Eine Blume prophezeite Erfolg, je größer und deutlicher sie im Kaffeesatz auszumachen war, umso größer würde auch der Triumph sein. Sah man in dem Sud einen Brief, erhielt man bald eine Nachricht, die – je nachdem, wie deutlich das Sinnbild war – gut oder schlecht ausfallen konnte, bei einem Dreieck stand ein Wandel bevor. Als Faustregel galt: Was klar und unmissverständlich zu erkennen war, symbolisierte meist Positives.

Irgendwann erwachten zwitschernd die Vögel. Marie schlief noch immer den Schlaf der gerechten Katze auf dem Stuhl neben Sarah. Sie beschloss, ihr nicht zu verraten, dass eine Katze im Kaffeesatz auf häuslichen Streit hindeutete. Für sie war ihre Halbangora ein Glücksbringer.

»Deine vielen Überstunden werden mich teuer zu stehen kommen«, hörte sie plötzlich Davids Stimme in ihrem Rücken.

Marie machte zwar keine Anstalten, die Augen zu öffnen, schnurrte jedoch laut und spitzte die Ohren, untrügliches Zeichen dafür, dass sie ihnen zuhörte.

Sarah drehte sich auf dem Stuhl herum. »Hast du gut geschlafen?«

»Schwer, so ohne dich an meiner Seite.« Er trat hinter sie, warf einen Blick auf den Bildschirm und legte ihr die Hände auf die Schultern. »Was hältst du davon, später unser Valentinsdate nachzuholen? Wir könnten früher Schluss machen und uns dann, sagen wir, um halb drei in der Garage des *Wiener Boten* treffen. Wir kaufen noch ein paar Flaschen Wein, dann fahren wir nach Hause, ich koche uns was Feines, und dann gehen wir das gesamte Wochenende weder raus noch ans Telefon.«

Sarah speicherte den Artikel ab, fuhr den Laptop runter, erhob sich und schlang ihre Arme um ihn. »Ich finde, das ist ein faires Angebot, wie du mir die vielen Überstunden vergelten kannst.«

Er küsste sie. »Du bist eine wunderbare Frau. Und

jetzt komm, lass uns noch mal ins Bett gehen. Mir fällt sicher etwas ein, das dich beschäftigt, bis wir in die Redaktion fahren müssen. Und wenn du möchtest, mach ich uns hinterher noch Frühstück.«

Im Vorbeigehen streichelte Sarah sanft Marie über den Kopf. »Was hab ich gesagt? Du bist eine Glückskatze.«

Dankeschön

Gleich zu Beginn gebührt Ihnen, liebe Leser/innen, ein großes Dankeschön. Sie stehen meiner Sarah Pauli nun schon so lange zur Seite. Ihre Mails, die Gespräche bei Lesungen und sonstigen Begegnungen motivieren mich, mir immer wieder neue Geschichten für sie und das Team des *Wiener Boten* auszudenken. Ich hoffe, auch dieser Fall hat Ihnen spannende Lesestunden bereitet.

Die Kaffeehaustradition gehört zu Wien wie der Stephansdom oder das Riesenrad. Die Kaffeehäuser sind eine Institution, für viele Menschen eine Art Wohnzimmer. Nachdem ich mich – wie es ein Journalist mal so treffend ausdrückte – »durch die Sehenswürdigkeiten Wiens morde«, war klar, dass auch das Kaffeehaus mal zum Zuge kommen musste. Und klar ist auch, dass das Kaffeesatzlesen gedanklich nicht weit entfernt vom Kaffeehaus liegt. Dennoch ist es wichtig, an dieser Stelle zu betonen, dass die Kaffeehausdynastie Böhm meiner Fantasie entsprungen ist. Sie existiert nicht. Aber es gibt viele andere klassische Cafés in Wien, die Vorbild für die der Böhms sind. Zudem bestehen keine Ähnlichkeiten meiner Protagonisten mit lebenden oder bereits verstorbenen Kaffeehausbesitzern.

Natürlich habe ich mir vor dem Schreiben wieder

Rat bei Experten eingeholt, da ich so nahe wie möglich an der Wirklichkeit bleiben möchte. Dennoch! Bitte bedenken Sie: Das ist ein Kriminalroman, und die Geschichte ist fiktiv.

Ein großes Dankeschön geht diesmal an Rene Alfons, Sanitäter der Berufsrettung. Er hat mir jede meiner Fragen charmant und geduldig beantwortet. Danke, dass ich durch dich einen Blick hinter die Kulissen der Wiener Berufsrettung werfen durfte und du mir meine »Rettungsfehler« ausgemerzt hast. Ebenso danke ich Corina Had (Stabstelle Presse- und Öffentlichkeitsarbeit der Berufsrettung) und dem Team, das gerade Dienst hatte, als ich in der Leitstelle auftauchte. Sie haben sich für mich Zeit genommen, mir den Ablauf bei einem Notruf erklärt und vieles mehr. Ihr alle habt dazu beigetragen, dass mein Blick auf Rettungsfahrer, Sanitäter und Notärzte heute ein anderer ist als vor diesem Kriminalroman. Hut ab vor dem, was ihr leistet. Demnächst werde ich meine Erste-Hilfe-Kenntnisse bei euch auffrischen, wie besprochen. Ich freue mich schon darauf!

Ich danke auch meinem ehemaligen Hausarzt Dr. Helmut Waltenberger, der am Erscheinungsdatum dieses Falls bereits in Pension ist. Wir kennen einander seit vielen Jahren, haben sogar gemeinsam eine Hilfsdelegation in die Westsahara begleitet. Ich damals als Journalistin, er als Arzt. Danke, dass du mit mir die Idee einer Kaliumüberdosis so geduldig und detailliert durchgespielt hast. Noch dazu an deinem Geburtstag!

Ich danke meinem Neffen Alexander Burkhardt dafür, dass er mir mit viel Geduld die Welt der IP-Adressen, des Netzes & Co erklärt hat.

Weiters bedanke ich mich beim Team des Goldmann Verlages. Bei meiner Lektorin Kerstin Schaub, die mit mir die Location meiner Bücher auswählt und über das Exposé so lange diskutiert, bis es passt. Bei Manuela Braun (Veranstaltungen), Claudia Hanssen (Leitung Presse), Barbara Henning und Katrin Cinque (beide Presse).

Susanne Bartel danke ich auch diesmal für das feinfühlige und präzise Lektorat. Die Zusammenarbeit macht großen Spaß.

Meinen Agenten Peter Molden und Dr. Regina Molden danke ich für ihre stets offenen Ohren, die konstruktiven Gespräche, die wunderbare Betreuung und vieles mehr.

Und natürlich danke ich meiner Familie. Meinen Kindern Theresa und Raffael und meinem Mann Jeff. Dafür, dass es sie gibt und sie mir helfen, so manchen Knoten in meinem Kopf zu lösen.

Wenn Sie Lust haben, schreiben Sie mir, liebe/r Leser/in. Ich freue mich auch, von Ihnen auf Facebook oder Instagram zu lesen. Lassen Sie uns in Kontakt bleiben.

Ihre Beate Maxian